国家社科基金项目（编号10CZW048）资助

重庆工商大学出版基金资助

重庆工商大学新闻传播学科建设经费出版资助

转型与创制：
五四文学语言研究

邓 伟 ◎著

中国社会科学出版社

图书在版编目（CIP）数据

转型与创制：五四文学语言研究/邓伟著 . —北京：
中国社会科学出版社，2018.9
ISBN 978 - 7 - 5203 - 0595 - 2

Ⅰ.①转… Ⅱ.①邓… Ⅲ.①新文学(五四)—文学
语言—研究 Ⅳ.①I206.6

中国版本图书馆 CIP 数据核字(2017)第 142978 号

出 版 人	赵剑英
责任编辑	郭晓鸿
特约编辑	席建海
责任校对	韩海超
责任印制	戴 宽

出 版	中国社会科学出版社
社 址	北京鼓楼西大街甲 158 号
邮 编	100720
网 址	http://www.csspw.cn
发 行 部	010 - 84083685
门 市 部	010 - 84029450
经 销	新华书店及其他书店

印 刷	北京明恒达印务有限公司
装 订	廊坊市广阳区广增装订厂
版 次	2018 年 9 月第 1 版
印 次	2018 年 9 月第 1 次印刷

开 本	710×1000 1/16
印 张	24.5
插 页	2
字 数	308 千字
定 价	99.00 元

谨以此书献给五四白话文运动与"文学革命"百年

目　　录

导论　研究对象及其文学史显现 …………………………………… 1

第一章　民初时期文学变革的线索 ………………………… 11
　第一节　《甲寅杂志》与民初言论界的"文学"浮现 ……… 12
　第二节　早期《新青年》的文化转向与文学想象 ………… 24

第二章　胡适留学时期白话文思想及其汇流 …………… 43
　第一节　留学时期胡适的"西方文学"体验 …………… 44
　第二节　留学时期胡适语言文字变革空间的开拓 ……… 57
　第三节　"文学革命"前夜胡适与国内的通信 ………… 68

第三章　五四白话文运动的理论倡导 …………………… 79
　第一节　解读胡适《文学改良刍议》等三篇论文 ……… 80
　第二节　陈独秀与五四"文学革命" ………………… 95
　第三节　傅斯年与五四白话文的拓展 ……………… 110

第四章　五四白话文论争与社会弥散 …………………… 123

　第一节　五四白话文论争 …………………………………… 123

　第二节　五四白话文的社会弥散与动员能力 ……………… 138

第五章　五四白话文的逻辑建构与外部创制 …………… 162

　第一节　五四时期语言文字建构的若干逻辑 ……………… 163

　第二节　五四白话文的整体构想与书写创制 ……………… 182

　第三节　"左行横迤"与标点符号 ………………………… 196

第六章　拼音文学与世界语 ………………………………… 214

　第一节　五四时期拼音文字的倡导 ………………………… 215

　第二节　《新青年》上的世界语讨论 ……………………… 235

第七章　周氏兄弟五四时期的文学语言践行 ………… 258

　第一节　周氏兄弟的文学语言观念辨析 …………………… 259

　第二节　《狂人日记》的小说语言 ………………………… 274

　第三节　周作人的文学语言调整与"美文"旨归 ………… 291

第八章　《尝试集》《女神》：五四白话文诗性空间的开创 …… 309

　第一节　《尝试集》诗歌语言的建构历程 ………………… 310

　第二节　《女神》诗歌语言的精神世界 …………………… 322

　第三节　五四白话文的诗意何为 …………………………… 342

结语　五四文学语言的历史形象 ………………………… 358

参考文献 ……………………………………………………… 376

后　记 ………………………………………………………… 385

导论　研究对象及其文学史显现

一

当下中国现代文学研究正面临着不同于前的突出状况，发现如下事实并不需要多少敏锐的观察力：数量众多的晚清小说被正面认识；向来被忽略的"鸳鸯蝴蝶派"通俗文学成为研究热点；旧体诗词也不断得到发掘。以至于，既往由"革命"或是"启蒙"理念构筑起来的中国现代文学的研究思路，必须进行结构性的调整，这也使得一度"稳固"的中国现代文学的形象变得模糊起来。这一研究状况的改变发生于20世纪90年代，时移世易，此时的中国思想文化界经历了诸如"告别革命"、激进主义与保守主义之争、"国学复兴"等思潮，再加上国际交往（包括海外学术影响）日益频繁，文学史建构中的某种政治意识形态已经得到较大的缓解——这一切都深刻影响与塑造了今天的中国现代文学研究。

在此背景之下，当我们进入五四新文化与新文学阵营，进入五四文学语言，不断追问中国文学语言在五四时期的发展理路与逻辑时，面对的似乎早已是一个"古老"的问题了，多少显得有些"不合时宜"。既不符合现今大量的中国现代文学研究更重视文学史边缘构成的所谓解构

"新潮"，也不符合中国现代文学学科在扩容之后的景观——"价值前提的不断开放，新旧打通、雅俗互动，所谓开放、多元的文学史观，似乎已成为时下某种'学术正确性'的一部分"①。当然，再次进入五四，并不意味我们就要返回既往的中国现代文学史研究模式，去表现一种坚决捍卫五四的姿态，去显示一种坚决捍卫中国现代文学"光辉"起点的姿态，反倒是有必要继续质疑中国现代文学史中僵硬的"现代"叙事方式。

并没有一个先验的"现代"会以不证自明的方式存在，甚至对于五四思潮之中那些曾经引起高度关注、熠熠生辉的系列词语，诸如"启蒙""反传统""自我表现""个性解放""人的文学""写实主义"等，我们现在更多持有的是审视与怀疑的态度。这些系列词语或为五四中人自道，或为后来研究者不断重复书写，只是到了如今，似乎并不能使我们激动了，反而条件反射式地想到要探究这些词语之于五四文学语言无比的"复杂性"，乃至某种"局限性"，亦不能回避这些词语在具体历史语境之中内涵的不断分裂与悖论的产生。能够确定的是，不能仅仅依据历史当事人由这些词语而形成的只言片语，去建构一种单线行进的历史进化叙事。

我们的做法是将五四文学语言的经验，放在具体的历史场景之中重新加以验证，尊重作为实体的研究对象的内在历史维度，在丰富的文学史现象之中拓展出属于自己的理解与对话，以期显现犹如生命有机体一般的五四文学语言所具有的场域逻辑与社会特质。由此，我们将最大限度地返回与解读历史文献，以完整呈现历史当事人在中国语言文字现代转型之中的逻辑思路，以重建文本与历史语境的联系，深挖其背后的历史情境与问题意识，深究其在具体的社会时空之中究竟给中国文学带来

---

① 姜涛：《公寓里的塔——1920 年代中国的文学与青年》，北京大学出版社 2015 年版，第 22 页。

了怎样的实质性影响，又或者，五四文学语言最终在残酷的现实之中走向了自己倡导的反面。所谓"启蒙"的内部，亦远非它自身极力塑造的那样纯粹，在社会发展层面更是芜杂而混沌的。

我们当然还会分析那些曾经一度建构五四文学"本质"的熠熠生辉的系列词语，我们视之为五四文学语言研究之中的重要命题，但不再为之牵引而直线式认定其构成了五四文学语言的主要内涵——它们似乎并不具备阐释五四文学语言的框架性意义。我们清醒地意识到，在当下已经无法营构出某种一厢情愿而无比"单纯"与"明媚"的五四文学语言形象了，因为我们所面对的这个世界及其历史，早已不再让我们"单纯"与"明媚"，况且还是进入一个如此复杂而且深具张力的研究对象。

二

我们可以阐明对于清末民初与五四时期文学语言关系的理解，并在一种开放的文学史视野之中，由这一理解来表明我们对"五四文学语言"概念的把握。清末民初与五四时期的中国文学语言，无疑都面对着晚清以降中国社会的结构性变局，都承受着时代文化对于中国文学语言的巨大的需求与提问，都处于一个共同性的历史情境之中。①

---

① 正是由于清末民初与五四时期处于相同的历史情境，我们对这两个时期"文学语言"内涵的认定较为一致。即是说，我们对五四时期"文学语言"概念的理解，沿用了曾经对清末民初"文学语言"概念的理解，具有某种并不那么纯然的包容性。具体说来："所谓'文学语言'，其实向来就有两种不同学科的视野。一是语言学方面的，'文学语言'即民族标准语。索绪尔将'文学语言'与'地方话'并举，主要为了突出'文学语言'的'共同语'性质——'我们所说的"文学语言"不仅指文学作品的语言，而且在更一般的意义上指各种为整个共同体服务的、经过培植的正式或非正式的语言。'一是文学理论方面的，多致力于区分'文学语言'与'日常语言''科学语言'的差别，以寻找'文学性'的源泉，它较为集中体现于西方文本中心的文论中——如雅各布森对言语指向自身诗性功能的辨析，如瑞恰兹以情感划开'诗歌语言'与'科学语言'的距离。在清末民初，乃至五四时期，不难发现所谓'文学语言'的建构是一个动态的过程。对它的考察，在很大程度上需要兼备文学与语言学的双重视域。即是说'文学语言'在清末民初的建构过程中，执行了双重的任务：一为创制现代汉民族书面标准语；一为在此基础上产生艺术性文学作品的语言。"（邓伟：《分裂与建构：清末民初文学语言新变研究（1898—1917）》，中国社会科学出版社 2009 年版，第 7 页。）

同时，我们也避免将文学史的连续性泛化，避免过于强调对文化资源继承的单一指向，避免执着于一定要找到某个"起点"的研究冲动。具体而言，就是只考虑五四文学语言如何继承或转化了清末民初文学语言的资源，五四文学语言如何与清末民初文学语言形成了联系，从而建立一种基于故事发展主线的规正历史描绘——那种平庸而线性理解的"没有晚清，何来五四"的思路，那种"晚清什么都有"的印象式说法，可以说到现在已经造成一种新的"遮蔽"。其实，并不存在一个神话般的"中心"叙事，除了某些较为清晰的发展线索，以及可加以实证的代际影响，除了五四时期白话文运动沿袭了晚清以降中国文学语言不可逆转的变革态势，我们更多是将清末民初与五四时期文学语言的建构思路与社会实践，视为相异的场域，视为在那一共同性历史情境之下，"巨大的需求与提问"的两个平等回答者——显然，它们都存在于一个规模空前的中国语言文字现代转型的实验室之中。

可以看到，清末民初与五四时期的文学语言各自拥有对世界的不同想象，各自拥有不同的知识分子的主体构成，各自拥有不同的文化认同、政治意识、审美形式、文学观念，各自在中国文学语言的发展长河之中留下了不可磨灭的"痕迹"与"遗产"。这样的"不同的回答者"一旦在某个具体时空之中相交，必然会产生相互之间的论战，必然会产生彼此之间的竞争与消长，以取得自身支配性的话语权，五四白话文最终得以"胜出"，翻开了中国文学语言发展崭新的一页。

我们认为五四文学语言以其时代性的创制，在中国社会迸发出巨大的激情、活力与创造性，确立了中国文学语言现代转型的合法性与发展前景，也在社会层面规定了中国文学语言现代转型的基本内容与行进道路。在其中，一个事实为：作为现代汉民族书面书写语的五四白话文，结束了清末民初多元文学语体并存的局面，基本满足了人们对于一般书面语与文学作品语言的需求。尽管在当下，不乏有人会对白话文表露出诸多的不满乃至不屑，但这一语体地位已经无法撼动。此乃是百年中国在语言文字方面的唯一选择，成就了当今中国人最为基本的现代文化素质构成，凝聚了最为根本性的现代认同，包孕了现代中国人最为主要的审美经验。如同温儒敏的看法：“当今我们对现代文学语言的接受与使用，已经理所当然，习焉不察，就是说，中国现代文学的变革成果已经很自然也很成功地渗入到普遍的文学和文化生活之中，成为常识、惯性和最普遍的方式。毫无疑问，汉语变革构成了现代文学传统中最重要而又最稳定的部分。”① 汪晖认为，即便五四时期的思想“由于缺乏那种分析和重建的方法论基础，从而未能建立一种由社会传播的、有意识加以发展和利用的理论和实践的体系”，但也特别肯定“作为一个例外，‘五四’白话文运动的成功，正是由于白话文的倡导建立了这样一种理论和实践的体系，从而使得社会及政府把白话文的实践作为一项持续进行的工作制度”②。罗志田有这样的观点：“新文化运动真正改变历史的地方，是我们正在使用的白话文。比较而言，‘德先生’和‘赛先生’到现在也还是一个发展中的状态，而白话文已经确立，且在可预见的时间里还会延续。对中国来说，这是至少三千年以上的一个大转变。在新文化运动带来的所有历史转变之中，这恐怕也是唯一具体可见也可持续的变化。因此，百年后回看新文化运动，白话文的确立，是比‘德先生’和‘赛先生’更直接也更显著的后果，具有更持久的影响”，“可以说到目前为止，新文化运动留下的真正永久性痕迹，第一是白话文，第二是白话文，

---

① 温儒敏：《思想史取替文学史？——关于现代文学传统的二三随想》，南京大学中国现代文学研究中心编《中国现代文学传统》，人民文学出版社 2002 年版，第 20 页。
② 汪晖：《中国现代历史中的“五四”启蒙运动》，《汪晖自选集》，广西师范大学出版社 1997 年版，第 319 页。

第三还是白话文"，"对一个人数以亿计的民族而言，改变其书面表述方式，是一件了不得的大事"。①

　　在五四白话文运动与"文学革命"走过百年的今天，让我们重申"五四文学""五四文学语言"概念的有效性。我们采用了茅盾的一个较为宽泛的说法，大致加以认定五四文学的时段，即是"回顾民国六年（一九一七）到民国十年（一九二一）这五年的期间，（这是中国新文学史第一个'十年'的前半期），总会觉得那时的创作界很寂寞似的。作者固然不多，发表的机关也寥寥可数。然而我们再看看那时期的后半的五年（一九二二到一九二六），那情形可就大不同了。从民国十一年起（一九二二），一个普遍的全国的文学的活动开始到来!"② 与此同时，"五四文学语言"之于我们，并不只是一个自然时间内的断代词汇，其重要性更在于，从这一概念出发，我们能够看到中国文学语言在特定时期产生的不断破裂与强力聚合，以及在这一过程之中呈现出的理性批判精神，而其背景是五四时期极为广阔的"文化政治逻辑"——"文化领域与政治领域之间的贯通与重合，其一致性、一体性或同一性，它带来了由新文化、新价值、新人所创造的、与自己的本质相适应的生活形式和国家形式"③。最终，五四文学语言完成了自我生成、自我创造与自我完善，形成了一系列坚硬、极为引人注目，也是最为躁动不安的变革领域，成就了一个时代的文学、政治与文化现代共同体的普遍媒介与诸多实践。

---

　　① 罗志田：《体相和个性：以五四为标识的新文化运动再认识》，《近代史研究》2017 年第 3 期。
　　② 茅盾：《中国新文学大系·小说一集·导言》，上海文艺出版社 2003 年影印本，第 4—5 页。
　　③ 张旭东：《"五四"与中国现代性文化的激进诠释学》，《现代中文学刊》2009 年第 1 期。

三

　　刘纳说："以白话——既不同于古代白话小说的'说书'语言，又有别于日常口语的作为文学语言的白话——代替文言，作者们没有多少前人经验可作凭借，他们仿佛进入了一个陌生的语言世界，其难度，仅仅稍小于以另一种生疏的外民族语言写作。这是多么艰巨的文化艺术工程！"① 面对这一前所未有的语言文字难题，五四一代的知识分子宿命般纠缠于文学语言的"现代体验"，极为认真与坚韧地在没有路的地方走出属于自己时代的文学语言之路，形成了一种在社会现实与文学作品之中无限生长的可能性。它或许是不懈的奋斗，或许是沉静的探索，或许是以朝向未来持续的冲动与焦虑，或许是注定要被埋没的"异想天开"——即便经历无数次头破血流的失败，但是这一切绝不是散漫而无所指的"无能的力量"，开拓者失败的本身就表明了一种抉择与担当，而不应为历史尘封，需要我们做认真的梳理与反思。

　　张中行认为 20 世纪二三十年代的白话文发展，于整体"创造了既鲜明流利，又深沉委曲的新风格"②。夏晓虹说："由'五四'文学革命催生的现代白话，经过此后一代代作家的锤炼、添加，已可表情达意委婉贴切，在叙述、论述方面，且具有了文言无法企及的优长。文言的表达功能既可由白话替代，优美、易懂的白话文学自然会得到作家们的青睐。以白话创作的文学作品，因此成为二十世纪中国文学的主流。"③我们也可以对五四文学语言进行一个总体概括：五四文学语言的特质体现于科学化、技术化、精确化、逻辑化的理性一般书面书写追求上；体

---

　　① 刘纳：《嬗变》，中国社会科学出版社 1998 年版，第 416 页。
　　② 张中行：《文言和白话》，黑龙江人民出版社 1988 年版，第 240 页。
　　③ 夏晓虹：《中国现代文学语言形成说略》，夏晓虹、王风等《文学语言与文章体式——从晚清到"五四"》，安徽教育出版社 2006 年版，第 19 页。

现在五四文学作品语言之中呈现出的高度审美的、虚拟现实的、陌生化的、深度心理的、强烈批判现实精神的个性艺术追求上。还需特别指出，理论观念上的倡导与鼓吹在五四文学语言建构过程中扮演了极为重要的角色。

言及"现代"，在以上种种辨析的基础之上，我们或许可以使"现代"在具体历史情境之中得以社会化与实体化，由此形成一种切实的研究思路，而不是在一种狭窄而僵化的民族国家的叙述预设前提之下，仅仅看到五四文学语言若干机械的"进步"或"退步"。我们当然不会满足于仅为五四文学语言提供一种进程式描述与合法性论证，而希冀在当时的各个社会层面之中，关注各种复杂而丰富的文学语言现象，在差异性之中展示一个在矛盾之中不断融合的"现代中国"。

四

本书分为四个单元。第一单元包含第一章"民初时期文学变革的线索"、第二章"胡适留学时期白话文思想及其汇流"，描述在五四白话文运动与"文学革命"发动之前，民初时期中国文学与语言文字变革的一些情形，有时或许并不涉及文学语言，但是如果缺少这一单元，五四文学语言的情况就没办法讲清楚，因为五四文学语言的文化政治逻辑已奠基于其中。第二单元含第三章"五四白话文运动的理论倡导"、第四章"五四白话文论争与社会弥散"，力争整体展现五四白话文运动理论倡导的历史建构及其激起的社会论争、影响，期待能够多层面、立体地显现五四白话文的社会存在与动员能力。第三单元含第五章"五四白话文的逻辑建构与外部创制"、第六章"拼音文字与世界语"，试图剖析五四白话文的整体逻辑与发展道路，以及五四一代在语言文字中的明显创制，再扩大至审视拼音文字、世界语的讨论，展示在以往"清晰化"的五四文学语言历史描绘中被清除掉的部分。第四单元含第七章

"周氏兄弟五四时期的文学语言践行"、第八章"《尝试集》《女神》：五四白话文诗性空间开创"，通过分析周氏兄弟的文学语言践行与胡适、郭沫若的新诗语言情形，对五四时期新文学作品语言的特质作出一个大致的把握，从中分析五四新文学作品语言的时代性追求。

需要明的是，在第七、第八章之中，笔者并非要全面扫视五四时期新文学作品语言的一般情形，在作家与作品方面也没有较大规模的展开。而是想以这一时期最为重要的作家为代表，在个体的层面分辨语言文字变革与文学作品语言的关系，进而以这些作家在文学语言方面探索的深度，建立起五四时期新文学作品语言的鲜明形象。换言之，鲁迅、周作人、胡适、郭沫若集中表明了五四时期新文学作品语言的整体特质，以其范式意义展现了这一时代性的中国文学语言探索所能达到的深度。

还需作说明的是，我们论述的五四文学语言，较之曾经的清末民初时期中国文学语言新变的研究，在文学史视野的涉及面上会更小。我们所谓的"五四文学语言"，在很大程度上是五四时期新文学阵营系列精英文学"事件"的到场，反映的是五四知识分子特异的精神世界，并不包含这一时期诸如"鸳鸯蝴蝶派"之类的文学实践。因此，使用"五四文学语言"概念的本身，就场域性地表明了一种价值判断，并不是五四时期所有文学语言经验的平面性全体集合。这样做是基于五四文学语言强烈的思想文化追求与现代精神向度。毋庸讳言，我们也曾思考建立更为复杂的五四时期中国文学语言的多元历史叙事线索，也曾看到诸如"应该将民国时期的文学生产作为整体来研究，研究其复杂的各种文类、倾向和写作类型，直至这个时期结束，当中没有一个接近于成为'主流'的地位"① 的观点，但是的确又难以在文学语言方面建构一个

---

① ［荷兰］贺麦晓：《中文版自序》，《文体问题——现代中国的文学社团和文学杂志（1911—1937）》，陈太胜译，北京大学出版社 2016 年版，第 2 页。

由五四新文学及与之共时性存在的其他文学一道构成的"双翼齐飞"乃至"多翼齐飞"，并且不是简单的拼贴而是有机融合的文学史景象。也很难说五四新文学及与之共时性存在的其他文学，在"现代中国"的宏伟视野之下，就是同一重量级别的存在，能在相同的范畴之中闪亮登场，而无需分别彼此。直白一点说，我们不想以所谓的"众声喧哗""缤纷多元"来掩盖五四文学语言特质的呈现与应有地位。对此，可以转化为相应的追问：五四时期的新文学与其时并立的通俗文学之间究竟存在怎样的结构性关系？当下谈论五四时期新文学作品之时，使用的阐释框架是"现代性"，谈到同时期"鸳鸯蝴蝶派"小说也标明"现代性"，此"现代性"能等同于彼"现代性"吗？为什么能够无视研究对象显而易见的差异，而将之完全纳入一个后设而且宽泛的概念之中？

第一章　民初时期文学变革的线索

民初时期，即为辛亥革命后至五四"文学革命"发生前的数年时间。我们主要分析这一时期与日后五四白话文运动、"文学革命"关系密切的一些文学方面的探索。这些探索是在当时"鸳鸯蝴蝶派"的文学潮流之外，我们将之视为五四文学语言研究的"前史"之一。通过对民初时期中国文学及其语言若干变革线索在思想文化层面的分析，我们希望切实开掘出五四时期中国文学语言变革的奠基性装置与文化政治逻辑，即五四文学语言能够得以"断离"以往文学语言实践的那一种现实存在。

正是在民初社会晦暗而关键的几年，在无比动荡而大起大落的政治环境之中，中国文学与中国社会一齐在艰难困苦中行进。具体说来，以《甲寅杂志》、早期《新青年》为代表，在此历史时期，基于找寻中国出路的宏大视野，文学面孔的变化已在观念层面上强而有力地登场。尤其是在早期《新青年》的文化转向之中，已经在相当程度上完成了日后五四新文学对"文学"的范式与功能的认识转移。

第一节 《甲寅杂志》与民初言论界的"文学"浮现

在民初时期，中国面临着一系列翻天覆地的事件，诸如第一次世界大战、袁世凯称帝、张勋复辟等。它们造成了巨大的共和危机，使得不断求索的中国知识分子自觉大有用武之地，表现之一即为使用文言的报刊政论文字的空前繁盛。民初刊物较之晚清刊物，二者一致之处在于，现实政治的需求或直接或间接地带来某种对于"文学"的理念要求，整合出某些新的空间；不一致的是，在民初时期，偶有的文学创作大都因袭传统文学，基本不涉及中国语言文字的现代转型，"文学"的"现代"因素更多表现于思想与观念方面，在众多的政治言论之中偶有浮现，表现为某些要素、线索或潜在性力量，因而显得更为复杂、隐蔽，所开拓的领域也可能更为深广。我们将分析与重组一些不断重复出现的"碎片"，思考它们如何成为历史语境之中的构成性乃至驱动性力量。

一

首先来看在民初言论界之中具有广泛影响力的刊物——《甲寅杂志》。它以月刊的形式发行，1914 年 5 月创刊于日本东京，后转至上海，1915 年 10 月在出版到第 10 期时停刊，为民初时期最具影响力的以政论为主的综合性刊物。讨伐袁世凯的二次革命失败之后流亡日本加之已在日本留学的中国知识分子，聚集到章士钊的周围，认真思考如何建立中国历史上未曾有过的共和体制，也倾注了极大的热情关注时政，并有针对性地系统介绍西方的宪政——特别是英国的议会、政党、政府等知识，试图为新生的共和国移植西方式的民主政治制度。

《甲寅杂志》在其政论文章的语言使用方面，一改晚清士大夫主要依托政府，大规模兴起的自上而下的"利俗"白话文实践，转而使用文言文，关注精英小众，关注知识分子的舆论议政与自我启蒙。在这方面影响颇为深远，虽然其与五四时期白话文采用的白话语体并不一样，但这一姿态本身在相当程度上是为日后五四新文化阵营所延续与继承的。再加上表达内容的需求，《甲寅杂志》的文言文行文缜密而有条理，产生了章士钊这样的长篇政论文大家，他的文章素来就有"逻辑文""欧化的文言文"之称。

在思想文化层面，《甲寅杂志》直接取径西方的眼光与做法，为日后的《新青年》所继承。一位《新青年》的读者将《甲寅杂志》与《新青年》视为接续与替代的关系：

> 近年来各种杂志，非全为政府之机关，即纯系党人之喉舌，皆假名舆论以各遂其私。求其有益于吾辈青年者，盖不多觏，唯《甲寅》多输入政法之常识，阐明正确之学理，青年辈受惠匪细。然近以国体问题，竟被查禁，而一般爱读该志者之脑海中，殆为饷源中绝（边远省分之人久未读该志矣），饥饿特甚，良可惜也。今幸大志出版，而前之爱读《甲寅》者，忽有久旱甘霖之快感，谓大志实代《甲寅》而作也。愚以为今后大志，当灌输常识，阐明学理，以厚惠学子，不必批评时政，以遭不测，而使读者有粮绝受饥之叹。①

另一位《新青年》读者也谈道：

> 《甲寅》说理精辟，其真直为当时独一无偶。昔被查禁，今出版与否，尚不可知。《甲寅》续出，《甲寅》之真直固在。独惜吾辈青年，失此慈母也，继续之任，不得不望于大志负之，尤望时时

---

① 贵阳爱读贵志之一青年：《通信》，《新青年》第2卷第1号。

移译名人学说，如白芝浩诸篇然。①

这样，我们或许应该去辨析《甲寅杂志》与《新青年》二者之间的关系，或是按照时间的递进，讨论《甲寅杂志》对《新青年》有什么实质性影响，特别是在这两个刊物之中，还有不少共同的撰稿人，栏目设置也大有相似之处，其"政治刊物社会化"的同人期刊定位也较为一致。事实上，陈独秀在创立《青年杂志》之时，在一定程度上也利用了《甲寅杂志》留下的作者资源。

但是，我们并不想沿袭一种影响与被影响的线性思维方式，或如既往文学史那样，以五四为基点，再去反观与塑造包括《甲寅杂志》在内的"前五四"文学与文化现象，因为《甲寅杂志》自有其视野与关怀。

二

民初《甲寅杂志》本身就是一种本体性的存在，而一些新的"文学"观念在政论文字与文学创作之中浮现，透出若干的时代信息。

首先，让我们关注章士钊、苏曼殊与陈独秀这三位朋友在《甲寅杂志》中的一段文字因缘，以期说明他们心目中的"文学"存在。具体而言，即在《甲寅杂志》之中，章士钊著有文言小说《双枰记》，苏曼殊著有文言小说《绛纱记》，在小说内容之中偶有对小说文体的看法，如陈独秀所言"烂柯山人前造《双枰记》，余与昙鸾（苏曼殊）皆叙之。今昙鸾造《绛纱记》，亦令烂柯山人及余作叙"②。在往来议论留下的史料之中，较为集中地体现出《甲寅杂志》诸公对"小说"以及文学的一些观念。

---

① 王醒农：《通信》，《新青年》第 2 卷第 2 号。
② 独秀（陈独秀）：《〈绛纱记〉序》，《甲寅杂志》第 1 卷第 7 号。

在《双枰记》里，章士钊谈及自己的小说追求："然小说者，人生之镜也。使其镜忠于写照，则即留人间一片影。此片影要有真价，吾书所记，直吾国婚制新旧交接之一片影耳，至得为忠实之镜与否，一任读者评之。"① 章士钊在给苏曼殊《绛纱记》所作的《序》之中，开篇就慨叹："人生有真，世人苦不知。彼自谓知之，仍不知耳。苟其知之，未有一日能生其生者也。何也？知者行也。一知人生真处，必且起而即之。方今世道虽有进，而其虚伪罪恶，尚不容真人生者存。"② 这样，这种对于小说的"人生"看法，已经与晚清新小说较为直接服务于维新政治的写法有了一定的距离，试图以小说表现人生，而与"人生"直接联系的多是"世道"，包含的是道德伦理方面的人生喟叹与沧桑况味。

陈独秀认为《双枰记》的主旨在于：

> 烂柯山人素恶专横政治与习惯，对国家主张人民之自由权利，对社会主张个人之自由权利，此亦予所极表同情者也。团体之成立，乃以维持及发达个人之权利已耳，个体之权利不存在，则团体遂无存在之必要。必欲存之，是曰盲动。烂柯山人之作此书，非标榜此义者也，而于此义有关系存焉。③

陈独秀的小说评论用语与《甲寅杂志》中章士钊政论文字的术语相仿，"政治""国家""人民""自由""权利""社会""团体""个人"……这些词语聚合而下，正好符合民初言论界的"文学"观念：在具体的批评之中，建构了团体与个人的结构性对立，并将个人置于团体之前——这其实也得到章士钊政论文字的一再表述。

---

① 烂柯山人（章士钊）：《双枰记》，《甲寅杂志》第1卷第4号。
② 烂柯山人（章士钊）：《〈绛纱记〉序》，《甲寅杂志》第1卷第7号。
③ 独秀山民（陈独秀），《〈双枰记〉叙》，《甲寅杂志》第1卷第4号。

陈独秀在分析《绛纱记》时，认为这篇小说的内容为：

> 昙鸾存而五姑殁，梦殊殁而秋云存，一殁一存，而肉薄夫死与
> 爱也各造其极。五姑临终，且有他生之约；梦殊方了彻生死大事，
> 宜脱然无所顾恋矣，然半角绛纱，犹见于灰烬。死也爱也，果孰为
> 究竟也耶？①

这样的见解还可以联系陈独秀对于章士钊、苏曼殊作品的一个总体
看法：

> 乃以吾三人文字之缘，受书及序而读之，不禁泫然而言曰：
> "嗟乎，人生最难解之问题有二，曰死，曰爱。"死与爱皆有生必
> 然之事，佛说十二因缘，约其义曰：老死缘生，生缘爱，爱缘
> 无明。②

可以说，民初《甲寅杂志》诸公以"人生"视域来观照与评论小说，
使得文学观念不断内化，同时也在相当程度上芜杂化，缺乏一个明确的
指向。其中既包含了他们复杂的人生经历与感受，如在长期奋斗之中的
某种疲惫与迷茫，也具有某种道德伦理的价值——已不同于传统的正统
儒家伦理。更重要的是，不难发现若干新质的产生，如同章士钊与陈独
秀的评论所使用的一系列关键词，"人生"也好，"个体"也好，"自
由"也好，可以说对"文学"的看法与此时中国社会知识精英阶层的
思想文化观念密不可分，并在其内部酝酿与产生了否定性因素，从而在
文学见解上逐渐超越了晚清时期改良主义的文学思潮。

---

① 独秀（陈独秀）：《〈绛纱记〉序》，《甲寅杂志》第1卷第7号。
② 同上。

三

以《甲寅杂志》为中心可以梳理民初时期思想史发展的一些脉络。陈独秀的《爱国心与自觉心》一文，刊载于《甲寅杂志》第 1 卷第 4 号，以一种强大的理性精神，反对晚清以来的"爱国心"：

> 爱国心为立国之要素，此欧人之常谈，由日本传之中国者也。中国语言，亦有所谓忠君爱国之说。惟中国人之视国家也，与社稷齐观，斯其释爱国也，与忠君同义。盖以此国家、此社稷，乃吾君祖若宗艰难缔造之大业，传之子孙，所谓得天下是也。若夫人民，惟为缔造者供其牺牲，无丝毫自由权利与幸福焉，此欧洲各国宪政未兴以前之政体，而吾华自古讫今，未之或改者也。近世欧美人之视国家也，为国人共谋安宁幸福之团体。人民权利，载在宪章，犬马民众，以奉一人，虽有健者，莫敢出此。欧人之视国家，既与邦人大异，则其所谓爱国心者，与华语名同而实不同。欲以爱国诏国人者，不可不首明此义也。①

陈独秀很明显告别了晚清以降的那一种"爱国心"，即直接为民族国家话语笼罩而毫无任何个人空间乃至被当权者不断利用的"爱国心"。陈独秀正面标榜，认为需要建立的是个人理性的"自觉心"："爱国心，具体之理论也。自觉心，分别之事实也。具体之理论，吾国人或能言之；分别之事实，鲜有慎思明辨者矣。此自觉心所以为吾人亟需之智识，予说之不获已也。"② 对于"国家"这一虚幻的绝对存在，陈独秀更是直言批判："国家者，保障人民之权利，谋益人民之幸福者也。不

---

① 独秀（陈独秀）：《爱国心与自觉心》，《甲寅杂志》第 1 卷第 4 号。
② 同上。

此之务，其国也存之无所荣，亡之无所惜。若中国之为国，外无以御辱，内无以保民，不独无以保民，且适以残民，朝野同科，人民绝望"，"盖保民之国家，爱之宜也；残民之国家，爱之也何居。岂吾民获罪于天，非留此屠戮人民之国家以为罚而莫可赎耶。"①

陈独秀这一超越时代的议论，自然引起极大的争论。章士钊还为之辩护："往者同社独秀君作《爱国心与自觉心》一文，揭于吾志。侈言国不足爱之理"，"特独秀君为汝南晨鸡，先登坛唤耳。"② 其实，章士钊自己面对民初的一片乱象，其言语更为沉痛："今言爱国，比于昔言忠君，畴昔疾首蹙额于君之所为，而不敢言无君，今有人尸国家之名，行暴乱之政，人之疾首蹙额于其所为，乃敢倡言有国不如无国。"③ 在此情形之下，"团体"已不足为恃，"个体"接下来必然会被赋予重大意义。很快，在民初的言论界，"我"就被隆重推出，"我"成为解决民初社会乱局的手段，甚至是救世的"最后一根稻草"。

于是，在《甲寅杂志》的第 1 卷第 8 号《国家与我》一文之中，章士钊认为："曰道在尽其在我也已矣，人人尽其在我，斯其的达矣。此其理至易明，大凡暴者之为暴于天下也，非其一手足之所能为力也。苟暴者以外之人人不忘其我，而不或纡或径以逢迎之，彼一人者其何能为？"④ 在今天看来，这样的观点就有点一厢情愿了，"我"并不是一个西方哲学意义上的自足体，"我"的本身就是绝对完美的，可以无视社会的具体环境，也无须追问前提。"我"的最大功能直接针对当时的黑暗政府，章士钊写道："故今之人辄怨政府之暴嚚，哀吾民之无自由矣，不知自由本有代价，非能如明珠之无因而至前也。今其所还之价，通国无一独立之人，到处无一敢言之报，人人皆失其我，人人皆不须此物，

---

① 独秀（陈独秀）：《爱国心与自觉心》，《甲寅杂志》第 1 卷第 4 号。
② 秋桐（章士钊）：《国家与我》，《甲寅杂志》第 1 卷第 8 号。
③ 同上。
④ 同上。

则此物胡来?"① 最终，在晚清以降政治变革不如人意，社会危机不断出现之时，"我"被定格在："愚为彷徨求得解决之道，曰尽其在我。故我之云者，请今之昌言国不足爱而国亡不足惧者先尸之矣。"② 在《东方杂志》上章士钊还有一篇题名为《我》的文章，将这一意思表达得更为明晰："然则如之何而可？曰求我。上天下地，唯我独尊。世间无我，既无世界。凡事我之所不能为，未有他人能代而为之者也。他人所不能代而为之，未有孤特蕲向，存乎理想之物，独能代而为之者也。夫苟天下事，皆不能思议其为可为也，则亦已矣。一有可为，为之者断乎在我。是故我者真万事万物之本也。"③

现在一般认为，诸如《甲寅杂志》以及在这一时期其他刊物的类似言论，正好说明从晚清到五四时期，文学变革思想的基点是从国家主义到个人主义、从"团体"到"个体"的嬗变。这或许包含了一些思想史发展的情形，李怡指出："从《甲寅》月刊到《新青年》的思想立场恰恰是对晚清一代的否定，正是因为从《甲寅》月刊到《新青年》一代人对早期国家主义立场的质疑和批判，继而全力标举个人主义的大旗，才使得中国现代文化与文学获得了一个新的起点。"④ 问题还有另一方面，且不说五四时期的"个体"、民初诞生的"我"是否就是那么的纯粹与自足，这种思维方式是力图在历史中找寻线性而进化的文学线索，目的论的指向过于明显，实际上哪里会有那么单纯的"国家""个体""个人主义"。《甲寅杂志》某些思想史意义线索的变化中，个人空间看似得以强烈凸显，但从深层上说并不是一种主动的思想文化选择，而是在现实的困境与危机之中，一些社会边缘的民间现代知识分子被动

---

① 秋桐（章士钊）：《国家与我》，《甲寅杂志》第1卷第8号。
② 同上。
③ 民质（章士钊）：《我》，《东方杂志》第13卷第1号。
④ 李怡：《国家主义的批判与个人主义的倡导——从〈甲寅〉到〈新青年〉的思想流变》，《江汉论坛》2006年第1期。

进行的强行历史突围，于是"我"才会在民初思想文化之中冉冉升起，并被置于优先地位。但是，此时的民初政论中人尚还无力由此出发，构筑起新的文学范式与文学语言，或许还是应该谨慎一点，对这一"中国现代文化与文学"的"新的起点"的判断应当存疑。

陈独秀、章士钊等人在这一时期有关"我"的话语，有着深广与焦灼的"国家"前提与内容，甚至在其中包含了在民初宪政理想追求之中的某种深深挫败感。民初政论文章之中的"个体"显现，其主要功能是造成一种与民初现实政治的强烈疏离感，进而产生某种观念上的对抗性，当然也脱离了某种由当局意指的"爱国主义"，乃至可以由此批判民初时期一种具体的"国家"存在，以取得某种思想言说的灵活性。民初政论家所谓的"个体"，并没有优先于集体、国家的意义，并不在于讲述"天赋人权"，言之，只不过是民初边缘的民间知识分子对想象中的"国家"所进行的另一种理想表述，"个体"的内容是为"民族国家"的内容充塞的，至多可以说是某种话语论证方式的转变，是某种思考方式的侧重点发生了转移，也与我们今天谈到的"自我""自我意识"之类的概念并没有多少关系。不难发现，民初政论思想之中这一理念化"我"的形象，充满了精英式的担当与悲壮的情怀，颇能显示民初乃至五四时期某些知识分子的独特精神气质。

四

黄远庸与章士钊在《甲寅杂志》第1卷第10号的"通信"中，由黄远庸首倡"新文学"，是引人注目的时代性"原点"事件。黄远庸用相当多的篇幅谈到民初中国社会一片黑暗而无路可走的情形，然后完全注目于"新文学"的拯救功能：

> 愚见以为居今论政，实不知从何说起。洪范九畴，亦只能明夷

待访。果尔，则其选事立词，当与寻常批评家专就见象为言者有别。至根本救济，远意当从提倡新文学入手。综之，当使吾辈思潮，如何能与现代思潮相接触，而促其猛省。而其要义，须与一般之人生出交涉。法须以浅近文艺，普遍四周。史家以文艺复兴，为中世纪改革之根本，足下当能语其消息盈虚之理也。①

黄远庸表明了一个有力的观点：在沉重的现实社会面前，章士钊式的"论政"实践已完全令人失望了，而需要另辟新路来寻找根本的救济中国的方法——这就是"新文学"。并且，黄远庸这种寻求"根本"解决中国问题的思路，具有一种普遍性意义，它不在于诸如章士钊等人的论政文章所涉及的国家、政党之类的政治组织形式与机构方面，也不在于一个决然独立的"我"，而在于更为抽象、内在的思想文化层面的价值。具体而言，"新文学"的功能应是使人与现代思潮接触，以启蒙的手段促使人的觉醒，改良人生，最终形成一种以文学介入与创造新政治的文化政治的思路——这也是日后五四"文学革命"的基本思路。固然，"以浅近文艺，普遍四周"的说法，不无梁启超以小说为维新之本的功利思路，但它的指向已经大为不同。"文艺复兴"在这里被提及，也让人想起五四一代浓厚的"文艺复兴"情结。

章士钊在给黄远庸的复信中谈道：

　　提倡新文学，自是根本救济之法，然必其国政治差良，其度不在水平线下，而后有社会之事可言，文艺其一端也。欧洲文事之兴，无不与政事并进。古初大地云扰，枭雄窃发，蹂躏簧舍，僇辱儒冠，幸其时政与教离，教能独立，而文人艺士，往依教宗，大院宏祠，变为学圃，欧洲古文学之不亡，盖食宗教之赐多也，而我胡

—————————

① 黄远庸：《致〈甲寅杂志〉记者函》，《甲寅杂志》第 1 卷第 10 号。

望者，以知非明政事，使与民间事业相容，即莎士比、嚣俄复生，亦将莫奏其技矣。①

章士钊坚持认为只有具体政事的优先，即国体、政党、议会等先做好了，才能谈及社会文化问题。文艺只能是社会问题之中的一部分而已，较之其他事物并没有什么先导权和决定性力量。如果没有政事的规范与清明，西方文豪如"莎士比、嚣俄"复生也没什么意义。章士钊并没有为"文学"或思想文化赋予一种宏大而先导的"现代"意义。对于章士钊而言，政治与文学并不能混淆起来，更不能以"文学"去解决政治、社会等一系列尖锐问题，因为这样做并不现实，只会使"文学"承担自身无法胜任的重任。

　　章士钊一方面确是不能理解黄远庸，就如他日后不能理解五四时期白话文运动与"文学革命"那样，他的文学观念与其政论一般，颇具英国保守主义的文化政治立场。另一方面，我们也须承认章士钊自有其理性思考，甚至能够以此反思黄远庸乃至五四"文学革命"一代人的"现代"立场：他们对文学的期待更多是基于一种信念的理想主义，并促使文学与"深刻"的思想文化结合起来，新文学在实践方面造成了若干的浪漫情怀与需要总结的成败得失。实际上，章士钊的复信完全否定了黄远庸"提倡新文学，自是根本救济之法"的思路。如果历史是按照章士钊的观点来发展行进的，自然就不会有新文化运动和五四"文学革命"的发生了。

　　再联系黄远庸在《庸言》杂志上的一段话：

　　　　夫理论之根据在于事实，而人群之激发实造端于感情。今有物最足激厉感情、发抒自然之美者，莫如文学。窃谓今日中国，乃在

---

① 章士钊：《答黄远庸》，《甲寅杂志》第 1 卷第 10 号。

文艺复兴时期。拓大汉之天声，振人群之和气，表著民德，鼓舞国魂者，莫不在此。吾国号称文字之国，而文学为物其义云何，或多未喻。自今往后，将纂述西洋文学之概要、天才伟著，所以影响于思想文化者何如。翼以筚路蓝缕，开此先路，此在吾曹实为创举。虽自知其驽钝，而不敢丧其驱驰之志也。①

一方面，"民德""国魂"这些清末民初的流行术语是作为一种社会目标出现的，"文学"是达到这一目标所采用的手段，"文学"又根源于事实，激励感情、发抒自然之美——总体来说，思路大抵不脱晚清"文学改良"的路子。另一方面，黄远庸又明确提出中国文学"欧化"的发展路径，主张"纂述西洋文学之概要、天才伟著、所以影响于思想文化者何如"之创举，实为五四新文学取径西方之先声，并且直接将这一文学发展的选择指向了价值层面的思想文化建构。

可以说，是黄远庸而不是章士钊的思路更为接近五四文学——他们已经属于不同的文化政治空间了，因为思考问题的方式完全不同。胡适说："《甲寅》最后一期里有黄远庸写给章士钊的两封信，至少可以代表一个政论大家的最后忏悔"，"他悬想将来的根本救济当从提倡新文学下手，要用浅近的文艺普遍四周，要与一般的人生出交涉来"，"他这封信究竟可算是中国文学革命的预言。他若在时，他一定是新文学运动的一个同志，正如他同时的许多政论家之中的几个已做新文学运动的同志了"。② 胡适以黄远庸为同志，对其有着极高的评价，这也说明民初言论界与五四"文学革命"的某种正面联系。罗家伦则干脆说："黄远生于民国三四年之际，颇有新文艺思想发现。"③ 1915 年 12 月，在美

---

① 远生（黄远庸）：《本报之新生命》，《庸言》第 2 卷第 1、2 号合刊。
② 胡适：《五十年来中国之文学》，《胡适全集》（第 2 卷），安徽教育出版社 2003 年版，第 309—310 页。
③ 罗家伦：《近代中国文学思想的变迁》，《新潮》第 2 卷第 5 号。

国旧金山唐人街远避袁世凯迫害的黄远庸遇刺身亡，他的朋友日后还深情回忆："我闲时常想着，若使远庸没有死，今日必变为浪漫派的文学。他本是个极富于情感思想的人，又是观察力最强不过的人，自然会与现代最新文艺的潮流相接近了。"① 在五四新文化运动之中，我们会发现黄远庸与在《青年杂志》创刊号中撰写《法兰西人与近世文明》的陈独秀在思维方式与精神气质方面颇有相似之处，乃至行文思路也多有可联系与比较的地方，他们给人的印象是不同于章士钊、胡适等英美式的冷静稳健与经验主义的理性思维，而是带有某种法国大革命传统的理想主义与迅猛气息。

第二节　早期《新青年》的文化转向与文学想象

由《甲寅杂志》，可以看到民初时期的中国知识分子在"王纲解纽"后一片混乱状态的中国社会之中，以边缘、精英的姿态出现，全面思考中国的现实政治问题，再以文言的书写在思想与观念上，探索并赋予"文学"以宏大的意义。当1915年9月《青年杂志》于上海创刊时，民初政论家渐渐淡出历史舞台，由当日《甲寅杂志》编创成员中的陈独秀引领，中国的思想与文学激情澎湃地翻开新的一页，"新文化"———一个至关重要的概念———隆重登场，"内面的生成"召唤出一个全新的历史行动主体。

茅盾曾言："从全体上看来，《新青年》到底是一个文化批判的刊物，而新青年社的主要人物也大多数是文化批判者，或以文化批判者的

---

① 林志钧：《〈黄远生遗著〉序》，黄远生《黄远生遗著》，上海书店1990年影印本，第9—10页。

立场发表他们对于文学的议论。他们的文学理论的出发点是'新旧思想的冲突'，他们是站在反封建的自觉上去攻击封建制度的形象的作物——旧文艺。"① 其实，在早期《新青年》之中，这一代人的选择已经较为明显了，已经完成了日后五四时期中国文学变革的奠基与文化政治理路的构思，并在日后五四白话文运动与"文学革命"之中发扬光大。

一

让我们罗列《新青年》杂志发展史上的一些事件：1915 年 9 月《青年杂志》于上海创刊；1916 年 9 月第 2 卷第 1 号改名为《新青年》；1917 年 1 月《新青年》第 2 卷第 5 号发表胡适的《文学改良刍议》。众所周知，胡适的《文学改良刍议》一文一向被视为"文学革命"的发端之作，是中国现代文学诞生的标志性文献。在此之后，新文学的创作逐渐兴盛起来，1917 年 1 月之后的《新青年》也为中国现代文学研究高度关注。本书反其道而行之，旨在考察 1915 年 9 月《青年杂志》创刊至 1917 年 1 月胡适《文学改良刍议》发表之前，历来为研究界相对关注较少这一年多时间内杂志的情形，此时期的《新青年》可概括为——早期《新青年》。

具体而言，早期《新青年》包括《青年杂志》杂志第 1 卷 1—6 号和《新青年》第 2 卷 1—4 号，共有 10 册。如果放在同一时期的民初刊物之中，早期《新青年》杂志也显得卓尔不群，诞生了一位时代性的中心人物——陈独秀。更重要的在于，早期《新青年》表明中国社会政治与文化建构思路在民初时期发生了重大转向，乃至形成与之前历史的"断裂"，并由此"断裂"而有效开拓出新的历史性的文化

---

① 茅盾：《中国新文学大系·小说一集·导言》，上海文艺出版社 2003 年影印本，第 2 页。

政治空间。

在《青年杂志》创刊的第 1 卷第 1 号之中，"通信"栏目有署名"王庸工"的来信，问及时政："北京杨度诸人发起筹安会，讨论国体问题是也。以共和国之人民，讨论共和国体之是否适当"，"切望大志著论警告国人，勿为宵小所误。"①《青年杂志》记者在反驳筹安会所持国体变更的理由之后说：

> 盖改造青年之思想，辅导青年之修养，为本志之天职，批评时政，非其旨也。国人思想，倘未有根本之觉悟，直无非难执政之理由。年来政象所趋，无一非遵守中国之法，先王之教，以保存国粹而受非难，难乎其为政府矣。欲以邻国之志警告国民耶，吾国民雅不愿与闻政治。日本之哀的美敦书，曾不足以警之，何有于本志之一文。②

"根本之觉悟"的提出，超越了以政府与国民为核心的晚清以降思想界主流思路。如上引文所言，正因为没有"具根本之觉悟"的思想基础，民初时期现实中表现拙劣的政府与国民是用不着责备的，即便责备也是没有意义的，他们仍遵循先王之教，仍保存国粹，日本的"哀的美敦书"（最后通牒）也未有警醒作用。正确的做法是转到青年，转到青年的思想文化，转到深具思想文化内涵的中国社会问题，而不在于一时的时政批评。

可再参照陈独秀在 1920 年的一次演说，这一意义更为显豁：

> 有人批评新文化运动的人太偏于社会方面，把政治忽略了，又有人批评我们何以不讨论重大的宪法问题。我的回答是：我们不是

---

① 王庸工：《通信》，《青年杂志》第 1 卷第 1 号。
② 记者：《通信》，《青年杂志》第 1 卷第 1 号。

忽略了政治问题，是因为十八世纪以来旧的政治已经破产，中国政
治界所演的丑态，就是破产时代应有的现象，我们正要站在社会的
基础上，造成新的政治，新的政治理想。不是不要宪法，是要合乎
二十世纪的时代精神能解决社会经济问题的新式宪法，而且要先在
社会上造成自然需要新宪法底实质。至于凭空讨论形式的宪法条
文，简直是儿戏，和实际社会没有关系。①

这种站在中国社会基础层面上的"新的政治"创造，正是早期《新青
年》文化转向的实质性内涵。它是晚清以降中国思想文化方面的一次重
要的转向，形成了在五四前后盛极一时的新文化运动在思想文化上的内
核，也是五四一代能够超越晚清以降思想文化乃至文学语言的"根本"
之所在——其理想状态应为"文化造就政治，而不是政治创造文化。政
治乃是社会价值系统的产物，而这些价值观念又是（或者应该是）根
据它们在个体生活经验中是否实用的判断形成的。"② 另外，还可以体
味罗志田一个观点："辛亥鼎革是一次改朝换代的武装革命，而新文化
运动则是一场以文化命名的运动。把文化'运动'视为真'革命'，并
质疑武装革命是否够'真'，呈现出显著的诡论意味，却是当年很多人
的共同特点。这样的并论充分体现出近代中国革命的延续性和广泛性，
是泛革命时代的鲜明表征。也正因有广义的文化观的存在，新文化运动
才可能被看成一场全面彻底的革命。"③

亦如周策纵的看法："'五四运动'中的改革者们的主要目标是创
建一个新中国，其方法之一就是以新思想取代旧的和传统的思想。《新

---

① 陈独秀：《我的解决中国政治方针——在南洋公学演说》，《时事新报·学灯》，1920
年5月24日。
② ［美］杰罗姆·B. 格里德：《五四知识分子的"政治"观》，王跃、高力克编《五四：
文化的阐释与评价——西方学者论五四》，山西人民出版社1989年版，第168页。
③ 罗志田：《体相和个性：以五四为标识的新文化运动再认识》，《近代史研究》2017年
第3期。

青年》创刊伊始，这就成了新改革运动的主要思路。"① 如再与《甲寅杂志》相比较，不难发现早期《新青年》与《甲寅杂志》面对的是大致相仿的历史情境，似乎都包含着一贯的政治意识，但是早期《新青年》却在相当程度上调转了《甲寅杂志》英国式的议会、国家与政党的思考路径，而是以中国社会的思想文化变革为内涵，产生了政治与文化交织生长之下新的社会视野，产生了看待中国历史与社会的全新眼光，也为日后重建中国政治、文学、文化等的思路奠定了一个基础，此亦非"启蒙"两字就可以完全涵盖的。

林毓生较早就将这一"文化转向"概括为"借思想文化作为解决问题的途径，是一种强调必先进行思想和文化变革然后才能实现社会和政治变革的研究问题的基本设定"②，其立场在于批评"借思想文化作为解决问题的途径，是被根基深厚的中国传统的倾向，即一元论和唯智论的思想模式所塑造的，而且是决定性的。当这种具有一元论性质的借思想文化以解决问题的途径，在辛亥革命后中国社会政治现实的压力下被推到极端的时候，它便演变成一种以思想为根本的整体观思想模式"③，而这一切所造成的全面反传统主义，自然有悖于林毓生的"多元的、分析的、根据具体事实的实质思维"④ 与"中国传统的创造性转化"⑤ 的自由主义思路。

汪晖着眼于第一次世界大战带给中国的影响与国内知识分子产生的巨大分歧之中，看到"构成'五四'文化运动根本特征的，是文化与政

---

① ［美］周策纵：《五四运动史》，陈永明等译，岳麓书社1999年版，第410页。
② ［美］林毓生：《中国意识的危机——五四时期激烈的反传统主义》，穆善培译，贵州人民出版社1988年版，第47页。
③ 同上书，第85页。
④ ［美］林毓生：《中国意识的危机——五四时期激烈的反传统主义》，穆善培译，贵州人民出版社1988年版，第339页。
⑤ 参见林毓生《中国传统的创造性转化》，生活·读书·新知三联书店2011年版。

治之间的相互转化、渗透和变奏"①，"新的政治不是历史的自然延伸，它产生于一种新的意识、思想、文化和历史理解"②，"'文化转向'的核心在于重新界定政治的内涵、边界和议题，其潜在含义是对既往政治的拒绝。在这一文化运动中，政治对立和政治斗争直接地呈现为文化对立和文化斗争，换言之，政治的中心是文化、价值、伦理、道德及其呈现形式（语言、文体和艺术表现，等等）"。③ 值得注意的是，汪晖在极为宏观的视野之中，指出了这一"文化转向"与语言文字变革的密切联系。

张旭东认为："现代中国的存在是一种直达个人的文化政治的集体存在，而'五四'正是源头。作为历史/文化整体或总体的'五四'，标志着中国在'近代化'过程中文化与政治的合一，在这个意义上，它标志着'现代中国'的开始。"④ 很重要的是，张旭东还说明："'五四运动'的载体和媒介是白话文，离开白话文就没有'五四'，没有新文化。白话文运动某种意义上是'五四运动'的核心，因为它的'言文合一'的理论与实践，在语言上为现代中国奠定了基础。可以说，现代中国及其自我意识，都是由白话文构造出来的。"⑤

很明显，汪晖、张旭东的思路并不同于林毓生。在林的看法之中，"意识本身不是作为一种历史的现象，而是作为一种范型的表现而出现的"⑥，而汪、张两人是在历史语境之中说明五四时期超越清末民初的中国社会思想文化的基础之所在，揭示了中国社会波澜壮阔的文化政治变革的到来，在其中当然也包括了中国语言文字的空前变革及其必然

---

① 汪晖：《文化与政治的变奏——战争、革命与1910年代的"思想战"》，《中国社会科学》2009年第4期。

② 同上。

③ 同上。

④ 张旭东：《"五四"与中国现代性文化的激进诠释学》，《现代中文学刊》2009年第1期。

⑤ 同上。

⑥ ［美］阿里夫·德利克：《五四运动中的意识与组织：五四思想史新探》，王跃、高力克编《五四：文化的阐释与评价——西方学者论五四》，山西人民出版社1989年版，第52页。

性——而这一切的逻辑起点正是在民初时期得以建立，集中体现于早期《新青年》之上。①

还可以援引蓝志先在《新青年》第6卷第4号之中的一段话：

> 《新青年》诸君之文章，吾虽没有尽读，却也看过好几篇，其中为吾所钦佩的很多，现在可不必细说。从前亡友黄远庸对于改造国语文学、改良社会道德，所有主张与诸君差不多。所做的文章，虽也有几篇，因为种种原因，不能投身专做这革新事业，后来反对袁世凯的帝制，决心抛弃一切，愿奉他一身来尽力于这理想的事业，不意被人暗杀，有志未逮，抱恨千古。此外抱这种革新志愿的人，吾朋友中很有，都是常想做这事业的，可都误于政治活动，从未切实做去，等于没有这志愿一样。在这几年中，就这新青年诸君

---

① 张旭东在近期继续深入思考这一文化转向的"自觉"问题及其带来的影响，转而持有一种相当鲜明的批判态度，让人想到黄远庸与章士钊在《甲寅杂志》通信之中章士钊的立场。他认为："这种以文化自觉的方式去进行一场文化革命，试图以此解决经济、政治领域不能解决的问题的思路或途径，不但为降生中的新文化提前预备好了一幅几乎难于承受的重担，也有意无意地抽空了伦理世界的历史实质。更为严重的是，它回避了在近代条件下重建国家主权统摄下的新的政治统一体的自主性和优先性，却用一个文化自觉的'新青年'的自我形象和自我意置换了那个作为共同体保护者的利维坦的形象，"用'文化'或'文化自觉'救国，却只能说是手段与目的之间的错位。于是，国家越陷入危亡之境，文化主义的破偶像论、怀疑论、虚无主义、进步论、全盘西化论就大行其道，结果是重建政治权威、国家统一、主权完整的努力就越缺乏来自社会领域和文化领域的道德支持、情感投入和思想认同，就越不可能在自然和历史的双重意义上确立自己的正当性与合法性。这种把政治危机和社会危机抽象地、全盘地归结为文化危机，再通过由这种危机感催生的激烈文化主义自我否定将克服危机的传统资源进一步消解和抽象化的循环，成为二十世纪世纪中国知识思想的一条歧途"，"陈独秀的'伦理自觉'或'吾人最后的自觉'的目标不是中国文明和伦理世界的连续性和内部丰富性和可适应性，而恰恰是向旧世界发起的最后的冲锋。这种'自觉'的战役展开就是五四文学文化传统中占显赫地位的'国民性改造'运动，它与其说是伦理世界对文化—思想世界和政治世界的观照、批判和反思，毋宁说是文化—思想世界和政治世界对伦理世界的最后的、根本的改造。然而离开国家的政治统一和基于国家意志的民族文化政策和经济政策，脱离生产方式的实质性、结构性变革，打着'伦理自觉'的文化革命和思想革命仍然只能是激进的启蒙文化主义与个人主义的又一次尝试。而真正的伦理革命，只能出现在国家主导的全面经济、社会、文化变革之后；真正的'移风易俗'，只能来自'大多数'作为自己生活世界的主人塑造自己历史条件和物质—精神环境的过程"。（张旭东《启蒙主义"伦理自觉"与当代文化政治》，《中国现代文学研究丛刊》2015年第7期）

猛力进行，没有好久，居然有许多赞成的反对的，令一般人把诸君所说的话，都成了一个问题研究。这真是诸君开拓思想界的大功，吾是愿以无限的同情来祝颂诸公的。①

这是一位经历了民初与五四时期的人感性直观认识。从中，我们至少可以分辨出两重含义：一为以黄远庸为代表的一些民初政论家与五四思想的相通性，他们都意识到了某些重要的问题，乃至可以认为民初言论界能够与五四思想衔接，并具有"原点"的意义，但在社会现实之中并没有成长起来，并没有产生实际的影响；二为从民初到五四时期，中国知识分子团体产生了从"政治活动"到"开拓思想界"的转移，而这正是早期《新青年》的文化转向，即从对具体时政的关注到以思想文化再造新的政治的转变。在蓝志先毫无保留的赞扬声中，早期《新青年》超越民初时期的变革得以显现，而且使得当时中国社会的思想文化气象为之一新。

二

让我们再看早期《新青年》"文化转向"的具体表现。最为鲜明的直观印象是无数有关"青年"的文章的高密度出现，堪称在这一文化转向之后一种心态与情感凝聚的"青年话语"，其实质就是一种文化政治的修辞性形象表达，充满了激越澎湃的色彩。随意翻阅早期《新青年》，这些文章就有陈独秀《敬告青年》②、高一涵《共和国家与青年自觉》③、中国一青年译《青年论》④、谢鸿《德国青年团》⑤、高语罕《青

---

① 蓝志先：《讨论·蓝志先答胡适书》，《新青年》第6卷第4号。
② 《青年杂志》第1卷第1号。
③ 同上。
④ 同上。
⑤ 《青年杂志》第1卷第3号。

年与国家前途》①、孟明译《青年与性欲（人生科学二）》②、易白沙《战云中之青年》③、高语罕《青年之敌》④、陈独秀《新青年》⑤、李大钊《青春》⑥、吴稚晖《青年与工具》⑦、刘叔雅《欧洲战争与青年之觉悟》⑧ 等。

例如，《青年杂志》发刊词《敬告青年》，以生物体新陈代谢的比喻，赋予青年以重大的社会改造使命："青年如初春，如朝日，如百卉之萌动，如利刃之新发于硎，人生最可宝贵之时期也。青年之于社会，犹新鲜活泼细胞之在人身，新陈代谢，陈腐朽败者无时不在天然淘汰之途，与新鲜活泼者以空间之位置及时间之生命。人身遵新陈代谢之道则健康，陈腐朽败之充塞细胞人身则人身死。社会遵新陈代谢之道则隆盛，陈腐朽败之分子充塞社会则社会亡。"⑨ 《青年杂志》对"青年"的标举，让人想到晚清时期梁启超大声疾呼的"少年中国"。这时陈独秀不再关注晚清那种泛泛而论的民族国家话语式的"国民"，而是期待在中国社会之中，在思想文化的变革之中，找到某一部分"有效"人群——"青年"，将自己的观念人格化，作身体方面的意识形态建构，并以进化论的眼光，将全部希望放在"青年"的奋斗之上。

再如，在改刊为《新青年》的第一期中，即在《新青年》第 2 卷第 1 号之中，首篇即刊载《新青年》一文，重申"青年"不限于年龄，而是限于价值与资格，可视为对早期《新青年》的"青年话语"的一个小结："青年何为而云新青年乎？以别夫旧青年也。同一青年也，而

---

① 《青年杂志》第 1 卷第 5 号。
② 同上。
③ 《青年杂志》第 1 卷第 6 号。
④ 同上。
⑤ 《新青年》第 2 卷第 1 号。
⑥ 同上。
⑦ 《新青年》第 2 卷第 2 号。
⑧ 同上。
⑨ 陈独秀：《敬告青年》，《青年杂志》第 1 卷第 1 号。

新旧之别安在？自年龄言之，新旧青年固无以异；然生理上，心理上，新青年与旧青年，固有绝对之鸿沟，是不可不指陈其大别，以促吾青年之警觉。慎勿以年龄在青年时代，遂妄自以为取得青年之资格也。"①一个激情四溢的"青年"形象，于是矗立在中国历史与思想文化的地平线上。陈独秀虽曾强调"青年"在身体、意志上的"野蛮主义"，但在"青年"形象建构之中，更为重要的无疑是强力凝聚于其中的社会思想观念。

由这一"青年"形象，我们还可以觉察到早期《新青年》文化转向，并没有在中国社会层面得以切实的开拓，实际上内涵是较为空洞的，外延无边无际，承担了无所不能的功能——"从'青年'问题开始，也即将一代新人的创造作为政治变迁和社会变迁的路径"②。因此，早期《新青年》对"青年"的观念性塑造，文学修辞式地成为不无浪漫情怀的直接外化，也有着鲜明的意识形态质地。之后，随着《新青年》杂志逐步深度介入中国社会的思想文化，在一些具体领域显现出推进的实绩之后，这一早期《新青年》的"青年话语"现象在外部呈现上逐渐减弱，直至消失。在文学领域，由于"青年"与现代性价值与时间的关联，犹如先天携带的遗传密码一般，有关青年的主体想像与青年主体塑造是中国现代文学之中经久不衰的核心话题。

三

早期《新青年》的文化转向是建立在将中西架构等同于新旧架构的基础之上的，可以说这构成了五四一代基本的思维方式与价值判断。

例如，陈独秀在分辨东西方文明之时，欧罗巴文明受到特别标举：

---

① 陈独秀：《新青年》，《新青年》第 2 卷第 1 号。
② 汪晖：《文化与政治的变奏——战争、革命与 1910 年代的"思想战"》，《中国社会科学》2009 年第 4 期。

> 近世文明，东西洋绝别为二。代表东洋文明者，曰印度、曰中国。此二种文明虽不无相异之点，而大体相同。其质量举未能脱古代文明之窠臼，名为"近世"，其实犹古之遗也。可称曰"近世文明"者，乃欧罗巴人之所独有，即西洋文明也，亦谓之欧罗巴文明。移植亚美利加，风靡亚细亚者，皆此物也。欧罗巴之文明，欧罗巴各国人民皆有所贡献，而其先发主动者率为法兰西人。①

非常明显，陈独秀将文明划分为东、西两类，明确肯定"西洋文明"，表明了晚清以降一个"欧化"的时代——至少在部分呼吁变革的中国知识分子观念之中——降临了。

在《青年杂志》第 1 卷第 1 号上，还有汪叔潜的一篇《新旧问题》，将东西文明之辨说得更为明白：

> 今日之弊，固在新旧之旗帜，未能鲜明。而其原因，则在新旧之观念与界说未能明了。夫新旧乃比较之词，本无标准，吾国人之惝恍未有定见者，正以无所标准，导其趣舍之途耳。今为之界说曰：所谓新者无他，即外来之西洋文化也；所谓旧者无他，即中国固有之文化也。②

并且，二者的关系是：

> 是谓之西洋文化，而为吾中国前此所未有，故字之曰新，反乎此者则字之曰旧。二者根本相违，绝无调和折中之余地。今日所当决定者，处此列族竞存时代，究竟新者与吾相适，抑旧者与吾相适？如以为新者适也，则旧者在所排除；如以为旧者适也，则新者在所废弃。旧者不根本打破，则新者绝对不能发生；新者不排除尽

---

① 陈独秀：《法兰西人与近世文明》，《青年杂志》第 1 卷第 1 号。
② 汪叔潜：《新旧问题》，《青年杂志》第 1 卷第 1 号。

净，则旧者亦终不能保存。新旧之不能相容，更甚于水火、冰炭之不能相入也。①

如此新与旧的截然划分，可以说是五四中人的时代性选择——一种现代性装置由此得以建立，成了他们思考诸多问题的基本方式。当然，我们也可以说，所谓的"二元对立"可能就是一种修辞方式、就是一种说法而已，重要的五四一代需要通过这样的绝对化表达，去寻找与表明他们的正面主张。总而言之，陈独秀、汪叔潜等人坚定地认为中国应输入西方文明，以此来改造中国社会，来铸造中国未来。这就完全不同于清末民初时期的中国，更多是在中西之间寻找相似性与相通性，从而形成一种"西学中源"式的中国早已有之的牵强攀附。

可证之以陈独秀的名文《吾人最后之觉悟》，结论式说明："其足使吾人生活状态变迁而日趋觉悟之途者，其欧化之输入乎？欧洲输入之文化，与吾华固有之文化，其根本性质极端相反。数百年来，吾国扰攘不安之象，其由此两种文化相触接、相冲突者，盖十居八九。"② 这相应就鲜明呈现出具有时代意义的文化选择方案——"欧化"。还值得关注的是，在《吾人最后之觉悟》一文之中，陈独秀提出了"伦理的觉悟"的命题："自西洋文明输入吾国，最初促吾人之觉悟者为学术，相形见绌，举国所知矣；其次为政治，年来政象所证明，已有不克守缺抱残之势。继今以往，国人所怀疑莫决者，当为伦理问题。此而不能觉悟，则前之所谓觉悟者，非彻底之觉悟，盖犹在惝恍迷离之境。吾敢断言曰，伦理的觉悟，为吾人最后觉悟之最后觉悟。"③ 陈独秀直指"伦理的觉悟"为最后之觉悟，进一步表明五四一代已经在文化价值的层面上，充分面对了所谓的"西洋文化"。这即是说，所谓的"西洋文化"，

---

① 汪叔潜：《新旧问题》，《青年杂志》第 1 卷第 1 号。
② 陈独秀：《吾人最后之觉悟》，《青年杂志》第 1 卷第 6 号。
③ 同上。

在特定的历史时期内化成为中国经验，内化成为中国社会改造的动力，形成了某种"现代"与"中国"的融合发展景象。

让我们将视野拓展开来，延伸到早期《新青年》之后的一场著名论战——它实与早期《新青年》的文化意识具有相同的文化逻辑。我们看到被陈独秀视为对立面的杜亚泉主编的《东方杂志》，与《新青年》同样是以中西文明的思维展开自己的论述，分享了某种共同的论说前提，然而有着截然不同的思路与结论。杜亚泉说："盖吾人意见，以为西洋文明与吾国之固有文明，乃性质之差，而非程度之差；而吾国固有之文明，正足以救西洋文明之弊，济西洋文明之穷者。西洋文明，浓郁如酒，吾国文明，淡泊如水；西洋文明，腴美如肉，吾国文明，粗粝如蔬，而中酒与肉之毒者，则当以水及蔬疗之也。"[1] 再加上第一次世界大战给欧洲带来的惨祸，促使他相信"西洋文明，露显著之破绽"[2]。

杜亚泉与《新青年》五四一代的观点，可谓泾渭分明。陈独秀随即发难，主动挑起论战，有关东西方文化的内容是最为重要的部分。陈独秀质问："近代中国之思想学术，即无欧化输入，精神界已否破产？假定即未破产，伧父君所谓我国固有之文明与国基，是否有存在之价值？倘力排异说，以保存此固有之文明与国基，能否使吾族适应于二十世纪之生存而不消灭？"[3] 在另一篇再质问的文章之中，陈独秀全力为"欧洲文明"辩护："盖自欧战以来，科学、社会、政治，无一不有突飞之进步；乃谓为欧洲文明之权威，大生疑念。此非梦呓而何？"[4] 对于新文化阵营而言，五四前后东西方文明论战的意义重大，在于为五四一代开辟新的创造性思想文化空间，为其欧化取向的观念提供合法性基

---

① 杜亚泉：《静的文明与动的文明》，《东方杂志》第13卷第10号。
② 杜亚泉：《战后东西文明之调和》，《东方杂志》第14卷第4号。
③ 陈独秀：《质问〈东方杂志〉记者——〈东方杂志〉与复辟问题》，《新青年》第5卷第3号。
④ 陈独秀：《再质问〈东方杂志〉记者》，《新青年》第6卷第2号。

础，同时这也极大强化了五四时期中西架构等同于新旧架构的思维方式。无疑，早期《新青年》文化转向呈现出的一系列思想观念，会直接影响与形成五四时期诸多领域的基本思想文化蕴含，规定其基本走向，其中当然包括文学及其想象。

四

在早期《新青年》文化转向的基础上，陈独秀清晰表现出对"文学"新的社会定位与取径思路。在《青年杂志》第1卷第3号与第4号之中，陈独秀各有一篇同名的《现代欧洲文艺史谭》。前者开篇即梳理了欧洲文艺思想变迁的源流：

> 欧洲文艺思想之变迁，由古典主义（Classicalism）一变而为理想主义（Romanticism），此在十八、十九世纪之交。文学者反对模拟希腊、罗马古典文体，所取材者，中世之传奇，以抒其理想耳。此盖影响于十八世纪政治社会之革新，黜古以崇今也。十九世纪之末，科学大兴，宇宙人生之真相，日益暴露，所谓赤裸时代，所谓揭开假面时代。喧传欧土，自古相传之旧道德、旧思想、旧制度，一切破坏，文学艺术，亦顺此潮流，由理想主义，再变而为写实主义（Realism），更进而为自然主义（Naturalism）。[①]

然后，陈独秀再将其文学理想落实于："现代欧洲文艺，无论何派，悉受自然主义之感化。作者之先后辈出，亦远过前代。"[②] 这种思考问题的方式与日后五四文学的实践关系甚大，简言之是以文学思潮的"主义"去看待"文学"的发展，并将之纳入一种进化论的递进关系之中，

---

① 陈独秀：《现代欧洲文艺史谭》，《青年杂志》第1卷第3号。
② 同上。

使其充分地秩序化、本质化。当陈独秀梳理出西方文学"主义"式的思潮演进，其实就是文化政治思路的一种实现——在西方文学发展之中提炼出既定的规范性与体系性的脉络，形成了一整套关于"文学"新的知识。其中的权力关系极为清晰，"写实主义""自然主义"既是正面的标举，又是一个排斥其他文学实践的存在。

陈独秀西方文学的"主义"序列结构——古典主义、理想主义、写实主义、自然主义——绝不是无的放矢，绝不是简单的知识性介绍。个中意味很快就为《新青年》读者张永言来信问及："贵杂志第三号论欧洲文艺，谓今日乃自然主义最盛时代，且历举古典主义等用相比较，仆意我国数千年文学屡有变迁，不知于此四主义中已居其几？而今后之自然主义，当以何法倡导之，贵杂志亦有意提倡此种主义否？"①陈独秀正面回答了这一提问，他联系当时中国文学的发展现状，冷静审视中国文学，并予以定位："吾国文艺，犹在古典主义、理想主义时代，今后当趋向写实主义。文章以纪事为重，绘画以写生为重，庶足挽今日浮华颓败之恶风。……各国教育趋重实用，与文学趋重写实，同一理由。"②"主义"审视的结果，就是直接使得中国文学与西方文学不再各自独立，而须将中国文学切入西方文学的递进发展序列之中。

这即是说，在五四一代的眼中，西方文学发展的序列是一种普世性的文学发展知识，中国文学并没有什么特殊性，而是必须要加入这一递进序列之中，这就仿佛命定一般地规定了中国文学以后的发展方向，只有加入这一序列之中方能彰显出中国文学发展的现代意义。从"古典主义"到"写实主义"，陈独秀批判了中国文学的发展现状，定性中国文学为"古典主义"，也就是定性了中国文学处于的进化时间与落后位置，这也是中西构架等同于新旧框架的思维返观中国文学得出的结论。

---

① 张永言：《通信》，《青杂志年》第 1 卷第 4 号。
② 记者（陈独秀）：《通信》，《青年杂志》第 1 卷第 4 号。

对"写实""写生""实用"等系列词语的高度关注，陈独秀表明的是一种鲜明的现代理念文学观念，要求文学与生活相通的真实感与介入感，这当然是一种高度自觉的文学意识形态的看法——文学必须植根于现实生活，并基于进步观念而对现实生活必然采用一种强烈的批判态度，而不是清末民初文学的类型化发展状态。可以说，日后五四"新文学"的种种特质或已萌芽于其中了，日后五四"新文学"的真实观、功用观已经包含于其中了——概言之，陈独秀为五四"新文学"签发了出生证。

《青年杂志》读者张永言仍对陈独秀的这一说明不理解，甚至感到惊骇，在《青年杂志》第 1 卷第 6 号的"通信"栏目之中，继续发问道：

> 承示我国文艺尚在古典主义、理想主义时代，以后方始入于写实主义之境，去西人所处，只得其半，文化粗迟，至可骇也。惟写实主义与自然主义之界别，仆尚未能十分明了，幸于次期列举例证，以开蒙昧。所谓古典主义，是否如我国文字，言则必称先王，或如骈丽文中，征引古事，用为比譬？所谓理想主义，是否如我国文中，动则以至仁极义之语相责难，而冀世所必无之事？此两义，仆之想象以为如是，究竟是否，尚乞教之。①

陈独秀的回答则为：

> 欧文中古典主义，乃模拟古代文体，语必典雅，援引希腊，罗马神话，以眩赡富，堆砌成篇，了无真意。吾国之文，举有此病，骈文尤尔，诗人拟古，画家仿古，亦复如此。理想之义，视此较有活气，不为古人所囿，然或悬拟人格，或描写神圣，脱离现实，梦

---

① 张永言：《通信》，《青年杂志》第 1 卷第 6 号。

入想像之黄金世界。写实主义、自然主义，乃与自然科学、实证哲学同时进步，此乃人类思想由虚入实之一贯精神也。自然主义，尤趋现实，始于左喇时代，最近数十年来事耳，虽极淫鄙，亦所不讳，意在彻底暴露人生之真相，视写实主义更进一步。①

张永言仍是努力将"古典主义""理想主义"这样的概念与中国文学的现实情形结合起来。陈独秀通过细致的解释，对"自然主义"的标榜可以说无以复加了，"自然主义"的目的在于"彻底暴露人生之真相"，甚至比"写实主义"更为高等，由"自然主义"使得文学与社会的关系在本质上构成了一一对应的关系，因而陈独秀眼中的"文学"不会是一个自律自足的本体概念，而是对现实社会一种功利性、工具性的反映。

在《青年杂志》第1卷第4号上，另有一篇《现代欧洲文艺史谭》，继续表明了陈独秀的某些文学观念。在开篇之际，陈独秀观察西方大作家的角度很有意思：

> 西洋所谓大文豪，所谓代表作家，非独以其文章卓越时流，乃以其思想左右一世也。三大文豪之左喇，自然主义之魁杰也。易卜生之剧，刻画个人自由意志者也。托尔斯泰者，尊人道，恶强权，批评近世文明，其宗教道德之高尚，风动全球，益非可以一时代之文章家目之也。西洋大文豪，类为大哲人，非独现代如斯，自古尔也。若英之沙士皮亚（Shakespeare），若德之桂特（Goethe），皆以盖代文豪而为大思想家著称于世者也。②

大文豪、大作家的意义，并不在于他们创作文学作品的艺术卓越，也不

---

① 记者（陈独秀）：《通信》，《青年杂志》第1卷第6号。
② 陈独秀：《现代欧洲文艺史谭》，《青年杂志》第1卷第4号。

是类同于中国已有"文章家"一般的存在，而是因为其思想影响的左右一世，思想文化层面的价值使得他们能够在社会层面发挥巨大的作用——这大概是陈独秀对其理想之中"文学"的一种想象吧。文学家、美术家的功能就是促进文明与思想，"文学"被置于社会文化的至高位置。

让我们将视野再稍作后移，来看 1919 年 12 月《新青年》第 7 卷第 1 号之中的《本志宣言》一文。在这里，我们看到"文学"的现代意义生成，且清晰标明于一种进步观念之下的社会改造序列之中：

> 我们相信政治道德科学艺术宗教教育，都应该以现在及将来社会生活进步的实际需要为中心。
>
> 我们因为要创造新时代新社会生活进步所需要的文学道德，便不得不抛弃因袭的文学道德中不适用的部分。
>
> 我们相信尊重自然科学实验哲学，破除迷信妄想，是我们现在社会进化的必要条件。
>
> 我们相信尊重女子的人格和权利，已经是现在社会生活进步的实际需要，并且希望他们个人自己对于社会责任有彻底底觉悟。①

如此的表达，将"文学"与"道德"连用，重视的完全是文学的思想伦理方面的价值，充满了宏大叙事的现代色彩。正是基于社会改造的思想文化所具有的空前意义，我们可从中窥见一个时代的思想结构与文学想象，可以窥见一种所谓的新政治的实质性含义。相应的，应运而生的五四新文学与五四文化政治意识当然天然具有高度的契合性与贯通性，或者说五四新文学本身就是五四思想文化最为集中的表现领域，五四新文学本身就是五四时期文化政治最为显著的实现领域，

---

① 《本志宣言》，《新青年》第 7 卷第 1 号。

而基于现代"深刻意义"的这一文学实践也必将迸发出超越自身的巨大能量，这是一个"中外历史上少有的以文学为中心的时代"①。

从民初时期一路走来，在"文学革命"发难之前，"文学"在这一历史时期基本上不是在具体的实践与创作层面，而更多是在政治、文化与思想层面之上不断浮现，"表明了某种强调意识因素对形成人的行为之影响力的共同潜在倾向，即使这只是少数先驱精英的意识"②。在"理念先行"之中，在早期《新青年》的文化转向之中，我们看到的是思想文化内涵的文化政治赋予了民初社会变动之中的"文学"观念以极为宏大的社会主体定位。或言正是在这一时期，由中国文学变革的若干线索形成了新的巨大的潜流，并直接成为在早期《新青年》之后接纳海外的胡适等人倡导"文学革命"的思想文化准备与社会基础。可以说，早期《新青年》业已完成五四时期中国文学现代转型的奠基性装置与文化政治理路的构思，并在日后五四白话文运动与"文学革命"之中不断发扬，进而矗立起一个时代整体性的文学及语言的形象。

---

① 刘纳：《论"五四"新文学·前言》，华东师范大学出版社 2014 年版，第 1 页。
② ［美］本杰明·史华慈：《〈五四运动的反省〉导言》，王跃、高力克编《五四：文化的阐释与评价——西方学者论五四》，山西人民出版社 1989 年版，第 2 页。

第二章　胡适留学时期白话文思想及其汇流

　　胡适在美国留学期间有关白话文思想的成熟，是中国文学语言现代转型之中具有实质意义的突破——这也是五四文学语言研究的"前史"之二。通过对这一时期胡适"西方文学体验"的描绘，我们希望显现出不同于国内炽热政治氛围的另一海外空间——这也是一种较为特别的中国语言文字变革的小环境。此时胡适的态度为："我主张用白话作诗，友朋中很多反对的。其实人各有志，不必强同。我亦不必因有人反对遂不主张白话。他人亦不必都用白话作诗。"① 海外留学时期的青年胡适更多是处于一种孤立的状态，所以显示出一种较为"温和"的形象。

　　在此之后，胡适在海外经年思考而富有体系的缜密白话文理论与这一时期由国内社会的思想文化变动而推动的文学变革得以交集，并在《甲寅杂志》《新青年》的"通信"栏目之中得以实现，直接宣告了五四白话文运动与"文学革命"即将登上历史舞台。

---

　　① 胡适：《"文学革命"八条件》，《留学日记·卷十四》，《胡适全集》（第28卷），安徽教育出版社2003年版，第439页。

第一节　留学时期胡适的"西方文学"体验

当我们阅读 1917 年 1 月发表于《新青年》第 2 卷第 5 号胡适的《文学改良刍议》一文之时，文末"结论"似乎只是自谦与客套，一般不会引起重视：

> 上述八事，乃吾年来研思此一大问题之结果。远在异国，既无读书之暇晷，又不得就国中先生长者质疑问难，其所主张容有矫枉过正之处。然此八事皆文学上根本问题，——有研究之价值。故草成此论，以为海内外留心此问题者作一草案。谓之刍议，犹云未定草也。伏惟国人同志有以匡纠是正之。①

实际上，这段话指明一桩事实：胡适是在海外逐渐形成与完成了这一被认为是中国现代文学诞生的标志性论文，并担心国内的若干负面的反应，直接定位自己为海外留心文学根本问题之人，而期待国人同志的纠正。这就打开了在民初时期，以《甲寅杂志》、早期《新青年》为代表引领国内变革思潮之外，中国文学语言现代转型的另一重要空间——与国内情形有相当差异的海外空间。

一

所谓"海外空间"，自然是源于晚清以降中国人大规模海外留学的现实情形，自然是源于中国留学生在海外的学习生活状况与异域生存体验。并且，由于晚清时期科举制度的废除，留学生得以弥补某种中国社

_____

① 胡适：《文学改良刍议》，《新青年》第 2 卷第 5 号。

会的真空，去完成中国知识分子的某种上升途径，对中国社会产生了巨大的影响，使得不少人认为当时的留学就是新的科举之路。相应的，我们看到近代以来留学生对于中国社会与文化的现代转型的重大意义，其中也包括中国文学，甚至有人认为中国现代文学就是由留学生带来的文学。

在清末民初风云际会之时，胡适自是对海外留学生有一种心理认同与期待，而此时的留学一代也是意气风发，有时还会让人感到一种不无夸张的自许。《非留学篇》集中体现了胡适关于留学的种种观点，一方面固然是：

> 留学者，吾国之大耻也；
>
> 留学者，过渡之舟楫而非敲门之砖也；
>
> 留学者，废时伤财事倍功半者也；
>
> 留学者，救急之计而非久远之图也。①

在另一方面，何尝不是说明在国势飘零之际海外留学的迫切性。亦如胡适所言：

> 留学生者，篙师也，舵工也。乘风而来，张帆而渡，及于彼岸，乃采三山之神药，乞医国之金丹，然后扬帆而归，载宝而返。其责任所在，将令携来甘露，遍洒神州；海外灵芝，遍栽祖国；以他人之所长，补我所不足，庶令吾国古文明，得新生机而益发扬光大，为神州造一新旧混合之新文明，此过渡时代人物之天职也。②

对于这一时代重任，胡适谈道：

---

① 胡适：《非留学篇》，《胡适全集》（第20卷），安徽教育出版社2003年版，第6页。
② 同上书，第8页。

　　盖前此之遣留学生，但为造官计，为造工程师计，其目的所在，都不出仕进、车马、衣食、利禄之间；其稍远大者，则亦不出一矿一路之微耳。初无为吾国造新文明之志也，今既以新文明为鹄，则宜以留学为介绍新文明之预备。盖留学者，新文明之媒也，新文明之母也。①

这种再造文明的自觉，为胡适带来了强烈的"新文明"的文化视野与心态，即以西方思想文化改造中国社会的思路，实际上呼应了五四前后中国社会关于中西文化论战的若干观点，呼应了早期《新青年》的文化转向。在1917年7月回国之时，胡适就"打定二十年不谈政治的决心，要想在思想文艺上替中国政治建筑一个革新的基础"②。

　　胡适在其日记中多有对自己抱负的流露。或作自我分析："吾生平大过，在于求博而不务精。盖吾返观国势，每以为今日祖国事事需人，吾不可不周知博览，以为他日为国人导师之预备。"③ 或与朋友交谈："南下至华盛顿小住，与经农相见甚欢。一夜经农曰：'我们预备要中国人十年后有什么思想？'此一问题最为重要，非一人所能解决也，然吾辈人人心中当刻刻存此思想耳。"④ 我们想说明的是，海外空间的留学生身份带来对中国社会改造的自我期许，对于胡适是有实质意义的。"国人导师"的预设，为日后的胡适带来某种强势的心理定式，即是带来开天辟地般重振山河与再造中国社会思想文化的豪气，这在胡适作为领袖之一的五四时期"文学革命"之中有突出的表现。

---

① 胡适：《非留学篇》，《胡适全集》（第20卷），安徽教育出版社2003年版，第19页。
② 胡适：《我的歧路》，《胡适全集》（第2卷），安徽教育出版社2003年版，第467页。
③ 胡适：《留学日记·卷九》，《胡适全集》（第28卷），安徽教育出版社2003年版，第148页。
④ 胡适：《留学日记·卷十五》，《胡适全集》（第28卷），安徽教育出版社2003年版，第510页。

二

1904 年赴美留学的顾维钧，曾忆及当时在美国的中国留学生的政治意识：

> 我有一个清楚的印象，当时中国学术不属于任何党派。作为中国人，他们关心祖国的幸福。一般说来，很少表达政治见解。中国学生联合会注意使任何建议都超越派系之上。……从 1905 到 1911 年，在中国历史上是一个有意思的时期。这期间发生了许多重大的政治事件。清政府宣称决心研究和推行宪政。这是中国人民的要求。尽管孙中山博士领导的同盟会有一项推翻满清，恢复中华的明确纲领，学生团体却从未公开提出过这个问题。据我回忆，在主张共和和赞成君主立宪两者之间，从来没有发生过公开论战。①

这种远离国内炽热的政治氛围，或言与国内现实情形有相当区别的留学环境，带给胡适的是一种全新而安定的异域体验，也是一个海外思想的空间。胡适不是像陈独秀那般，从《甲寅杂志》到《青年杂志》一路艰难困苦地走来，与民初时期的社会政治是深深的纠葛，由政治需求产生对社会文化的改造，进而以抽象价值阐释去营构一个"西方"，以引领中国的"新文化"价值观念。胡适是切身体验到了一个真实的"西方"，也从中萃取出某种价值认同，并为之终生信奉。

取得"庚子赔款"第二期官费生资格之后，胡适于 1910 年 9 月到康奈尔大学，1915 年 6 月进入纽约哥伦比亚大学，1917 年 6 月离美返国，1917 年 9 月担任北京大学教授。多年在美国学习与生活的他，已经全然融入美国环境之中。胡适忆及接触到的美国家庭：

_____

① 顾维钧：《顾维钧回忆录》（第 1 分册），中华书局 1983 年版，第 66 页。

在绮色佳城区和康乃尔校园附近也是我生平第一次与美国家庭发生亲密的接触。对一个外国学生来说，这是一种极其难得的机会，能领略和享受美国家庭、教育，特别是康大校园内知名的教授学者们的温情和招待。①

胡适还积极参与美国的政治生活：

我们参与绮色佳城一带举行的每一个政治集会。我接受了奥氏的建议，于一九一二年的选举中选择了进步党党魁老罗斯福作为我自己支持的对象。四年之后（一九一六年），我又选择了威尔逊为我支持的对象。在一九一二全年，我跑来跑去，都佩戴一枚（象征支持罗斯福的）大角野牛像的襟章；一九一六年，我又佩戴了支持威尔逊的襟章。②

这直接奠定了胡适一生对政治的浓厚兴趣。当胡适告别绮色佳去哥伦比亚大学时，临别依依：

吾尝谓绮色佳为"第二故乡"，今当别离，乃知绮之于我，虽第一故乡又何以过之？……此五年之岁月，在吾生为最有关系之时代。其间所交朋友，所受待遇，所结人士，所得感遇，所得阅历，所求学问，皆吾所自为，与自外来之桑梓观念不可同日而语。其影响于将来之行实，亦当较儿时阅历更大。其尤可念者，则绮之人士初不以外人待余。余之于绮，虽无市民之关系，而得与闻其政事、俗尚、宗教、教育之得失，故余自视几如绮之一分子矣。③

---

① 胡适：《胡适口述自传》，《胡适全集》（第18卷），安徽教育出版社2003年版，第178页。
② 同上书，第183页。
③ 胡适：《留学日记·卷十一》，《胡适全集》（第28卷），安徽教育出版社2003年版，第271页。

这些具体感性的"西方"体验，构成的是一种融洽而正面的"美国形象"，融入胡适的海外成长经历之中，自然会有别于太平洋彼岸中国一片混乱的社会现实与中国知识分子不断挣扎与突围的情形。

进而，胡适对"国家""爱国主义"也有了新的理解，即汇入世界主义的视野，完全有别于清末民初时期那种直接的民族国家叙事。胡适批驳了一种"狭义的国家主义"：

> 今之大患，在于一种狭义的国家主义，以为我之国须陵驾他人之国，我之种须陵驾他人之种（德意志国歌有曰："德意志，德意志，临御万方〔über alles〕。"）凡可以达此自私自利之目的者，虽灭人之国，歼人之种，非所恤也。凡国中人与人之间之所谓道德、法律、公理、是非、慈爱、和平者，至国与国交际，则一律置之脑后，以为国与国之间强权即公理耳，所谓"国际大法"四字，即弱肉强食是也。①

胡适正面标举的是"世界的国家主义"，洋溢着理想主义的色彩：

> 吾辈醉心大同主义者不可不自根本着手。根本者何？一种世界的国家主义是也。爱国是大好事，惟当知国家之上更有一大目的在，更有一更大之团体在，葛得宏斯密斯（Goldwin Smith）所谓"万国之上犹有人类在"（Above all Nations is Humanity）是也。②

胡适正是用这样的观念去看待当时发生的第一次世界大战，也与中国知识分子由于一战而带来的思想界的分裂——如陈独秀与杜亚泉论战的情形——形成了不同的视野。

———————————

① 胡适：《留学日记·卷七》，《胡适全集》（第27卷），安徽教育出版社2003年版，第531页。
② 同上。

胡适说："一九一四年世界大战爆发了。这一年我正在康乃尔大学毕业。那时我已对国际和平运动十分热心了。"① 在与一些美国和平运动人士交往之中，"使我深信，在一个高度文明的社会里，和平是可以实现的。所以当世界大战于一九一四年八月间爆发时，我真是惊诧不置！震悸之余，我实在不相信战争真会打起来"②，而之后"我逐渐放弃了我以前偏激的不抵抗主义；从而相信用集体力量来维持世界和平，然后由一个国际组织来防止战争的可能性"③，"我的结论便是个具体的建议——把世界各国的力量组织起来，来维护国际公法，和世界和平，这便是解决当今世界国际问题的不二法门"④。胡适这些观念的实质，是用西方文化之中固有的理性精神弥合了第一次世界大战带给西方文明的负面形象。在一个更高的层面，即在超越国家主义的眼光之下，使得"西方"及其价值观念重获生机——这一切其实也与当时美国总统威尔逊倡导"国联"的理由多有契合之处。

三

作为日后五四"文学革命"的领袖，海外空间"文学"的浮现，在胡适留学经历与思想形成之中自然令人瞩目。可以说，胡适在美留学期间所面对的"西方文学"，较之国内而言却是非常"特别"的，是另一独特的"西方文学"体验。在《留学日记》之中，有着胡适阅读西方文学作品的许多记载：

---

① 胡适：《胡适口述自传》，《胡适全集》（第 18 卷），安徽教育出版社 2003 年版，第 211 页。
② 同上书，第 211 页。
③ 同上书，第 223 页。
④ 同上书，第 224 页。

读英文诗。作植物学报告。得云五一片。①

写字二张。读狄更氏《双城记》。②

读德文诗歌 Lyrics and Ballads。打牌。③

这些阅读就是在留学之中的一种日常生活消遣，是个人在学业之外的兴趣爱好，不必刻意追寻什么微言大义。

胡适在这种阅读之中，自然获得一种比较的眼光：

夜读 Romeo and Juliet。此书情节殊不佳，且有甚支离之处。然佳句好词亦颇多，正如吾国之《西厢》，徒以文传者也。④

读《警察总监》（Inspector – General）曲本。此为俄人 Gogol 所著，写俄国官吏现状，较李伯元《官场现形记》尤为穷形尽相。⑤

这样的点评多是一时的感受，有点像林纾在翻译西方小说时常在序跋之中所作的议论，胡适的观点也并不见得十分高明。但需要注意的是，胡适并没有如林纾在翻译西方小说时总是从西方小说看到"类似我史迁"一样，而是心怀坦荡地承认西方文学作品的优异之处。

再让我们以胡适评论托尔斯泰《安娜·卡列尼娜》的思路为例。胡适说："连日读托尔斯泰（Lyof N. Tolstoi）所著小说《安娜传》（Anna Karenina）。此书为托氏名著。其书结构颇似《石头记》，布局命意都有相

---

① 胡适：《留学日记·卷一》，《胡适全集》（第27卷），安徽教育出版社2003年版，第108页。
② 同上书，第109页。
③ 同上书，第174页。
④ 同上书，第120页。
⑤ 同上书，第131页。

似处，惟《石头记》稍不如此书之逼真耳。"[1] 但在另一方面，胡适毕竟不同于前辈的林纾了，从以下一段的分析可见其西方文学知识的丰富：

> 托氏写人物之长处类似莎士比亚，其人物如安娜，如李问夫妇，如安娜之夫，皆亦善亦恶，可褒可贬。正如莎式之汉姆勒特王子，李耳王，倭色罗诸人物，皆非完人也。迭更司写生，褒之欲超之九天，贬之欲坠诸深渊：此一法也。萨克雷（Thackeray）写生则不然，其书中人物无一完全之好人，亦无一不可救药之恶人，如 Vanity Fair（《名利场》）中之 Rebecca Sharp（丽贝卡·夏普）诸人：此又一法也。以经历实际证之，吾从其后者，托氏亦主张此法者也。[2]

这种对于超越道德善恶的人物形象塑造的看法，就不是在固有中国文学的视野中能够获得的，胡适已经意识到了文学之中的一种新型的人物与现实的关系。

我们还注意到胡适在留学生活之中，有一些阅读剧本的经历。其涉猎甚广：

> 连日读赫仆特满（Hauptmann）两剧：
>
> （一）《韩谢儿》（Fuhrmann Henschel）
>
> （二）《彭玫瑰》（Rose Bernd）
>
> 又读梅脱林克（Maurice Maeterlinck——梅氏为比利时文学泰斗，为世界大文豪之一）四剧：
>
> （一）Alladine and palomides（《安拉代泥和巴罗密得斯》）
>
> （二）The Intruder（《入侵者》）
>
> （三）Interior（《内政》）

---

① 胡适：《读托尔斯泰〈安娜传〉》，《留学日记·卷十》，《胡适全集》（第28卷），安徽教育出版社2003年版，第180页。

② 同上书，第180—181页。

（四）Death of Tintagiles（《亭太吉勒斯之死》）

又读泰戈尔（Tagore，印度诗人）一剧：The Post Office（《邮局》）

三人皆世界文学巨子也。①

胡适还在现场观看了不少的西方戏剧，留下深刻的印象。如在日记中长篇记载下对"萧氏名剧'Hamlet'"的情节与感受。② 对于这一戏剧，胡适还看了不止一遍，后又有感想：

> 七日演萨氏名剧《汉姆勒特》（Hamlet），吾友 Wm. F. Edgerton
> 延余往观之。吾尝见 Southern and Marlowe 夫妇演此剧，曾盛赞之，
> 今见此君，始知名下果无虚士。③

令人意外的是，胡适在当日的日记之中，还感慨："国家多难，而余乃娓娓作儿女语记梨园事如此，念之几欲愧汗。"④ 似乎认为戏剧——这一梨园之事——是玩物丧志之物，其心理为中国传统文学观念与正统伦理支配。

之所以大量罗列胡适在留学期间阅读"西方文学"的感受，主要是为了说明一个观点：在中国社会之中所谓的"西方文学"，不见得就存在于域外，"西方文学"并不是一桩自然存在之物。由胡适对"西方文学"的体验，我们并没有看到一种"西方文学"特质的不断汇集，乃至于成为一个高度的本质性概念，或言胡适式的"西方文学"体验更多是感性的、零散的、并未有明确方向性的。"西方文学"一定要区

---

① 胡适：《读戏剧七种》，《留学日记·卷八》，《胡适全集》（第 27 卷），安徽教育出版社 2003 年版，第 586—587 页。

② 胡适：《留学日记·卷二》，《胡适全集》（第 27 卷），安徽教育出版社 2003 年版，第 193—200 页。

③ 胡适：《观 Forbes – Robertson 演剧》，《留学日记·卷九》，《胡适全集》（第 28 卷），安徽教育出版社 2003 年版，第 120 页。

④ 同上书，第 120 页。

别于"中国文学"，一定要成为一种"中国文学"之外的整体性与异质性的力量，只能源于彼岸中国社会与文化的内在需求，是在中国自己主体的"问题意识"之中制造出来的，即是在对中国文学与文化形成基本的否定看法之中，才会诞生一种榜样导向式的"西方文学"，而同时又要中国文学的现代转型汇入其中。在彼岸的中国，陈独秀们正不满于其时中国的文学面貌，正基于自己的政治观念而构思利用与改造固有的中国文学，所以会标举一个"西方文学"的知识存在。正如在第一章第二节已分析过的陈独秀在《新青年》第 1 卷第 3 号的《现代欧洲文艺史谭》一文，它进化论式地线形呈现出一种鲜明的"西洋文学"知识，有着固定的本质、精神、源流、特征、阶段。

四

由胡适留学的海外空间体验而产生的"西方文学"感性存在，并不能为国内由炽热政治理念建构的"西方文学"观念所消化。当然，胡适在海外的空间形成的"西方文学"体验，完全有可能被日后国内文学思想验证与激活，在特定时期汇入并丰富在五四前后国内社会与文化之中建立起的"西方文学"知识体系。

例如，胡适日记之中的记述：

> 自伊卜生（Ibsen）以来，欧洲戏剧巨子多重社会剧，又名"问题剧"（Problem Play），以其每剧意在讨论今日社会重要之问题也。业此最著者，在昔有伊卜生（挪威人），今死矣，今日名手在德为赫氏，在英为萧伯纳氏（Bernard Shaw），在法为白里而氏。①

---

① 胡适：《欧洲几个"问题剧"的巨子》，《留学日记·卷五》，《胡适全集》（第 27 卷），安徽教育出版社 2003 年版，第 411 页。

大概立刻就会让人想到五四时期《新青年》第 4 卷第 6 号的"易卜生号",对"问题剧"的倡导——这里或许正是源头所在。

胡适还曾回顾在美国康奈尔大学对西方文学系统学习:

> 当我在康乃尔农学院(亦即纽约州立农学院)就读一年级的时候,英文是一门必修科,每周上课五小时,课程十分繁重,此外我们还要选修两门外国语——德文和法文。这些必修科使我对英国文学发生了浓厚的兴趣,我不但要阅读古典著作,还有文学习作和会话。学习德文、法文也使我发掘了德国和法国的文学。[①]

正是在课堂之中,可以看到在美国大学学制督促之下的系统学习,带来了胡适从刚到美国的农科专业,再转向文科学习的兴趣:

> 我那两年的德语训练,也使我对歌德(Goethe)、雪莱(Schiller)、海涅(Heine)和莱辛(Lessing)诸大家的诗歌亦稍有涉猎。因而我对文学的兴趣——尤其是对英国文学的兴趣,使我继续选读必修科以外的文学课程。所以当我自农学院转入文学院,我已具备了足够的学分(有二十个英国文学的学分),来完成一个学系的"学科程序"。
>
> 康乃尔文学院当时的规定,每个学生必须完成至少一个"学科程序"才能毕业。可是当我毕业时,我已完成了三个"程序":哲学和心理学;英国文学;政治和经济学。三个程序在三个不同的学术范围之内。所以那时我实在不能说,哪一门才是我的主科。但是我对英、法、德三国文学兴趣的成长,也就引起我对中国文学兴趣之复振。[②]

---

① 胡适:《胡适口述自传》,《胡适全集》(第 18 卷),安徽教育出版社 2003 年版,第 190 页。

② 同上书,第 191 页。

由于胡适的英国文学的系统学习，再加上平时的阅读体验，无疑会形成某种文学的视野，它是区别于中国文学的异质存在。与此同时，胡适这种由系统学习与阅读西方古典小说、戏剧形成的文学视野，也是较为稳健的，多基于西方理性主义的原则。胡适是不能理解一些世纪末的文艺思潮的，可参考胡适在新派美术方面的无奈："欧美美术界近数十年新派百出，有所谓 Post‐Impressionism，Futurism，Cubism（后印象派，未来派，立体派）种种名目。吾于此道为门外汉，不知所以言之。"① 并且，胡适不分辨"哲学和心理学、英国文学、政治和经济学"的区别，甚至不能说"哪一门才是我的主科"，这也反映出胡适对文学的独特理解。甚至晚年的胡适还用到一个关键词"文化生命"来描绘这种体验——"我既然在大学结业时修毕在三个不同部门里的三个不同的'程序'，这一事实也说明我在以后岁月里所发展出来的文化生命。有时我自称为历史家，有时又称为思想史家，但我从未自称我是哲学家，或其他各行的什么专家。今天我几乎是六十六岁半的人了，我仍然不知道我主修何科；但是我也从来没有认为这是一件憾事！"② 因此，不应完全以纯粹的文学家去看待和要求胡适，或言胡适所言的文学，是与其哲学、政治的训练紧密地联系在一起的，指向西方的"理性"观念，他从来就没有一个所谓"纯文学"的观念，而是把文学视为思想的一部分，政治的一部分，当然也是社会文化的一部分。这也与《青年杂志》时期陈独秀们以思想文化定位文学社会位置的观点不无暗合之处，也使得国内的陈独秀与海外的胡适在日后有了合作的基础。

胡适自道："我对英、法、德三国文学兴趣的成长，也就引起我对中国文学兴趣之复振。"在此，并没有什么中西文学的区别，反而是中

---

① 胡适：《新派美术》，《留学日记·卷十六》，《胡适全集》（第 28 卷），安徽教育出版社 2003 年版，第 556 页。
② 胡适：《胡适口述自传》，《胡适全集》（第 18 卷），安徽教育出版社 2003 年版，第 191 页。

西文学之间相互的认识激发与促进，"西方文学"的功用竟是"引起"了对中国文学的兴趣。从胡适日记之中的情况看来，这些话都非虚言。因为，即便在海外，胡适仍在不停阅读中国的文史典籍，越到留学后期越为明显——"西方文学"相对却是阅读得越来越少。并且，胡适逐渐找到革新中国文学的突破点，即在中国文学的内部深度思考语言文字与中国文学的关系，产生了革命性的观点，并与在美的留学生任鸿隽、梅光迪等展开小范围的论争——日后这直接被胡适《逼上梁山——文学革命的开始》等著名论文追认为五四"文学革命"的源头。

所以，胡适所面对与体验的"西方文学"，并没有成为中国文学的一个明确而独立的学习榜样与导向，并不具有确定的典范性，这一胡适式的"西方文学"似乎是面目模糊的，难以精确界定其内涵与外延，对胡适当时以及五四"文学革命"的文学创作引导的意义似也不能一一地辨认与确指，而是更多在思想文化层面与五四思想文化产生了交集，在整体上观照既有的中国文化与文学，进而产生出革命性的变革思路。

第二节　留学时期胡适语言文字变革空间的开拓

我们期待在一个更为宏大的视野之中，即在整个的中国文学的雅俗格局之中，在古今中外交汇至一个特定的海外空间之中，彰显与阐释留学时期的胡适究竟给晚清以降中国的语言文字变革带来了怎样的重要突破。胡适青年时代所处的清末民初时期，就中国文学语言的发展而言，正处在古代文学语言雅俗格局向中国现代文学语言雅俗格局转换之间。清末民初时期中国文学语言呈现出多样"面孔"：一方面，中国古代文学的价值标准仍受到普遍地尊崇，在当时文学权力关系中占据明显的位置，中国古代传统的"诗文中心"仍还在文学生态系统中占据重要的地位；另一方面，中国文学语言发展渐已从古代的范畴中逐渐走出，由清末民初文学语言发展特有的杂糅性与探索性，产生了不能为中国古代文学雅俗格局消化的成分，呈现出既有文类系统不可避免的结构性分裂。

胡适海外语言文字变革空间开拓的意义，主要是在理论方面终结了清末民初文学语言的多样"面孔"，将多元的语言选择再加以扬弃，将"分裂"的语言文字局面再归于"统一"，即否定文言，定一尊于"俗语俗文"的白话文，赋予了白话文前所未有的地位，直接走向五四白话文与白话文学，直接开启五四"文学革命"的文化逻辑与时代洪流。

一

胡适自己叙述的海外语言文字空间的开拓，起点都指向了一个人——钟文鳌，我们采用的史料是在数十年之后胡适仍然清晰的记忆："他对改革中国社会具有热情。因而他在每月寄出的支票信封内，总夹了一张宣传品，内容大致是这样的：'不满二十五岁不娶妻''废除汉字，改用字母''多种树，种树有益。'"这引起了胡适极大的义愤："我想是 1915 年——我坐下来写了一张小条子，回敬了他一下。我说：'像你这样的人，既不懂汉字，又不能写汉文（而偏要胡说什么废除汉字），你最好闭起鸟嘴！'大致如此。"① 钟文鳌的观点可能和他的教会学校出身有关，近年来传教士与语言文字的变革的关系也为不少研究者注意。② 它的宣传品起初激起青年胡适对于汉字的情感与捍卫的冲动，

---

① 胡适：《胡适口述自传》，《胡适全集》（第 18 卷），安徽教育出版社 2003 年版，第 297 页。

② 参见袁进《新文学的先驱：欧化白话文在近代的发生、演变和影响》，复旦大学出版社 2014 年版。

但是接下来产生了一种戏剧化的转变，它引导胡适的是反思这一情感，"觉得我不应该对这位和善而又有心改革中国社会风俗和语言文字的人这样不礼貌。所以我也就时时在朋友们的面前自我谴责，并想在（文字改革）这方面尽点力"①。

直接的后果是，胡适开始认真考虑中国语言文字问题。当时美国东部的中国学生会成立了一个"文学科学研究部"，将"中国文字问题"作为论题。赵元任和胡适写了两篇论文，前者题目为《吾国文字能否采用字母制》，后者题目为《如何可使吾国文言易于教授》，此时他们的视野基本未突破清末民初语言文字变革的范围，并能在清末民初语言文字变革中找到相应的渊源。值得注意的是，胡适在《如何可使吾国文言易于教授》一文中，虽认为汉字问题的中心在于"汉文究可为传播教育之利器否"，"汉字所以不易普及者，其故不在汉文，而在教之之术之不完。同一文字也，甲以讲书之故而通文，能读书作文；乙以徒事诵读，不求讲解之故，而终身不能读书作文。可知病之源，在于教法"②。但已经用"死"与"活"这样的词语来区分文言与白话。他认为："汉字乃是半死之文字，不当以教活文字之法教之。（活文字者，日用语言之文字，如英法文是也，如吾国之白话是也。死文字者，如希腊、拉丁，非日用之语言，已陈死矣。半死文字者，以其中尚有日用之分子在也。……）"③ "死"的是中国古代雅文学的文言，"活"的反倒是中国俗文学中的白话文，这就颠覆了既有的中国古代雅俗格局，是清末民初语言文字变革逻辑不能消化的观点。

在与海外留学生友人的诗词往来之中，胡适的观点进一步发展。

---

① 胡适：《胡适口述自传》，《胡适全集》（第18卷），安徽教育出版社2003年版，第297页。

② 胡适：《如何可使吾国文言易于教授》，《留学日记·卷十一》，《胡适全集》（第28卷），安徽教育出版社2003年版，第245页。

③ 同上。

1915 年 9 月 17 日，胡适作《送梅觐庄往哈佛大学诗》，有"梅生梅生毋自鄙。神州文学久枯馁，百年未有健者起。新潮之来不可止，文学革命其时矣"① 的期待。正是在与梅光迪的书信往来之中，胡适的思想愈加明澈：

> 略谓今日文学大病，在于徒有形式而无精神，徒有文而无质，徒有铿锵之韵貌似之辞而已。今欲救此文胜之弊，宜从三事入手：第一，须言之有物；第二，须讲文法；第三，当用"文之文字"（觐庄书来此用语，谓 Prose diction 也。）时不可避之。三者皆以质救文胜之弊也。②

非常明显，胡适是用中国传统文论的文质观念来诊断当时的中国文坛，并且坚持中国古代以质为先、以质救文、重质轻文的常见路子，期待现实内容的积极与充实。任鸿隽的回信看起来也是以同样的思维方式来回答胡适的主张：

> 要之，无论诗文，皆当有质。有文无质，则成吾国近世委靡腐朽之文学，吾人正当廓而清之。然使以文学革命自命者，乃言之无文，欲其行远，得乎？近来颇思吾国文学不振，其最大原因乃在文人无学。救之之法，当从绩学入手，徒于文字形式上讨论，无当也。③

似乎都是用中国古代文论的文质代变去描述一种文学退化的思路，回荡

---

① 胡适：《送梅觐庄往哈佛大学诗》，《留学日记·卷十一》，《胡适全集》（第 28 卷），安徽教育出版社 2003 年版，第 268 页。

② 胡适：《与梅觐庄论文学改良》，《留学日记·卷十二》，《胡适全集》（第 28 卷），安徽教育出版社 2003 年版，第 317 页。

③ 任鸿隽：《叔永答余论改良文学书》，《留学日记·卷十二》，《胡适全集》（第 28 卷），安徽教育出版社 2003 年版，第 319 页。

着诸如北宋"古文运动"之类的文学观念。

如若在古代中国，要做到"有质"，士大夫估计多半是采用"文学复古"的路径，在意识形态方面倡导儒家思想的"文以载道"了。但是，胡适的"有质"的内容已不可能重复古人，"有质"反是会排斥中国古代雅文学的意识形态蕴含，因而文与质的话语方式的所指在实质上显得十分模糊，它其实并不与任鸿隽表达的观念相一致，因为恰恰是"无当"的"文字形式"的发现，使得胡适逐渐转变思路，完成了一次重要的语言文字变革理论的建构。

二

胡适显而易见的开创性，在于对语言文字变革的思考投向了中国文学的历史长河，关注具有深厚历史内容的形式，产生出新的历史眼光，为自己的"文学革命"思想寻找到了历史的合法性和现实的突破口：

> 文学革命，在吾国史上非创见也。即以韵文而论：《三百篇》变而为《骚》，一大革命也。又变为五言，七言，古诗，二大革命也。赋之变为无韵之骈文，三大革命也。古诗之变为律诗，四大革命也。诗之变为词，五大革命也。词之变为曲，为剧本，六大革命也。何独于吾所持文学革命论而疑之？①

这种进化革命观点完全打乱了中国古代文学固有的雅俗格局，而创造出以时代性的形式文体为核心的不断趋新的发展序列，其中于文学语言方面，必然包含对文言的贬斥，即是对士大夫雅文学的贬斥，最终指向白话文，而白话文学的命题自然就呼之欲出了。并且，作为中国古代文学

---

① 胡适：《吾国历史上的文学革命》，《留学日记·卷十二》，《胡适全集》（第28卷），安徽教育出版社2003年版，第334页。

之中的白话文学——中国古代文学结构之中的俗文学——被置于最为显要的位置，直接以"活文学"为名：

> 文学革命，至元代而登峰造极。其时，词也，曲也，剧本也，小说也，皆第一流之文学，而皆以俚语为之。其时吾国真可谓有一种"活文学"出世。倘此革命潮流（革命潮流即天演进化之迹，自其异者言之，谓之"革命"。自其循序渐进之迹言之，即谓之"进化"可也）。不遭明代八股之劫，不受明初七子诸文人复古之劫，则吾国之文学必已为俚语的文学，而吾国之语言早成为言文一致之语言，可无疑也。但丁（Dante）之创意大利文，却叟（Chaucer）诸人之创英吉利文，马丁路德（Martin Luther）之创德意志文，未足独有千古矣。①

在这一文学史描绘的图景之中，胡适完全是以在海外思考获得的观念，颠覆了中国古代文学既有的雅俗格局。按此观点，俗文学的白话文才应该占据文学格局之中最为核心、最为重要的位置。

还可以读到胡适更为清晰的判断："吾国'活文学'仅有宋人语录，元人杂剧院本，章回小说，及元以来剧本，小说而已。"② 那么，何者为"活文学"的"活"呢？在胡适这一隐喻的背后，意指早已溢出中国古代时期，而是基于当时中国社会与文化结构的重大变化，是在其现代观念之下，对有关文学与社会关系之后意识形态重铸的结果，充满了个人的见解。如同胡适所言："吾以为文学在今日不当为少数文人之私产，而当以能普及最大多数之国人为一大能事。吾又以为文学不当与人事全无关系。凡世界有永久价值之文学，皆尝有大影响于世道人心

---

① 胡适：《吾国历史上的文学革命》，《留学日记·卷十二》，《胡适全集》（第28卷），安徽教育出版社2003年版，第337页。

② 胡适：《谈活文学》，《留学日记·卷十三》，《胡适全集》（第28卷），安徽教育出版社2003年版，第367页。

者也。"① 正是因为"最大多数之国人"的读者拟定，所以必然会与中国古代雅文学的士大夫价值取向格格不入，这也成为今天的我们建构中国古代文学史面貌的一个基本定位。

胡适在 1916 年 7 月 6 日追记的《白话文言之优劣比较》一文也值得重视。它建立了白话与文言的优劣关系，成为他这一阶段关于语言文字思想的一个总结性文献。胡适说：

（一）今日之文言乃是一种半死的文字，因不能使人听得懂之故。

（二）今日之白话是一种活的语言。

（三）白话并不鄙俗，俗儒乃谓之俗耳。

（四）白话不但不鄙俗，而且甚优美适用。

（五）凡文言之长，白话皆有之。而白话之所长，则文言未必能及之。

（六）白话文并非文言之退化，乃是文言之进化。

（七）白话可产生第一流文学。

（八）白话的文学为中国千年来仅有之文学。

（九）文言的文字可读而听不懂，白话的文字既可读，又听得懂。凡演说、讲学、笔记，文言决不能应用。②

这样的见解就已经背离了清末民初文学语言建构中的语言文字逻辑，属于不同的时代空间，也大致规定了日后五四白话文运动的主要内容。在《白话文言之优劣比较》一文之中，胡适明确提出："余力主张以白话

---

① 胡适：《觐庄对余新文学主张之非难》，《留学日记·卷十三》，《胡适全集》（第 28 卷），安徽教育出版社 2003 年版，第 403 页。

② 胡适：《白话文言之优劣比较》，《留学日记·卷十三》，《胡适全集》（第 28 卷），安徽教育出版社 2003 年版，第 391—393 页。

作文作诗作戏曲小说"①，甚至说"其非白话的文学，如古文，如八股，如札记小说，皆不足与于第一流文学之列"②。在这里，白话的语言倡导，不仅是一个正面的标举，还是一个排斥性的现代行为，使其能在新的现代雅俗格局之中占据雅文学的地位。这意味着清末民初多元并行不悖的语言文字观念的终结，多元的语言选择统一于白话文，即是日后的五四白话文。在胡适的眼里，白话文应该广泛应用于中国现代社会，应该在一种一统性的现代书面语之中诞生新的现代中国文学，用其《白话文言之优劣比较》一文中的话来讲，就是"今日所需，乃是一种可读、可听、可讲、可记的言语。要读书不须口译，演说不须笔译；要施诸讲坛舞台而皆可，诵之村妪妇孺而皆懂。不如此者，非活的言语也，决不能成为吾国之国语也，决不能产生第一流的文学也"③。

三

胡适在海外空间提出的这些观点，在当时留美的朋友之间引起了最初的论争。因为划船遇险，任鸿隽写了一首四言的《泛湖即事》，引起了胡适的反对意见，再引发数人参与的往返讨论，使得胡适倡导白话的最初观点不断深化与拓展，也从一个侧面反映出胡适的语言文字变革空间存在的语境，以及在此时主要的对立观点——即便是在海外。并且，此时与胡适争论的留美朋友，已是相当西化的知识分子，日后多供职于中国教育界，一些人对中国的自然科学发展还多有贡献，但他们的基本文化观念都是坚持中国古代文学与文化的雅俗格局。在之后的五四"文学革命"的论争、五四时期拼音文字和世界语的讨论之中，这些人都有

---

① 胡适：《白话文言之优劣比较》，《留学日记·卷十三》，《胡适全集》（第28卷），安徽教育出版社2003年版，第391页。
② 同上书，第392页。
③ 同上书，第393页。

一以贯之的表现。在今天，也有人以"保守主义"加以概括，认定其文化"坚守"的意义——他们成了与五四文学语言建构相伴始终的存在。

梅光迪的反对意见较为系统，日后五四白话文反对者的意见，基本不出其涉及范围。梅光迪断言：

> 足下自矜为"文学革命"真谛者，不外乎用"活字"以入文，于叔永诗中稍古之字，皆所不取，以为非"二十世纪之活字"。此种论调，固足下所特为哓哓以提倡"新文学"者，迪亦闻之素矣。夫文学革新，须洗去旧日腔套，务去陈言，固矣。然此非尽屏古人所用之字，而另以俗语白话代之之谓也。①

梅光迪完全没有看到胡适语言文字变革观点的颠覆性意义，因为他坚定地站在中国古代雅文学的立场上。如果在中国古代雅文学允许的范围之内，梅光迪可以接受去除套语陈言，但并不是说就可以转换文言为白话。直白一点说，梅光迪的观点就是反对白话使用于文学，赞成"古人所用之字"。

梅光迪还进一步辨析：

> 以俗语白话亦数千年相传而来者，其陈腐亦等于"文学之文字"（即足下所谓死字）耳。大抵新奇之物，多生美（Beauty）之暂时效用。足下以俗语白话为向来文学上不用之字，骤以入文，似觉新奇而美，实则无永久之价值。因其向未经美术家之锻炼，徒诿诸愚夫愚妇无美术观念者之口，历世相传，愈趋愈下，鄙俚乃不可言。足下得之，乃矜矜自喜，眩为创获，异矣！如足下之言，则人间材智，教育，选择诸事，皆无足算，而村农佢父，皆足为诗人、

---

① 梅光迪：《梅觐庄寄胡适书》，《留学日记·卷十四》，《胡适全集》（第28卷），安徽教育出版社2003年版，第418页。

> 美术家矣。甚至非洲之黑蛮，南洋之土人，其言文无分者，最有诗
> 人美术家之资格矣。何足下之醉心于俗语白话如是耶？①

梅光迪仍然是以白话的鄙俗立论的，断定白话有可能一时新奇，但并无"锻炼"而雅化的可能——这也是在中国古代文学固有的雅俗格局之下进行的思考。并且，在引文之中还可以读到梅光迪典型的士大夫式精英意识，一种基于自己为"雅"，而藐视"愚夫愚妇"为"鄙俚"的文化意识，其中雅俗之间的界限可谓泾渭分明，不容有丝毫的逾越。

梅光迪最终的主张为："吾辈言文学革命，须谨慎出之。尤须先精研吾国文字，始敢言改革。欲加用新字，须先用美术以锻炼之，非仅以俗语白话代之即可了事也。俗语白话固矣有可用者，惟必须经美术家之锻炼耳。"② 这即是说，必须坚持中国古代雅文学的基本立场，必须要"精研吾国文字"，这个"文字"当然不会是俗语白话。俗语白话只能经过"锻炼"，实质就是对民间俗文学语言进行"文人化"，或言"雅化"，只有这样之后，俗语白话方才能够作为某种补充的要素，局部地消融于中国古代雅文学之中，获得进入中国古代雅文学的资格。

朱经农给胡适的信也很有意思，有着相当的分析价值：

> 弟意白话诗无甚可取。吾兄所做"孔丘诗"乃极古雅之作，
> 非白话也。古诗本不事雕斫。六朝以后，始重修饰字句。今人中李
> 义山獭祭家之毒，弟亦其一，现当力改。兄之诗谓之返古则可，谓
> 之白话则不可。盖白话诗即打油诗。③

朱经农将胡适的白话诗歌创作理解为去掉了某些修饰的字句，而不同于

---

① 梅光迪：《梅觐庄寄胡适书》，《留学日记·卷十四》，《胡适全集》（第28卷），安徽教育出版社2003年版，第419页。
② 同上书，第420页。
③ 朱经农语，引自胡适《答朱经农来书》，《留学日记·卷十四》，《胡适全集》（第28卷），安徽教育出版社2003年版，第435页。

李商隐式的晦涩诗歌表达方式，是一种古体诗的路子。换言之，胡适的白话诗歌创作仍然属于中国古代雅文学领域之中的诗歌范畴，朱经农直接是以中国古代雅文学"招安"了胡适的语言文字变革的实践。还需注意的是，朱经农认定胡适的白话诗歌创作是"返古"的古雅之作，将其创作的典范指向古代，这是一种常见的古代雅文学的"复古"思维，以"古"为雅，以"古"为旨归——朱经农完全是以中国古代雅文学观念去消化胡适的白话"尝试"之作。

胡适的回答则是坚决反对：

> 足下谓吾诗"谓之返古则可，谓之白话则不可"。实则适极反对返古之说，宁受"打油"之号，不欲居"返古"之名也。古诗不事雕斫，固也，然不可谓不事雕斫者皆是古诗。正如古人有穴居野处者，然岂可谓今之穴居野处者皆古之人乎？今人稍明进化之迹，岂可不知古无可返之理？今吾人亦当自造文明耳，何必返古？①

胡适是基于进化论的思维方式，说明自己的创作并不是要回到中国古代文学既有平实流畅的古体诗，不是要回到中国古代文学中的雅文学，以至于命名为中国古代雅文学轻视的打油诗也无所谓——这就断然拒绝了朱经农的强行阐释。胡适与"朱经农们"已不属于同一个文学雅俗格局，古人的指向不再是价值的归属，现代性的时间观念必然将文学指向不断进化的未来。

正是基于个人经历的海外留学与更早的童年经验，胡适将五四"文学革命"的发明权牢牢地抓在了自己的手里："从清华留美学生监督处一位书记先生的传单，到凯约嘉湖上一只小船的打翻；从进化论和实验主

---

① 胡适：《答朱经农来书》，《留学日记·卷十四》，《胡适全集》（第28卷），安徽教育出版社2003年版，第435页。

义的哲学，到一个朋友的一首打油诗；从但丁（Dante）、却叟（Chaucer）马丁·路德（Martin Luther）诸人的建立意大利、英吉利、德意志的国语文学，到我儿童时代偷读的《水浒传》《西游记》《红楼梦》：——这种种因子都是独一的，个别的；他们合拢起来，逼出我的'文学革命'的主张来。"① 直到在 1961 年的一次演说之中，胡适仍称："这一运动——一般称为文学革命，但是我个人愿意将它叫作'中国的文艺复兴'——是我与我的朋友在一九一五、一九一六与一九一七年在美国的大学的宿舍中所发起的。直到一九一七年，这一运动才在中国发展。"②

第三节 "文学革命"前夜胡适与国内的通信

胡适在海外留学时期的白话文理论思考与初步实践，是不足以掀动一场声势浩大的社会文化运动的，海外留学生小圈子的私人空间也不能与辛亥革命后国内巨大变革潮流相提并论。胡适的白话文理论，需要在中国社会的现实层面加以验证与实现，否则它并不具备真正的革命性。胡适如何将自己数年以来在海外的语言文字思考，在新文化运动语境之下，汇流到中国文化与文学的大变革之中，并成为五四"文学革命"的核心内容，必然会有一个具体的过程。正是基于这样的考虑，我们主要使用了在《文学改良刍议》发表之前，在海外时期的胡适与国内最具影响的文化界人士章士钊、陈独秀等的往来书信，来回答这一重要问题。

---

① 胡适：《中国新文学大系·建设理论集·导言》，上海文艺出版社 2003 年影印本，第17 页。

② 胡适：《四十年来的文学革命》，《胡适全集》（第 12 卷），安徽教育出版社 2003 年版，第484 页。

一

胡适在海外与章士钊发生联系，是向其投出译稿《柏林之围》——后
刊载于《甲寅杂志》第 1 卷第 4 号。章士钊 1915 年 3 月回信表示感谢，
在寒暄之后，信中更多显现出对胡适的陌生，并客气问及——"曩在他
报获读足下论字学一文，比傅中西，得未曾有，倾慕之意，始于是时。
不识近在新陆所治何学？"① 章士钊随即转到他关心之处："稗官之外，
更有论政论学之文，尤望见赐，此吾国社会所急需，非独一志之私
也。"② 然后，此时尚居于日本的章士钊还说："时局日非，国威丧尽，
寄居此邦，卧立不宁，不审足下感想何似？能作通讯体随意抒写时事，
以讽示国人，亦所尸祝者也。"③ 章士钊在此信之中，关注的是时政、
现实政治体制之类的东西，是典型的民初政论刊物的思维取径。另有一
个佐证，1916 年 5 月，亚东图书馆经理、也是胡适安徽绩溪同乡的汪
孟邹通信问及胡适："吾兄定何时卒业？何时返里？便请告知。吾皖有
人拟俟时局定后，组织一日报，友人议论均谓请吾兄主任至为佳妙也，
未知尊意如何？"④ 这些都是民初时期《甲寅杂志》式的办报、办刊的
理路，即期待胡适积极介入民初时期的政党政治，以其学识为中国作西
方政治体制方面的理论引进与建设。

胡适于 1915 年 7 月回信章士钊，此信载于《甲寅杂志》第 1 卷第
10 号，从中可见胡适与《甲寅杂志》的观念分野。在回信中，胡适闭
口不谈章士钊等人关心的政论与时政，在正面回答"适在此邦，所专治

---

① 章士钊：《章士钊致胡适》，中国社会科学院近代史研究所中华民国史组编《胡适来
往书信选》，中华书局 1979 年版，第 1 页。
② 同上。
③ 同上。
④ 汪孟邹：《汪孟邹致胡适》，中国社会科学院近代史研究所中华民国史组编《胡适来
往书信选》，中华书局 1979 年版，第 2 页。

者伦理、哲学，稍稍旁及政治、文学、历史及国际法，以广胸襟而已"之后，大谈文学翻译，似乎对章士钊所言小说的"稗官"界定有若许的反驳之意——"前寄小说一种，乃暑假中消遣之作，又以随笔迻译。不费时力，亦不费思力故耳。更有暇晷，当译小说及戏剧一二种。近五十年来欧洲文学之最有势力者，厥惟戏剧，而诗与小说皆退居二流。"①戏剧、诗、小说的分类与定级，突破了中国古代文学既有的雅俗格局，似乎从一个侧面说明了胡适关注问题与章士钊等人的遥远距离，胡适的兴趣并不在于对政治事件议论之中。

很重要的是，胡适还随此信寄来我们已提及过的《非留学篇》一文，自有一番宏论：

> 适以今日无海军、无陆军，犹非一国之耻，独至神州之大，无一大学，乃真祖国莫大之耻，而今日最要之先务也。一国无地可为高等学问授受之所，则固有之文明日即于沦亡，而输入之文明亦扞格不适用，以其未经本国人之锻炼也。此意怀之有年，甚愿得明达君子之赞助。②

在给胡适回信之后，章士钊再作"附记"，其反应也很有意思。他赞扬胡适《非留学篇》"文中所论，实于吾国学术废兴为一大关键，书万诵万不厌其多"。章士钊也不吝褒扬胡适："胡君少年英才，中西之学俱粹。本年在哥伦比亚大学可得博士，此诚记者所乐为珍重介绍者也。"③这不禁让人感慨，在民初西学东渐的时代氛围之中，"洋博士"的头衔还是很能炫人耳目的，从而也证明了留学生在中国社会舆论中所占据的显著位置。并且，这也是胡适在民初时期国内文化界的初次亮相——一

① 胡适：《致〈甲寅〉编者》，《甲寅杂志》第1卷第10号。
② 同上。
③ 章士钊：《〈甲寅〉编者附记》，《甲寅杂志》第1卷第10号。

位"中西之学俱粹"学者的形象。

二

与章、胡二人通信形成对比的是，胡适与陈独秀的通信则显示出更为深广的内容，涉及许多重要的时代命题，并将关注聚焦于文学。

陈、胡两人最初的结识，同样源于胡适在海外投来的翻译小说——这一题名《决斗》的翻译小说，之后刊载于《新青年》第2卷第1号。虽同为安徽人，此时的陈、胡两人素未谋面，汪孟邹曾代陈独秀多次向海外的胡适约稿和邮寄《青年杂志》，而胡适一直未有回应。在1916年2月写给陈独秀的信中，胡适高度关注西方文学的翻译，希冀其成为中国新文学的范式。胡适认为："今日欲为祖国造新文学，宜从输入欧西名著入手。使国中人士有所取法，有所观摩，然后乃有自己创造之新文学可言也。"[①] 具体还提到"与其译而失真，不如不译"，"译书须择其与国人心理接近者先译之"[②] 的翻译原则。

在陈独秀1916年8月的回信之中，有着热烈的正面响应，完全不同于章士钊的别有情怀。陈独秀寄意胡适："足下功课之暇，尚求为《青年》多译短篇名著若《决斗》者，以为改良文学之先导。弟意此时华人之著述，宜多译不宜创作，文学且如此，他何待言。"[③] 这种"改良文学"的共识，成为陈、胡共同的关注，成为两人最为集中的话题。此外，陈独秀在"弟仰望足下甚殷，不审何日始克返国相见"热切询问的同时，还请求"中国万病，根在社会太坏，足下能有暇就所见闻论

---

① 胡适：《寄陈独秀》，《胡适全集》（第23卷），安徽教育出版社2003年版，第95页。
② 同上。
③ 陈独秀：《致胡适信》，《陈独秀著作选编》（第1卷），上海人民出版社2009年版，第207页。

述美国各种社会现象，登之《青年》，以古国人耶？"① 可见，陈独秀是以思想文化为基础，改造中国社会的宏愿也是和胡适思想息息相通的。正是对中国社会与文学现代转型的共同追求，对中国思想文化改造的共同雄心壮志，建立了日后两人合作的基础，也在相当程度上奠定了日后五四"文学革命"的思想文化基础。

这让人想到余英时的一段话，谈到青年胡适在海外留学期间，"在这七年之内，中国学术思想界正处在低潮时期，不少人都在重新探索出路。陈独秀的《青年杂志》（后改名为《新青年》）和章士钊的《甲寅杂志》都代表了这种探索的努力。胡适个人的'精神准备'和中国思想界的'新探索'恰好发生在同一时期，这才造成了他'闭门造车'而竟能'出门合辙'的巧遇"② 。另还可以参考胡适日后对陈独秀在中国现代思想文化变革之中起到独特历史作用的议论："民国五年袁世凯死了，他说新时代到了，自有史以来，各种罪恶耻羞都不能洗，然而新时代到了，他这种革命的精神，与我们留学生的消极的态度，相差不知多少。他那时所主张的不仅是政治革命，而是道德艺术一切文化的革命！"③ 很明显，胡适是将陈独秀与海外时期的自己进行了比较，由其见解可以说在具体的历史阶段之中陈、胡两人形成了互补与促进。

三

让我们重点分析在 1916 年 10 月《新青年》第 2 卷第 2 号的"通信"栏目之中所刊载的胡适与陈独秀的再一次书信往来。胡适一开始就

---

① 陈独秀：《致胡适信》，《陈独秀著作选编》（第 1 卷），上海人民出版社 2009 年版，第 207 页。

② 余英时：《从〈日记〉看胡适的一生》，《重寻胡适历程——胡适生平与思想再认识》，上海三联书店 2012 年版，第 3 页。

③ 胡适：《陈独秀与文学革命》，《胡适全集》（第 12 卷），安徽教育出版社 2003 年版，第 227 页。

说："今日偶翻阅旧寄之贵报，重读足下所论文学变迁之说，颇有鄙见，欲就大雅质正之。"① 文学在一个刊物的公共空间成了话题的突破口，也成为探讨的明确内容。在此来信的结尾，胡适也说道："适以足下洞晓世界文学之趋势，又有文学改革之宏愿，故敢贡其一得之愚。伏乞恕其狂妄而赐以论断，则幸甚矣。"② 这样，《新青年》变成了陈、胡二人探讨"文学革命"的平台。

　　在此次"通信"之中，胡适赞同陈独秀对中国文学发展阶段的判断："足下之言曰：'吾国文艺犹在古典主义理想主义时代，以后当趋向写实主义。'此言是也。"③ 然后，胡适对陈独秀在《新青年》中高度评价谢无量的长律创作为"稀世之音""凡用古典套语一百事"提出了尖锐的批评意见，并集中于用典的问题。胡适说："适所以不能已于言者，正以足下论文学已知古典主义之当废，而独啧啧称誉此古典主义之诗，窃谓足下难免自相矛盾之消矣。适尝谓凡人用典或用陈套语者，大抵皆因自己无才力，不能自铸新辞，故用古典套语。"④ 在胡适的眼中，当时中国文坛完全是一派凋敝的景象："尝谓今日文学之腐败极矣。其下焉者，能押韵而已矣；稍进如南社诸人，夸而无实，滥而不精，浮夸淫琐，几无足称者（南社中间亦有佳作，此所讥评，就其大概言之耳）；更进，如樊樊山、陈伯严、郑苏盦之流，视南社为高矣，然其诗皆规摹古人，以能神似某人某人为至高目的，极其所至，亦不过为文学界添几件赝鼎耳，文学云乎哉！"⑤ 究其原因，胡适认为："综观文学堕落之因，盖可以'文胜质'一语包之。文胜质者，有形式而无精神，貌似而神亏之谓也。欲救此文胜质之弊，当注重言中之意，文中之质，

① 胡适：《通信》，《新青年》第 2 卷第 2 号。
② 同上。
③ 同上。
④ 同上。
⑤ 同上。

躯壳内之精神。古人曰：'言之不文，行之不远。'应之曰：若言之无物，又何用文为乎？"① 中国古代固有的文质话语与西方文论的形式、精神话语混合在一起，所谓"文胜质之弊"，何者为"质"，表述是较为泛化的，但也明确了一个亟待变革的中国文学空间。

引人注目的是，胡适在此次的"通信"栏目之中，还郑重言及"文学革命"，并首次公开提出"八事"的款项，这无疑是其日后《文学改良刍议》一文的直接渊源：

> 年来思虑观察所得，以为今日欲言文学革命，须从八事入手。
>
> 八事者何？
>
> 一曰不用典。
>
> 二曰不用陈套语。
>
> 三曰不讲对仗。（文当废骈，诗当废律）。
>
> 四曰不避俗字俗语。（不嫌以白话作诗词。）
>
> 五曰须讲求文法之结构。
>
> 此皆形式上之革命也。
>
> 六曰不作无病之呻吟。
>
> 七曰不摹仿古人，语语须有个我在。
>
> 八曰须言之有物。
>
> 此皆精神上之革命也。②

面对胡适的直言批评，陈独秀在《新青年》的"通信"栏目胡适来信后的附言之中，坦承自己的失误："以提倡写实主义之杂志，而录古典主义之诗，一经足下指斥，曷胜惭感。"③ 同时，陈独秀辩白："惟

---

① 胡适：《通信》，《新青年》第 2 卷第 2 号。
② 同上。
③ 陈独秀：《通信》，《新青年》第 2 卷第 2 号。

今之文艺界，写实作品，以仆寡闻，实未尝获观。本志文艺栏，罕录国人自作之诗文，即职此故。不得已偶录一二诗，乃以其为写景叙情之作，非同无病而呻。其所以盛称谢诗者，谓其继迹古人，非谓其专美来者。"① 接着，陈独秀重点讨论了胡适的"八事"："承示文学革命八事，除五八二项，其余六事，仆无不合十赞叹，以为今日中国文界之雷音。倘能详其理由，指陈得失，衍为一文，以告当世，其业尤盛。"②或许，正是陈独秀的要求催生了胡适日后撰写《文学改良刍议》一文的动机。

陈独秀在胡适信后的"附言"之中，对"八事"主要有两项异议。一为文法问题，陈独秀认为：

> 第五项所谓文法之结构者，不知足下所谓文法，将何所指？仆意中国文字，非合音无语尾变化，强律以西洋之 Grammar，未免画蛇添足（日本国语，乃合音，惟只动词、形容词有语尾变化，其他种词，亦强袭西洋文法，颇称附会无实用，况中国文乎）。若谓为章法语势之结构，汉文亦自有之，此当属诸修辞学，非普通文法，且文学之文，与应用之文不同，上未可律以论理学，下未可律以普通文法。其必不可忽视者，修辞学耳。质之足下，以为如何？③

这里提出因中国语言文字的特殊性而不应"强袭西洋文法"，确是一个重要的问题，也是胡适在西方普世性眼光下未曾发现也不愿发现的。"文学之文"与"应用之文"的区分，也是当时一种较为普泛的观点，在差异性的意识之下，陈独秀提出了区别于胡适的着眼于一般书面语变革的观点。

另一异议为"须言之有物"，陈独秀也表明了不同意见：

---

① 陈独秀：《通信》，《新青年》第 2 卷第 2 号。
② 同上。
③ 同上。

　　尊示第八项"须言之有物"一语，仆不甚解，或者足下非古典主义，而不非理想主义乎？鄙意欲救国文浮夸空泛之弊，只第六项"不作无病之呻吟"一语足矣。若专求"言之有物"，其流弊将毋同于"文以载道"之说，以文学为手段为器械，必附他物以生存。窃以为文学之作品，与应用文字作用不同，其美感与伎俩，所谓文学美术自身独立存在之价值，是否可以轻轻抹杀，岂无研究之余地，况乎自然派文学，义在如实描写社会，不许别有寄托，自堕理障。盖写实主义之与理想主义不同也。①

陈独秀的观点似乎有着倡导纯文学观念的意味，不以文学为手段，文学的文字应该不同于应用文字，自己本身就能成为目的，因此他会否定主观的理想主义，担心文学依附而成为"文以载道"。这反倒是反映出他对新文学的"道"的建构与焦虑，可以说陈独秀主要不是关注语言文字的问题，而与胡适思路迥异。陈独秀"纯文学"观念的表述，日后在五四时期转变成为急需解决的问题，即关于白话文所承载的意识形态的问题。但是，是否会有一种"纯文学"的神话，是否存在陈独秀倡导自然派文学的那种"如实描写生活，不许别有寄托"的透明，纯文学观念是否能够统辖一切——这些其实都是问题。所谓"美术"价值的独立追求，似乎也不是陈独秀在文学建构方面的主流意见。在"通信"回复的末尾，陈独秀说："海内外请求改革中国文学诸君子，倘能发为宏议，以资共同讨论，敢不洗耳静听，若来书所谓加以论断，以仆不学无文，何敢何敢！"② 这意味着海内外不同的文学变革空间，在《新青年》之中汇流。

　　对于胡适的这一次来信，除了以上刊载在《新青年》上的"附记"

----

①　陈独秀：《通信》，《新青年》第2卷第2号。
②　同上。

回答之外，陈独秀似乎还意犹未尽，一再复信："文学改革，为吾国目前切要之事。此非戏言，更非空言，如何如何？《青年》文艺栏意在改革文艺，而实无办法。吾国无写实诗文以为模范，译西文又未能直接唤起国人写实主义之观念，此事务求足下赐以所作写实文字，切实作一改良文学论文，寄登《青年》，均所至盼。"① 陈独秀给胡适提出了更为殷切与具体的要求，二人的合作更为密切，目标更为一致。陈独秀还重复提道："仆拟作《国文教授私议》一文，登之下期《青年》，然所论者应用文字，非言文学之文也。鄙意文学之文与应用之文区而为二，应用之文但求朴实说理纪事，其道甚简。而文学之文，尚须有斟酌处，尊兄谓何？"② 这同样证明了白话的"文学之文"在初期建设之中的空白，陈、胡二人在这一点上倒是显得"和而不同"。陈独秀在信的末尾，嘱托胡适："美洲出版书报，乞足下选择若干种，详其作者、购处及价目登之《青年》，介绍于学生、社会，此为输入文明之要策。"③ 在这里，陈独秀标出的"输入文明"，正好重复了胡适给章士钊信中完全相同的"输入文明"四字表述。正是由于"输入文明"所构成的时代强音，沟通了陈独秀与胡适，沟通了海内外共同关注文学建构的两个不同的思想文化变革空间。

民初时期海内外文学语言变革空间的汇流还带来一个直接的后果：在陈独秀的举荐之下，胡适顺应了力图改革的蔡元培校长的教授聘请，于 1917 年 9 月进入五四新文化运动中心——北京大学，而这时胡适实际年龄尚不足 26 岁，其自言是在五四时期突然间"暴得大名"，可谓名副其实。如余英时言及青年时代的胡适所面对的历史契机："五四的前夕，中国学术思想界寻求新突破的酝酿已到了一触即发的境地，但是

---

① 陈独秀：《致胡适信》，《陈独秀著作选编》（第 1 卷），上海人民出版社 2009 年版，第 247 页。

② 同上。

③ 同上。

由于方向未定，所以表面上显得十分沉寂。胡适恰好在这个'关键性时刻'打开了一个重大的思想缺口，使许多人心中激荡已久的问题和情绪都得以宣泄而出。当时所谓'新思潮'便是这样形成的。而胡适的出现也就象征着中国近代思想史进入了一个崭新的阶段。"① 与此同时，五四"文学革命"已经正式登上历史舞台了。

① 余英时：《中国近代思想史上的胡适》，《重寻胡适历程——胡适生平与思想再认识》，上海三联书店 2012 年版，第 173 页。

第三章　五四白话文运动的理论倡导

五四白话文运动的勃兴，是中国文学语言现代转型之中的重大事件。简言之，就是在现实层面使得清末民初时期多元的语言面貌发生了根本性改变，使得五四白话文成为五四"文学革命"唯一的书面语选择。这就结束了以往杂糅而复杂的多元书面语局面，带给中国文学语言的现代发展最为直接与深远的影响。这里所谓的"唯一"，并不是说在五四新文化阵营之外就不存在其他的语言文字实践了，反倒是许多历史地沿袭下来的文学语言传统会与五四白话文长期共存，但是由此开始，五四"现代白话文"被确立为现代唯一的书面语体系，构成了中国现代文学语言的基础与边界。这即是说，五四时期的白话文运动，全面奠定了白话文在中国社会的历史合法性及其日后走向的基础。

这一局面的开创，是五四白话文运动领袖胡适、陈独秀、傅斯年等人倡导的结果。他们在五四时期以一系列的著名论文，探讨了若干重要的命题，全面建立了白话文的理论基础，形成了这一段语言文字变革历史之中的观念星空。

第一节　解读胡适《文学改良刍议》等三篇论文

胡适 1917 年 1 月发表在《新青年》第 2 卷第 5 号之上的《文学改良刍议》、1917 年 5 月发表在《新青年》第 3 卷第 3 号之上的《历史的文学观念论》与 1918 年 4 月发表在《新青年》第 4 卷第 4 号之上的《建设的文学革命论》这三篇著名的论文是理解胡适在五四"文学革命"时期有关白话文运动理论倡导的主要内容，借此可探究其开拓出的历史性变革空间。并且，这一变革空间并不是仅留给人们以白话替代文言的线性叙述，而是具有相当丰富的内容。同时，在破除某种本质主义的倾向之后，可以去触摸文本的肌理，将理论文本置于一个重要的位置，以理解中国文学语言现代转型之中一个极为深刻的历史时刻。

一

1917 年 1 月，《新青年》刊载了胡适《文学改良刍议》一文，其基本思路沿袭了胡适在海外时期形成的语言文字变革的"八事"，全篇对每一"事"做了详尽的说明与阐释。如果把"八事"作为一个有机的整体，第八事"不避俗语俗字"应为最终的观点，之前的七事是对一些具体问题的剖析，为第八事的结论建立起必要的论证基础。

第一事"须言之有物"，以中国古代文质观念切入，"欲救此弊，宜以质救之。质者何？情与思二者而已"。胡适坦言，"吾所谓'物'，非古人所谓'文以载道'之说也"[1]，这就回应了本书第二章第三节提

---

[1]　胡适：《文学改良刍议》，《新青年》第 2 卷第 5 号。

及的陈独秀在与胡适通信中的疑虑，而将"物"，规定为"情感"与"思想"——这是 19 世纪以来，西方对文学内涵一种较为普遍的理解。有意思的是，胡适的论述还使用了两个身体性的比喻：

> 情感者，文学之灵魂。文学而无情感，如人之无魂，木偶而已，行尸走肉而已。①
>
> 思想之在文学，犹脑筋之在人身。人不能思想，则虽面目姣好，虽能笑啼感觉，亦何足取哉？文学亦犹是耳。②

但是，这样的表述今天读来，似乎没什么实质性意义，仅是较为空洞地强调自己的观念而已。

从第二事"不模仿古人"起，每一条款与白话文学的倡导都有直接联系。第二事以进化论思维，以"文学者，随时代而变迁者也。一时代有一时代之文学"的定式，在文学不断进化的描绘之中，最终自然会落实到"今日之文学"，胡适明确提及的仍是既有的明清小说：

> 吾每谓今日之文学，其足与世界"第一流"文学比较而无愧色者，独有白话小说（我佛山人，南亭亭长，洪都百炼生三人而已）一项。此无他故，以此种小说皆不事摹仿古人（三人皆得力于《儒林外史》，《水浒》，《石头记》，然非摹仿之作也），而惟实写今日社会之情状，故能成真正文学。其他学这个、学那个之诗古文家，皆无文学之价值也。今之有志文学者，宜知所从事矣。③

这就给人一个印象，胡适此时所言的"白话"，完全着眼于白话文的历史性资源，其实主要就是明清长篇章回白话小说的语言。

---

① 胡适：《文学改良刍议》，《新青年》第 2 卷第 5 号。
② 同上。
③ 同上。

　　第三事"须讲文法"，以"其例至繁，不便举之"，一语带过，并未展开论述。显然，此时关于白话语言的文法问题，还是一个空白。

　　第四事"不作无病之呻吟"，倡导积极的人生态度，反对"亡国之哀音""暮气""妇人醇酒丧气失意之诗文"。这些传统词语在《文学改良刍议》之中出现，在表面上让人觉得此文充满了正统道德的意味。

　　第五事"务去烂调套语"，指的是文言诗文之中的陈词滥调，胡适正面的主张是去掉这种负面的历史积淀，而直接以写实的"真"面对事物，潜台词仍是文言不能胜任现代社会。具体看法为："吾所谓务去烂调套语者，别无他法，惟在人人以其耳目所亲见亲闻所亲身阅历之事物，一一自己铸词以形容描写之；但求其不失真，但求能达其状物写意之目的，即是工夫。其用烂调套语者，皆懒惰不肯自己铸词状物者也。"① 可以说，体现了某种西方现实主义文学的意味。

　　第六事"不用典"，在《文学改良刍议》一文中论述的篇幅最多，例证最多，也最为详尽，并分为"广义之典"与"狭义之典"，而反对"狭义之典"。胡适认为："吾所谓用'典'者，谓文人词客不能自己铸词造句以写眼前之景，胸中之意，故借用或不全切、或全不切之故事陈言以代之，以图含混过去，是谓'用典'"，"凡此种种，皆文人之下下功夫，一受其毒，便不可救"。② 胡适态度非常坚决，那么用典问题的实质何在？胡适为何在"八事"之中，会有如此的重视？用典当然主要是在中国古代雅文学之中，在文言之中，特别是在诗歌之中，一般说来用典可以沟通古今，拓展历史内容，在表达上也可以较为委婉简练。用典可以使得创作与古代文化与文学资源发生直接联系，在互文影响的踪迹之中，文言诗歌在中国古代雅文学之中确立了自己的位置，从而有

---

① 胡适：《文学改良刍议》，《新青年》第 2 卷第 5 号。
② 同上。

效地保证中国古代雅文学的延续性。"不用典"使得五四白话文创作与中国古代雅文学的思维方式、表达习惯强行断裂。

第七事"不讲对仗"，胡适一方面认为"排偶乃人类言语之一种特性"，另一方面更认为"不当枉废有用之精力于微细纤巧之末，此吾所以有废骈废律之说也"①。因此，对仗并不值得重视，只是简单的枝节问题而已。在这里，其实隐藏着一个较为重要的信息，即是在五四"文学革命"之中，倡导者尚未在语言文字层面认识到汉语汉字的特性，以及这些特性在文学中的意义，或言五四一代为了反对中国古代雅文学过于成熟的技巧追求，可能会留下某种空白与疏忽。从更高层面说来，"用典""对仗"之类，一般被认为属于修辞的范畴，似乎是一种技术性的构成，但某一修辞的聚集实则与社会文化的关系非常紧密，不同的话语方式会带给文学修辞以不同的权力支配，而具体到五四时期，某一修辞的大面积出现或者消失，则与在五四白话文基础上形成新的表意系统有着直接的关系。

最后的第八事"不避俗语俗字"。开端即言："吾惟以施耐庵、曹雪芹、吴趼人为文学正宗，故有'不避俗字俗语'之论也。"② 由明清白话小说的文学语言而建立了中国的"文学正宗"，白话的语言学基础成了文学语言的不二选择——这就形成了中国文学与中国文学语言现代转型的关键性论断。由此，胡适还细致追溯了白话在中国古代文学的发展历史，以显现这些既往白话文学的现代意义。在这样的眼光之下，胡适认为："中国文学当以元代为最盛；可传世不朽之作，当以元代为最多。此可无疑也。当是时，中国之文学最近言文合一，白话几成文学的语言矣。"③ 并且，文艺复兴时期欧洲诸国的文学也是明确的参照："今

----

① 胡适：《文学改良刍议》，《新青年》第2卷第5号。
② 同上。
③ 同上。

日欧洲诸国之文学，在当日皆为俚语。迨诸文豪兴，始以'活文学'代拉丁之死文学；有活文学而后有言文合一之国语也。"① 在胡适眼里，中国绵延不绝的白话文学传统，本应该如同欧洲文学一样不断发展起来，只是到了明代"不意此趋势骤为明代所阻，政府既以八股取士，而当时文人如何、李七子之徒，又争以复古为高，于是此千年难遇言文合一之机会，遂中道夭折矣"②。在胡适的线性文学史叙述之中，历史的发展似乎充满了遗憾，而胡适对白话文连续性的建构何尝又不是一种执着的"想象"。其实，胡适在《文学改良刍议》之中，以白话文为"基点"，在历史之中打捞线索，阐释的恰恰是胡适自己的"现代"观念，胡适俨然是以中国文学史上源远流长的白话文学的现代传人自居，使得白话文在"现代"条件之下，获得某种合法性与正统性。如果按照胡适对自己倡导的"俗字俗语"白话的描绘，它在中国文学史的诸多文学语言实践之中完全是自成体系，别有洞天的，可以无视文言而独立存在。

《文学改良刍议》一文的最终观点为："然以今世历史进化的眼光观之，则白话文学之为中国文学之正宗，又为将来文学必用之利器，可断言也。"③ 具体来说，则是："吾主张今日作文作诗，宜采用俗语俗字。与其用三千年前之死字（如'于铄国会，遵晦时休'之类），不如用二十世纪之活字；与其作不能行远、不能普及之秦、汉、六朝文字，不如作家喻户晓之《水浒》《西游》文字也。"④ 我们会发现，胡适的看法——至少从他的表述中来说——似乎是将中国古代文学的俗文学及其语言，作了正面的标举，似乎是将中国古代俗文学，特别是胡适描绘的明清白话小说，亦即其所谓的"活文学"，进行了全面的衔接与复

---

① 胡适：《文学改良刍议》，《新青年》第 2 卷第 5 号。
② 同上。
③ 同上。
④ 同上。

兴。这样，中国文学语言的现代转型在相当程度上可以说，是建立在中国古代文学雅俗格局的结构性调整之上的。并且，在这一结构性调整之中，其驱动力、意识形态以及发展态势，是由于"现代"的历史性进入，从而带来了中国古代文学雅俗格局的裂变与转换。

从表面上看，《文学改良刍议》一文的论证，似乎是在中国文学的内部完成的，使用了古代文论之中的术语、理论乃至逻辑，也大篇幅梳理了中国古代文学的发展情况，但实则是充满了"现代"意识的视野及其观念的重构，在"温和"的行文之中完全是革命性的内容，完全颠覆了中国古代文学既有的雅俗格局，为中国文学语言的现代转型，以及中国现代文学的诞生，开掘出全新的社会变革空间。

二

胡适在《文学改良刍议》一文中所论述的文言与白话的关系，固然有文言与白话的死活之分，有"俗语俗字"的明确倡导，但并没有鲜明地显现出一个系统的二元论述结构，或者更直白一点说，文言与白话的二元对立的关系尚未充分建立起来。在这样的眼光之下，胡适1917 年 5 月在《新青年》第 3 卷第 3 号上发表《历史的文学观念论》一文，显现出更多的张力。

在《历史的文学观念论》一文之中，胡适所谓"历史的文学观念"，就是其不断提及的"一时代有一时代之文学"。由此，胡适首先建立的是中国文学的"古今关系"：

> 此时代与彼时代之间，虽皆有承前启后之关系，而决不容完全钞袭；其完全钞袭者，决不成为真文学。愚惟深信此理，故以为古人已造古人之文学，今人当造今人之文学。至于今日之文学与今后之文学究竟当为何物，则全系于吾辈之眼光、识力与笔力，而非一

二人所能逆料也。①

接下来，胡适并没有按照之前"死/活"的截然分别划分文言与白话的文学，认为"惟愚纵观古今文学变迁之趋势，以为白话之文学种子已伏于唐人之小诗短词。及宋而语录体大盛，诗词亦多有用白话者"②，在这一描绘之中，胡适似乎想建立更为复杂的历史叙事，将白话视为中国古代雅文学内部的否定性因素，二者关系密切，不是完全独立，并且在中国古代雅俗文学格局之中，雅文学虽对俗文学保持意识形态的优势，但在另一方面"白话之文学，自宋以来，虽见屏于古文家，而终一线相承，至今不绝"③。

在《历史的文学观念论》之中，胡适对白话性质的认定与白话的历史使命结合在一起：

> 夫白话之文学，不足以取富贵，不足以邀声誉，不列于文学之"正宗"，而卒不能废绝者，岂无故耶？岂不以此为吾国文学趋势，自然如此，故不可禁遏而日以昌大耶？愚以深信此理，故又以为今日之文学，当以白话文学为正宗。④

在胡适的眼中，"白话文学为正宗"建立在中国文学语言发展的趋势之上，非"正宗"而且不占据雅文学的地位与声誉的白话文学，正是由此获得了现在与未来。那么，为什么在五四"文学革命"时期文言与白话就不能并行不悖，如同中国古代文学语言那样雅俗共存，为什么文言与白话在这一时期一定要形成一个对立的二元结构。胡适的解释为：

> 然则吾辈又何必攻古文家乎？曰，是亦有故。吾辈主张"历史

① 胡适：《历史的文学观念论》，《新青年》第3卷第3号。
② 同上。
③ 同上。
④ 同上。

的文学观念"，而古文家则反对此观念也。吾辈以为今人当造今人之文学，而古文家则以为今人作文必法马班韩柳。其不法马班韩柳者，皆非文学之"正宗"也。吾辈之攻古文家，正以其不明文学之趋势而强欲作一千年二千年以上之文。此说不破，则白话之文学无有列为文学正宗之一日，而世之文人将犹鄙薄之以为小道邪径而不肯以全力经营造作之。如是，则吾国将永无以全副精神实地试验白话文学之日。①

这是一种现实话语权的争夺，正因为何为"正宗"的要求，而必定使得文言与白话产生尖锐的对立。胡适颠倒了中国古代文学语言的雅俗格局，即将中国文学古代语言之中的文言为雅、白话为俗，转换为文言为"死"，白话为"活"。这样，胡适建立起一种你死我活的文言与白话的二元对立，白话文学实践的必要前提就是文言的终结。在这一截然对立的背后，胡适认为不仅是白话理论倡导的需要，是白话文学实践的需要，也是在现实之中取得合法性的需要。

有意思的是，胡适《历史的文学观念论》一文在文言与白话二元对立关系的建立之外，对文言的认识却有着相当的复杂性，产生出二元对立关系之外的某些模糊地带。例如，胡适并不视古文为一个均质的存在，所谓"不可不以历史的眼光论古文家"，而产生了区别对待，"古文家亦未可一概抹煞"。至少可以分为三种情况。其一为"言文之分尚不成问题"之时：

马班自作汉人之文，韩柳自作唐代之文。其作文之时，言文之分尚不成一问题，正如欧洲中古之学者，人人以拉丁文著书，而不知其所用为"死文字"也。②

---

① 胡适：《历史的文学观念论》，《新青年》第3卷第3号。
② 同上。

其二为"过渡时代之不得已"之时：

> 宋代之文人，北宋如欧苏皆常以白话入词，而作散文则必用文言；南宋如陆放翁常以白话作律诗，而其文集皆用文言；朱晦庵以白话著书写信，而作"规短文字"则皆用文言，此皆过渡时代之不得已，如十六七世纪欧洲学者著书往往并用己国俚语与拉丁两种文字，（狄卡儿之"方法论"用法文，其"精思录"则用拉丁文。倍根之"杂论"有英文拉丁文两种，倍根自信其拉丁文书胜于其英文书，然今人罕有读其拉丁文"杂论"者矣。）不得概以古文家冤之也。①

第三种情况，才是胡适极力所反对的：

> 惟元以后之古文家，则居心在于复古，居心在于过抑通俗文学而以汉魏唐宋代之。此种人乃可谓真正"古文家"！吾辈所攻击者，亦仅限于此一种"生于今之世反古之道"之真正"古文家"耳！②

这种清晰的看法，是以西方的观念反观中国语言文字，但是否符合中国古代文学语言的现实情况，还需要辨析。胡适展现的是一种简单的梗概式描绘，是为了指向"元以后古文家"对通俗的白话文学的压抑与反动。与此同时，也不难读出言外之意，这一描绘表明了中国文言固有的复杂性，以至于需要胡适分阶段作具体的处理。

在《历史的文学观念论》一文中，胡适处理文言与白话关系的问题时，已经完全不同于《文学改良刍议》之中简单的"俗语俗字"的提倡，而是要建立文言与白话整体性的对立，建立白话取代文言的中国

---

① 胡适：《历史的文学观念论》，《新青年》第 3 卷第 3 号。
② 同上。

文学语言的历史与现实情景。这就必然涉及空前的复杂性，不管是对白话源流的探讨及其与文言的密切联系，还是文言本身固有的复杂阶段性和意识形态建构，都造成文言与白话的复杂关系——这或许反倒证明了文言的必然存在。其实，这不同于、也不适合于胡适心目之中文言与白话截然对立的倡导需要，特别是在现实层面也不具备指导白话文学创作的可操作性。并且，如果胡适再进一步分析，中国古代文学文言与白话的空间肯定会产生更多的话题，使得文言与白话二元对立的界限变得更为晦涩——此时的胡适又该如何或言怎样转变自己理论思考的路径呢？

三

距离《文学改良刍议》一文发表一年之后，1918年4月《新青年》在第4卷第4号上发表了胡适《建设的文学革命论》一文。郑振铎后来称此文为"讨论了两年的一篇总结论，也可以说是一篇文学革命的最堂皇的宣言"①，表明了胡适白话文思考与倡导新的进展与转变。

首先，引人注目的是，胡适"便把这'八不主义'都改作肯定的口气，又总括作四条"，具体为：

> 一，要有话说，方才说话。这是"不作言之无物的文字"一条的变相。

> 二，有什么话，说什么话；话怎么说，就怎么说。这是二、三、四、五、六诸条的变相。

> 三，要说我自己的话，别说别人的话。这是"不摹仿古人"一条的变相。

> 四，是什么时代的人，说什么时代的话。这是"不避俗话俗

---

① 郑振铎：《中国新文学大系·文学论争集·导言》，上海文艺出版社2003年影印本，第1页。

字"的变相。①

对"话"的标举，并且给"话"作了无数的限定，以保证自己的、时代的"话"得到充实而直接的表达，这必然也是一种"现代"的表达。在这里，胡适面临着一个关键性问题，即"话"一定会带来与语音的关系，在诸如《文学改良刍议》之中，白话的内涵当然已经有了语音的考量，但是说文言也好，白话也好，更多是一种"文"，从胡适列举的大量明清小说语言之中，也可以看出白话的"文"的属性。那么，当五四白话文的倡导完全表述为"话"，就必然带来一些新的观点与信息。

这时，"国语"作为一个支配性的概念出现了，使"话"的思维论证合乎逻辑地得以展现。"国语"在五四白话文倡导之中出现，在中国文学语言现代转型之中出现，就完全不同晚清已降的"国语运动"的思路。胡适"国语"倡导在白话文运动中扮演的角色为：

> 我的"建设新文学论"的唯一宗旨只有十个大字："国语的文学，文学的国语"。我们所提倡的文学革命，只是要替中国创造一种国语的文学。有了国语的文学，方才可有文学的国语。有了文学的国语，我们的国语才可算得真正国语。国语没有文学，便没有生命，便没有价值，便不能成立，便不能发达。这是我这一篇文字的大旨。②

"国语"的提出使之前文言、白话二元对立的诸多问题都化零为整，胡适似乎可以不再理会文言与白话问题在历史与现实之中的复杂纠葛，或言文言与白话的问题似乎得到了扬弃与提升。"国语的文学"与"文学

---

① 胡适：《建设的文学革命论》，《新青年》第4卷第4号。
② 同上。

的国语"的命题，循环递进，显现出一个新的无比清晰的均质性与统一性的前景，语音问题似乎也前所未有地得到了胡适的重视，肩负起前所未有的重任。

在"国语的文学"方面，胡适沿袭了以往的论述，一些基本证明材料仍瞩目于"为什么死文字不能产生活文学呢"的问题。胡适所表达的新的内容，则在于文言与白话的价值认定方面，笼罩于新的"国语"的视野之下，胡适建立了如下的逻辑关系："中国若想有活文学，必须用白话，必须用国语，必须做国语的文学。"这里的"白话"与"国语"并不是一个可以重叠或互换的概念，"国语"出现在"白话"之后，显然是一个更受强调的概念。胡适还创造了一个重要的词组"白话性质"——"这一千多年的文学，凡是有真正文学价值的，没有一种不带有白话的性质，没有一种不靠这个'白话性质'的帮助"，似乎想说明在其白话倡导之中更为抽象价值的建构，而不拘泥于具体的白话倡导。胡适还认为"白话能产出有价值的文学，也能产出没有价值的文学；可以产出《儒林外史》，也可以产出《肉蒲团》"[①]，可以说胡适已经不再像之前那样完全无条件倡导明清白话小说语言了。"国语"的出现，对于胡适的白话文倡导思想，可谓正当其时，它直接与语音发生关系，而没有白话文与文言纠结在一起的历史"负担"，更为纯粹、透明、直接——这或许是一种乌托邦想象，于是产生了"国语的文学"这样响亮的口号。

我们之所以说胡适所谓的"国语"或许是乌托邦想象，主要是基于语言与文字的距离而言。语言毕竟不是"文"，由语言写定而成"文"，必然会与单纯语音有所区别，不管是一般书面语还是文学语言都是如此，而文学语言必然会有沿革、有积淀、有自身发展的逻辑。因

---

① 胡适：《建设的文学革命论》，《新青年》第4卷第4号。

此，在《建设的文学革命论》一文之中，当胡适要实现自己的"国语"主张之时，提到的语言资源仍是："多读模范的白话文学。例如《水浒传》《西游记》《儒林外史》《红楼梦》；宋儒语录，白话信札；元人戏曲，明清传奇的说白。唐宋的白话诗词，也该选读。"①《建设的文学革命论》还提示出另一种可能，即在西洋文学的翻译方面，"西洋文学真有许多可给我们做模范的好处，所以我说：我们如果真要研究文学的方法，不可不赶紧翻译西洋的文学名著，做我们的模范"，"全用白话韵文之戏曲，也都译为白话散文"。② 这在五四文学语言建构方面，预示了语言文字会受到外国文学翻译的影响，以及欧化倾向中国文学语言的发展前景。

在"文学的国语"方面，给人深刻印象的是胡适对"国语"开放性的动态论述，完全不同于白话与文言的对立关系。"国语"本身需要不断建设、不断完善，不能从固定了思路的教科书、字典出发，而是需要从文学出发，不断去锻炼国语，在不断发展中促使其成熟。换言之，并没有一种既定而完美的白话文存在，那种完全以白话代替文言的二元对立的思路就变得模糊起来，并不是那么明确，或许胡适在此时已经意识到并不存在以白话替代文言就万事大吉的可能性了，而需要直面更为复杂的问题。胡适明确说：

> 所以我以为我们提倡新文学的人，尽可不必问今日中国有无标准国语。我们尽可努力去作白话的文学。我们可尽量采用《水浒传》《西游记》《儒林外史》《红楼梦》的白话。有不合今日的用的，便不用它；有不够用的，便用今日的白话来补助；有不得不用文言的，便用文言来补助。这样做去，决不愁语言文字不够用，也

① 胡适：《建设的文学革命论》，《新青年》第 4 卷第 4 号。
② 同上。

决不用愁没有标准白话。中国将来的新文学用的白话，就是将来中国的标准国语。造中国将来白话文学的人，就是制定标准国语的人。①

于是，"国语"成为一个具有相当包容性的概念，在胡适实用主义的眼光下，它既可以容纳明清小说的白话，也可以容纳今日的白话、文言。我们发现胡适一度大力建构的文言与白话的二元对立的结构性存在在这里消失了。"将来的新文学用的白话"与"中国的标准国语"画上了等号，胡适的白话文倡导不再是对抽象白话的观念呼唤了，而是包含各种现代元素，这里没有人为设置的宗派家法，没有理论的自我繁殖，而具有现实的针对性和可操作性，在指向未来的乐观之中，预示了一个富有生命力的现代白话文基础的新文学的到来。

"国语"的称谓，在胡适的白话文倡导中，还表明了一种现代民族国家的建构立场。在这一点上，《建设的文学革命论》一文仍如同胡适曾经的言论，谈及欧洲文艺复兴以来的语言文字情况，并堪称这一论述最为完备的表述，他以较大篇幅将中国的国语比较并定位于"欧洲各国国语的历史"的谱系之中。胡适介绍了意大利、英国等的情况，其中尤以意大利类同于中国语言文字现代转型之中的"国语"实践：

> 意大利国语成立的历史，最可供我们中国人的研究。为什么呢？因为欧洲西部北部的新国，如英吉利、法兰西、德意志，他们的方言和拉丁文相差太远了，所以他们渐渐的用国语著作文学，还不算稀奇。只有意大利是当年罗马帝国的京畿近地，在拉丁文的故乡，各处的方言又和拉丁文最近。在意大利提倡用白话代拉丁文，真正和在中国提倡用白话代汉文，有同样的艰难。所以英、法、德

---

① 胡适：《建设的文学革命论》，《新青年》第4卷第4号。

各国语，一经文学发达以后，便不知不觉的成为国语了。在意大利却不然。当时反对的人很多，所以那时的新文学家，一方面努力创造国语的文学，一方面还要作文章鼓吹何以当废古文，何以不可不用白话。有了这种有意的主张，（最有力的是 Dante 和阿儿白狄 Alberti 两个人。）又有了那些有价值的文学，才可造出意大利的"文学的国语"。①

发生了语言文字现代转型的意大利，同样有国语、方言、文言、白话的问题，并且与中国一样面临相似的历史情境。这样就将中国的五四白话文运动放入胡适眼中的现代性进程之中，作为社会现代转型必不可少的一个环节。胡适有关白话文学的倡导，在中国历史中的独特意义得以凸显，以往即便存在白话文学，"因为没有'有意的主张'，所以做白话的只管做白话，做古文的只管做古文，做八股的只管做八股。因为没有'有意的主张'，所以白话文学从不曾和那些'死文学'争那'文学正宗'的位置。白话文学不成为文学正宗，故白话不曾成为标准国语"②。胡适正是自觉去完成中国的"文艺复兴"，特别在语言文字变革空间之中，去建立民族共同体与语言的必然关联。

通过对胡适在五四文学革命时期最为重要的三篇论文的分析，可以看到胡适倡导白话文在理论方面固有的丰富性。我们认为完全不应该印象式地以白话与文言的二元对立概括胡适的白话文理论，而应该意识到胡适自己也在不断进行调整，其理论也是不断发展的，其中包括若干矛盾。胡适拓展了语言文字的变革空间，对中国古代文学语言雅俗关系的颠倒，新的话语方式的寻找，这一切构成了一个开放而未完成的状态，并驱动着中国文学语言的现代转型。

---

① 胡适：《建设的文学革命论》，《新青年》第 4 卷第 4 号。
② 同上。

第二节 陈独秀与五四"文学革命"

在胡适发表了《新青年》第 2 卷第 5 号上的《文学改良刍议》一文之下，有一段陈独秀的"附记"：

> 余恒谓中国近代文学史，施、曹价值，远在归、姚之上。闻者咸大惊疑。今得胡君之论，窃喜所见不孤。白话文学，将为中国文学之正宗，余亦笃信而渴望之。吾生倘亲见其成，则大幸也。元代文学美术，本蔚然可观。余所最服膺者，为东篱，词隽意远，又复雄富。余曾称为"中国之沙克士比亚"。质之胡君，及读者诸君，以为然否。①

陈独秀直接命中胡适《文学改良刍议》最为核心的观点"白话文学，将为中国文学之正宗"。这并不是简单的附和赞同，而是有着陈独秀自身的体验，他一贯认为"施曹价值，远在归姚之上"，以及对马致远等元代作家的正面看法。可以说，白话文学的主张成了陈、胡二人的一个共识。也正是由这一共识，造就了《新青年》这一重要的建设平台，乃至于造就了五四时期新文学阵营在白话文与"文学革命"倡导方面的最大公约数。

一

让我们辨析 1917 年 2 月陈独秀在《新青年》第 2 卷第 6 号发表的《文学革命论》与胡适的《文学改良刍议》——这两篇五四白话文运动

————

① 陈独秀：《〈文学改良刍议〉附记》，《新青年》第 2 卷第 5 号。

之中的著名论文——存在的关联。不少研究者因"改良"与"革命"的不同定位，而视二者为时间方面的承接与深化的关系，或是视二者为不同话语方式而产生了某种断裂转向的认知。其实，这两篇著名的文章在相当的程度之上肩负着共同的时代重任，它们当然也有着不同的视角与文化政治的切入方式，构成了对白话文学不同的理解与侧重点——这些不同理解一起构筑了五四白话文倡导之中最为重要的内蕴与意识形态。

就总体而言，陈独秀《文学革命论》的观点是直接建立在思想政治与社会改造的基础之上的，可以说论述重点在"文学革命"，而不是在"白话语言"，当然陈独秀的这个"文学革命"也是建立在五四白话语言上的"文学革命"。或言，陈独秀在《文学革命论》一文之中，主要是在于为"白话语言"建立浓厚的政治与革命的意识形态内涵，为"白话语言"建立一种特定的意识形态特质——这些内涵与特质对日后新文学及其语言的发展影响至深。

也可以这样说，陈独秀的《文学革命论》试图为以胡适为代表的五四白话文学倡导者在民初中国社会的现实与政治间建立必然联系，建立现代性宏大叙事的纵深背景，从而指明了晚清以降中国语言文学现代转型的趋势，为未来规定了方向。如陈独秀所言："文学革命之气运，酝酿已非一日，其首举义旗之急先锋，则为吾友胡适。余甘冒全国学究之敌，高张'文学革命军'大旗，以为吾友之声援。"① "声援"的自觉定位，当然就需要陈独秀再把话说得更大一些，更为激越一些，乃至树立旗号，用标语式的警醒语言，以求得更为广泛的社会影响。同时，我们分明看到《文学革命论》又何尝不是一种自觉的"引导"，使新的白话文学纳入陈独秀心中的政治取向中。于是，在《文学革命论》的

---

① 陈独秀：《文学革命论》，《新青年》第 2 卷第 6 号。

行文之中，不同于胡适基本在中国文学内部梳理白话文学语言的发展源流，陈独秀既有对中国文学内部发展的叙述，还有基于中国思想政治发展而产生的"欧洲文明"的导向、民初中国政治黑暗的切肤之痛、对"现代文学"的社会定位——集中于其倡导的"三大主义"，表现出对文学的社会功能的高度重视，充满了对国民精神、社会进步澎湃而不能自已的情感。这些都是晚清以降，中国社会与思想巨大变革在语言文字方面的聚合与反映，陈独秀是以"文学革命"的倡导激活了五四时期中国"新的政治"。

还可以补充一则史料，来分辨五四时期"文学革命"中陈、胡两人之别。胡适在《文学革命论》发表之后与陈独秀的一次通信之中，谈及"讨论适所主张八事及足下所主张之三主义者"。胡适认为："此事之是非，非一朝一夕所能定，亦非一二人所能定。甚愿国中人士能平心静气与吾辈同力研究此问题，讨论既熟，是非自明。吾辈已张革命之旗，虽不容退缩，然亦绝不敢以吾辈主张为必是而不容他人之匡正也。"① 胡适的观点显得较有学术意味，也较为平和，有着现代绅士的做派。陈独秀的看法则是完全不一样，表明一种断然与决然的观点：

　　鄙意容纳异议，自由讨论，固为学术发达之原则，独至改良中国文学，当以白话为文学正宗之说，其是非甚明，必不容反对者有讨论之余地，必以吾辈所主张者为绝对之是，而不容他人之匡正也。其故何哉？盖以吾国文化，倘已至文言一致地步，则以国语为文，达意状物，岂非天经地义，尚有何种疑义必待讨论乎？其必欲摈弃国语文学，而悍然以古文为文学正宗者，犹之清初历家排斥西法，乾、嘉畴人非难地球绕日之说，吾辈实无余闲与之作此无谓之

---

① 胡适：《通信》，《新青年》第 3 卷第 3 号。

讨论也！①

陈独秀这种不容讨论的做法，在今天的学术界，被普遍负面评价，是五四新文化运动遭受批评的主要内容。

我们应如何在具体的历史语境之中理解陈、胡二人不同的心态？他们就应被今日的"时贤"简单而直接地否定吗？刘小枫在对舍勒的现代性的研究之中，认为"心态是世界的价值秩序之主体方面。一旦体验结构转型，世界之客观的价值秩序必然产生根本性变动。现代的体验结构转型表现为工商精神气质战胜并取代了神学—形而上学的精神气质。在主体心态中，实用价值与生命价值的结构性位置发生了根本转换。舍勒的一个基本论点是：心态（体验结构）的现代转型比历史的社会政治经济制度的转型更为根本"②。可见心态也罢，性格也罢，都具有超越个体的意义，从而在晚清以降的中国社会现代转型的视野之下会生发出更为宏大的价值建构，也应予以同情和理解。例如，胡适日后忆及对陈独秀回信的感受："这样武断的态度，真是一个老革命党的口气。我们一年多的文学讨论的结果，得着了这样一个坚强的革命家做宣传者，做推行者，不久就成为一个有力的大运动了。"③

二

让我们回到陈独秀《文学革命论》一文，并作出具体的解读。该文首先展示了一个具有范式意义的"欧洲"：

> 今日庄严灿烂之欧洲，何自而来乎？曰，革命之赐也。欧语所谓革命者，为革故更新之义，与中土所谓朝代鼎革，绝不相类。故

① 陈独秀：《通信》，《新青年》第 3 卷第 3 号。
② 刘小枫：《现代性社会理论绪论》，上海三联书店 1998 年版，第 16—17 页。
③ 胡适：《四十自述》，《胡适全集》（第 18 卷），安徽教育出版社 2003 年版，第 132 页。

> 自文艺复兴以来，政治界有革命，宗教界亦有革命，伦理道德亦有革命，文学艺术亦莫不有革命，莫不因革命而新兴而进化。近代欧洲文明史，宜可谓之革命史。故曰，今日庄严灿烂之欧洲，乃革命之赐也。①

陈独秀以绝对的革命神话创造了一个"文学革命"的纵深背景，文学艺术与政治界、宗教界、伦理道德构成了一个相同层面的序列，并打成一片。在相当程度上，文化与政治已经相互交织生长，相互重叠。正是在这一思想的基础之上，矗立着由社会革命与改造而新生的"文学"，这如同革命赐予欧洲以"庄严灿烂"，是革命赐予文学以内在价值——这一点成为陈独秀对文学内涵最为基本的理解。

更为迫切的是，民初时期现实政治的巨大危机，让陈独秀深入思考：

> 吾苟偷庸懦之国民，畏革命如蛇蝎，故政治界虽经三次革命，而黑暗未尝稍减。其原因之小部分，则为三次革命皆虎头蛇尾，未能充分以鲜血洗净旧污；其大部分，则为盘踞吾人精神界根深底固之伦理、道德、文学、艺术诸端，莫不黑幕层张，垢污深积，并此虎头蛇尾之革命而未有焉。此单独政治革命所以于吾之社会，不生若何变化，不收若何效果也。推其总因，乃在吾人疾视革命，不知其为开发文明之利器故。②

这是陈独秀从早期《新青年》到五四时期的一贯观点，政治界三次革命的失败不足为惜，单独的政治革命也不足为恃，"黑幕"更存在于"吾人精神界根深底固之伦理、道德、文学、艺术"，正是由于后者的

---

① 陈独秀：《文学革命论》，《新青年》第 2 卷第 6 号。
② 同上。

"黑幕"，造成单独的政治革命不会有什么效果。这样，陈独秀就为"文学革命"的文化政治思路奠定了必要的合法性，陈独秀眼中的文学也必然是政治功利性的，指向了宏大的意义，肩负起政治革命所不能完成的重大任务。胡适后来评价陈独秀与新文化运动的关系时，就明确定位于"陈先生是一位革命家"，这位革命家对五四"文学革命"的特殊贡献在于："他这种革命的精神，与我们留学生的消极的态度，相差不知多少。他那时主张的不仅是政治革命，而是道德艺术一切文化的革命！"①

这样，陈独秀在《文学革命论》中提出的"三大主张"的正面主张得以显现："曰推倒雕琢的、阿谀的贵族文学，建设平易的、抒情的国民文学；曰推倒陈腐的、铺张的古典文学，建设新鲜的、立诚的写实文学；曰推倒迂晦的、艰涩的山林文学，建设明了的、通俗的社会文学。"②令人疑惑的是，"国民文学""写实文学"与"社会文学"这些重要的概念，在陈独秀笔下并没有精确的界定，甚至陈独秀对此的论述也很少。如果再仔细品味，陈独秀在此更多指向的是一个现代社会大众对文学的需求，一种极为宽泛的民族的、民众的、通俗的现代文学。其实，"三大主张"，主要是面对它的对立面的，即针对"贵族文学""古典文学""山林文学"，针对——"今日吾国文学，悉承前代之敝，所谓'桐城派'者，八家与八股之混合体也；所谓'骈体文'者，思绮堂与随园之四六也；所谓'西江派'者，山谷之偶像也。"③

陈独秀具体阐释了反对贵族文学、古典文学、山林文学这三种文学类型的原因：

---

① 胡适：《陈独秀与文学革命》，《胡适全集》（第12卷），安徽教育出版社2003年版，第227页。
② 陈独秀：《文学革命论》，《新青年》第2卷第6号。
③ 同上。

> 贵族文学，藻饰依他，失独立自尊之气象也。古典文学，铺张
> 堆砌，失抒情写实之旨也。山林文学，深晦艰涩，自以为名山著
> 述，于其群之大多数无所裨益也。其形体则陈陈相因，有肉无骨，
> 有形无神，乃装饰品而非实用品；其内容则目光不越帝王权贵，神
> 仙鬼怪，及其个人之穷通利达。所谓宇宙，所谓人生，所谓社会，
> 举非其构思所及，此三种文学公同之缺点也。①

这种评价已经较为极端了，呈现出绝对否定的倾向，并形成对中国古代
文学主流的基本贬斥态度。为什么会有这样的评价呢？答案在于陈独秀
所思考的文化思想基础之中：

> 此种文学，盖与吾阿谀、夸张、虚伪、迂阔之国民性互为因
> 果。今欲革新政治，势不得不革新盘踞于运用此政治者精神界之文
> 学。使吾人不张目以观世界社会文学之趋势，及时代之精神，日夜
> 埋头故纸堆中，所目注心营者，不越帝王、权贵、鬼怪、神仙与夫
> 个人之穷通利达，以此而求革新文学，革新政治，是缚手足而敌孟
> 贲也。②

"国民性""政治""精神界""世界""时代新文学"……一系列词语
高密度地出现，"新"的内在追求带来的是陈独秀对文学空间的无限拓
展，文学与政治、精神、国民性等概念无间融合，一个五四新文学的空
间也许就蕴藏于其中了，五四文学语言的特质也许就蕴藏于其中了。

在《文学革命论》一文的结束，陈独秀写道：

> 欧洲文化，受赐于政治科学者固多，受赐于文学者亦不少。予
> 爱卢梭、巴士特之法兰西，予尤爱虞哥、左喇之法兰西；予爱康

---

① 陈独秀：《文学革命论》，《新青年》第 2 卷第 6 号。
② 同上。

> 德、赫克尔之德意志，予尤爱桂特郝、卜特曼之德意志；予爱倍根、达尔文之英吉利，予尤爱狄铿士、王尔德之英吉利。吾国文学界豪杰之士，有自负为中国之虞哥、左喇、桂特郝、卜特曼、狄铿士、王尔德者乎？有不顾迂儒之毁誉，明目张胆以与十八妖魔宣战者乎？予愿拖四十二生的大炮，为之前驱！①

这样的文字让人想起晚清梁启超"三界革命"赋予文学的直接的功利功能，欧洲现代文化受惠于文学的恩赐，那么中国现代文化必然受到文学的积极影响，文学家将扮演更为重要的角色。在《文学革命论》之中，陈独秀指出，"吾国文学界豪杰之士"应该完成类似于西欧近代民族国家建立时文学家所起到的巨大推动作用。五四时期特定条件之下的文学成为民族国家的表征，文学存在的逻辑建立于一个普遍性文化政治基础之上，并与民族国家互为表里——这也是中国现代文学合法性得以建立的主要理由。

三

从陈独秀《文学革命论》出发，继续分析他在五四时期《新青年》上的一些相关言论，可以发现陈独秀在之后存在逻辑思路不断强化的情形，简言之即是对文学及其语言发展的欧化导向。当陈独秀完全取消以往中国古代文学的意识形态含蕴之后，新的文学发展的思想基础将何在？在这里，可以引用陈独秀对"孔教"的批驳：

> 吾人倘以新输入之欧化为是，则不得不以旧有之孔教为非。倘以旧有之孔教为是，则不得不以新输入之欧化为非。新旧之间，绝无调和两存之余地。吾人只得任取其一。记者倘以孔教为是，当然

---

① 陈独秀：《文学革命论》，《新青年》第 2 卷第 6 号。

非难欧化而以顽固守旧者自居，绝不怩怩作"伪"欺人，里旧表新，自相矛盾也。[①]

显然，包括文学在内的精神产品，其内具的意识形态一定会处于这种陈独秀式的截然对立之中，需要"新输入之欧化为是"建立思想文化的资源基础。"欧化"一词颇值得玩味，它具有强烈的针对性——施及信奉"孔教"的顽固守旧者，但其内涵仍无比泛化而无所确指。当然，这一坚定选择为日后五四文化与文学开辟了一个向外开放与引进西方资源的空间，"欧化"在此更多是一种姿态与趋向，同时也是一种态度与情感的存在。

正是在这样的眼光之下，陈独秀对文学语言有了综合的认识：

> 西洋近代文学，喜以剧本，小说，写实当时之社会，古典实无所用之。写实社会，即近代文学家之大理想、大本领。写实以外，别无所谓理想，别无所谓有物也。吾辈有口，不必专以与上流社会谈话。人类语言，亦非上流社会可以代表。优婉明洁之情智，更非上流社会之专有物。故《国风》《楚辞》，多当时里巷之言也。[②]

陈独秀一直以来坚持对"写实"的推崇，以文学"写实"与社会达成一种透明而直接的必然联系，这样确保了近代以后的文学对社会的功用，其断然拒绝古典乃至古典因素的积极作用，这是一种典型的五四文学观念。在文学语言的使用方面，陈独秀反对使用上流社会语言，着眼于对文学语言的通俗要求，更多是基于在转型时期一般书面语的考虑，并认为这一语言具有上流社会不具备的优点——"优婉明洁"。

---

① 陈独秀：《答佩剑青年》，《陈独秀著作选编》（第 1 卷），上海人民出版社 2008 年版，第 311 页。
② 陈独秀：《通信》，《新青年》第 2 卷第 6 号。

与此同时，陈独秀对通俗文学语言还隐隐有所担心："鄙意今日之通俗文学，亦不必急切限以今语，唯今后语求近于文，文求近于语，使日赴'文言一致'之途，较为妥适易行。"① 通俗的文学语言，并不就等同于完全的明白如话，白话还有与"文"的联系，其"语求近于文，文求近于语"的观点有点胡适"文学的国语，国语的文学"的味道，表明当时对语言、文学的共同建构的倾向。在白话与白话文之间，陈独秀还明确指出："通俗易解是新文学底一种要素，不是全体要素。现在欢迎白话文的人，大半只因为他通俗易解；主张白话文的人，也有许多只注意通俗易解。文学、美术、音乐，都是人类最高心情底表现，白话文若是只以通俗易解为止境，不注意文学的价值，那便只能算是通俗文，不配说是新文学，这也是新文化运动中一件容易误解的事。"②

胡适在 20 世纪 30 年代曾论及陈独秀对文学革命的三大贡献，归纳为："一、由我们的玩意儿变成了文学革命，变成三大主义。二、由他才把伦理道德政治的革命与文学合成一个大运动。三、由他一往直前的精神，使得文学革命有了很大的收获。"傅斯年也认为陈独秀的《文学革命论》："不仅注意在新文学之寄托物，白话，且高标新文学应有之风气，而说出新文学应有之风气是和中国政治与社会改造不可分离的。这真是一个最积极的新文学主义，同时也是中国文学史及革命史一个不磨的文件！"③ 这些都说明以白话为载体的新文学所开拓的空间，使得真正意义上的现代中国文学得以诞生，并成为具有时代意义的重大文化事件。

---

① 陈独秀：《通信》，《新青年》第 2 卷第 6 号。
② 陈独秀：《新文化运动是什么》，《新青年》第 7 卷第 5 号。
③ 傅斯年：《陈独秀案》，《独立评论》，第 24 号。

四

陈独秀 1920 年在武昌文华大学演讲留下了一则简单大纲。这时的陈独秀已经很少对文学问题发表意见，而专心于实际的政治革命了。《我们为甚么要做白话文？——在武昌文华大学讲演底大纲》一文罕见而集中地反映出陈独秀对文言与白话的系统观点，可以说是其对"文学革命"时期倡导白话文主张的全面反映与发展，将白话文与中国社会的联系具体化，堪称展现了一个由五四白话文带来的"新的世界"。

《我们为甚么要做白话文？——在武昌文华大学讲演底大纲》在本体价值上，将白话文放在了一个时代性的社会有机构成之中，在"反对一切不平等的阶级特权"的主题之下，表明"时代精神的价值（德莫克拉西）"：

（a）政治的德莫克拉西（民治主义）

（b）经济的德莫克拉西（社会主义）

（c）社会的德莫克拉西（平等主义）

（d）道德的德莫克拉西（博爱主义）

（e）文学的德莫克拉西（白话文）[①]

由德莫克拉西（民主）的价值带来整个世界的改变，这里也带来了陈独秀接受的社会主义观点。我们强烈感受到的是陈独秀由"时代精神的价值（德莫克拉西）"所强烈开拓出的一个想象与意志的世界，这是一个基于民族国家视野的观念理想的世界，而白话文以同质的价值带给文

[①]　陈独秀：《我们为甚么要做白话文？——在武昌文华大学讲演底大纲》，《晨报》，1920 年 2 月 12 日。

学"德莫克拉西"的内涵。同时，白话文又何尝不是现实社会之中政治、经济、社会、道德等诸多方面的语言媒介——从这个角度说白话文决定了"现代中国"及其言说方式。陈独秀高屋建瓴，认为白话文在"文学史上的价值"为：

（a）文体创造

（b）输入外国文学的精神

（一）写实主义

（二）析理精密

（三）社会化（Socialization）

（c）世界的文学①

这说明白话文进入文学之后面临着更为复杂的问题。陈独秀认为白话文带来的文学价值，远非文言能比拟。白话文体能够成为世界的文学——这将是在完全与传统断裂基础上造成的一个中国现代文学，一个无比纯粹的中国现代文学。

《我们为甚么要做白话文？——在武昌文华大学讲演底大纲》一文还以相当的篇幅，谈及白话文的巨大优势，这当然也是白话文取代文言的合法性。陈独秀首先说明的是白话文在应用方面的长处，以"在教育上的价值"为例：

（a）儿童想像力的发展。

古文——盲从古人的、他人的想像力。

白话文——直接能发现的、自己的想像力。

（b）科学教育的发达。

---

① 陈独秀：《我们为甚么要做白话文？——在武昌文华大学讲演底大纲》，《晨报》，1920 年 2 月 12 日。

　　（一）节省专门科学（医、矿、农、工）学生研究艰深文字的时间、精力。

　　（二）用白话文叙述科学，较古文易于表现明了正确的观念。

　　（c）学生抄写讲义的便利。①

这些似乎只是常识性的琐碎描述，陈独秀以白话文为一般书面语来考虑其在语言文字方面的日常运用问题。这一问题意义重大，指向的是现代汉民族书面语的功用问题：白话文是否能够抵达每一个人，是否能够胜任社会对一般书面语的诸多需求。陈独秀在一般意义上提及儿童、科技教育、具体的抄写讲义，并认为白话远胜文言，有利于培养想象力、节约时间、表明正确观念，乃至于方便于记笔记，这就在一个更为普遍性的空间肯定了白话文的合法性。

　　然后，陈独秀还对当时社会上对白话文的诸多疑惑进行了解释与辩护，多建立在文言与白话二元对立的基础上，着力于说明白话完全可以替换文言，具有文言所不能比拟的优点。在"没有文学的饰美"的问题上，陈独秀的回答为：

　　（a）结构巧妙——白话文言同

　　（b）意思充足明了

　　（c）声韵调协　　白话胜过文言

　　（d）趣味动人

　　▲古文　名词、形容词色泽是脂粉，是表面的美，非真美。典故更是张冠李戴，不切事情。

　　▲白话文　"白描"是真美，是人人心中普遍的美，"百战不许持寸铁"是白话文的特性。所以文学的白话文比古文更难做，决

---

　　① 陈独秀：《我们为甚么要做白话文？——在武昌文华大学讲演底大纲》，《晨报》，1920 年 2 月 12 日。

不是"信口所说""信笔所之"。①

这是有关白话形式方面的"美"的问题的分析，白话文在历史中一向被认为是鄙俗的存在，不是"美"的，陈独秀则指出白话的意思、声韵、趣味胜过了文言，这种回击在语言文字的审美领域至关重要。并且，白话的"白描"是真美、是普遍的美，古文是表面的美、非真美。陈独秀是将"革命"引向了纵深，在深层审美的认定之中拒绝了文言的价值，于是五四白话文在审美、结构、声韵等方面能够对抗与超越文言。

对于有人认为白话"不能达高深学理"的疑问，陈独秀罗列了如下的反驳理由：

（a）自然科学
（b）社会科学

名词不易了解，古文与白话文同，但白话文的解说比文言容易了解，所以听讲比看书更加懂得清楚。

（c）宗教艺术，重情感的更宜于白话文。

以上理论

（a）陈大齐演讲的心理学。

（b）胡适著的哲学史实验哲学。

（c）杜威的哲学、伦理学、教育学、演讲录。

（d）王星拱、任鸿隽的科学论文。

（e）陈嘉霭著的因明学。

（f）基督教的旧约、新约。

（g）周作人关于文学的译著。

以上实例，都能达高深的学理，都比窥基底因明疏和严复译的

① 陈独秀：《我们为甚么要做白话文？——在武昌文华大学讲演底大纲》，《晨报》1920年2月12日。

书易于了解。①

这些都说明了陈独秀所提倡的那种白话文，在现代中国任何需要语言媒介的领域都能够发挥作用，即便是一般人认为最为复杂周密的学术论文。陈独秀在现代学科的分工之下，富有耐心地罗列了不少学者的白话文论文的成就，以证明白话文"能达高深的学理"。这反映的是白话文作为现代学术的语言载体，满足了现代中国社会在此领域的需求。

《我们为甚么要做白话文？——在武昌文华大学讲演底大纲》一文，虽然只是一个梗概，但思虑周全，涉及方方面面，还关注到"国语方面""教育方面"的问题，形成对五四白话文的整体性的社会审视。这让人想到殷国明的观点："它（五四白话文）不仅仅是某种文化阶段的转化，也不仅仅是某种文化与文学方式的改变，甚至也不仅仅局限于对传统的文化及文学价值观念的重估以及确立新的观念上面；它是一种在历史文化层面上的深层次的变革，触动的不但是历史的表象，而且是文化的实体，所开创和启动的不仅仅是一种新的文化观念以及价值体系的重建，而且是一种历史意识的结构性的变革，其中包括人们历史文化心理的重铸和新的学术传统的建立。"② 这也证明了五四白话文的成长性、在社会实践层面全方位的覆盖能力，及其达到的理论自觉程度。

---

① 陈独秀：《我们为甚么要做白话文？——在武昌文华大学讲演底大纲》，《晨报》1920年2月12日。
② 殷国明：《文学语言的革新与文学的发展》，马以鑫编《现代化进程中的中国人文学科·文学卷》，上海人民出版社2005年版，第168页。

第三节　傅斯年与五四白话文的拓展

胡适与陈独秀在五四"文学革命"时期，以《文学改良刍议》《文学革命论》等经典论文，为五四白话文的倡导与走向奠定了基本格局。这一基本格局规定了五四白话文内在的意识形态、与以往历史时期语言文字资源的复杂联系及其带来的较为模糊而又坚定的未来指向。与此同时，这一基本格局也塑造了更为年轻一代的白话文观念，具有某种"再生产"的效能，引发更进一步的细化与系统的发展。本节分析的对象是傅斯年，他在《新青年》《新潮》等五四时期著名的刊物中发表了《文学革新申义》《文言合一草议》《怎样做白话文》《白话文学与心理的改革》等系列论文，应属于在五四白话文研究中较为忽略而又是中心性的后一辈人物。由傅斯年在"文学革命"时期对白话文的拓展，可以从一个特定的角度观察到在胡适与陈独秀所开拓的五四白话文新的流向，从而证明了五四时期白话文倡导的历史理性与现实生命力。

一

《新青年》第 4 卷第 1 号载有《文学革新申义》一文，在作者的作者傅斯年署名——"北京大学文科学生"，这颇有象征意味。整篇论文与他的师长一辈的陈独秀、胡适有着明显的联系，所谓"申义"，即是阐明意义，傅斯年仿佛是在学习老师们关于五四白话文倡导的思想，澄清其中关节之处，又有自己的看法。所以，傅斯年说："去冬胡适之先生草具其旨，揭于《新青年》，而陈独秀先生和之。时会所演，从风者多矣。"① 傅

---

①　傅斯年：《文学革新申义》，《新青年》第 4 卷第 1 号。

斯年是自觉加入这一时代性的众声合唱之中，陈独秀、胡适所面对的历史任务，又何尝不是傅斯年等年轻一代所面对的历史任务。

在傅斯年心目中的"文学"存在是："文学之用，在所以宣达心意。心意者，一人对于政治、社会风俗、学术等一切心外景象所起之心识作用也。政治、社会风俗、学术等一切心外景象所起之心识作用也。政治、社会风俗、学术等一切心外景象俱随时变迁，则今人之心意，自不能于古人同。而以古人之文学达之，其应必至于穷，无可疑者。知政治、社会风俗、学术等应为今日的而非历史的，则文学亦应为今日的而非历史的。"① 这是一种"尚思想的益智文学"，自然不同于既有的古典文学，这一现代的文学特质为"心意"，而"心意"包含整个世界与社会的全部精神积淀，当然也是变动不居的，与社会精神同步发展的。也正是因为其变动发展，证明了在文学现代性之中，"今日"独特意义的浮现，它直接否定了"古人之文"，"今日"的内在时间定位也标明了五四时期对现代"文学"的整体性想象。

于是，傅斯年对于文学革新的观点就水到渠成："今吾党所以深信文学之必趋革新，而又极望其革新者。正所以尊崇吾国之文学、爱护吾国之文学、推本文学之性质，可冀其辉光日新也。"② 我们注意到"吾国"一词的反复出现，似乎表明了某种指向，再联系他反驳守旧之人的独特意见："惟其有保存国粹之念，而思所以保存之道，然后有文学革新之谈。"③ 不难发现，傅斯年以"吾国""国粹"为视角，具有强烈的连续性思维方式，与胡适、陈独秀等人划分出的古今与新旧的二元对立观念相对有所不同，以"文学革新"来衔接"保存国粹"的做法，至少在表述上在意气风发的五四一代之中并不多见，而"国粹"一词

---

① 傅斯年：《文学革新申义》，《新青年》第4卷第1号。
② 同上。
③ 同上。

在五四一代之中似乎并不是一个正面而革命的词语。这一较为独特的思路背后其实是傅斯年强烈的民族国家意识，从中也可以看出当五四一辈强烈反对中国古典文学之后历史连续性问题的必然浮现。进而言之，五四一代期待文学建构的现代特质的同时，还有另一维度的重要问题，如何使它不仅是"现代"的，而且还是"中国"的，是"中国文学"的——傅斯年就代表了后一种思路。

在《文学革新申义》一文中，傅斯年梳理了中国古典文学的发展，详论了各个时期的中国文学状况，其中自然有与胡适、陈独秀相同的反对复古因袭的看法，但还应注意傅斯年与胡适、陈独秀的差异，他使用了"古典文学"的概念，更多是就事论事，并不强分"死文学"与"活文学"，虽偶有涉及，但并不视之为一种结构性的构成与描绘，不在中国古典文学之中刻意寻找一条清晰而不断发展的白话文学道路，并将之视为文学正宗与意义源泉。所以，在傅斯年的中国文学史视野之中，较少谈到明清小说的白话文语言，当然就不会像胡适那样将之直接作为五四白话文的渊源，也不会在中国古典文学之中作出严格的雅俗之分，然后着眼于利用中国古代文学的俗文学资源，傅斯年所论及的中国古典作家及作品大致是不出中国古典雅文学范畴的。

二

我们不禁要问：如果不像胡适与陈独秀那样利用历史的既有白话文资源，傅斯年的白话文倡导之中的"现代白话文"会来自何处？在此问题之下，傅斯年对于五四白话文的认识，就在其言文关系的辨析之中浮现出来，显示出相当的特异之处——这也是傅斯年五四期间白话文倡导的独特贡献。

在《文学革新申义》一文之中，傅斯年通过追问中国言文分离的原因，逐渐建立起自己所理解的"白话"特质。傅斯年分点罗列，首先是：

　　第一，中国语文之分离，强半为贵族政体所造成。贵族之性，端好修饰，吐辞成章，亦复如是。今苟不以高华典贵为文章正宗，即应多取质言。且贵族之政，学不下庶人，文言分离，无害于事也。今等差已泯，群政艾兴。既有文言通用于士流，复有俗语传行于市民。俗语著之纸墨，别为白话文体。于是一群之中，差异其词。言语文章之用，固所以宣情，今则反为隔阂情意之具。与其樊然淆乱，难知其辩，何若取而齐之，以归于一乎。①

傅斯年将言文的分离等同于中国文学语言与社会结构的雅俗之别，而且言文分离在古时有自己的社会基础，而现在的问题是"取而齐之，以归于一"，即在现代条件下，不仅是以白话取代文言的雅俗转换，而是整个汉民族书面语的问题，指向超越古典雅俗之后的现代书写形式的问题。

傅斯年接下来说：

　　第二，语文体貌虽异，而性情相关。一代文辞之风气，必随一代语言以为转变。今世有今世之语，自应有今世之文以应之，不容借用古者。与其于今世语言之外，别造今世之文辞，劳而无功，又为善及智慧之阻，何如即以今世语言为本，加以改良而成文言合一之器乎。②

在此，傅斯年确立了语言的优先地位。那么何为"语言"？可以联系傅斯年在之后《新青年》第4卷第2号发表的《文言合一草议》中的注释："下文或作语言、此作白话，或作俗语，同是一词。"③ 这即是说语言、白话、俗语这样的概念在傅斯年眼中是可以互换的，"今世之语"

---

① 傅斯年：《文学革新申义》，《新青年》第4卷第1号。
② 同上。
③ 傅斯年：《文言合一草议》，《新青年》第4卷第2号。

对应"今世之文"，即白话的语言。"语言"与"文辞"是傅斯年使用的一对矛盾的概念存在，文辞是负面的、添加的，应该以"今世语言为本"构成书面语基础，从而形成"言文合一"——傅斯年就表明了五四白话文的来源是语言，而不再是移用诸如明清时期的长篇章回白话小说的书面语言。

傅斯年继续阐明：

> 第三，《论语》所用虚字，全与《尚书》违。屈、景所用，若"羌""些"者，又为他国所无。彼所以勇于作古者，良由声气之宣，非已死虚字所能为。故不以时语为俚，不以方言为狭。惟其用当时之活虚字，乃能曲肖神情，此白话优于文言一钜点也。①

此点专论虚字，虚字可以说白话与文言的一个突出的外部区别。傅斯年认为虚字的实质是"声气之宣"，当世的"声气"，当然不适合"死虚字"，不适合文言，只有"活虚字，乃能曲肖神情"，才具有巨大的优势。这样就为证明基于当世"声气"的价值，即"不以时语为俚，不以方言为狭"，这样也证明了"白话优于文言"的观点。

在《文学革新申义》一文中，傅斯年谈的最后一点为：

> 第四，《史记》《汉书》以下，何以必杂当代白话，二陆书简，何以必用市语。岂非由白话近真，文言易于失旨乎。……言语本为思想之利器，用之以宣达者。无如思想之体，原无涯略，言语之用，时有困穷。自思想转为言语，经一度之翻译，思想之失者，不知其几何矣。文辞本以代言语，其用乃不能恰如言语之情。自言语转为文辞，经二度之翻译，思想之失者，更不知其几何矣。苟以存

① 傅斯年：《文学革新申义》，《新青年》第 4 卷第 1 号。

真为贵，即应以言代文，一转所失尤少，再转所失遂钜也。①

傅斯年继续为白话文的合法性辩护，仍然从"言语"着眼，其地位无与伦比，堪称"语音中心主义"，并由此产生"翻译"的描绘：从思想转为言语，是第一次翻译；由言语转到文辞，是第二次翻译。每一次"翻译"，都有大量的损耗，不能确保思想完全表达。在这样的情况之下，宁可使用第一次翻译的言语，也不应再使用第二次的言语翻译的文辞，以避免增加环节之后带来思想的再一次的损耗——这当然论证了白话文所具有的优势。

可以说，傅斯年在《文学革新申义》一文之中，将胡适、陈独秀相对较为空疏的五四白话文倡导，在不同的视角之下转换成为富有逻辑性的论证，层层推进，具有相当的说服力，也极大丰富了五四白话文的理论建设。

三

在《新青年》之外，傅斯年有关白话文倡导的文章还见于《新潮》杂志。《新潮》与《新青年》具有明显的关联性，是五四新文化阵营最为重要的刊物之一，也将五四新一代的勃勃生气体现得淋漓尽致。如同胡适对于《新潮》杂志的评价："文学革命的运动已经鼓动了一部分少年人的想象力，故大学学生有这样的响应。《新潮》初出时，精彩充足，确是一只有力的生力军。"② 在这一刊物之上，傅斯年有关白话文的论证也显得更具体系与深度。

《怎样做白话文》一文发表于《新潮》第 1 卷第 2 号，是傅斯年耐

① 傅斯年：《文学革新申义》，《新青年》第 4 卷第 1 号。
② 胡适：《五十年来中国之文学》，《胡适全集》（第 2 卷），安徽教育出版社 2003 年版，第 335 页。

心教导人们如何写作白话文的论文，观点清晰有力，堪称傅斯年有关白话文倡导最为重要的文章。傅斯年明确界定论述范围："我所讨论的，只是散文——解论（Exposition）、辩议（Argumentation）、记叙（Narration）、形状（Description）四种散文——没有特殊的文体。散文在文学上，没甚高的位置，不比小说、诗歌、戏剧。但是日用必需，整年到头的做它；小则做一篇文，大则做一部书，都是它。"① 傅斯年所讨论的是将五四白话文作为一般书面语的问题，以此拟出"怎样做白话文"这一极有现实针对性的题目。

傅斯年的答案之一为"留心说话"。首先，他很切实地对胡适、陈独秀使用的明清戏曲、小说中的白话做了具体分析，表明了不同的见解，基本持反对的意见。傅斯年认为："我们历史上的白话产品，太少又太坏，不够我们做白话文的凭藉物。元明以来的戏剧，有一半用白话。曲是韵文，这篇文章里说不到，单就曲外的说白而论，真真要不得了，非特半白半文，竟是半散半骈。我们做白话文的，要受了它的毒，可就终身不入正道了。再看小说，我们历史上的好小说，能有几部？不过《水浒传》《红楼梦》《儒林外史》三部有文学价值，其余都是要不得的。近来小说，《二十年目睹之怪现状》和《老残游记》，有人说好的；但是我看它的文笔，也是粗率的很，不值得我们凭藉。……以前的白话出产品，竟不够我们乞灵，我们还要乞灵别个去。"这是对于陈独秀、胡适倡导明清白话小说的一种断然而明确的拒绝，傅斯年的白话文倡导是别有怀抱的。

在《怎样做白话文》一文之中，傅斯年继续强调"语言"对于白话文的意义，并将之作为最为核心的资源："我们主张国语文学的人，文章语言，只是一桩事物的两面。若要语言说得好，除非把文学的手

---

① 傅斯年：《怎样做白话文》，《新潮》第1卷第2号。

段，用在语言上；若要文章做得好，除非把语言的精神，当作文章的质素。国语文学就是国语文学，只是有文学组织的国语，本来和说话是一件东西，不过差在写出、写不出罢了。不会说话的人，必不会出产好文学。"① 这里沟通了文章与语言二者的共同点，"语言的精神"与"文章的素质"画上了等号，语言成为文章的直接的凭据，在傅斯年看来，二者就是同一事物。在现实的层面，傅斯年将意思说得更为直白："我主张留心说话，作为制作白话文的利器，是为着语言文章，本是一种作用，更是为着说话多，作文少。当心说话，真是练习作文的绝好机会。"②

傅斯年对"怎样做白话文"给出的答案之二为"直用西洋词法"。并且，这一答案与第一个答案的"留心说话"关系密切，在相当程度上是为了弥补"留心说话"的不足，傅斯年解释道："何以说说话的作用有时而穷呢？第一，我们能凭藉说话练习文章的流利，却不能凭藉说话练习文章的组织；我们能凭藉说话练习文章的丰满，却不能凭藉说话练习文章的裁剪；我们能凭藉说话练习文章的质直，却不能凭藉说话练习文章的含蓄；说话很能帮助造句，确不能帮助成章；说话很能帮助我们成文学上的冲锋将，却不能帮助我们成文学上的美术匠。假使我们仅仅把说的话，写出来作为我们的文章，纵然这话说得好，拿文章的道理一较，也要生许多不满意——终觉着它缺乏构造。从此可知说话的效用，只有一半。其余一半，它办不到了。"③ 这表明五四白话文的倡导者在另一个维度——书面语建设问题上的高度自觉。并且，这也预示了五四白话文倡导重心的转移，"语言"并不是万能的，而白话文的现代性问题必然浮出水面。换言之，五四白话文的倡导在破坏中国古代文学雅俗格局之外，在现实层面的切实而具体的建设已经不可避免了。并且，不

---

① 傅斯年：《怎样做白话文》，《新潮》第1卷第2号。
② 同上。
③ 同上。

管是《文学革新申义》，还是《怎样做白话文》，我们都能从中感到傅斯年虽多有论述所谓的"语言"，其实都是指向书面书写问题的，或为源泉，或造成某种素质，语言与文字密不可分，存在于相同的视域之内，语言的功能是为白话文建立合理而有生命力的质地。

四

在《怎样做白话文》一文中，在现实建设方面，傅斯年主要是参照异质的西方语言文字的存在，尽力寻找中国现代白话文变革的具体途径。

傅斯年给出一个具体的解决之道："直用西洋文的款式，文法、词法、句法、章法、词枝（Figure of speech）……一切修辞学上的方法，造成一种超于现在的国语，因而成就一种欧化国语的文学。"① "欧化"这一关键词的出现，是一个方向性的导向，也是傅斯年白话文倡导的最为重要的见解。这意味着傅斯年超越了胡适、陈独秀，将眼光外投，换言之，"欧化"的白话文资源，应该深入白话文的各个层面。

傅斯年认为原有的词汇："它异常的贫——就是字太少了。补救这条缺陷，须得随时造词。所造的词，多半是现代生活里边的事物；这事物差不多全是西洋出产。因而我们造这词的方法，不得不随西洋语言的习惯，用西洋人表示的意味。也不仅词是如此，一切的句，一切的支句，一切的节，西洋人的表示法多比中国人的有精神。想免得白话文的贫苦，惟有从它——惟有欧化。"② 傅斯年的类似观点都直指思想层面："中国文最大的毛病，是面积惟求铺张，深度却非常浅薄。……我们在这里制造白话文，同时负了长进国语的责任，更负了借思想改造语言、

---

① 傅斯年：《怎样做白话文》，《新潮》第 1 卷第 2 号。
② 同上。

借语言改造思想的责任。我们又晓得思想依靠语言，犹之乎语言倚靠思想，要运用精密深邃的思想，不得不先运用精密深邃的语言。既然明白我们的短，别人的长，又明白取长补短，是必要的任务，我们做起白话文时，当然要减去原来的简单，力求层次的发展，摹仿西洋语法的运用——总而言之，使国语受欧化。"① 可以说，在傅斯年的观点之中，"欧化"成为逻辑的归结点，毫无疑问也是价值的归结点。经过这样的"欧化"建设，五四白话文的面貌就可想而知了，或言通过"欧化"而使得白话文的"现代"内涵得以显现。

在《怎样做白话文》一文中，傅斯年还耐心说明白话文写作应该遵循的程序：

（1）读西洋文学时，在领会思想情感以外，应当时时刻刻，留心它的达词法（Expression），想法把它运用到中文上。常存这样心理，自然会使用西洋修词学的手段。

（2）练习作文时，不必自己出题，自己造词。最好是挑选若干有价值的西洋文章，用直译的笔法去译它；径自用它的字调，句调，务必使它原来的旨趣，一点不失。这样练习久了，便能自己作出好文章。这种办法，不特可以练习作文，并且可以练习思想力和想象力的确切。

（3）自己作文章时，径自用我们读西文所得、翻译所得的手段。心里不要忘欧化文学的主义。务必使我们做出的文章，和西文近似，有西文的趣味。

（4）这样办法，自然有失败的时节，弄成四不像的白话。但是万万不要因为一时的失败，一条的失败，丢了我们这欧化文学主

---

① 傅斯年：《怎样做白话文》，《新潮》第1卷第2号。

义，总要想尽办法，融化西文的词调，作为我用。①

这不禁让人感慨，傅斯年笔下的"欧化"倾向的白话文，似乎可以说立足于从头开始，立足于从零开始。并且，与晚清翻译带来的某种主要是不自觉"欧化"白话文倾向不同，傅斯年有着明确的目的，是将"欧化"作为自觉的追求来改造白话文，也可以说具备"欧化"倾向的五四白话文倡导自此得以确立。

五

再看傅斯年在《新潮》第 1 卷第 5 号上发表的《白话文学与心理的改革》一文。此文的意义不在于拟定具体的白话文建议与措施，而是为五四时期的白话文建立宏大的意识形态基础，表明傅斯年白话文倡导观点的最终完成。傅斯年认为："中国人在进化的决赛场上太落后了，我们不得不着急，大家快快地再跳上一步——从白话文学的介壳，跳到白话文学的内心，用白话文学的内心造就那个未来的真中华民国。"② 白话文转化为"白话内心"，这一"内面的发现"与"中华民国"直接相连，使得白话文意义的阐发建立在一种鲜明的民族国家立场之上。

傅斯年说明自己的担心："白话文学的介壳，就是那些'什么''那个''月亮''太阳'的字眼儿，连在一起的，就是口里的话写在纸上的。这个的前途定然发展的很宽，成功的很速。白话文学的内心是人生深切而又著明的表现，是向上生活的兴奋剂。这个的前途就不容乐观了。"③ 在这里，傅斯年已经不纯粹在逻辑层面推进了，甚至不满意曾经的"口里的话写在纸上的"这一观点，只是视之为"介壳"，关注点

① 傅斯年：《怎样做白话文》，《新潮》第 1 卷第 2 号。
② 傅斯年：《白话文学与心理的改革》，《新潮》第 1 卷第 5 号。
③ 同上。

于是有了重要的转移。这就为现代白话文的内在素质提出了相当的高度，寻求白话文的现代之"道"。于是，傅斯年所直接命名的"真白话文学"出现了："所谓真白话文学，必须包含三种质素：第一，用白话做材料；第二，有精工的技术；第三，有公正的主义；三者缺一不可。"① 在这样的白话文学之中，"我们须得认清楚白话文学的材料和主义不能相离，去创造内外相称，灵魂和体壳一贯的真白话文学!"②

在民族国家的视野之下，在"真白话文学"的理论畅想之中，傅斯年重申了五四一代以思想文化改造中国社会的根本意识。这是一个充满激情、并由现代白话文打造的世界：

> 到了现在，大家应该有一种根本的觉悟了：形式的革新——就是政治的革新——是不中用的了，须得有精神上的革新——就是运用政治的思想的革新——去支配一切。物质的革命失败了，政治的革命失败了，现在有思想革命的萌芽了。现在的时代，和光绪末年的时代有几分近似；彼时是政治革命的萌芽期，现在是思想革命的萌芽期。想把这思想革命运用成功，必须以新思想夹在新文学里，刺激大家，感动大家；因而使大家恍然大悟；徒使大家理解是枉然的，必须唤起大家的感情；徒用言说晓谕是无甚效力的，必须用文学的感动力。未来的真正中华民国靠着新思想，新思想不能不夹在新文学里；犹之乎俄国的革命是以文人做肥料去培养的。我们须得认清楚我们的时代。认清楚了，须得善用我们的时代。③

我们说现代白话文所能达到的领域，正是现代中国思想所能达到的领域，这样的语言媒介构成了现代中国的核心存在，构成了宏大的思想文

---

① 傅斯年：《白话文学与心理的改革》,《新潮》第 1 卷第 5 号。
② 同上。
③ 同上。

化的价值指向——这也为陈独秀、胡适等人一再强调。五四时期的新文学据此在思想文化方面达到了一个崇高而又熠熠生辉的高度，成为根本的出发点，辐射社会思想的一切，形成了一种极为鲜明的五四新文化的文化政治存在。

在《白话文学与心理的改革》一文中，还有这样的语句："真正的中华民国必须建设在新思想的上面。新思想必须放在新文学的里面；若是彼此离开，思想不免丢掉他的灵验，麻木起来了。所以未来的中华民国的长成，很靠着文学革命的培养。文学原是发达人生的唯一手段。既这样的说，我们所取的不特不及与人生无涉的文学，并且不及仅仅表现人生的文学，只取抬高人生的文学。凡抬高人生以外的文学，都是应该排斥的文学。"① 它集中说明了中国现代白话文、现代文学所着力开拓的空间，以及中国现代白话、现代文学的功用观。我们深切地感受到，从胡适、陈独秀到傅斯年，一种新的世界观已经内在地生成于中国语言文字的变革空间之中。

---

① 傅斯年：《白话文学与心理的改革》，《新潮》第 1 卷第 5 号。

第四章　五四白话文论争与社会弥散

在五四白话文运动发展过程之中，伴随着众多的反对与论争之声。就其社会意义而言，毫无疑问是具备不同价值取向的知识分子的一种文化权力的争夺，即在语言文字领域谁是中心的争夺，这直接指向了文化政治的核心观念。正是围绕着各种纷繁复杂的论争，五四白话文的社会传播与弥散的核心方才能够真正地形成并固化，方才能够显示五四白话文所具有的前所未有的力量，并直接影响了中国现代社会的进程。

并且，精英知识分子所倡导的包括白话文理论在内的五四理念，在中国不同地域、不同现实情境之中得到了具体的传播与弥散，即是表现于中国广袤的国土之上，与情形千差万别而处于不同位置的现代知识青年形成了内在的联系，产生了不同程度、不同类型的"五四之子"，同时也提供了看待五四白话文的新角度。

第一节　五四白话文论争

汪晖曾说明五四运动基本特征的"态度同一性"："如果说分歧的个人由于某种'态度'的既明确又模糊的统一性形成了团体，那么对立或歧异的团体也由于某种更为基本的'态度'的既明确又模糊的统一性形成一个历史性的文化运动。"① 这体现于五四白话文的论争之中，可以说论争的双方已经属于不同时代的文学与文化空间了，在态度方面有着极为清晰而的新旧对立的"阵营感"。同时，我们也看到五四白话文论争的双方，实际上找不到什么交集，基本都是自说自话，因而无法在五四时期的语言文字变革中取得理性的共识与态度的一致。固然，通过这一论争，五四新文化阵营极大扩展了自己的社会影响，但就五四白话文论争本身而言，论争的最终结果不过就是双方各行其是罢了。

一

林纾在一向被中国现代文学史中一向被视为五四新文化阵营的头号"敌人"，其否定白话文的见解为："若尽废古书，行用土语为文字，则都下引车卖浆之徒，所操之语，按之皆有文法，不类闽广人为无文法之啁啾，据此则凡京津之稗贩，均可用为教授矣。"② 在林纾的观点中，中国古代文学语言雅俗格局带来的评判清晰可辨。其中包含了中国古代雅俗格局对声音与文字的一个基本判断。如钱穆的看法："即在中国古代，语言文字，早已分途；语言附着于土俗，文字方臻于大雅。文学作品，则必仗雅人之文字为媒介、为工具，断无即凭语言可以直接成为文学之事。"③ 因此，以土语直接为文字，建立在声音基础上的文学，对于林纾而言是不可想象的，是必然会颠倒既有社会文化阶层与结构的，亦言之"稗贩"岂能与"教授"画上等号。林纾心中的名山事业是其

---

① 汪晖：《中国现代历史中的"五四"启蒙运动》，《汪晖自选集》，广西师范大学出版社 1997 年版，第 312 页。

② 林纾：《附林琴南原书》（又名《致蔡鹤卿太史书》），《中国新文学大系·建设理论集》，上海文艺出版社 2003 年影印本，第 172 页。

③ 钱穆：《读诗经》，转引自于迎春《"雅""俗"观念自先秦至汉末衍变及其文学意义》，《文学评论》1996 年第 3 期。

珍视的古文，古文指向的是中国传统文化本体的伦理道德。废文言而兴白话之于林纾是关系其价值观念的大事，为一生的理想信念所系，故其言不无悲壮与无奈——"吾辈已老，不能为正其非，悠悠百年，自有能辩之者。请诸君拭目俟之。"①

严复同样关注语言问题，从语言与文字的关系出发，他对五四白话文的看法为：

> 北京大学陈胡诸教员主张文言合一，在京久已闻之，彼之为此，意谓西国然也。不知西国为此，乃以语言合之文字，而彼则反是，以文字合之语言。今夫文字语言之所以为优美者，以其名辞富有，著之手口，有以导达奥妙精深之理想，状写奇异美丽之物态耳。……设用白话，则高者不过《水浒》《红楼》，下者将同戏曲中之皮簧脚本。就令以此教育，易于普及，而遗弃周鼎，宝此康瓠，正无如退化何耳。②

实际上，严复对于五四白话文"文字合于语言"的判断可谓目光如炬，看到五四白话文并不是以语音为基础的，而是以既有的白话书写体系取代古代文言书写体系，也不同于西方民族国家建立过程之中的"语音中心主义"，严复"文字合之语言"的见解把握住了五四白话文发展的要害之所在。严复注重的仍是中国文字语言的高度成熟性与形式优美，而不是基于口语的易于普及，所以文字特点的"名辞富有"等最受重视，低等的白话文根本入不了他的法眼，"优美"的文言当然会是其不二的选择。可以说，林纾与严复发出了对五四白话文最为坚决的反对之声，没有任何调和的余地。

---

① 林纾：《论古文白话之消长》，《中国新文学大系·文学论争集》，上海文艺出版社2003年影印本，第173页。

② 严复：《书札六十四》，《中国新文学大系·文学论争集》，上海文艺出版社2003年影印本，第96页。

白话文的鄙俗的特点，成为五四白话文论争的反对意见之中的主流，一些所谓持"折中"意见的人们也持此说。如对胡适《文学改良刍议》"八事"多有赞同的余元濬的看法：

> "俗语俗字"，虽有时可以达文理上之所不能达。然果用之太滥，则不免烦琐。易言之，即用文理仅一二语即足以表出者，用"俗语俗字"则觉连篇累牍，刺刺不能自休，且亦最易惹起人之厌恶，此犹就狭义言之也。其广义易起学者之怠惰心。何则，学者之于文学，常自恐其不足以应用，故能孳孳而谋所以充实之。若一旦使得以"俗语俗字"凑入文理之中，则其为事诚易易，果足所求焉，则自画而止。①

具体到白话文，余元濬认为：

> 学施曹辈之学，往往出于鄙陋猥亵之一途，即以坊肆间之旧板小说论之，十九皆淫猥，十九皆为白话，无他，以所学之者易，自不必进而求之，终至杜其意识于不觉耳。……从白话入者，有害者实多，而有益者盖寡。有之不过施曹辈数人已耳，且亦未必其为有益也。②

这是从传统白话文学的某种意识形态质地而言，由其"鄙陋猥亵"的判词而否定其价值，在这一点上，余元濬与林纾、严复的看法并没有多大区别。

"学衡派"的梅光迪认为："若古文白话递兴，乃文学体裁之增加，并非完全变迁，尤非革命也。诚如彼等所云，则古文之后，当无骈体，白话之后，当无古文，而何以唐宋以来，文学正宗，与专门名家，皆为作古文或骈体之人。此吾国文学史上事实，岂可否认，以圆其私说者

---

① 余元濬：《读胡适先生文学改良刍议》，《新青年》第 3 卷第 3 号。
② 余元濬：《读胡适先生〈文学改良刍议〉》，《新青年》第 3 卷第 3 号。

乎。盖文学体裁不同，而各有所长，不可更代混淆，而有独立并存之价值，岂可尽弃他种体裁，而独尊白话乎?"① 梅光迪是以中国古代文学雅俗分层、文白兼有、文体众多的格局去反对五四白话文在语言学基础上的一统性，这与其在留学美国时期和胡适的论争的逻辑颇为一致。相同的批评思路还见于吴宓："小说戏剧等有当用白话者，即用简练修洁之白话。外此，文体之精粗浅深，宜酌照所适，随时变化，而皆须用文言。此外尚有一因焉，即文学之创造与进步，常为继承的、因袭的，必基于历史之渊源，以前之成绩。由是增广拓展，发扬光大，推陈以出新，得尺以进程。"②

章士钊的观点为："盖作白话而欲其美，其事之难，难如登天，敢断言也。夫美物所必具之通德，在以情相接，反覆之而不倦，西施与嫫母之别无他，亦愿常见与不愿见而已，惟文亦然。凡长言咏叹，手舞足蹈，令人百读而不厌者，始为美文。今之白话文，差足为记米盐之代耳。勉阅至尽，雅不欲再，漠然无感美从何来……从白话中求白话者也，适之谓本身有美，此美其所美，非吾之所谓美。"③ 章士钊将对白话文的反对，上升到艺术的"美"的考量，认为五四白话文学不可能具有中国古代雅文学所具备的"美"质。另还可参考胡适所提及的黄觉僧的折中文学革命论的观点："研究美术文者，必文学程度已高，而欲考求各种文体真相之人，与一般社会无甚关系。愚意通俗的美术文（用于通俗教育者）与中国旧美术文可以并行，以间执反对者之口，旧美术文无废除之必要。"④ 则是直接标出"旧美术文"的概念来为中国

---

① 梅光迪：《评提倡新文学运动者》，《中国新文学大系·文学论争集》，上海文艺出版社 2003 年影印本，第 128 页。

② 吴宓：《论今日文学创造之正法》，《学衡》第 15 期。

③ 章士钊：《答适之》，《中国新文学大系·文学论争集》，上海文艺出版社 2003 年影印本，第 220 页。

④ 胡适：《通信·附答黄觉僧君折衷的文学革新论》，《新青年》第 5 卷第 3 号。

古代雅文学的文言诗文张目。

从林纾到章士钊，尽管他们的政治观点有着巨大的不同，就语言文字而言，却有着大致相仿的见解，基于一种共同的文化立场，这明显可与第二章第二节论述的反对海外留学时期胡适语言文字变革的观点相类比。本书五四白话文的反对者们站在中国传统文化的立场，站在中国古代文学的雅俗格局的立场。我们也看到这些反对者的思维逻辑明显也有从经学话语到美学话语的嬗变，在具体观点方面也各有其视域与特点。

如何评论五四白话文的反对者们，殷国明对林纾反对白话文思路的分析或许提供了一种视角：

> 林纾对白话文的"偏见"恰恰就表现在对语言文字变革意义的"忽略"上面，因为他并不认为语言文字具有决定文化作品的思想价值和意味的意义，所以中国文化和西方文明（在一定意义上可以理解为现代文化）的区别，也并不在于用白话或者文言；相反，他认为新学和旧学、西方文化和中国传统文化尽管有区别，但是在思想本质上并没有根本的矛盾和冲突，中国传统文化和西方文化并不是对立的，而是在很多方面是相通的。换句话说，文学或文化作品的价值和意义主要表现在内涵方面，如"忠臣义士从血液流出文字则万古不可漫灭"，而语言文字只是一种形式而已。①

何止是林纾，五四白话文的反对者们大多都持这一语言文字立场，他们并没有看到五四白话文兴起的真正价值，等闲视之为局部性的问题，或次要的形式问题，并没有意识到由五四白话文的本体社会意义及其带来的全新世界。殊不知，五四新文化阵营正是由白话文而取得

---

① 殷国明：《文学语言的革新与文学的发展》，马以鑫编《现代化进程中的中国人文学科·文学卷》，上海人民出版社 2005 年版，第 173 页。

全局性的突破，在白话文之中凝聚其全部的价值追求，是"体"而不是"用"，五四白话文之中自有其崭新的世界观，开启了时代性的五四新文学实践，直接塑造了中国社会文化的实质性构成。对于这些五四白话文的反对者们而言，又怎能分辨这是形式，那是内容，"舞"与"舞者"岂能分离开来。只认为中国古代文学的雅俗格局之中也有白话文的存在，而且是不那么重要的"鄙俗"存在，那么白话文的倡导就只能是小题大做了。

二

杜亚泉在 1919 年 12 月《东方杂志》第 16 卷第 12 号上有《论通俗文》一篇，完全是从语言文字的角度出发，表明其对五四白话文与"文学革命"的系统反对意见，以往研究者多不注意，该文实则关涉五四白话文论争之中一些重要问题，论述方式在今天看来也较为特别，可将之作为个案加以重点介绍，以显示一个五四白话文反对者的整体而有机的视野与逻辑。

杜亚泉断言："近时流行之通俗文，人或称之为新文学。但'文学'二字包孕甚广，仅变更文体，只可谓之新文体，不能谓之新文学。"① 这真是一个新鲜而别致的见解，杜亚泉其实觉得称之为"新文体"都很勉强："况通俗文本为我国固有文体之一种，其散见于史传、经疏、语录、曲本及演为小说者，姑不论，即近二十年中。以通俗文刊行报章杂志、翻译外国书籍者，亦复不少，初非创始于今日，则号为新文体，犹且不可，况号为新文学。"② 这是从语言文字与文体的角度，将五四白话文与中国历史中的俗语白话文不加任何区别，完全否认五四

---

① 伧父（杜亚泉）：《论通俗文》，《东方杂志》第 16 卷第 12 号。
② 同上。

一代在语言文字方面任何新的创造与贡献，将五四新文学语言文字直接视为传统白话文的继承，以传统的"通俗文"覆盖了五四文学语言，也抽空了五四文学语言所承载的价值含蕴，与时代性的宏大命题关联。由此，杜亚泉还非常诚恳地向五四中人劝诫："吾人欲增进社会文化，则事事宜循名责实。凡不适切于事实之名称，必于文化上发生障碍，吾人不可不矫正之，故吾望今日之提倡此种文体者，舍其文学革新之旗帜，从事实上求效益于社会可也。"①

然后，杜亚泉具体辨析新文学为什么是通俗文而并不是白话文："白话文以白话为标准，乃白话而记之以文字者。通俗文以普通文标准，乃普通文而演之以语言者。"② 在杜亚泉眼里，所谓的白话文，是完全基于口语语音语调的纯粹白话语言，只是再用文字去记述而已，而五四白话文显然不是口语的直接书写，乃是"通俗文"，是以"普通文"为基础的。杜亚泉使用的术语"普通文"，大概是与一般书面语较为一致，是基于文字系统的，由文字而演绎语言。杜亚泉认定基于口语的白话文也具备一些优点："以白话为标准者，其能事在确合语调，记某程度人之白话，则用某程度之语调，若老人、若青年、若妇孺、若官吏、若乡民、若市侩、若盗贼，其语调可一一随其人之程度而异。此种文体，可以为显示真相之纪事文，可以为添加兴趣之美术文，用之于小说为宜。"③ 但是，这并不是杜亚泉的分析重点，他主要论述的是"普通文"的问题，认为五四白话文所能做到的是"以普通文为标准者，所用名动状词及古典成语之类概与普通文相同，惟改变其语助词，使合于语调，其不能变改者仍沿用之。此种文体可以作新闻，可以为讲义，演之于口，则可谓之为高等之白话。"④ 这即是说杜亚泉看到五四白话文

---

① 伧父（杜亚泉）：《论通俗文》，《东方杂志》第 16 卷第 12 号。
② 同上。
③ 同上。
④ 同上。

的全部"贡献"，只是在局部作一些"语助词"的改变，使之合于语调，即便在新闻、教育行业有小范围使用，也是由文字而生成的语言。所以，杜亚泉看到的景象为："详言之，即通俗文者，不以一般人之白话为标准，而以新闻记者在报纸上演讲时事之白话，与学校教师在讲坛讲授科学之白话为标准，此等白话非一般的白话，除少数之记者教师以外，现时殆无人应用此白话者，故与其谓标准于白话，毋宁谓其标准于普通文。其中除一部分之语助词外，余实与普通文无异也。"①

　　杜亚泉随后再正面提出了自己的语言文字观点。首先批驳："以为现时流行之文体，乃以白话为标准者，凡名动状词、古典成语苟非一般的白话中所有者，皆宜摒弃不用，至一般的白话中所有者，则无论其为不规则之略语隐语，不雅驯之谐语詈语，可以随意应用，此误解之结果。"② 这类似严复的看法。其延伸出的问题是，这样做"必至低抑文字以就语言，不能提高语言以就文字。即使文言合一，而已低度之言，成低度之文，安能负增进文化之责任乎？夫高度之学术思想，决非低度之语言所能传达"③。在这里，杜亚泉对语言充满了怀疑，他完全不信任口语，坚持文字的优先，提出在现实层面不能走以语言提高文字的路子，这样的言文一致只能是"低度之言、低度之文"，而是要造就一种适合于现代社学术思想的"普通文"。杜亚泉并不认为普通文要去适应口语，这样五四白话文当然不是他心目之中以口语为基础的白话文，可以说他按照自己的思路还为五四白话文做了一定的"辩护"：

　　　　譬如吾人今日，欲摒弃新译新定之词语而不用，而以往时学究先生之谈话，传达现代之学术思想，则其扞格不入，可无待言。故吾人为增进文化计，变改普通文之语助词以合于语调则可，低抑普

① 伧父（杜亚泉）：《论通俗文》，《东方杂志》第16卷第12号。
② 同上。
③ 同上。

通文之程度以合于白话则不可。此予所以欲别通俗文与白话文为二，而表明现时流行之文体，乃通俗文而非白话文，乃以普通文为标准，而非以白话为标准者也。①

于是，杜亚泉观点中自相矛盾的地方得以显现。一方面他认为五四白话文"今日之提倡通俗文者谓'变普通文为通俗文则易读易作，因之学术思想易于传布'此恐非事实，就事实而言，决不因一部分语助词之改变，即能收如许之效果"②。在另一方面，出于对口语的不信任，肯定"惟通俗文于社会文化上，确有效益，则予固信之，吾人希望言文合一，固在提高语言之就文字"，以及肯定他所看到的五四白话文变革"一部分语助词之差异，若不抉去此鸿沟，则语言之程度，即使尽力提过，而文言终不能合一"③。杜亚泉于是得出自己的看法，期待中国语言文字的发展为："故吾人一方面既希望提高语言以就文字，一方面不得不变改文字上一部分之语助词使言文合一之可能。且通俗文既以为标准，则普通文亦当然以通俗文为标准，二者互为标准，一方面可以限制通俗文，使之不流于鄙俚。一方面又可以限制普通文使不倾于古奥，两相附丽，为文言两方趋向之鹄的，文言合一之基础即在于此。"④

最后，杜亚泉在《论通俗文》一文中反观中国文学：

抑今日之提倡通俗文者，往往抱有一种偏狭之见，以为吾国今后文学上，当专用此种文体，而其余之文体，当一切革除而摒弃之。此种意见，实与增进文化之目的不和。社会文化愈进步则愈趋复杂，况以吾国文学范围之广泛，决不宜专用一种文体，以狭其范

---

① 伧父（杜亚泉）：《论通俗文》，《东方杂志》第 16 卷第 12 号。
② 同上。
③ 同上。
④ 同上。

围。无论何种文体，皆有其特具之兴趣，决不能以他种文体表示之。①

这种观点与我们曾分析的梅光迪等人的表述非常相似，可以说是五四白话文反对者们一个较为普遍的立场。杜亚泉这时自觉并不是要反对五四新文学——当然我们也可以将其理解为另一种形式的反对——杜亚泉是要反对五四新文学"定于一尊"而一统天下，而是要在中国古代文学固有的雅俗格局之中，替五四新文学争得一席之地，并能尊重其他各具特质的文体，和谐共存。杜亚泉一再地谆谆告诫："文学的文，亦可以通俗文为之，然现时尚不发达。即使将来有发达之希望，亦不能以有此一种文学的文，即可以废去种种文学的文。"②

至此，杜亚泉在《论通俗文》一文之中的观点已经显现，其基本论点完全是内在于中国古代文学的雅俗格局之内的。再联系杜亚泉某些素来的观点："吾社会输入之文明，则与旧时之国性，居于冲突之地位，绝不融合，乃欲持此模仿袭取而来，无国性以系乎其后者，以与世界相见，是犹披假贷之冠服，以傲其所借之物主，其不贻笑者几何？不徒贻笑己也，恐将被引而与之同化，此亦当预为顾虑者也。"③ 他在语言文字方面的这种构想也就不难理解了。固然，可以看到杜亚泉的宏大志向："故吾国现象，非无文明之为患，乃不能适用文明之为患；亦非输入新文明之为患，乃不能调和旧文明之为患。则夫所以适用之，调和之，去其畛畦，祛其扞格，以陶铸一自有之文明，谓非今日之要务耶？"④ 也可以看到20世纪90年代以后对杜亚泉的重新评价："百余年来不断更迭的改革运动，很容易使人认为每次改革失败的原因，都在于

---

①　伧父（杜亚泉）：《论通俗文》，《东方杂志》第16卷第12号。
②　同上。
③　高劳（杜亚泉）：《现代文明之弱点》，《东方杂志》第9卷第11号。
④　同上。

不够彻底，因而普遍形成了一种越彻底越好的急躁心态。在这样的气候之下，杜亚泉就显得过于稳健、过于持重、过于保守了。"① 那么，受惠于传统文化资源的杜亚泉，是否完全因为"心态""气候"而显得保守？在此，我们不能给出一个全面的评论，仅就其语言文字见解而言，杜亚泉一定会认为自己是兼收并蓄，照顾了古今中外，因而持论甚公，但对新文学而言，直接抹杀了其与五四白话文的生存空间。

追问《论通俗文》一文，其在实践层面会有多少现实意义与操作价值，乃至可以推进中国文学的时代性发展，并呈现出真正的创造力？或者说，我们并不怀疑杜亚泉的个人操守及其上下求索的努力，只是"何堪自矜医国手，药方只贩古时方"。仅就其所言的语言文字观点而言，杜亚泉所看到的远远小于他身处的那个世界，对于彼时蓬勃发展的变革力量基本上是反动的，其不停向后回顾的目光并没有意识到中国文学语言现代转型的大势，即"不愿承认语言及其变革具有维系于社会进步与否的意义"②，在实质上是看不到五四白话文与既往历史语言文字实践之间任何的断裂之处，否定了五四白话文的理论倡导，并不能指导中国文学语言在现代条件之下走出一条有实践意义的道路。

三

五四新文化阵营对于反对者们的意见，最为著名的答复为陈独秀的《本志罪案之答辩书》一文。陈独秀态度极为严正地总结："他们所非难本志的，无非是破坏孔教，破坏礼法，破坏国粹，破坏贞洁，破坏旧伦理（忠孝节义），破坏旧艺术（中国戏），破坏旧宗教（鬼神），破坏

---

① 王元化：《杜亚泉与东西文化问题论战》，许纪霖、田建业编《杜亚泉文存》，上海教育出版社 2003 年版，第 5 页。
② 殷国明：《文学语言的革新与文学的发展》，马以鑫编《现代化进程中的中国人文学科·文学卷》，上海人民出版社 2005 年版，第 174 页。

旧文学，破坏旧政治（特权人治），这几条罪案。"① 并正面说明："本志同人本无罪，只因为拥护那德谟的拉西（Democracy）和赛因斯（Science）两位先生，才犯了这几条滔天的大罪。要拥护那德先生又要拥护赛先生，便不得不反对国粹和旧文学。"② 这样的答复就已经与反对者们的见解泾渭分明，道不同不相为谋了，他们自觉也无须再作另外的解释了，并且在现实中五四新文化阵营在论争之中，实际上也是很少作自我辩护的。

在文学方面，朱希祖回应所谓"折中派"的新旧并存的意见："文学只有新的旧的两派，无所谓折中派，新文学有新文学的思想系统，旧文学有旧文学的思想系统：断断调和不来。"③ 进化论是朱希祖这一信念般的看法的基础："真正的文学家，必明文学进化的理。严格讲起来，文学并无中外的国界，只有新旧的时代，新的时代总比旧的时代进化许多。换一句话讲，就是现代的时代，必比过去的时代进化许多，将来的时代，更比现在的时代进化许多。所以做了文学家，必定要把过去时代的文学怎样进化，研究清楚，然后可以谋现在及将来的进化，所以研究旧文学，正是为新文学的地步。而且研究旧文学，是预备批评的；创造新文学，是预备传布的。"④ 于是，在新文化阵营的视野之中，"现代"的光芒万丈，新与旧之间截然有别，旧文学被时代埋葬，只有被批评的资格了。

胡适着眼于当时的教育体系，在五四白话文论争之中，为"古文"拟出了一个存在空间，可以说是非常冷静而理性地为中国古代文学的雅俗格局画上了句号。胡适的意见为：

---

① 陈独秀：《本志罪案之答辩书》，《新青年》第 6 卷第 1 号。
② 同上。
③ 朱希祖：《非"折中派的文学"》，《新青年》第 6 卷第 4 号。
④ 同上。

（一）现在的中国人应该用现在的中国话做文学，不该用已死了的文言做文学。

（二）现在的一切教科书，自国民学校到大学，都该用国语编成。

（三）国民学校全习国语，不用"古文"（"古文"指说不出，听不懂的死文字。）

（四）高等小学除国语读本之外，另加一两点钟的"古文"。

（五）中学堂"古文"与"国语"平等，但除"古文"一科外，别的教科书都用国语的。

（六）大学中"古文的文学"成为专科，与欧美大学的"拉丁文学""希腊文学"占同等的地位。

（七）古文文学的研究，是专门学者的事业。但须认定"古文文学"不过是中国文学的一小部分，不是文学正宗，也不该阻碍国语文学的发展。①

这样缜密的思路，延续了胡适一贯的论述思路，也包含了五四白话文的一般书面语、文学创作的期待，在具体的语文学习之中"国语"与"古文"的主次侧重与时间分配，以及"古文"与其研究的最终定位。这时的"古文"在新文学阵营眼中已经成了"古迹"，这时可以说"现代"在中国文学语言之中得以建立，已经有能力将中国古代最为核心的雅文学安置到"安静"而不再有任何威胁的"安全"位置。

应当说五四时期的白话文论争发生在"王纲解纽"的时代，基本上属于民间性质的论争，与现实政治关系不大，各方面都充分表达了自己的意见，也没有闹到你死我活的程度，论争双方的当事人原是朋友的日后仍是朋友，友谊未曾被破坏，与日后高度政治化的文学论争中"革

---

① 胡适：《通信·附答黄觉僧君折衷的文学革新论》，《新青年》第5卷第3号。

命”与“反革命”势不两立的情形，还是有着相当的区别。新文学阵营曾视林纾的小说《妖梦》《荆生》为他与“安福系”勾结的证据，其实并没有什么实质性的根据。章士钊一度担任北洋政府的司法总长与教育总长，在论争之中好像也没有占据什么特殊地位。1933 年 4 月，这时挂牌当律师的章士钊，在宁波地方法院还主动为老朋友陈独秀的“危害民国罪”作无罪辩护，虽然两人因政见不同而分道扬镳已久。诸如梅光迪、任鸿隽、朱经农这些胡适留学美国时期的朋友，虽然从留学期间到五四白话文论争，一直是意见相左，但在《尝试集·自序》之中，胡适仍是深情忆及：“我至今回想当时和那班朋友，一日一邮片，三日一长函的乐趣，觉得那真是人生最不容易有的幸福。我对于文学革命的一切见解，所以能结晶成一种有系统的主张，全都是同这一班朋友切磋讨论的结果。”①

　　对于五四时期白话文的一系列论争，我们的感觉是新文学阵营方面的心态是无比的轻松与居高临下，甚至于让人感到是因为他们需要论争扩大影响而主动挑起论争，新文学阵营就总体而言是赢得非常轻松自如。这也让我们觉得不应仅关注具体的观点与思路，还应关注五四新文学阵营对这些论争者所表现出的极为鲜明的态度。在《新青年》第 4 卷第 6 号的“通信”栏目中，有署名“崇拜王敬轩先生者”来信指责：“贵志记者对于王君议论，肆口侮骂，自由讨论学理，固应又是乎？”②陈独秀回复的态度鲜明而决绝：“其不屑与辩者，则为世界学者业已共同辨明之常识，妄人尚复闭眼胡说，则唯有痛骂之一法。讨论学理之自由，乃神圣自由也。倘对于毫无学理毫无常识之妄言，而滥用此神圣自由，致是非不明，真理隐晦，是曰‘学愿’。‘学愿’者，真理之贼

---

① 胡适：《〈尝试集〉自序》，《尝试集》，《胡适全集》（第 10 卷），安徽教育出版社 2003 年版，第 28—29 页。
② 崇拜王敬轩先生者：《通信·讨论学理之自由权》，《新青年》第 4 卷第 6 号。

也。"① 可见，五四一代的自信态度可以说无以复加，直视那种在新的历史时期仍然坚持中国古代雅俗格局的看法为"妄言"。

第二节　五四白话文的社会弥散与动员能力

我们想正面回答这样的问题：五四白话文在近代以来中国社会的现代转型之中究竟扮演了怎样的角色？具有怎样的社会层面的意义？又是在怎样的具体的社会空间之中实现了自己的意义？这就必须将考察视野转向五四时期的中国社会，而五四白话文的社会动员能力在不同的时空各有其具体表现，不能一概而论。因为，五四运动"是一个'普遍性'的运动，正是地理范围的普遍性，它的影响及于中国大部分城市；正是社会范围的普遍性，它聚集了中国社会不同的集团、阶级，它的影响甚至扩展到农民中间；正是思想范围的普遍性，它的关怀涵盖了一切思想问题和社会、政治问题，并且从个性异化问题扩展到经济改造、社会重组和政治变革等一系列问题；并且正是世界观方面的普遍性，使运动充满了雄心壮志"②。

在其中，我们尤为关注乡村与下层的青年知识分子，在传统的科举制废除之后，由他们的奋斗而构成的立体而弥散的上升路径包含十分复杂的人生经历。也正是由于这些下层的青年知识分子，五四白话文将不再是抽象的理论倡导，不再是合理的逻辑演绎，而是内化为信念与行动。在这些离开故乡而义无反顾上下求索的身影背后，五四白话文的价

---

① 独秀（陈独秀）：《通信·复讨论学理之自由权》，《新青年》第 4 卷第 6 号。

② ［美］阿里夫·德利克：《五四运动中的意识与组织：五四思想史新探》，王跃、高力克编《五四：文化的阐释与评价——西方学者论五四》，山西人民出版社 1989 年版，第 50—51 页。

值内蕴激励与铸造了一个全新世界。

一

可以参考赵毅衡所提供的一个宏大阐释："在法统剧变，道统危机之时期，中国文化生存主要依靠文统这个基础的适应性变化。这时，中国文化不仅要延续，更要转型。法统道统的危机不仅给文化转型提供了条件，更是提供了转型的需要，而文统在这时候为整个文化的转型扮演特别重要的角色。不然，一旦法统与道统中断，这个民族文化就此只成为考古学对象。"① 赵毅衡所谓的"法统"，是指"统治方式，政权组织方式，社会等级划分方式"；"道统"，指"对社会表意实践控制方式的延续"；"文统"，"说是文学传统则太小，说是文化传统则太大，我指的是人文传统。也就是说，对社会中表意实践与控制方式的质疑、思考和调节活动。文学传统，是文统的一部分，可以说是其最复杂的部分，但也是最值得研究的部分"。② 晚清以降，传统社会政权形式与价值观念发生了极大的改变，"文统"的人文传统意义在这一时期更为凸显，着力表现为一种思想文化方面的价值建构与人心凝聚，并成为社会的焦点，辐射到社会各层面，即为"转型"。

在其中，五四白话文的特质得以显现：

> "五四"作家和思想家用白话取代文言作为文学语言，理由之一说是让文学能接近"引车卖浆者流"，他们可能真诚地相信新文学的"大众化"目标。但实际上，他们反使原先接近大众的白话小说脱离了大众。"五四"文学用白话，并没有使诗歌小说易懂

---

① 赵毅衡：《先锋文学：文化转型期的纯文学》，《礼教下延之后——中国文化评判诸问题》，上海文艺出版社 2001 年版，第 93 页。

② 同上书，第 91—92 页。

了，相反，是难懂了。连王统照这样的"文学青年"，都说当时他们读不懂鲁迅的小说。一直到40年代，半文半白或白里夹文的鸳鸯蝴蝶派，读者还是比新文学多。瞿秋白把从"五四"开始确立的现代汉语文学语言称为"新文言"，确是一箭中的。从30年代延续到40年代的"文学大众化"之辩论，至少有一点都明白："五四"文学的确脱离大众。反过来说，"五四"文学创造了中国文化转型的可能，恰恰因为它是非大众文学，而是文人化文学。①

这样的观点，侧重于说明五四思想文化——包括白话文的建构——指向的是五四时期的现代知识分子自身，指向的是现代知识分子价值观念的自我建构，由异域取得的新声，形成自己的强大能力，从而创造出崭新的"社会需求"，日后逐渐走向思想革命与社会改造。所以说，在五四时期的中国现实情形之下，启蒙者优先且主要的职责是启自己的蒙，在思想文化方面以强大的主体力量完成新的价值观念的建设，无论五四白话文运动，还是文学革命，其倡导都源于中国现代知识分子精英式的顶层设计，在新的"文统"辐射之下中国现代知识分子维系了中国文化的传承与转型。

我们想借用赵毅衡这一"文统"概念，并作一定的发挥，认定五四白话文的建构反映出现代条件之下新的"文统"的基本密码，亦即我们理解的"文统"的核心内容。在特定的历史时空之中，五四白话文运动与"文学革命"以其时代契机承担了中国文化的历史重任，"文"的本质就是建立了一种与社会政治相关的意识形态系统。

这一五四白话文的"文统"又是如何传播的？如何在社会层面形成传播的中心？让我们以五四运动在天安门广场上激动人心的一幕来作

---

① 赵毅衡：《先锋文学：文化转型期的纯文学》，《礼教下延之后——中国文化评判诸问题》，上海文艺出版社2001年版，第103页。

解析。具体指的是的是由罗家伦所写的在五四运动当日广为散发的白话传单：

> 现在日本在万国和会要求吞并青岛，管理山东一切权利，就要成功了！他们的外交大胜利了！我们的外交大失败了！山东大势已去，就是破坏中国的领土。中国的领土破坏，中国就亡了！所以我们学界今天到各公使馆去要求各国出来维持公道。希望全国工商各界一律起来设法开国民大会，外争主权，内除国贼，中国存亡就在此一举了！今与全国同胞立两个信条道：
>
> "中国的土地可以征服而不可以断送！"
>
> "中国的人民可以杀戮而不可以低头！"
>
> 国亡了！同胞起来呀！①

还可以部分引用与对照也是在五四运动当日由许德珩起草，游行学生在天安门集会时通过的大会宣言。它是由文言写就：

> 呜呼国民！我最亲、最爱、最敬佩、最有血性之同胞！我等忍冤受辱，忍痛被垢于日本人之密约危条，以及朝夕企祷之山东问题、青岛归还问题，今已由五国共管，降而为中日直接交涉之提议矣。噩耗传来，天黯无色。夫和议正开，我等之所希企、所庆祝者，岂不曰世界上有正义、有人道、有公理。归还青岛，取消中日密约，军事协定，以及其他不平等之条约，公理也，即正义也。背公理而逞强权，将我之土地由五国共管，侪我于战败国如德、奥之列，非公理也，非正义也。今又显然背弃山东问题，由我与日本直接交涉。夫日本虎狼也，既能以一纸空文窃掠我二十一条之美利，则我与之

---

① 罗家伦：《北京全体学界通告》，《晨报》1919 年 5 月 5 日。

交涉，简言之，是断送耳！是亡青岛耳！是亡山东耳……①

二者有基本相同的内容，同样是慷慨激昂，长歌当哭，白话文的表述更为直接、简练、富于情感的煽动性，因而具有鲜明的现实批判指向，显得无比的悲壮。并且，这一白话文与重大时事相结合，显现出时代的正义之声，富于爆发力，让人感到特殊的行动性与迫切感，沟通了各个阶层的爱国热情，得到了广泛的传诵，成为五四运动和五四白话文运动之中的不朽文献。可以说，罗家伦传单上的白话文，具有蓬勃的新锐气象，表明了在时代关口一种新的意义生成的有效传达，而汇聚了人心向背，形成了一种话语实践方式，许德珩的文言宣言固然叙述、说理清晰，娓娓道来，但远远不如白话文的快意淋漓，远远达不到白话文的震撼效果——五四白话文维系了一个时代的强音，形成了一种新的社会传播机制。

胡适指出："这一年（1919）之中，至少出了四百种白话报。内中如上海的《星期评论》，如《建设》，如《解放与改造》（现名《改造》），如《少年中国》，都有很好的贡献。一年以后，日报也渐渐的改了样子了。从前日报的附张往往记载戏子妓女的新闻，现在多改登白话的论文译著小说新诗了。北京《晨报》副刊，上海《国民日报》的《觉悟》，《时事新报》的《学灯》，在这三年之中，可算是三个最重要的白话文的机关。时势所趋，就使那些政客军人办的报也不能不寻几个学生来包办一个白话的附张了。民国九年以后，国内几个持重的大杂志，如《东方杂志》《小说月报》……也都渐渐的白话化了。"② 这正是因为"学生运动的影响能使白话的传播遍于全国"③，新的"文统"

---

① 许德珩：《北京学生界宣言》，《时报》1919 年 5 月 6 日。
② 胡适：《五十年来中国之文学》，《胡适全集》（第 2 卷），安徽教育出版社 2003 年版，第 338—339 页。
③ 同上书，第 339 页。

方才应运而生，形成了一种中心性的坚固意识形态，使得整个中国语言文字的面貌发生了巨大的变化。

周策纵也看到，五四时期"年轻一代对新知识的渴望比以往任何时候更为迫切，新的标准和规范开始形成，新的人生观和世界观亦由此确立"，"随之而来的是白话文被普遍采用，人文主义、现实主义和自然主义文学作品不断涌现，出版事业蓬勃发展，教育开始普及。尽管保守势力竭力维护文言文，白话文还是在中国文学领域占据了统治地位。此外，诗歌、杂文、戏剧、小说以及绘画、雕刻、音乐等，也都有了不同程度的进步。报纸和杂志从技巧到内容面貌大为改观，出版发行量的增加在中国更是前所未有，这种变化事实为政府和公众所接受"。① 在这样的情形之下，五四时期的白话文运动在很短的时间就取得了全方位的决定性胜利——即便有如我们分析的一些反对之声，但在社会上的汹涌潮流之中大势已成，大局已定，已再无疑义了。

二

在此视野之下，可以发现在一个现实而复杂的中国社会之中，五四白话文运动不断造成弥散的社会氛围与广泛的社会动员，以其"文统"深刻影响到日后的中国社会的发展。

试以 20 世纪 30 年代胡适南行至广州的系列遭遇为例。因粤系军阀陈济棠的反对，胡适取消了到大、中学的演讲，而改为到广州各处游历。一次在岭南大学：

> 那天下午五点，我到岭南大学的教职员茶会。那天天气很热，茶会就在校中的一块草地上，大家团坐吃茶点谈天。岭大学生知道

① ［美］周策纵：《五四运动的阐释和评价》，王跃、高力克编《五四：文化的阐释与评价——西方学者论五四》，山西人民出版社 1989 年版，第 27—28 页。

了，就有许多学生来旁观。人越来越多，就把茶会的人包围住了。起先他们只在外面看着，后来有一个学生走过来对我说："胡先生肯不肯在我的小册子上写几个字？"我说可以，他就摸出一本小册来请我题字。这个端一开，外面的学生就拥进茶会的团坐圈子里来了。人人都拿着小册子和自来水笔，我写的手都酸了。天渐黑下来了。①

去看广雅书院的遗址，当时已经作为广东省立第一中学的校址：

我们正在赏玩，不知为何被校中学生知道了，那是正是十二点一刻，餐堂里的学术纷纷跑出来看，一会儿荷花池的四围都是学生了。我们过桥时，有个学生拿着照相机过来问我："胡先生可以让我照个相吗？"我笑着立定，让他照了一张相。这时候，学生从各方面围拢来，跟着我们走。有些学生跑到前面路上去等候我们走过。校长说"这里有一千三百学生，他们晓得胡先生来了，都要看看你。"……走到西斋，西斋的学生也知道我来了，也都跑出来看我们。七八百名少年围着我们，跟着我们，大家都不说话，但他们脸上的神气都很使我感动。②

这种待遇，只能说明胡适就是当时思想文化界的明星。之所以能引起极大的轰动，也只能说明胡适等人白话文倡导以及建立在白话文之上的现代思想所带来的广泛社会弥散氛围。并且，在众多要求签名的少年中，分明让人感受到了五四白话文运动真正指向的"大众"，其实就是这些青年学生。应该说，这些青年学生都朦胧地有着一种对新世界的无穷憧憬，当然这也满足了胡适一向的"导师"情结。仅就白话文的倡导而

---

① 胡适：《南游杂记》，《胡适全集》（第10卷），安徽教育出版社2003年版，第466页。
② 同上书，第470页。

言，众所周知胡适一向强调中国白话文古已有之，只不过以前的白话文"社会上既然没有白话文学的环境，白话文学的空气，学白话文学的人们，将来在社会上没有一处可以应用"，而现在"就是要造一种白话文学的环境，白话文学的空气，这样学的人才有兴趣"①，广东省立第一中学学生们的蜂拥与热情反映出胡适所谓白话文赖以生长的历史性的社会环境与空气。

再想到沈从文的一段话：

> 我们应当知道，这是从"五四"起始，由于几个前进者谈文学革命，充满信心和幻想，将"语体文"认定当成一个社会改造民族解放的工具，从各方面来运用这个工具，产生了作用，在国民多数中培养了"信心"和"幻想"，因此推动革命，北伐方能成功的。我们如知道当时革命家实力如何薄弱，然而两湖、河南江西数省万千民众，对于革命家又如何欢迎帮助，就会明白从民八起，到民十六止那八个年头，文字力量如何深而普遍影响到北伐，如何有助于北伐成功。②

直接而不无夸张地说明五四白话文运动弥散之后的社会动员功能——鲜明的政治革命的动员功能，白话文以其"文统"意义而升级成了"一个社会改造民族解放的工具"，甚至引发了重大社会事件，例如对北伐运动的促进效用。

沈从文这样的观点一以贯之，在另一篇纪念五四的文章中他说：

> 五四运动是中国知识分子领导的"思想解放"与"社会改

---

① 胡适：《新文学运动之意义》，《胡适全集》（第12卷），安徽教育出版社2003年版，第81页。

② 沈从文：《白话文问题——过去当前和未来检视》，《沈从文全集》（第12卷），北岳文艺出版社2009年版，第53页。

造"运动。当时要求的方面多，就中对教育最有关系一项，是
"工具"的运用，即文学革命。把明白易懂的语体文来代替旧有
的文体，广泛应用到各方面去，二十年来的发展，不特影响了年
青人的生活观念，且成为社会变迁的主要动力。民十六的北伐成
功，民二十以后的统一建设，民二十六的对日抗战，使这个民族
从散漫萎靡情形中，产生自力更生的幻想和信心。且因这点幻想
与信心，粘合了这个民族各方面向上的力量，成为一个观念，
"不怕如何牺牲，还是要向建国目标前进！"三年来从被日人优势
兵力逼迫离开了沿海各省分，还依然不解体，不屈服，能集合全
中国优秀分子，在一个组织，一种目的下，一面抗战，一面建
国。这种民族精神的建立与发扬，分析说来，就无不得力于工具
的能得其用。①

这似乎就是对五四开辟的现代白话文起到所谓"文统"作用的具体阐
释，并提升到了民族精神的高度，沈从文对现代白话文作出了最具高度
性的社会与政治评价，白话文书面文化的统一性形成了中国社会强大的
凝聚力。并且，还可以将之与我们已分析过的胡适到广州的遭遇联系起
来，与胡适感到的氛围之间分明有着一种内在关系，具有充分的社会政
治意义。在"民族精神"的视野之下，现代白话文包含中国"革命"
某些深层的文化含蕴与动力驱动，即是将现代白话文直接关联到整个中
国社会的改造与奋斗之中。

那么，在五四白话文的社会弥散之中，具体的个人又是怎样的情
形？有趣的是，李欧梵精彩勾勒出"1920 年代和 1930 年代初期加入文
坛的青年男女"的"典型的模式"。不妨抄录如下：

---

① 沈从文：《"五四"二十一年》，《沈从文全集》（第 14 卷），北岳文艺出版社 2009 年
版，第 133 页。

　　他或她出生在世纪之交中国东南面其中一个最繁华的省份。在受了几年旧式教育，一知半解、囫囵吞枣地学了四书五经后，新式学校在省会和其他大城市开办。因此我们这些年轻的初学者最先迁移到这些新的城市中心，留下一个传统环境在迅速地腐烂。这些新式学校的课程包括一些非传统的科目，如地理、数学，有时还包括外语。在课余时间里，他或她会浸淫在严复翻译的斯宾塞或赫胥黎中，以及林纾的西方浪漫男女主人翁的世界。梁启超以"笔端常常带感情"写成的文章，也成为年轻人心爱的读物，并且滋养了他们最初的爱国主义意识。辛亥革命虽然没有改变太多乡村，却往往带来了一种生活方式的革命。我们的青年男女变得勇敢。学生们进行罢课，有时能令不受欢迎的旧式管理人员下台，但通常为反抗的首领带来惩罚。他开始偷偷地写信给一个刚刚认识的女同学；她私底下爱上了中国文学的新教师，假如他们的父母大力反对，他们就有了多一个借口，脱离家庭，一直留在城市中。

　　《新青年》的出版使他们的激进主义具体化和普及化。每一个人都在读这本杂志，大量别的新文化和新文学杂志开始出现。日积月累的创作欲几乎使他们爆裂，必须要找一个出口，他或她会小心地尝试创作，通常会使用笔名。一旦这位年轻作家的作品出现在一些较有威望的地方，他或她就已经是一个自封的"文人"了。我们这些年轻的作家还会有足够的勇气，组织他们自己的文学团体和出版他们自己的杂志。

　　有时，当他或她变得全省或全国知名时，就会作出进一步的迁移，去上海或者北京，表面上是去学习或是教学，但实际上是到处游荡，结识朋友，以及被介绍给文学名人。他们就是在上海的通商口岸，通常是使馆区和法国租界，与对方相遇，然后疯狂坠入爱河。经验为更多的创作提供新的材料和新的动力。因此，他们创作及发表了更多的作品。于是，他或她便成了名人。①

那些在中国富庶的东南沿海城市之中受到五四运动与白话文运动影响的人们——或许就如胡适在广州遇见的一些青年学生——人生经历的逐渐开展，由五四白话文的新文学获得了社会文化资本，文学成其为职业，于是他们成了新时代的"文人"与"名人"。

还可以参考罗志田从社会层面对白话文兴盛提供的解释，正是因为五四白话文的出现，"一个人只要会写字并且胆子大就能作文。这些边缘知识分子在穷愁潦倒之际忽闻有人提倡上流人也要做那白话文，恰是他们可以有能力与新旧上层经验大致在同一起跑线竞争者。到五四运动起，小报小刊陡增，其作者和读者大致都是这一社会阶层的人。从社会学的层面看，新报刊也就是就业机会，他们实际上是自己给自己创造出了'社会的需要'。白话文运动对这些人有多么要紧，而他们的支持拥护会有多么积极，都可以不言而喻了"②。

三

在描绘五四白话文的社会弥散与动员时，我们特别重视五四白话文给予底层边缘知识分子的人生道路选择。以来自中国内陆腹地省份的湖南的沈从文与四川的艾芜的早年生活为例，以具体的个案分析五四白话文的理念内化为他们的自觉价值追求，这又是另一类型的"五四之子"——五四白话文的"文统"对于他们人生的选择与成长意义重大，充分表明"自我建构作为一种反思性的'项目'，是现代性的反思性的一个基本部分；个人必须在抽象体系所提供的策略和选择中找到她或他

---

① ［美］李欧梵：《中国现代作家的浪漫一代》，王宏志等译，新星出版社 2005 年版，第 35—36 页。

② 罗志田：《文学革命的社会功能与社会反响》，《社会科学研究》1996 年第 5 期。

的身份认同"①。

1917 年时沈从文 15 岁，加入湘西的地方军阀部队，到离开行伍的 1922 年时他 20 岁。我们看到了"神奇"的一幕——在此期间作为军阀部队的一名小兵，却为五四精神所捕获。沈从文记载：

> 过了不久，五四余波冲击到了我那个边疆僻地。先是学习国语注音字母的活动，在部队中流行，引起了个学文化浪潮。随后不久地方十三县联立中学和师范办起来了，并办了个报馆，从长沙聘了许多思想前进年青教员，国内新出版的文学和其他书刊，如《改造》《向导》《新青年》《创造》《小说月报》《东方杂志》，和南北大都市几种著名报纸，都一起到了当地中小学教师和印刷工人手中，因此也辗转到了我的手中。正在发酵一般的青春生命，为这些刊物提出的"如何做人"和"怎么爱国"等等抽象问题燃烧起来了。让我有机会用些新的尺寸来衡量客观环境的是非，也得到一种新的方法、新的认识，来重新考虑自己在环境中的位置。②

在这里，五四时期的新文化观念在一个叫"湘西"的具体地域空间之中得以显现，实现途径甚至是在当地部队一些有变革意识的人士以"地方自治"为旗帜而带来的新气息，沈从文从中获得的是一种反思能力，获得的是一种超越地域的抽象价值观念，并由这一价值观念而对出生与生长的地域产生了全新的审视。

沈从文还记述了与他同住一屋的一个印刷工头，"湘西"这一地域向其展示了一个全新的世界："这印刷工头倒是个有趣味的人物。脸庞眼睛全是圆的，身个儿长长的，具有一点青年挺拔的气度。虽只是个工

---

① ［英］吉登斯：《现代性的后果》，田禾译，译林出版社 2000 年版，第 108 页。
② 沈从文：《我怎么就写起小说来》，《沈从文全集》（第 12 卷），北岳文艺出版社 2009 年版，第 413—414 页。

人，却因为在长沙地方得风气之先，由于'五四'运动的影响，成了个进步工人。他买了好些新书新杂志，削了几块白木板子，用钉子钉到墙上去，就把这些古怪东西放在上面。"① 接下来，出现了戏剧性画面，沈从文对此的叙述有一种诙谐的意味：

> 我问那本封面上有一个打赤膊人像的书是什么，他告了我是《改造》以后，我又问他那《超人》是什么东西。我还记得他那时的样子，脸庞同眼睛皆圆圆的，简直同一匹猫儿一样，"唉，伢俐，怎么个末朽？一个天下闻名的女诗人……也不知道么？""我只知道唐朝女诗人鱼玄机是个道士。""新的呢？""我知道随园女弟子。""再新一点？"我把头摇摇，不说话了。我看到他那神气我倒觉得有点害羞，我实在什么也不知道。一会儿我可就知道了，因为我顺从他的指点，看了这本书中的一篇小说。看完后我说，"这个我知道了。你那报纸是什么报纸？是老《申报》吗？"于是他一句话不说，又把刚清理好的一卷《创造周报》推到我面前来，意思好像只要我一看就会明白似的，若不看，他纵说也说不明白。看了一会儿，我记着了几个人的名字。又知道白话文与文言文不同的地方，其一落脚用"也"字同"焉"字，其一落脚却用"呀"字同"啊"字，其一写一件事情越说得少越好，其一写一件事情越说得多越好。我自己明白了这点区别以后，又去问那印刷工人，他告我的大体也差不多。②

这是一个偶然的契机。在较为特殊的地域之中，某种启蒙与被启蒙的关系带给了沈从文全新的知识，使之脱离中国古典知识的背景，戏剧性地让他知道了在自己生活的地域经验之外的存在，也留下了沈从文对五四

---

① 沈从文：《从文自传》，《沈从文全集》（第13卷），北岳文艺出版社2009年版，第360页。
② 沈从文：《从文自传》，《沈从文全集》（第13卷），北岳文艺出版社2009年版，第360—361页。

新文学最初的记忆，对五四白话文最初的感性直观，虽然还是十分的懵懂。印刷工人在沈从文的成长之中，扮演了一个类似先知的传道者角色，使用的道具是新文化运动的一系列期刊与书籍，最终沈从文完成了蜕变，并产生了无尽的问题与热切的希望："我想我得进一个学校，去学些我不明白的问题，得向些新地方，去看些听些使我耳目一新的世界。"①

当 1922 年沈从文只身来到北京之时，完全处于社会的边缘，基本的日常生活也很难维持，开始了极为艰苦的写作生涯。沈从文说："刚到北京，我连标点符号都还不知道。我当时追求的理想，就是五四运动提出来的文学革命的理想。我深信这种文学理想对国家的贡献。一方面或多或少是受到十九世纪俄国小说的影响。"② 沈从文还说："我是从乡下来的，就紧紧地抓着胡适提的文学革命这几个字。我很相信胡适之先生提的：新的文体能代替旧的桐城派、鸳鸯蝴蝶派的文体。"③ 以下的话，更是集中体现了沈从文对五四"文学革命"的理解：

> 我于是依照当时《新青年》《新潮》《改造》等等刊物所提出的文学运动、社会运动原则意见，引用了些使我发迷的美丽词令，以为社会必须重造，这工作得由文学重造起始。文学革命后，就可以用它燃起这个民族被权势萎缩了的情感，和财富压瘪扭曲了的理性。两者必须解放，新文学应负责任极多。我还相信人类热忱和正义终必抬头，爱能重新黏合人的关系，这一点明天的新文学也必须勇敢担当。我要那么从外面给社会的影响，或从内里本身的学习进

---

① 沈从文：《从文自传》，《沈从文全集》（第 13 卷），北岳文艺出版社 2009 年版，第 364 页。

② 沈从文：《从新文学转到历史文物——一九八〇年十一月二十四日在美国圣若望大学的讲演》，《沈从文全集》（第 12 卷），北岳文艺出版社 2009 年版，第 384 页。

③ 同上书，第 385 页。

步，证实生命的意义和生命的可能。①

于是，沈从文接受了五四的一整套理念，内化为自己的思维方式与奋斗目标，完成了生命意识的转化。沈从文开始了新文学的小说创作，逐渐使用欧化倾向的白话文写作并不断成熟。在这里，五四白话文奏响了它的凯歌，也看到受其鼓舞的一位来自边地的边缘知识分子在社会变动中的上升之路。在1980年沈从文为20世纪30年代写作的《从文自传》的《附记》之中，其中有一段话言及他这一不凡的经历："一个材质平凡的乡下青年，在社会剧烈大动荡下，如何在一个小小天地中度过了二十年噩梦般恐怖黑暗生活。由于'五四'运动余波的影响才有个转机，争取到自己处理自己命运的主动权，完成了向社会学习前一阶段的经历后，并开始进入一个更广大复杂的社会大学，为进行另一阶段的学习作了准备。"②

四

我们还想对现代四川作家艾芜的早年生活加以分析。在1919年，时年15岁的农家子弟艾芜考上了新繁县城的高等小学，在这里他与五四思潮有了接触。他记得当时的校长吴六庄："据说他是'只手打倒孔家店的老英雄'吴虞的侄子。对五四的新文化运动，极为热忱地拥护，曾替学校订有许多鼓吹新文化的期刊。北京出的《每周评论》，上海出的《星期评论》，成都出的《星期日》，就常常挂在礼堂的壁上，让学生自由地去阅读。图书室内则放着《新青年》《新潮》《少年中国》

---

① 沈从文：《从现实学习》，《沈从文全集》（第13卷），北岳文艺出版社2009年版，第374页。

② 沈从文：《从文自传·附记》，《沈从文全集》（第13卷），北岳文艺出版社2009年版，第367—368页。

《少年世界》……"① 很快，五四思潮全面塑造了年少的艾芜，"新质"的艾芜试图全面按照新文化的理念安排自己的生活：

> 我们幼稚的头脑，却渐渐给期刊上的文字，弄得异常兴奋起来，好像吃了什么仙药，自己全然在变一般。我们对那写着"大成至圣先师孔子之神位"的木牌，感到了轻蔑，把那些尊孔祭孔的人，视为愚蠢。我们对文言文，非常的憎恶，把反对白话的教员，骂为老腐败。我们把提倡新文化作白话文的人，放在至神至圣的地位去尊敬。自己也如醉如痴地做起白话文章，一天至少要用几句白话，凑成一首似诗非诗的东西。我们赞成男女平等、婚姻自主，回家去同父亲、母亲找麻烦，要他们解除旧式的婚姻。我们欢迎蔡元培说得"劳工神圣"，寒暑假回家的时候，就不要人挑衣箱书籍，愿意自己拿肩膀去承担起，辛苦一、二十里，流一身汗，觉得是一桩高尚的事情。眼见社会上应改革的事情太多，便一心想做新青年，甚至决定远避恋爱那类纠缠，不到三十岁不结婚。总之，五四的新潮已把我们从头到脚，都淹在里面了。②

在这样的精神历程之中，基于五四时期"社会改造"的追求，少年艾芜建立了新的世界观，并尝试以此去"改造"自己周边的世界。无疑，五四白话文成为最为重要的部分，与"反孔""婚姻自由""劳工神圣"等构成同质的存在，并力图将抽象的概念身体力行，虽不乏幼稚，但十分的真诚。"一天至少要用几句白话，凑成一首似诗非诗的东西"的表述，表明了强烈的态度倾向，白话甚至成为其信仰般的价值观念。

---

① 艾芜：《我的幼年时代》，《艾芜全集》（第 11 卷），成都时代出版社、四川文艺出版社 2014 年版，第 102 页。

② 同上书，第 103 页。

在艾芜的回忆中，可以看到在当时的四川社会对白话文也有积极的推进者：

> 在一九一九年的下半年内，劝学所的所长叶殿云，在召开观摩会的时候，曾出一个白话的作文题目，叫做"我们的租税应该给予怎样的官吏与军人？"他是新文化最热忱的拥护者……这个白话题目，也给全县的教育界人士，一个新奇有力的刺激。我们高等小学内的教师，原先反对白话的，便沉默下来一声也不响了。我们原来喜欢白话的学生。就感到更大的鼓舞，越发大胆做起白话来。每星期作文的时候，便不管教师喜不喜欢，只是做起白话文，给他交上去就是。[1]

这样的新式人物因其职务关系，刻意倡导白话文，可以在地方上产生莫大的影响，形成地域性质的传播线索与氛围——以往的研究大多忽略了这类历史人物。

潮流所及，或是在艾芜的外祖母去世的葬礼上，他遇见了带有《直觉》新诗专号的姑父吴实秋：

> 我倒很喜欢吴实秋，他在看《直觉》的时候，我总站到他的身边去瞧，并和他谈起新文化方面的种种事情，他也很高兴和我讲话，全不把我当成一个小学生，只仿佛和一个朋友接谈一般。后来因为见别人讲话声音太嘈杂，我们还走到庭前空地上去站着谈话。我向来在大庭广众之中，怯于发言的，而且也习于沉默，不喜欢多讲什么，但这一次谈到新文化了，竟像雨后的山溪一样，竟然潺潺不绝地流了起来。[2]

---

[1] 艾芜：《我的幼年时代》，《艾芜全集》（第11卷），成都时代出版社、四川文艺出版社2014年版，第104页。

[2] 同上书，第108页。

艾芜描绘的类似受新文化运动影响的身边人物还有另外一些，从中也可见在当时四川社会之中由新文化运动造成的某种社会氛围，并为艾芜终身缅怀。

少年艾芜在积极地实践着自己的白话文写作，他忆及一次白话新诗的创作情形：

> 用自己所喜欢的白话，来写文章，当较文言文写得清楚有条理些。有一次，这大约已是一九二〇年的夏天了，教师要我们自由作文，题目由自己来出。我便把一向做好的一首白话诗，写在作文卷上交去。内容是写我在一株荫凉的槐树底下，看见一条小小的青虫，把口里吐出的丝，挂在树枝上头，身子则轻轻地吊在半空中，并不坠落下来，微风一吹过的时候，它便随风抖动起来，仿佛在打秋千一样。我描写青虫在绿荫里飘动的样儿，并揣摩它在游戏中的快乐心境，约莫凑了十多个短的句子。[①]

艾芜还谈过他彼时对白话新诗的感情："我当时写诗，是受了康白情和黄仲苏他们的影响。康在《新潮》上发表的新诗如像'草儿在前，鞭儿在后'，以及黄在《少年中国》上一些描画自然美的诗，都是做得很自由，没有押韵的。文句又浅显明白，读起来极容易懂，使我非常喜欢。"[②] 有时，会是对白话新诗全身心地去理解："沈尹默的《三弦》，有人评他写得很好，我却看不出来，星期六晚上和同学在操场上玩耍，也拿出来对着月光再三再四地念，想找出它所以好的秘密，虽然始终一点也没有找出，但那股傻劲，却是强烈得很。"[③] 这是因为："那个远远来自北京的浪潮，即使多年以后，已变成小小的涟漪了，

---

① 艾芜：《我的幼年时代》，《艾芜全集》（第11卷），成都时代出版社、四川文艺出版社2014年版，第104页。

② 同上书，第104—105页。

③ 同上。

也还在四川的小角落里，使人受着强烈的激动，感到莫大的鼓舞。"①
与此形成鲜明对比的是，艾芜写到当时旧式教育的衰败："教'四
书''五经'的私学，越来越没有前途了。祖父教老书这条路，我们
这一辈子再不能走了。祖父也不强迫我走他的路子。他们只认为'四
书''五经'对于人的品行道德有帮助，只此而已。"② 这分明显示出
五四白话文带来的不同人生道路的选择，具有某种社会标本的意义。

对于五四所带来的一切，艾芜深情写道："我那时，只是感觉到，
来自家庭、社会以及小学校的知识，和刊物掀起的宏大思潮一比，确是
太贫乏、太窄狭了。一个人应该勇敢地到世界上去，寻找更新的思想，
扩大认识面，增广见闻。这就为以后我一个人离开了家、离开了故乡，
到他乡异国去追求、探索，打下了一个不小的基础。"③ 还有艾芜在南
行之时和昆明友人的谈话："他们问到我为什么要离家远走，来过这种
苦难的生活。我便说，人是不应该安于他的环境的，应该征服他的环
境。因为人是生来活动的东西，便当不顾一切地去活动。一个人，能够
吃苦，能够耐劳，能够过最低度的生活，外界无论什么东西都不能吓退
他的。这是我当时谈话的最主要的意思。同时，我也全靠这些念头，敢
于抛掉我一切的所有，赤裸裸地走到世界上来，和世界作殊死的搏
斗。"④ 艾芜由此也超越了地域的生存与经验，将自我的成长融入一个
更为广阔同时也是想象性的世界，并在与严酷社会的对抗之中不断积聚
着成长的勇气。

直到1954年，艾芜还忆及五四新文化对自己的影响，其描述

---

① 艾芜：《我的幼年时代》，《艾芜全集》（第11卷），成都时代出版社、四川文艺出版
社2014年版，第109页。
② 艾芜：《我的幼年时代·校后记》，《艾芜全集》（第11卷），成都时代出版社、四川
文艺出版社2014年版，第112页。
③ 同上书，第113页。
④ 艾芜：《我的青年时代》，《艾芜全集》（第11卷），成都时代出版社、四川文艺出版
社2014年版，第281页。

更为全面：

> 现在想起来，童年时候那种拥护新文化、爱好新文艺的心情，真可说是达到了狂热的地步，谁是该亲近的人，谁是该疏远的人，都重新划分出了界限。先前划界限，完全凭感情，他对我好我就对他好，等到读了新刊物后，却用的是思想了，而这思想却是全从新刊物上得来的。有些思想，可能是一知半解，以后可能是读不懂，看错了，变成了误会，因为一个小学生的理解力是有限的。但在当时却一律看成神圣不可侵犯，而且还要实际做去，绝不留在口上，变成空谈，终天一心一意只想做新青年。白话文、白话文新诗，从此永远作下去。而且既然刊物上都说劳工是神圣的，寒暑假回家，岂能打空手走路，必得要自己来挑行李。后来抱着半工半读的理想，离家远去云南和缅甸，也就在这个时候，种下了种子。五四运动的潮流真是宏大，有着排山倒海的威力，流到四川边远地方的时候，应该说是业已变成细流了，但它所起的浪花，还是把我卷了进去，卷进了广阔的生活海洋。①

吉登斯定义现代性的"信任"特点为："对一个人或一个系统之可依赖性所持有的信心，在一系列给定的后果或事件中，这种信心表达了对诚实或他人的爱的信念，或者，对抽象原则（技术性知识）之正确性的信念。"② 艾芜的描绘完全可以为之作诠释，同时也具备这样的特点——"抽象体系中的信任根本就不假定它要以这样或那样的方式同对其'负责'的个人和团体的相遇"③，从而形成了超越地缘与血缘的新的"亲密关系"，走向了更为宏伟的社会生活。"浪花"与"海洋"的

---

① 艾芜：《五四的浪花》，《艾芜全集》（第13卷），成都时代出版社、四川文艺出版社2014年版，第104页。
② ［英］吉登斯：《现代性的后果》，田禾译，译林出版社2000年版，第30页。
③ 同上书，第73页。

比喻，既是起于"浪花"，又是归于"海洋"，艾芜由此表明了一种深广的现代认同，而"外部世界在这里进入了自我，而这是一个比生活在前现代时期的人所能接触到的广泛得多的外部世界"①。

<h2 style="text-align:center">五</h2>

由以上对沈从文、艾芜的个案分析，我们想说明的是在中国不同的地域，诸如中国内陆腹地的湖南、四川的一些小城镇与农村之中，由五四白话文弥散带来了巨大的思想冲击与社会动员能力。并且，这里还有一个现在受到普遍重视的研究背景——"举业是乡村士子人生的重要内容，科举制为数以千万的寒门士子提供了通过读书改变命运的方式与机会。因此，改科举与停科举都对他们的命运产生不可低估的影响。"②众多的中国乡村与下层青年——无数的沈从文们、艾芜们——为着一系列的新文化、新文学刊物所激动，在"印刷语言"中完成了最初"印刷思想"的"启蒙"，全身心地怀揣着抽象的理念与梦想，憧憬着一个观念构成的崭新世界，为之激动而不断奋斗，汇入了一个"想象的共同体"，汇入了现代中国的历史之中。诸如沈从文 1922 年离开军阀部队来到北京，艾芜 1925 年离开成都的四川省立第一师范学校开始一路南行，在其表面的偶然性选择后面自有其社会价值认同的必然性，其行动本身就呈现出一种典型的思想文化姿态，洋溢着一种新道德情怀，可以说在更宏大的视野之中这更是一种新的政治行为，而五四白话文在这一特定范围之中完成其动员的功能。

这让人想起吉登斯谈到现代性最为重要的特点"脱域"："现代性的动力机制派生于时间和空间的分离和它们在形式上的重新组合，正是

---

① ［英］吉登斯：《现代性的后果》，田禾译，译林出版社 2000 年版，第 108 页。
② 关晓红：《科举停废与近代中国社会》，社会科学文献出版社 2013 年版，第 187 页。

这种重新组合使得社会出现了精确的时间—空间的'分区制',导致了社会体系(一种与包含在时—空分离中的要素密切的现象)的脱域(disembedding);并且通过影响个体和团体行为的知识是不断输入,来对社会关系进行反思性定序与再定序。"① 清晰表现为"通过冲破地方习俗与实践的限制,开启了变迁的多种可能性"②。这些无疑反映在沈从文、艾芜等人的经历之上,中国社会的现代进程已经开启,社会关系发生巨变,人的流动在新的社会条件之下也发生巨变,而此时的"区域性社区不再仅仅是一个浸透着为人熟悉的毋庸置疑的意义的环境,在很大程度上已经是对远距关系(distanciated relations)的地域性情境的表现"。③

李长之在评论鲁迅时认为:"人得要生存,这是他的基本观念。"④ 竹内好深表赞同:"李长之之说是一个卓见。我赞成李长之的意见,那就是作为思想家的鲁迅的根底放在'人得要生存'这个质朴的信条之上。"⑤ 这些见解无疑也适合于沈从文、艾芜等人。例如,艾芜在1980年时,为40年代创作的《我的幼年时代》旧文写的《校后记》,就细数如果不离开故乡可能会走上的人生道路,但很快又作出否定:第一条路是如先辈一样务农,但因家庭衰败,土地都卖完了,"我们这个靠土地为生的家族,已经没有依靠了";第二条路,当时"我的祖父,还是主张读圣贤的书——'四书''五经'。但这条路已经断了,没有举人状元可考";第三条路,像其父亲当小学教师,"工资少,儿女如果多了,就养不活了",而且"为了取得下年的聘书,到处奔走,向有关部

① [英]吉登斯:《现代性的后果》,田禾译,译林出版社2000年版,第14页。
② 同上书,第17页。
③ [英]吉登斯:《现代性的后果》,田禾译,译林出版社2000年版,第95页。
④ 李长之:《鲁迅批判》,《李长之批评文集》,珠海出版社1998年版,第7页。
⑤ [日]竹内好:《鲁迅》,《近代的超克》,李冬木等译,生活·读书·新知三联书店2005年版,第7页。

门说情，极为艰苦，大有生死存亡，在此一举之势。故称为'六腊之战'"，因此"家里人也不希望我走父亲一样的道路"；第四条路，像某个成功的亲戚一样，全家信基督教，进教会学校，但为有民族主义思想的父亲反对；最后一条路为，"当时四川军阀大量招兵买马，各据一方，有时战争，攻城夺地，大发横财"，由于有些亲戚在走这条路，"我的父亲就主张我进军阀办的步兵学校".①

但是，沈从文、艾芜都主动选择离开故乡，故乡生活的种种可能性在他们的心中已经破灭，他们赤手空拳地进入那似乎充满了光晕的另一社会，成为"走异路，逃异地，去寻求别样的人们"②。所谓获得了"成功"的，他们实际上却经历了太多的艰辛，不断为生存而苦苦挣扎，以至于今天的我们仍会感到其中的高度危险性。初登文坛之时，他们亦如鲁迅眼中的叶紫——"作者还是一个青年，但他的经历，却抵得太平天下的顺民的一世纪的经历。"③ 可以说沈从文、艾芜等人为了生存，一生都处于坎坷之中。在另一方面，这些艰难困苦磨砺了他们的心智，使得他们的追求富于现实基础。沈从文、艾芜在 20 世纪大起大落的社会环境之中，较之同时代的作家与文化人多了几分淡定，因为那些青少年时代的追求已内化成为他们生命与人格的底色，使其一生都保有赤子之心。

沈从文与艾芜的经历，还是不少 20 世纪 30 年代登上文坛的中国现代作家的共同经历，这些经历是中国晚清以将社会巨变与思想文化发展密切互动的结果，是五四白话文"文统"对青年知识分子人生及

---

① 艾芜：《我的幼年时代·校后记》，《艾芜全集》（第 11 卷），成都时代出版社、四川文艺出版社 2014 年版，第 111—112 页。

② 鲁迅：《〈呐喊〉自序》，《鲁迅全集》（第 1 卷），人民文学出版社 2005 年版，第 437 页。

③ 鲁迅：《叶紫作〈丰收〉序》，《鲁迅全集》（第 6 卷），人民文学出版社 2005 年版，第 228 页。

其从事文学工作的高度整合，也是在历史能动的契机之中建立了自己的主体，可以说已经构成了一条新的现代知识分子阶层向上流动的具体路径。在日后，即便成了作家、并能在都市文化空间找到一席生存之地的沈从文、艾芜，不同的政治意识的选择使得前者"偏右"，后者加入"左联"，但不容否认他们都曾经共同分享过一段五四白话文"文统"的光照，乃至可以说沈从文们、艾芜们在很大的程度承载了五四白话文的"文统"，现代白话文的"文学"于是成了他们终身信奉与追求的"志业"，五四白话文相应具有了一种社会意义层面上的"脱域"功能。在五四时期之后，现代白话文与更为宽广的中国社会生活相结合，在文学领域对社会进行了空前的开掘，文学创作题材的边界也不断扩增——可以说，沈从文、艾芜以及有相同经历的流浪型"文学青年""文学新人"与 20 世纪 30 年代中国现代文学的兴盛与定型关系甚大。

第五章　五四白话文的逻辑建构与外部创制

　　较之宋元以后的中国白话文的自然发展，五四时期白话文的面貌在短期发生了突变，并且很多就是人为强力提倡与推广的结果。本章主要探讨五四白话文总体性的变革逻辑，分析一些非常明显的五四白话文外部特征及其系统性创制的情况。不难发现，在清末民初时期的中国语言文字变革空间之中，能够找到五四时期语言文字创制的一些要素，甚至能够发现某种历史发展的线索，但这一切在五四语言文字的变革之中才显现出自觉与系统的推进，才成为社会中心性的文化事件，激起了整个社会的聚焦，也成就了五四时期在语言文字方面的重要成果。

　　于是乎，"现代"成了五四语言文字变革的动力与目标，成了绝对性的价值目标。在这一宏伟社会文化工程之中，五四白话文在中国语言文字发展的历史长河之中的地位与特质得以显现——欧化取向的科学化、技术化与精确化，成了这一时代语言文字极为明显的追求。

第一节　五四时期语言文字建构的若干逻辑

1916 年 9 月，由《青年杂志》刚改名为《新青年》的第 2 卷第 1 号的"通信"栏目之中，有沈慎乃的来信："乃以为语言不通，阻教育之前进，谋教育之前进，必先使语言一致。一致之语言何？即官话耶。故全国上下，竭力提倡官话，为谋教育前进之先导。然乃浅陋寡闻，不识有何官话书籍可为依本？兼之内地教育界友人，纷纷来函问官话书籍。"①《新青年》记者回答的全文为：

> 示悉，国语统一为普通教育之第一著，惟兹事体大，必举全国人士留心斯道者，精心讨论，始克集事。此当期诸政象大宁以后，今非其时。此时所谓官话，即北京话，仍属方言，未能得各地方语言之大凡，强人肄习，过于削足适履，采为国语，其事不便。愚见闻浅陋，于各种官话书报，素少探讨，愧无以对。惟于方言音韵之学，稍有研究。且居恒以为欲图国民知识之发展，宜改用罗马字母，创造新文，必如此始获收语言完全统一之效。国民教育，方易普及，当世议此者少。俟社会需要时，愚将论列一二也。②

这是在五四白话文运动发动之前，在早期《新青年》之中关于国语的集中看法，似也可视为《新青年》乃至五四时期语言文字建构的一个起点。它将国语与教育问题直接相连，既认识到这一问题的重大意义，态度又十分谨慎。这些看法基本不出晚清国语运动的逻辑，期待在中国

----

① 沈慎乃：《通信》，《新青年》第 2 卷第 1 号。
② 记者：《通信》，《新青年》第 2 卷第 1 号。

政治清明之后自上而下推行国语，教育自然成为关键的方面，但并未涉及白话文的问题，也谈不上有什么新的见解。对于什么是"国语"，《新青年》记者本身就是犹豫的：对北京话作为国语的语音构成，《新青年》记者是心存疑虑，而"得各地方语言之大凡"的语音是在 1913 年读音统一会由各地代表一人一票选定的混合语音的"国语"，但对此似乎也没什么自信。在国语的书写符号方面，试图采用"新文"的罗马字母，这仍不是什么创见，因为在清末民初已经涌现了大量各种符号系统书写语音的方案，罗马字母亦是其中之一，要以此达到"语言统一"的国语运动目标，仍是无比的缥缈。并且，《新青年》记者倡导的罗马字母，是否是一种文字，与汉字的关系如何，还是在 1913 年读音统一会上那样，"新字"只是一种注音字母，仅能为汉字注音，都是不清楚的。可以说，《新青年》记者只是泛泛而谈，甚至不能回答沈慎乃来信之中对"官话书籍"的具体请求，这也折射出当时国语运动的困境。如果要在《新青年》记者这一段话之中找到新意，可能正在于某种模糊性，从"国民教育""国语"这样深具现代民族国家宏大意义的词汇出发，一种同质的"国民"建构已成为中国知识分子的自觉，这时已不大可能再采用晚清士大夫的国语运动方案——这一方案是在国语统一前提之下，认为士大夫还是使用汉字的文言，平民百姓可应用简单符号的"新字"，来继续维持既往的中国古代雅俗格局——《新青年》记者并未取得突破性的观点反倒是展现出某种超越清末民初中国语言文字建构的逻辑可能与广阔空间。

在这样的起点之下，我们关注五四时期的国语运动、白话文运动和方言文学语言的现实情形以及它们的交织生长，关注语音与文字在中国特定社会历史条件下多重逻辑关系的建立，实现的途径是分析三个方面的具体内容，即黎锦熙的国语运动叙述、胡适的白话文运动的叙述以及围绕《吴歌甲集》有关方言文学语言的争论，进而希望能够较为完整地展示五四时期中国语言文字建构的若干整体性逻辑。

一

黎锦熙《国语运动史纲》一书，在 1931 年曾以《三十五年来的国语运动》为名付印，1934 年在修订增补之后，以此名改版重印，是国语运动的经典文献。黎锦熙将 1912—1923 年这一时期命名为"注音字母与新文学联合运动时期"，标明此时的国语运动已经与五四白话文运动产生某种融合生长。黎锦熙对这十余年间的国语运动进行了分期：

> 一、教育部读音统一会——国音之规定，注音字母之产生和传习。（民元至民五）
>
> 二、中华民国国语研究会——新文学运动，学校国文课程改革运动，儿童文学运动，汉字改革运动。（民五至民十二）
>
> 三、教育部国语统一筹备会——注音字母之公布，《国音字典》之公布，改学校国文科为国语科，审定中小学国语教科书及参考书，开办国语讲习所。（民八至民十二）①

显然黎锦熙的立场是以国语运动为主体的，关注对象是语音，是国音的形成，由此扩散至相关的注音字母、国音字典、教科书等，同时再将五四时期的新文学运动作为一个要素，局部性地加入对国语运动的历史描绘之中。在这一历史叙述之中，五四时期的白话文运动并不具备自足性，甚至没有被独立提及，或言黎锦熙的思路是文字从属于语音的，因而他的国语运动叙述让人觉得颇为独特。

黎锦熙的历史描绘在最大程度之上，彰显了国语运动在五四时期语言文字建构的意义，我们将之作为认识五四时期国语运动逻辑的重要途

---

① 黎锦熙：《国语运动史纲》，商务印书馆 2001 年版，第 121 页。

径。以下，我们将按照黎锦熙的国语运动分期进行逐一的论述。

在第一个时期，黎锦熙描绘了民初教育部读音统一会的"国语"创制情形：

> 民国二年（1913 年）二月十五日，正式开会，会员到者四十四人……第一步，照章审定国音：其审音办法，先依清李光地的《音韵阐微》各韵（合平上去，入声另列）之同音字，采用其较为常用者，名为"备审字类"，隔夜印发各会员，以便分省商定其应读之音，而用会中预备之"记音字母"注于其上，此"暂摄"之"记音字母"，即后来变为"真除"之"注音字母"也；次日开会，每省为一表决权，推一审音代表交出已注之单音，由记音员逐音公较其多寡，而以最多数为会中审定之读音——此多数票决之读音，即后来公布《国音字典》之蓝本也。①

这一重要会议是晚清国语运动的合理延续，而不因为民国的建立而终止，此时国语运动进一步在全国层面正式开展。另外，还有制定书写符号；"第二步，照章要核定音素，采定字母，于是乎会场上又要打起架来……"② 书写国音的字母的提案就有偏旁派、符号派、罗马字母派，据说是"无非个个想做仓颉"。这即是在本节开始提及的《新青年》第 2 卷第 1 号"通信"栏目中记者回复来信的背景。换言之，此时《新青年》的语言文学建构的逻辑为国语运动所支配，放言之，国语运动应是清末民初语言文字建构的主要思路与实践理路。

在第二个时期，由于五四时期白话文运动带来书写问题的革命性突破，黎锦熙描绘的国语运动面貌的巨变，可以说已经偏离了国语运动的既有轨道，值得重点关注。在 1916—1919 年，即黎锦熙所谓国语的

---

① 黎锦熙：《国语运动史纲》，商务印书馆 2001 年版，第 123—124 页。
② 同上书，第 124 页。

"'扩大运动'——'国语'与'文学革命'之联合运动"。① 这里所谓的"扩大",在于白话文的实质性介入,黎锦熙说起当时的国语运动中人在书写方面的情形:

> 自己做的这些文章,都还脱不了绅士的架子,总觉得"之乎者也"不能不用,而"的么哪呢"究竟不是我们用的,而是他们——高小以下的学生们和粗识文字的平民用的,充其量也不过是我们对他们于必要时用的,而不是我们自己用的。不但是做文章,就是平常朋友间的通信,除开有时援引几句语录,模仿"讲学"的口吻外,也从来没有用过一句白话。②

因此,这一时期国语运动的突破反而不是在语音方面,而是着眼于文字书写体系方面了。发生变化的转机在于胡适,由于在海外留学时期的胡适的介入,标志着国语运动与白话文运动这两个独立的运动开始有合流的趋向了。黎锦熙说:

> 我们的朋友间接到的第一封白话信,乃是这年年底胡适从美国寄来请加入本会为会员的一个明信片(这个明信片还保存着,算是本会会员来信中第一个用白话的)。……自从有了这一个明信片的暗示,我们才觉得提倡言文一致,非"以身作则"不可;于是在京会员中,五六十岁的老头儿和二三十岁的青年,才立志用功练习作白话文,从唐宋禅宗和宋明儒家底语录、明清各大家底白话长篇小说,以及近年来各种通俗讲演稿和白话文告之中,搜求好文章来作模范。所以这一年中会员人数虽没有增加多少,却很有蓬蓬勃勃的气象。③

---

① 黎锦熙:《国语运动史纲》,商务印书馆 2001 年版,第 133 页。
② 同上书,第 134 页。
③ 同上。

国语与白话文的结合可谓意义重大，晚清国语运动方案之中由文言与新的书写符号构成的中国古代雅俗等级格局被彻底打破，归于一统的白话文。当然，从来就没有一种成熟的白话文可供直接采用，国语运动中人开始不断找寻写作的模范，但是毕竟白话文成为国语公认的书写方式已无问题。并且，黎锦熙似乎还想把五四白话文的发明权挂在国语运动的名下，因为他看到一个事实："这年陈仲甫主撰的《新青年》杂志，首先提倡'文学革命'。第一篇是胡适底《文学改良刍议》（二卷五号），第二篇是陈仲甫底《文学革命论》（二卷六号），第三篇是刘复底《我之文学改良观》（三卷三号）。但这三篇都是文言文，其他白话作品也还很少"，所以"这时《新青年》虽极力提倡'文学革命'，但讨论这问题本身的论文和通信等等，还没有放胆用'以身作则'的白话文"。①

在《国语运动史纲》对五四白话文的历史叙述之中，黎锦熙不去讨论胡适《文学改良刍议》与陈独秀《文学革命论》，而是高度重视胡适《建设的文学革命论》一文。他认为：

> 这篇文章发表之后，"文学革命"与"国语统一"遂呈双潮合一之观。北京的《晨报》和现在这种时行的小张周刊的创造者《每周评论》，都是这年十二月出版的。北京大学学生傅斯年、罗家伦组织与《新青年》互相应和的《新潮》，是次年一月出版的，白话文、注音字母、新式标点，都打扮着正式登场了。思想解放即从文字的解放而来；解放之后，新机固然大启，就是一切旧有的东西，都各自露其本来面目，所以现代史家把这年作为中国"文艺复兴"（Renaissance）时代底开场。②

---

① 黎锦熙：《国语运动史纲》，商务印书馆 2001 年版，第 134—135 页。
② 同上书，第 136 页。

这相当于将"文学革命"与"国语统一"的合流作为一个历史生发的原点，引起日后一系列五四时期的标志性文化事件。在黎锦熙的眼里，五四时期的文学革命与国语运动是联系在一起的，白话文甚至只是"白话文、注音字母、新式标点"书写方面的序列之一，只是由于书写问题带来了历史的发展契机。它们共同成就了一番空前的语言文字变革的景象——"这两大潮流合二为一，于是轰腾澎湃之势愈不可遏。"①

第三个时期为"国语统一筹备会"时期，黎锦熙的叙述又回到较为单一的国语运动，显现出国语运动与白话文运动在短暂合流之后的分离。黎锦熙以大量的篇幅描绘了"注音字母之公布""《国音字典》之公布""改学校国文科为国语科"，包含了"四声点法""京国问题""国音京调"等国语运动的具体语音问题。在这一时期，黎锦熙还提到1920年教育部训令"国民学校一二年级，先改国文为语文体，以期收言文一致之效"一事。这一事件一向被认为是五四白话文确立的标志性社会事件，其实是由颇具政府色彩的国语运动中人推动的："教育部部务照例是分司主办的，那时普通教育司司长是张继煦，就是统一会的总干事；主管师范教育的第一科科长是张邦华，主管小学教育的第三科科长是钱家治，都是统一会的会员。修改法令是要经由参事室和秘书处，那时三参事汤中、蒋维乔、邓萃英和秘书陈任中，也都是统一会的会员。"②

二

在对黎锦熙五四时期国语运动的历史叙述之中，我们侧重于关注他在国语运动之中有关书写、白话文的看法。与此思路相类似，我们主要

---

① 黎锦熙：《国语运动史纲》，商务印书馆2001年版，第136页。
② 同上书，第163页。

观察胡适在五四白话文运动之中有关国语的认识——这也延续了本书第三章第一节分析胡适《建设的革命论》一文的思路。因为，这样的"错位"视野更具张力，或许更能够看到有意思的地方。

在五四白话文运动之中，胡适甚至重构了晚清以降国语运动的叙述图景，基本上都是批评性的，与黎锦熙的历史叙述完全不同。胡适后来认为："我们当时抬出'国语的文学，文学的国语'的作战口号，做到了两件事：一是把当日那半死不活的国语运动救活了；一是把'白话文学'正名为'国语文学'，也减少了一般人对于'俗语''俚语'的厌恶轻视的成见。"① 胡适并不认可五四时期白话文运动与国语运动合流的描绘，更不是像黎锦熙那样，将白话文镶嵌于国语运动之中，而是明确地将白话文放在绝对优先的位置，放在拯救陷入困境的国语运动的位置。

那么，胡适所言的"国语"，其意义何在？让我们再关注与引用胡适所作的《建设的文学革命论》一文，它明确为五四白话文运动引入了"国语"的概念，提出"国语的文学，文学的国语"的重要口号。在国语问题上，胡适详细解释：

> 有些人说："若要用国语做文学，总须先有国语。如今没有标准的国语，如何能有国语的文学？"我说这话似乎有理，其实不然。国语不是单靠几位言语学的专门家就能造得成的；也不是单靠几本国语教科书和几部国语字典，就能造成的。若要造国语，先须造国语的文学。有了国语的文学，自然有国语。这话初听了似乎不通。但是列位仔细想想便可明白了。天下的人谁肯从国语教科书和国语字典里面学习国语？所以国语教科书和国语字典，虽是很要紧，决

---

① 胡适：《中国新文学大系·建设理论集·导言》，上海文艺出版社 2003 年版，第 24 页。

不是造国语的利器。真正有功效有势力的国语教科书，便是国语的文学，便是国语的小说、诗文、戏本。国语的小说、诗文、戏本通行之日，便是中国国语成立之时。试问我们今日居然能拿起笔来作几篇白话文章，居然能写得出好几百个白话的字，可是从什么白话教科书上学来的吗？可不是从《水浒传》《西游记》《红楼梦》《儒林外史》等书学来的吗？这些白话文学的势力，比什么字典教科书都还大几百倍。①

显然，胡适关注的并不是共同语音问题，而是书写问题，即由白话文的书写语言切入，以"文学"介入国语的问题，主要通过"国语的文学"途径达到"文学的国语"的目的，而与国语运动的语音思路迥异。我们不禁会问到黎锦熙重视胡适此文是否是为白话文运动取得的社会效果所打动，是否仅是为"国语"一词所迷惑？因为，胡适是将"国语"视为未完成的状态，不在于某种确定的语音，而在于文本化与书写体系的"国语的小说、诗文、戏本"。关于胡适在这里所言的"文学"含义，可直接用胡适的话来回答："一切语言文字的作用在于达意表情，达意达得妙，表情表得好，便是文学。"② 也可以参考傅斯年对"文学家"的看法："文学家对于语言有主宰的力量，文学家能变化语言，文学家变化语言的办法，就是造前人所未造的句调，发前人所未发的词法。造的好了，大家不由的从他，就自然而然的把语言修正。"③ 这样的"文学"观念明显是从语言文字效果着眼的，有着明确的语言文字内涵。更为重要的是，胡适在这段文字中说明了五四白话文的渊源——"可不是从《水浒传》《西游记》《红楼梦》《儒林外史》等书学来的吗。"众所周知，中国古代文言文是超越方言的存在，其实《水浒传》

---

① 胡适：《建设的文学革命论》，《新青年》第 4 卷第 4 号。
② 同上。
③ 傅斯年：《怎样做白话文》，《新潮》第 1 卷第 2 号。

《西游记》《红楼梦》《儒林外史》等所使用的一般白话文何尝不是超越方言的存在（当然也有不同程度方言存在的白话小说），因而这一书面语的白话文脱离了方言的限制，具有在单纯的语音民族主义之外，形成新的现代民族书写方式的资格与能力。

我们认为五四时期的白话文运动，不是从标准语音的国语方面考虑，而是继承了一种"前现代"的书写方式资源——以中国古代俗文学的小说、戏曲去取代雅文学的诗文，并冠以"活"与"死"的截然对立的称谓，实则试图建立一种新的现代民族国家书写方式，并以此创造一种包含现代白话书写语言为内在特质的共同语。还可以读到胡适在日后对国语有这样的看法："国语统一，谈何容易，我说，一万年也做不到的！无论交通便利了，政治发展了，教育也普及了，想偌大的中国，过了一万年，终是做不到国语统一的。"① 胡适之所以要以"国语"来重新命名白话文，一方面可能是出于某种话语倡导方式的考虑，使得人们将白话文与鄙俗的既定观念脱离，另一方面胡适可能希望将五四白话文的倡导不仅理解为中国古代文学语言内部的颠覆性雅俗格局的调整，而且以"国语"赋予白话文其更为强烈的现代民族国家色彩，赋予更为强烈的现代意味。其实，"国语"概念之中至关重要的语音问题，胡适基本上是避而不谈的，这就造成中国语言文字建构逻辑发生了重大的转移。大略而言，即是从晚清国语运动到五四白话文运动，从倡导"言文一致""语言统一"到"国语的文学，文学的国语"的趋势转移——事实也证明了胡适的这一策略确是迸发出巨大的能量。当五四白话文运动一旦确立之后，就可以看到五四一代又对白话文面貌进行的现代"改造"，灌输新的思想文化内容，以及"创制"科学化、精确化与逻辑化的外部形式，向所谓"欧化白话文"的"雅化"方向发展。

---

① 胡适：《国语运动与文学》，《胡适全集》（第 20 卷），安徽教育出版社 2003 年版，第 422 页。

对于较为单纯的国语运动，胡适在不同时期一直重复着他的批评意见。例如，1921 年 8 月胡适在安庆第一师范的讲演，在其日记之中还记下"国语文学运动"的概念，认为"国语文学运动"在于"以前皆以国语为他们小老百姓的，尚无人正式攻击古文，至此始明白宣言推翻古文"①。在这里，胡适并没有使用"白话文"的观念，当然也没有文言与白话的对立，而是通过"以国语为文学"，去提升国语，打破晚清国语运动的雅俗格局设置，进而让国语与古文对立起来，显示了胡适对"国语"概念使用的灵活，以及"国语"概念内涵的极大扩张。再如，胡适 1921 年 12 月在北京教育部国语讲习所同乐会上的一次讲演，谈到"语言统一"时，已经有些不客气："有了最有文学价值，文学兴趣的国语书报，人家才爱他读他。元朝，白话书本很多；明朝，白话告示也不少；何况现代，只推行几个字母，就算国语运动？真是做梦！"② 胡适完全是重视文字的书报而轻视当时的国语运动，说明其实现"语言统一"的具体途径，可以说胡适认为"语言统一"首先应是书面语的统一。至于国语运动重要内容的字母创制，乃至黎锦熙将 1912—1923 年命名为"注音字母与新文学联合运动时期"，胡适的看法可能会有不同，因为他根本就没有寄希望于字母创制，仍然是用全部热情呼唤"文学"。于是，胡适对国语讲习所同学的要求是："文学这个东西，要有长时间的研究，不是几个星期所能弄得好的。诸位同学！我很希望诸位，各自养成文学的兴趣，具有文学的精神；最好，多做文学的作品，都成个文学家。要不然，至少也要能够赏识自然的美，文学的美，然后

①　胡适：《日记 1921·第四册》，《胡适全集》（第 20 卷），安徽教育出版社 2003 年版，第 399—400 页。

②　胡适：《国语运动与文学》，《胡适全集》（第 20 卷），安徽教育出版社 2003 年版，第 422 页。

当国语教员，方得游刃有余。"①

胡适这些语言文字建构的观点，影响巨大，很快就成为五四新文学方面的共识。沈雁冰说："我们现在的新文学运动也带着一个国语文学运动的性质；西洋各国国语成立的历史，都是靠着一二位大文学家的著作做了根基，然后慢慢地修补写正，成了一国的国语文学。中国的国语运动此时为发始试验的时候，实在极需要文学来帮忙，我相信新文学运动最终的目的虽不在此，却是最初的成功一定是文学的国语，这是可以断言的。"② 成仿吾说："我们的新文学运动，自从爆发以来，即是一个国语的运动"，"我们要把我们的言语创造些新的丰富的表现！我们不可忘记了新文学的使命之一部分即存在这里！为要不辱这一部分的使命，我们今后要有意识地多多在表现上努力、要不轻事模仿！"③ 沈雁冰与成仿吾是以新文学为出发点，看到新文学创作在中国现代语言文字建构中的先导性地位。中国现代文学在相当程度上实践了胡适对于现代语言文字建构的逻辑，形成了一条在没有标准语音"国语"的情形之下，极富现实意义的中国现代语言文字的发展道路。

再扩大视野，参照在近代欧洲民族国家形成之中，所谓"语音中心主义"形成"语言民族主义"的问题。霍布斯鲍姆认为："根据语言民族主义的古典模式，通常都是有一种族群方言被发展成全方位的标准化民族书写语言，然后这种民族语言又顺势变成官定语言。"④ 柄谷行人认为："语音中心主义不能作为仅仅局限于西洋的问题来讨论"，"在日

---

① 胡适：《国语运动与文学》，《胡适全集》（第 20 卷），安徽教育出版社 2003 年版，第 422 页。

② 沈雁冰：《新文学研究者的责任与努力》，《中国新文学大系·文学论争集》，上海文艺出版社 2003 年影印本，第 146 页。

③ 成仿吾：《新文学之使命》，《中国新文学大系·文学论争集》，上海文艺出版社 2003 年影印本，第 175—177 页。

④ ［英］霍布斯鲍姆：《民族与民族主义》，李金梅译，上海人民出版社 2006 年版，第 189 页。

本，民族主义的萌芽主要表现于在汉字文化圈中把表音性的文字置于优越位置的运动中。但是，这并非日本特有的事情。在民族国家形成上，虽有时间先后的不同，然世界上无一例外地要发生这样的问题"。① 中国语言文字的现代转型却是"无一例外"的例外。总体而言，中国语言文字的现代转型并不能描绘为那种单纯的语音中心主义，我们可以把国语运动与白话文运动理解为中国现代语言文字建构的两种基本思路，两种基本范式，实际上文字书写系统在中国现代语言文字建构之中起着更为关键的作用，使得汉语、汉字也得到有效的承接，从而使得古今的中国语言文字都属于同一民族文化的母体。不难发现，五四时期的白话文运动的迅速成功与国语运动的旷日持久形成了鲜明的对比，国语运动的成功需要强有力而稳定的政府和行之有效的教育部门等，但是晚清以降的中国很长时期都不具备这些条件。五四白话文运动利用了中国传统超越方言的一般白话书面语言，也利用了国语运动长期造成的变革氛围与人员组织，更多是在非政府层面的学院与民间奠基了中国现代一般书面书写体系与中国现代文学语言，成为五四时期语言文字建构的主要方面与基本逻辑。

<h2 style="text-align:center">三</h2>

再来讨论五四时期对于方言的看法，方言作为国语运动与五四白话文运动中不大涉及的问题，在五四一代之中形成了新的思考逻辑，可由此反观五四时期语言文字建构的整体性逻辑。我们具体考察的对象是由顾颉刚所编的《吴歌甲集》一书之中的数篇序言。1918 年顾颉刚在北大读书时，因为丧妻而身心疲惫，只好休学回到故乡苏州养病，因受北

---

① ［日本］柄谷行人：《日本现代文学的起源》，赵京华译，生活·读书·新知三联书店2003 年版，第 194—195 页。

京大学刘半农等歌谣征集运动的影响，顾颉刚在休学期间收集到几百首苏州地区的民间歌谣，后在《晨报副刊》和《歌谣周刊》上连载，1926 年由北大歌谣研究会出版单行本。《吴歌甲集》上有胡适、沈兼士、俞平伯、钱玄同、刘半农写的五篇序言和一篇自序，前四篇序言较为集中反映出五四一代对于方言、方言文学的观点与理路。

胡适在序言中的看法，一方面是"国语的文学从方言的文学里出来，仍须要向方言的文学里去寻他的新材料、新血液、新生命"。① 可以说，这样的方言存在，在现实层面只能成为次级的存在。另一方面，胡适很快专论国语文学与方言文学的关系：

> 若是从文学的广义着想，我们更不能不倚靠方言了。文学要能表现个性的差异；乞婆娼妇人人都说司马迁、班固的古文固是可笑；而张三、李四人人都说《红楼梦》《儒林外史》的白话也是很可笑的。古人早已见到这一层，所以鲁智深与李逵都打着不少的土话，《金瓶梅》里的重要人物更以土话见长。平话小说如《三侠五义》《小五义》都有意夹用土话。南方文学中自晚明以来昆曲与小说中常常用苏州土话，其中很有绝精彩的描写。②

方言的意义更加凸显，在于造就文学语言丰富的差异性，从而能够体现文学创作方面的个性与生气。在胡适这里，方言文学语言的使用大概是为了某种修辞效果吧，更多的是讲究人物及其语言口吻的一致性与生动性。以至于胡适发出感慨："假如鲁迅先生的《阿 Q 正传》是用绍兴土话做的，那篇小说要增添多少生气呵！可惜近年来的作者都还不敢向这条大路上走，连苏州的文人如叶圣陶先生也只肯学欧化的白话而不肯用

---

① 胡适：《〈吴歌甲集〉序一》，顾颉刚等《吴歌 吴歌小史》，江苏古籍出版社 1999 年版，第 9 页。
② 同上书，第 10 页。

他本乡的方言。"① 胡适的这一观点也类似于今天不少作家在文学语言使用面临雷同化、同质化的困境时，而乞灵方言的做法。

沈兼士序言中的观点为："'国语的文学'和'文学的国语'，固然是我们大家热心要倡导的，但这个决不是单靠著少数新文学家做几首白话诗文可以奏凯，也不是国语统一会几句标准语就算成功的。我以为最需要的参考材料，就是由历史性和民族性而与文学和国语本身都有关系的歌谣。歌谣之中尤以江苏的为能，以优美之文辞，表现丰富之情绪。"② 沈兼士同样是着眼于五四白话文的资源问题，"文学的国语"不能仅由诸如白话诗文的新文学作品带来，民间的歌谣被赋予了历史性与民族性的现代意义，与文学、国语发生了必然联系，有了"参考材料"的资格，可以说与胡适的观点一脉相承。

俞平伯序言中的观点似乎有所突破，将国语文学与方言文学放于同一位置：

> 我有一个信念，凡是真的文学，不但要使用活的话语来表现他，并应当采用真的活人的话语。所以我不但主张国语的文学，并且希望方言文学的产生。我赞成统一国语，但我却不因此赞成以国语统一文学。文学的国语，国语的文学，如胶似漆的挽手而行，固不失为一个好理想；不过理想终究只是理想，不能因它的好而斗变为事实。方言文学的存在——无论过去，现在，将来——我们决不能闭眼否认的，即使有人真厌恶它。③

从"赞成统一国语"与"不赞成国语统一文学"两个层面，产生某种

---

① 胡适：《〈吴歌甲集〉序一》，顾颉刚等《吴歌 吴歌小史》，江苏古籍出版社 1999 年版，第 10 页。

② 沈兼士：《〈吴歌甲集〉序二》，顾颉刚等《吴歌 吴歌小史》，江苏古籍出版社 1999 年版，第 14 页。

③ 俞平伯：《〈吴歌甲集〉序三》，顾颉刚等《吴歌 吴歌小史》，江苏古籍出版社 1999 年版，第 16 页。

方言文学应独立发展的看法，是因为俞平伯将"文学的国语，国语的文学"视为"一个好理想"，而现实之中的方言文学是不能否定其存在的。俞平伯也意识到："在我的意中，方言文学不但已有，当有，而且应当努力提倡它。这自然和国语热的先生们有点背道而驰的样子；然而我常常作此想。"① 俞平伯还期待："颉刚和我都是爱谈说《诗经》的。数千年之后，若再生一孔子，安见不把它著录于十五国风之外，另立一《吴风》呢？有厚望焉！"② 这时的俞平伯畅想中国古代的"采风"传统，大一统的既有国家视野使得方言文学最后又需要进入主流文学之中。这不禁让人怀疑俞平伯有关方言文学独立性的看法，或言俞平伯在其系列观点之中表现出矛盾之处。

钱玄同在序言之中，由俞平伯的观点谈道："我是提倡国语文学的人了，似乎跟平伯现实要努力提倡方言文学'有点背道而驰的样子'了。其实不然。平伯先生提倡方言文学，我完全同意；但他认为提倡方言文学跟提倡国语文学有点背道而驰，这话我却不同意。"③ 这是因为，"我的国语答案是这样，所以我承认方学跟言是组成国语的分子，它是帮国语的忙的，不是拦国语的路的。用古文八股的笔调来说：'且夫方言之于国语，乃不相反而想成者也。'这就是我对于平伯先生认为提倡方言文提倡国语文学有点背道而驰这个见解不同意的缘故"④。钱玄同所确认的是国语与方言的主从关系，也是胡适一再表明的看法。钱玄同还说："在我的意中，方言文学不但已有，当有，而且应当努力提倡它；它不但不跟国语文学背道而驰，而且它是组成国语文学的重要原料。方

---

① 俞平伯：《〈吴歌甲集〉序三》，顾颉刚等《吴歌 吴歌小史》，江苏古籍出版社 1999
年版，第 16 页。
② 同上书，第 18 页。
③ 钱玄同：《〈吴歌甲集〉序四》，顾颉刚等《吴歌 吴歌小史》，江苏古籍出版社 1999
年版，第 25 页。
④ 同上。

言文学日见发达，国语文学便日见完美。"① 在另一方面，钱玄同又话锋一转："以上的话，都是站在国语方面说的。至于方言的本身，它是一种独立的语言；方言文学的本身，它是一种独立的文学：他们的价值，与国语跟国语文学同等。他们决不会因为有了国语文学而灭亡，它们也决不是因为国语需要他们做原料而保存。他们自己发达，他们永远存在。"②但是，钱玄同在其长篇的序言之中，并没有充分论述方言文学的独立价值的具体内涵，只有这么突兀的几句。

五四中人对于方言、方言文学的见解，主要在于以方言、方言文学丰富国语、国语文学，很大程度上是沿着"国语的文学，文学的国语"的思维逻辑进行的。方言的倡导并不是从语音方面切入的，而是从书面语体系的角度来考虑的，是从方言词汇的意义内容来加以关注，特别看重方言所带来的文学语言的形象性与亲和性，所体现的是国语和国语文学建构有关外在资源寻求的问题。与此同时，也有方言文学的倡导，这在逻辑上固然是成立的，中国现实社会层面也会有方言文学的存在，但是五四一代并没有证明一种现代民族国家意义上的普遍口语方言的存在，并没有去建设一种在方言之中形成的书面语，也没有证明方言文学所具有的独立现代意义，并能够将之纳入五四语言文字的宏大建构之中，显得虎头蛇尾，不了了之。不免令人怀疑由五四时期歌谣运动等带来的一些方言文学的倡导，只是为了满足五四一代关于"民众""民间"的文化想象，只是为了维护五四知识分子的某种话语权力与自我确认。于是，可以说这些方言文学倡导的想法只是五四文学语言建构之中的一朵浪花而已，也没什么重要的实践成果可垂范后世，而基于语音的方言并不会对五四语言文字的整体建构提出挑战，即便是在五四时期方

---

① 钱玄同：《〈吴歌甲集〉序四》，顾颉刚等《吴歌 吴歌小史》，江苏古籍出版社1999年版，第25页。

② 同上。

言文学的倡导之中，仍基本为国语运动与五四白话文运动的强大逻辑所支配。

让我们审视更为宽广的时空：五四时期白话文运动建立的中国现代语言文字逻辑具有相当的稳固性，它确立了晚清以降中国语言文字的现代转型，规定了中国现代文学语言发展的语言文字基础。"国语的文学，文学的国语"形成了一个宽泛，但也相当持久与有效的言说框架——即便是面对五四语言文字建构的激烈反对者。例如，瞿秋白在《鬼门关以外的战争》一文中的看法：

> 记得当初五四运动的时候，胡适之有两个口号，叫做"国语的文学和文学的国语"。现在检查一下十二年来文学革命的成绩，可以说这两个口号离着实现的程度还很远呢！现在的新文学，还说不上是"国语"的文学，现在的"国语"，也还说不上是文学的"国语"。现在没有国语的文学！而只有种种式式半人话半鬼话的文学，——既不是人话又不是鬼话的文学。亦没有文学的国语！而只有种种式式文言白话混合的不成话的文腔。①

瞿秋白的批评不可谓不尖锐，但是他依然遵循着"国语的文学，文学的国语"的标准，只不过对当时语言文字的实践情形有着极大的不满。瞿秋白还认为："现代的普通话，是随着社会生活的剧烈变动而正在产生出来；文学的责任，就在于把这种新的言语，加以调节，而组织成功适合于一般社会的新生活的文腔。这样，方才能够有所谓的'文学的国语'；亦只有这样办法，才能建立和产生所谓'国语的文学'。"② "文学"仍然是执行语言文字的功能，只是充满左翼式的社会生活内容介

---

① 瞿秋白：《鬼门关以外的战争》，《瞿秋白文集·文学编》（第3卷），人民文学出版社1989年版，第137—138页。
② 同上书，第138页。

入。由此，是否能够这样说，五四时期的语言文字建构逻辑确立了中国现代文学语言的基本道路，而以后的发展（包括激烈的反对）也是在这一道路上行进，在不同的历史阶段可以在其内部有局部性的变化与话语言说方式的改变，但已不可能出现整体的颠覆情形，直至今天仍然是如此。

我们还想引用 1955 年 10 月 26 日《人民日报》"社论"《为促进汉字改革、推广普通话、实现汉语规范化而努力》中的一段话：

> 解放以来，政治经济的迅速发展推动着汉语的变化，也提高了语言的社会交际的效能。口语方面，能说普通话的人日见其多，普通话在语言方面要求接近北京语音的愿望也越来越强。书面语已经基本上统一于"白话"，达到了原则上的"言文一致"，而且会写会读的人越来越多，书面语在口语的继承上随时在提高自己的精密丰富的程度，同时也就口语的发展起着集中和提高的作用。①

历史进入另一新的时期，空前强大的现代民族国家已有能力推广国语——普通话，这是国语运动长期以来一直孜孜以求的外部社会条件。此时，现代白话文的书面语宣告一统天下，再也不会留有文言的余地了。我们发现在这一"社论"之中，并没有像五四时期那样特别强调"文学"在语言文字建构中的意义，从中反映出国语运动逻辑的地位上升。此时的政府可以通过法令、教育等进行有效的社会动员，进行现代民族共同语的建设与推广，并加以明显的体制化，广泛开展起来，以达到国语运动既定目标的"言文一致"。但是，仍然可以看到书面语对"口语的发展起着集中和提高的作用"的提法，五四时期语言文字建构的基本逻辑再次显现，反映出五四白话文运动的持续能量与基础地位。

---

① 《为促进汉字改革、推广普通话、实现汉语规范化而努力》，《人民日报》，1955 年 10 月 26 日。

这些都表明中国语言文字现代转型的固有逻辑，国语运动与白话文运动两种范式的内在消长与有效延续中仍难寻觅方言的位置乃至踪迹。

第二节　五四白话文的整体构想与书写创制

基于五四时期的现代白话文书面语的建设情形，我们再以五四时期所谓"应用文"的整体构想与创制，作为本节明确的研究对象——这无疑是"现代汉语"显现的重要时刻，由此可以探讨五四时期一些明显的"现代"属性的白话文外部特征的系统性倡导，辨析若干语言文字变革现象的深层文化逻辑，以及在此基础上构成的语言文字的发展态势与走向。

一

傅斯年曾辨析"文言合一"视野下语言文字发展的"自然"与"制作"的区别。指出反对"文字制作"的意见为："文言合一，自然之趋向，不需人为的指导，尤不待人为的拘束。故作为文言合一之词，但存心乎以白话为素质，而以文词上之名词等补其缺失，斯已足矣。制为规条，诚无所用之也。"① 傅斯年的态度则是一种鲜明而典型的五四时期"有所作为"的"现代"的白话文"制作"态度：

> 文言合一之业，前此所未有，是制作也。凡制作者，必慎之于
> 事前。率尔操觚，动辄得咎。苟先有成算，则取舍有方，斯不至于
> 取文词所不当取，而舍其不当舍，舍白话所不当舍，而取其不当

---

① 傅斯年：《文言合一草议》，《新青年》第 4 卷第 2 号。

取。文言合一，亦不易言矣。何取何舍，未可一言断定。与其浑然
不辨，孰若详制规条，俾取舍有所遵率。精于方者成于终，易于始
者蹶于后。谓此类规条为无用，犹之斥世间不应有修词业也。①

有意思的是，文中双方标举的理由都是"文言合一"。"反对者"认为
"文言合一"是自然发展而来，其实包含了一个重要理念，是以语言的
白话为素质，再"以文词上之名词等补其缺失"，重视的是天然的"声
音"，"文词"是第二位的，思路是"以文字就语言"，所以在文字方面
的书写方式"规条"当然不会有多大的意义。傅斯年所坚持的"文言
合一"内涵则完全不同，主要着眼于"文词"，或言是"文辞"优先
的，顺理成章是极为重视书写方式的"制作"问题，更多体现的是对
白话文进行建设的高度自觉，视之为庄严的事业，而"声音"方面的
问题，傅斯年在这里未曾提及。

在这样的语言文字变革的时代逻辑嬗变之下，当五四一代在理论层
面完成了以白话的书面语替代文言的书面语的论证，现实层面的"现
代"白话文应该以怎样的面目出现，就成为一个重大问题。

当然，这时不会是传统白话文的简单再使用，白话文的书面书写方
式问题提到五四新文化阵营的议事日程，傅斯年的"制作"立场就会
强力浮出历史的地表，成为一个时代的语言文字变革的必然选择。如在
之前傅斯年的引文之中，我们看到傅斯年即认识到"文言合一"任务
的艰巨性，最终仍坚定地归结到人工应该拟出"规条"，显然语言文字
不再仅仅是"自然"发展的事物，不再仅仅面对天然的"声音"，而是
将传统白话文加以"现代化"改造，其中充满了开天辟地般的自信。
完全可以说，五四一代是自觉地将语言文字的壮丽事业作为新文化运动
之核心的事业，主动加以变革与开拓。

---

①　傅斯年：《文言合一草议》，《新青年》第 4 卷第 2 号。

在五四时期的《新青年》之上，我们可以找到三份对白话文进行整体构想与创制的系统方案，即傅斯年所谓"制作"的"规条"。它们以逐条罗列的方式将五四语言文字变革的意见充分明确化、条理化，并且凝固下来，这在相当程度上规定了五四文学语言以及现代汉语的基本面貌及其走向，对中国文学语言现代转型的意义自是不言而喻的。我们讨论的作者与具体篇目分别为：钱玄同在《新青年》第 3 卷第 5 号"通信"栏目中的来信、刘半农在《新青年》第 4 卷第 1 号的论文《应用文之教授——商榷于教育界诸君及文学革命诸同志》与傅斯年在《新青年》第 4 卷第 2 号"读者论坛"上的论文《文言合一草议》。

二

被陈独秀誉为"以先生之声韵训诂学大家，而提倡通俗的新文学，何忧全国不景从也"[1] 的钱玄同，在最初积极响应胡适等人文学革命的见解之后，在《新青年》第 3 卷第 5 号与陈独秀的"通信"之中，以"来信"的方式，系统地提出以下 13 条针对应用文的具体意见，可见其语言文字学家的当行本色。内容为：

1. 以国语为之。

2. 所选之字，皆取最普通常用者，约以五千字为度。

3. 凡一义数字者，止用其一，亦取最普通常用者。

4. 关于文法之排列，制成一定不易之"词典"。不许倒装移置。

5. 书札之款或称谓，务求简明确当。删去无谓之浮文。

6. 绝对不用典。

---

① 陈独秀：《通信》，《新青年》第 2 卷第 6 号。

7. 凡两等小学教科书，及通俗画报，杂志，新闻纸，均旁注"注音字母"，仿日本文旁注"假名"之例。

8. 无论何种文章，必施句读及符号。惟浓圈密点，则全行废除。

9. 印刷用楷体，书写用草体。

10. 数目字可改用"亚拉伯"码号，用算式书写，省"万""千""百""十"诸字。

11. 凡纪年，尽改用世界通行之耶稣纪元。

12. 改右行直下为左行横迤。

13. 印刷之体，宜分数种，以便印刷须特别注意之名词等等。①

钱玄同的观点系而明确，涉及白话文"创制"方方面面的问题。既可以看到使用国语、"不用典"等五四一代人的共同看法，也可以看到其对应用文白话语言使用的具体而细致的主张，大致而言是以实用性与精确性为旨归，所指向的基本都是外部的书面书写方式问题。在使用"国语"白话文的基础之上，钱玄同的应用文主张，考虑到使用常用字、语义单一化语法明晰，更多的则是在某一书写方式上技术性地采用很清晰的"欧化"取向，如标点符号、公元纪年、左行横迤等，吸取西方语言文字的书面书写经验来丰富汉语书面书写方式——这些意见大多为后世遵行。

我们还注意到钱玄同在此信之中明确说明提出这些系统意见的原因："玄同自丙辰春夏以来，目睹洪宪皇帝之返古复始，倒行逆施，卒致败亡也；于是大受刺激，得了一种极明确的教训。知道凡事总是前进，决无倒退之理。……质而言之，今日犹是戊戌之前之状态而已。故

---

① 钱玄同：《通信》，《新青年》第3卷第5号。

比来忧心如焚，不敢不本吾良知，昌言道德文章之当改革。"① 所以说，钱玄同有关书写方式的改革有着相当深厚的时代背景，是中国社会发展之中危机与焦虑的产物，因而期待在语言文字方面的正面突破。陈独秀对于钱玄同的来信，回答只有毫不含糊的一句话："先生所说的应用文改良十三样，弟样样赞成。"②

让我们再看第二篇文献——刘半农《应用文之教授——商榷于教育界诸君及文学革命诸同志》一文，刊于《新青年》第 4 卷第 1 号，承接钱玄同有关应用文的话题而又有所发展——"钱先生所要说的是应用文之全体，我所说的是应用文之教授"③。在此文中，刘半农还特意区分了应用文与文学文。让我们关注这一重要的问题：

> 应用文与文学文，性质全然不同，有两个譬喻：（1）应用文是青菜黄米的家常便饭，文学文却是个肥鱼大肉；（2）应用文是"无事三十里"的随便走路，文学文乃是运动会场上出风头的一英里赛跑。④

这样的区分大有深意，刘半农将其论述明确指向了一般书面语，提出了应用文与文学文"性质的全然不同"的问题。钱玄同、刘半农在这两篇文献之中所谓的"应用文"与一般书面语的概念是重合的，并且在此一般书面语问题是不涉及文学而独立地提出，表明了这时的五四时期语言文字变革空间在一定程度上又转移到了一班语言文字学家的手中。

这里引用 1939 年郭绍虞在《新文艺运动应走的新途径》一文中的一个观点："大抵文学史上每一种文学革新的运动，方其初，无不注意

---

① 钱玄同：《通信》，《新青年》第 3 卷第 5 号。
② 同上。
③ 刘半农：《应用文之教授——商榷于教育界诸君及文学革命诸同志》，《新青年》第 4 卷第 1 号。
④ 同上。

在应用方面，但是此种革新运动之成功却不在应用而在其艺术，在其文艺的价值；到最后，使此革新运动奠定其巩固的基础者，则又必适合应用的需要，才能说是此种运动之成熟。"① 由此，郭绍虞看到五四白话文发展的"隐忧"：

> 在文学革命以前何尝没有做白话的人，只因他们提倡白话的目的，只重在通俗教育，只希望减少读书作文的困难，所以虽有许多通俗的报章杂志，始终不会发生影响，始终掀不起文艺界的波澜。……在事实上已经证明了白话文可以作美文，所以我们可以说白话文的本身早已走上了文艺的路。惟其走上文艺的路，才能打定了白话文的基础，而所谓新文艺者才得以成立。所以这一点，已经不成问题了，我们可以不论；我们所要注意的，乃是新文艺虽走上了文艺的路，犹不会走上应用的路。一般人之以为应用文可以用白话者实在犹是提倡白话文最初期的见解。我们要知道现在文言文所以依旧有他的势力，有他的需要者，正因白话文尚不适于应用的缘故。②

按照这样的思路，文学之文与应用之文在实质上是各自肩负着不同的文化功能使命，文学之文使得白话走上了新文艺之路，从而提升了白话文的品质，使得白话文作为文学语言而建立了自身的合法性与权威性，但这只是一个阶段。郭绍虞还一改人们对应用文的轻视，将应用文的成功视为文学革命的标志，将之提升至一个空前的高度。郭绍虞说道："由文学革命而言，欲改革旧文体创造新文体，而使有艺术性，此在少有天才者类能为之。何以故，因为只须矜尚新奇，能特创一格，便足以耸动时人之耳目，所以似难而实易。独至改革日常的应用文，却不是易事；

---

① 郭绍虞：《新文艺运动应走的新途径》，《文学年报》第 5 期（1939 年 4 月）。
② 同上。

非经相当时日的试验，不容易约定俗成，得到一般人的公认。"① 郭绍虞启发人们重视五四时期的一般书面语问题，重视五四白话文的整体构想与创制。它们在一个更为广阔的空间，集中表明了一个时代的语言文字选择，并且能够积淀下来，有效传承为五四时期白话文运动留给今天不可回避的"传统"——而以往研究者往往重视不足。

在《应用文之教授——商榷于教育界诸君及文学革命诸同志》一文之中，刘半农非常详尽地讨论了白话文一般书面语的教学问题，范文"选的方面"、范文"讲的方面"以及"出题的方面""批改的方面"等非常具体的实践，具有很强的现实指导意义。其中，在谈到学生作文时，刘半膿提出十二个注意事项，可视为其对白话文一般书面语建构的系统意见：

1. 题目要认得清楚。其主要处，尤须着意。

2. 文宜分段。文中意义，当依照层次说出。

3. 下笔时应先将全篇大意想定；勿做一句想一句，做一段想一段。

4. 时时注意字义安适与否？文法妥协与否？意义不与论理学相背与否？

5. 作文要有独立的精神，阔大的眼光。勿落前人窠臼，勿主一家言；勿作道学语及禅语。

6. 勿作古字僻字；字义有费解，或未能了解其真义者，宜多查字典，或以习见字之相当者代之。字有古义已失者，宜用习用之今义。

7. 不避俗字俗语，即全用白话亦可；要以记事明畅，说理透澈为习文第一趣旨。

---

① 郭绍虞：《新文艺运动应走的新途径》，《文学年报》第 5 期（1939 年 4 月）。

8. 勿打滥调，勿作无谓之套语，勿故作生硬语；实用文最宜明白晓畅，凡古文家、四六家、八股文之恶习，宜一概避去。

9. 引证当记明出处，如某书某节或某页，引用西书，当并列译文及原文。

10. 实用文取迅速主义。篇幅不逾五百字者，限两小时完篇，过五百字及有特别情形者，可酌量延长。

11. 篇幅不论长短，自一二百字至一二千字均可。要以不漏不烦，首尾匀称，精神饱满为合格。

12. 字体以明了为佳，亦不必过求工整，免费时刻。①

这主要是从五四白话文一般书面语行文的意义逻辑及其组织层面而言的：题目、段落、大意、精神等是为了文章的意义充实，言之有物；字义的明确、使用白话，不用套语明显是为了一般书面语意义的准确，明晰有力；引证、篇幅、字体是为了一般书面语的实用性，制定必要的行文规则。可以说，刘半农所言的系统意见在于规范五四时期作为一般书面语的白话文应用文的内在行文脉络，在"章法"上使之"有序"。

第三篇文献为傅斯年在《新青年》第 4 卷第 2 号上发表的《文言合一草议》一文，系统提出了十条意见。具体为：

1. 代名词全用白话。"吾""尔""汝""若"等字，今人口中不用为常言。行于文章，自不若"你""我""他"等之亲切，此不待烦言者也。

2. 介词位词全用白话。此类字在白话中无不足之感（代词亦然），自不当舍活字而用死字。

3. 感叹词宜全取白话。此类原用以宣达心情，与代表语气。

---

① 刘半农：《应用文之教授——商榷于教育界诸君及文学革命诸同志》，《新青年》第 4 卷第 1 号。

一个感叹词，重量乃等于一句或数句。以古人之词，表今人之心情与语气，隔膜至多，必至不能充满其量，而感叹之效用，于以丧失。

4. 助词全取白话。盖助词所以宜声气，犹之感叹。以宣古人声气者宣今人，必不切合。

5. 一切名静动状，以白话达之，质量未减，亦未增者，即用白话。

6. 文词所独具，白话所未有，文词能分别，白话所含混者，即不能曲徇白话，不采文言。

7. 白话不足用，在于名词，前条举其例矣。至于动静疏状，亦复有然。不足，斯以文词益之，无待踌躇也。

8. 在白话用一字，而文词用二字者，从文词。在文词用一字，而白话用二字者，从白话。但引用成语，不拘此例。

9. 凡直肖物情之俗语，宜尽量收容。此种词最能肖物，故最有力量。

10. 文繁话简，而量无殊者，即用白话。文词白话文法有殊者，即从白话。①

傅斯年的视野主要集中在词类方面，毫无疑问他也是从书面书写的层面来思考问题的。将代名词、介词、感叹词、助词、名静动状等都规定为使用白话文，这样的意见也为后来所采纳，是五四白话文理念的直接辐射与实现。傅斯年将自己的系统意见说得明晰而具体，照这样做，至少那些过渡时期的半文半白的书面语情形会大为改观。由此，五四白话文再没有了那些标志性的"之乎者也"了，这必然带来五四时期白话文较之以往书面语面貌的极大改观，同时又是精神气质的极大改观。傅斯

---

① 傅斯年：《文言合一草议》，《新青年》第4卷第2号。

年还以一种开放的姿态看待文言与白话，虽使用"死字""活字"这样五四时期特有的二元对立性词语，但有别于胡适"死文字"与"活文字"的区分，因为他并不讳言是以"白话"为基础来吸收"文辞"的优长，即主要着眼于五四白话文在书面书写方面的表现力问题，不人为设置樊篱，转益多师。

三

概言之，在《新青年》之上倡导一般书面语的三篇重要文献，所罗列的规则在相当程度上规定了现代汉语的走向，是五四白话文运动的观念在一般书面语建构之中的集中体现，从中可以看到五四时期白话文运动进入实质性的发展阶段，即是说白话文在理论倡导上得到确立之后，在实践方面不可避免需要深入具体的问题，并不断总结，以形成整体的指导性规则。

这些指导性的规则是以国语与白话文为基础，对某些类别的文言词语明确弃用，文言在局部可作补充；采用通用的常用字；行文注重意义逻辑的层次展开，重视文法，不用典，力求明白晓畅，在字义方面的单纯明晰化；在数字、纪年、书写模式、标点符号方面技术化，采用西方惯用计量方法。在这里，可以看到以"欧化"的书写方式全面改造了中国既有的书面语、以无歧义的确定意义沟通社会实用需求的思路，进而产生了中国白话文书面语外部明显的"现代"面貌，造成了所谓的"欧化白话文"。还需说明的是，之所以认定钱玄同等三篇重要文献为"欧化"的取径，是因为它们不是凭借语言方面的"言文一致"，或源自传统资源的现代转化实现的，而是直接移植了西方既有的成熟的书面书写方式，带有某种工具理性的意味。

如果与晚清白话文运动相比较，仅是通过对钱玄同等人三篇重要文献的分析，就不难发现五四时期与清末民初时期的白话文发展已经完全不是一回事了，直观的差别是由"创制"带来了五四白话文的"欧化"色彩。杜新艳认为："近代报刊白话文的尝试表明，不加修饰、不加裁剪、原汁原味的口语表达方式无法在书面表达体系中成为主流。若要达此目的，必须使白话书面化。"① 但是，这样由"白话"到"白话文"的"文"的创生，又不是在晚清白话报刊中就能够完成的。五四白话文书面语的创制，可以说正是从晚清白话文的"痼疾"之中再次出发，不是像晚清那样只是想着怎样利用白话，而是更要不断创造与提升白话文的品质，使之由"俗"转"雅"。正是由于白话文"文"的地位之确定，而使得白话文成为五四思想文化的普遍媒介。另外，没有经过"创制"的加工，而直接继承晚清白话报的一类报刊，其在晚清之后的发展情况则是："自清末一脉延续下来的老牌白话报刊，则继续走着一条市场化乃至世俗化的营业小报的路子，去阅读对象主要是文化水平不高的普通市民阶层，而非知识界和文化界的精英。在新型知识分子建构新的文化秩序中，他们没有能够参与其中。在此后相当长的时期内，他们的声影是隐形的，他们的话语是失声的。"②

着眼于中国语言文字的现代发展道路，我们还需进一步谈及钱玄同等人三篇重要文献在其中扮演的角色。虽然在这三篇重要文献之中出现了"国语"这样的词语，但是一个事实是，在五四时期乃至 20 世纪 50 年代，真正在实践层面推广于全国的"国语"是没有的，当时中国的语言学界还一度为标准语音是"国音"还是"京音"进行过争论。由于在五四"文学革命"之后，中国已有普遍的现代白话文的书面语，普遍国语的"声音"在中国近、现代时期事实上只能为"文字"所维系。我们会发现中国近、现代时期，在方言林立的情况之下，是"文

---

① 杜新艳：《白话与模拟口语写作——〈大公报〉附张〈敝帚千金〉语言研究》，夏晓虹、王风等著《文学语言与文章体式——从晚清到"五四"》，安徽教育出版社 2006 年版，第 409 页。

② 胡全章：《清末民初白话报刊研究》，中国社会科学出版社 2011 年版，第 68 页。

字"的书面语言在相当程度上起到现代民族共同语的作用——这仍然是沿袭中国"书同文"的历史传统。后世所谓的"普通话",其实也不是某种优势方言,而是一种高度文本化的语言、一种在汉字书写规范化之下创造出来的语言、一种超越方言声音的标准化语音体系。在这种情形之下,钱玄同等人这三篇重要文献的意义就可得到进一步的凸显,即在现代白话文的一般书面语之中造成一种标准化、规范化的现代民族书面书写方式,它的推行实际上起到了一种凝聚现代文化、联络现代中国人情感、满足现代中国人普遍文化书写的作用。再大而言之,正是基于这一标准化、规范化、科学化的书写方式的五四白话文奠定了中国文学语言的现代行进的道路。

汪晖还为五四白话文书面书写方式的"创制"提供了一种视野宏大的历史诠释,源头指向的是"我们可以看 1900 年到 1919 年'五四运动'前,在这不到 20 年的时间里,一共有 100 多种科技期刊问世、创刊。其中大概包括自然科学期刊 24 种,技术科学期刊 73 种,医学期刊 29 种。辛亥革命后的六、七年创刊的刊物比过去的总和增长了两倍,从 1911 年特别是 1912 年到 1919 年《新青年》创刊前后创刊的刊物比这之前所有的刊物加起来,要多好几倍,至少是两倍"①,它们带来的"后果就是汉语本身也经历了一个技术化、科学化的过程。这个技术化过程的第一步就是要生产和制定单义的、精确的、适合于技术操作的概念。因为我们日常语言的特点是每个概念有多义性,写诗比较好,科学家经常抱怨汉语不精确,所以他们要制造一些特殊的概念,用逻辑的关

---

① 汪晖:《科学话语共同体与新文化运动的形成——上海大学文化研究系"社会思想论坛"系列研究之三》,孙晓忠编《方法与个案——文化研究演讲集》,上海书店出版社 2009 年版,第 304 页。

系来界定它们，这就是科学名词的制定和审查工作"①。显然，这一过程与五四应用文倡导的"创制"做法是一脉相承的。所以，汪晖认为：

> 一般地来讲，我们讲五四白话文运动，首先强调的是白话文，由于胡适之写白话文学史又上溯到整个中国的白话文传统，因此经常会有人说白话而讲到宋代的平话、元代的杂剧、元代由蒙语译出的皇帝的敕语、圣旨颁布的法律、明代的小说，这些都变成了白话的见证，好像一个复兴一样。但是如果我们把科学话语的共同体的活动放进来，我们就知道现代白话并不是一般的白话，它是经过一个科学话语洗礼的白话，这个意义上才有所谓的新，才能跟科学的价值配合起来，这是文化运动背后的权威性的根源之一。②

"科学""科学话语的共同体"这样的词语表明近代以来，中国语言文字现代转型的一个重要源泉，一种世界观方面持续的"科学"追求冲动。汪晖后来甚至还认为："中国的现代日常语言、文学语言和人文话语都是在科学话语的实践中孕育成熟的，也是以科学化作为变革的方向和理由的。"③ 这对于我们理解钱玄同等人的三份方案也有直接的启迪，因为这三份方案何尝不是对白话文的一种全面"科学话语洗礼"，"科学"显然是三份方案提出的内在驱动力与实现目标，进而在中国社会文化的语言文字层面开辟了新的发展空间，或言它们就是构成"现代中国"本身不可或缺的因素。

我们还想引用郭颖颐的一段话，说明"科学"带给中国语言文字的另一种后果：

---

① 汪晖：《科学话语共同体与新文化运动的形成——上海大学文化研究系"社会思想论坛"系列研究之三》，孙晓忠编《方法与个案——文化研究演讲集》，上海书店出版社 2009 年版，第 314—315 页。
② 同上书，第 316 页。
③ 汪晖：《现代中国思想的兴起》，生活·读书·新知三联书店 2004 年版，第 1143 页。

人们就把科学作为一种不可能的教条终极性应用于任何最基本的人类情境。通过对方法的崇拜导致了方法论的形而上学，与此相异的精神活动却被讥讽为"非科学的"。许多现代中国的思想领袖都未能把批判态度和方法论权威、科学客观性与绝对理性、科学规律与不变的教条区别开来。这就引起了一个多种观念互相竞争的时代。而这有助于开启另一个时代，即一种超级思想体系的一统天下。①

这让就我们想到"科学"之于中国语言文字的现代实践，具有明显的排他性。"科学话语的共同体"的逐渐成熟，也意味着清末民初中国那种多元语体并存的语言文字局面的逐渐消失。如果用柄谷行人的话来说，就是"类型之死灭"②。在"科学"话语的权威之下，与中国新文化、新文学同构的五四白话文势必会定于一尊。钱玄同等人的三份方案同样是在一般书面语领域完成这一任务，造就了一个统一而均质的现代性支配下的一般书面语，形成其现代内核的建构——这也是中国唯一具有合法性的现代一般书面语。

在相当程度上，人们已将五四时期欧化书面语倾向的白话文等同于五四时期现代白话文的基本面貌了。作为一种浓缩与范例，这一切反映在钱玄同等人的三份经典文献之中对白话文现代系统性的"构想"与"创制"，表明一种鲜明的中国语言文字的现代转型意识，而这一意识无疑具有强烈的现代思维方式与激进的变革精神。于是，在傅斯年的宣告声中——"文言合一，趋向由于天成，设施亦缘人力。故将来合一后之语文，与其称之曰天然，毋宁号之以人造也"③。我们看到在一个空

---

① ［美］郭颖颐：《中国现代思想中的唯科学主义》，雷颐译，江苏人民出版社1995年版，第172页。

② 参见［日本］柄谷行人《日本现代文学的起源》，赵京华译，生活·读书·新知三联书店2004年版，第175—193页。

③ 傅斯年：《文言合一草议》，《新青年》第4卷第2号。

前巨大与繁复的中国语言文字的实验室之中，五四白话文体现出强烈的科学化、技术化、精确化、逻辑化的理性书写追求，直至弥散到一般书面语应用文的领域，用以满足最为广泛的现代中国的实用与文化书写的需求。

第三节 "左行横迤"与标点符号

让我们再关注五四白话文倡导之中的两个具体书写方式问题，即所谓的"左行横迤"与标点符号，来显影五四白话文的外部创制情形。[1]"左行横迤"是指按照西方拼音文字的行文排版方式，每行文字的从左到右书写，行与行之间是从上到下，中国文字的传统行文排版方式则可命名为"右行竖迤"，或者"右行直迤"。并且，西式的"左行横迤"与西式的标点符号，在五四白话文的外部创制之中联系密切，所以可以并举来进行研究。

在《新青年》的"通信"栏目之中，有着关于"左行横迤"与标点符号倡导的大量论述，可由此探究五四白话文的外部创制过程的复杂性。

一

中国古代有句读书籍的传统，同时在晚清时期由于与西方文字的接触，也出现了一些标点符号的尝试，甚至一些著作也部分使用了标点符号。但是，真正对标点符号作出系统的思考，并拟出若干规则，上升为

---

[1] 关于五四白话文的外部创制当然会有诸多的表现，我们只是选择了两个具体的问题。近年来受关注颇多的是"她"字的创制，可参见黄兴涛《"她"字的文化史：女性新代词的发明与认同研究》，北京师范大学出版社 2015 年版。

书面语建设之中的重要问题，则是始自海学外留的青年胡适。他在1916 年《科学》杂志第 2 卷第 1 期发表了《论句读及文字符号》一文，还在日记中记下了这一论文的"节目"。胡适认为"无文字符号之害"，具体为"（一）意旨不能必达，多误会之虞。（二）教育不能普及。（三）无以表示文法上之关系"①，已概括了日后标点符号倡导的基本理由。胡适还在《新青年》第 5 号第 3 号"通信"的《论句读符号》中说："文字的第一个作用是达意。种种符号都是帮助文字达意的。意越达得出越好，文字越明白越好，符号越完备越好。这是本社全用各种符号的主意。"② 在此文之中，胡适还列举了十种标点符号的使用，显示出一种整体性眼光。饶有趣味的是，胡适由于"其两式并列者，一以横行，一以直书也"③，即指西式的"左行横迤"和中国传统的"右行竖迤"两种方式间并无取舍，所以在标点符号的涉及方面各有一套办法，例如句号"住。或·"、冒号"冒：或、"，从而表现出某种今天看起来的"含混"。

在《新青年》之中，可以看到对"左行横迤"与标点符号的探讨有着不同观点的汇集，但颇具反讽意味的是，纵然《新青年》经过了数次的讨论，有若干的共识，但直至《新青年》终刊仍是没有解决"左行横迤"的问题，可见这绝非一个看似非常简单的小问题。

《新青年》第 3 卷第 3 号有刘半农《我之文学改良观》一文，对"句逗与符号"，刘半农为："余前此颇反对句逗。谓西文有一种毛病，即去其句逗与大写之字，即令人不懂。汉文之不加句逗者，却仍可照常

---

① 胡适：《〈论句读及文学符号〉节目》，《留学日记·卷十》，《胡适全集》（第 28 卷），安徽教育出版社 2003 年版，第 202 页。

② 胡适：《通信·论句读符号》，《新青年》第 5 卷第 3 号。

③ 胡适：《〈论句读及文学符号〉节目》，《留学日记·卷十》，《胡适全集》（第 28 卷），安徽教育出版社 2003 年版，第 203 页。

读去。若在此不必加句逗之文字上而强加之，恐用之日久，反妨害原有之能事，而与西文同病。不知古书之不加句逗而费解者，已令吾人耗却无数心力于无用之地。吾人方力求文字之简明适用，固不宜沿有此种懒惰性质也。"① 刘半农自言曾经是标点符号的反对者，理由是传统的汉文不用句读仍可阅读，如果按照西文方式，反倒是丧失了这一"能事"，形成了与西文相仿的同病。这一思维明显有汉文的本位观，以此观照西文而使之显得有"缺陷"。五四时期的刘半农转变了这一思维方式，看到自己"古书之不加句逗而费解"，看到汉文之中的"懒惰性质"，进而产生了学习的需求——实质就是"欧化"的合法性在实用意义层面得以确立。

刘半农的具体意见为：

> 西文"，"＂；＂＂：＂"。"四种句逗法，倘不将文字改为横行，亦未能借用。今本篇所用"．""、""。"三种，唯"、"之一种，尚觉不敷应用，日后研究有得，当更增一种以补助之。至于符号，则"？"一种，似可不用，以吾国文言中有"欤、哉、乎、耶"等，白话中有"么、呢"等问语助词，无须借助于记号也。然在必要之处，亦可用之"！"一种，文言中可从省，白话中决不可少。＂＂与＂＂之代表引证或谈话，"——"之代表语气未完，"……"之代表简略，"（）"之代表注解或标目，亦不可少。"＊"及字旁所注123等小字可以不用，以汉文可用双行小注，无须foot — note 也。又人名地名，既无大写之字以别之，亦宜标以一定之记号。先业师刘步洲先生尝定单线在右指人名，在左指官名及特别物名，双线在右指地名，在左指国名朝名种族名，颇合实用。惜形式

---

① 刘半农：《我之文学改良观》，《新青年》第 3 卷第 3 号。

不甚美观，难于通用。①

这些主张现在看起来也是颇有意思的。比如横行，比如问号似可不用的见解，甚至还有一些今天并未曾通行的符号，都显示了标点符号在没有最终规范化之前的丰富性与可能性。另外，刘半农还认为："圈点本为科场恶习，无采用之必要。然用之适当，可醒眉目，今暂定为三种，精彩用'O'，提要用'·'，两事相合则用'⊙'。惟滥圈滥点，为悬为厉禁。"② 这反映出与传统句读、圈点的一些联系，刘半农主要是在西式标点符号的基础上，试图加入某些尚还有用的传统元素，虽不失为一种有价值的尝试，但是这些东西在后来都消失了，并未流行开来，而西式标点符号占据了绝对的优势——这也从一个侧面显现出中国现代一般书面语的"欧化"程度。

同在《新青年》第 3 卷第 3 号，还有钱玄同与陈独秀的通信，讨论"左行横迤"的问题。钱玄同认为：

或曰：高等书籍写原文，固为便利；然中文直下，西文横迤，若一行之中有二三西文，譬如有句曰："十九世纪初年，France 有 Napoleon 其人。"如此一句写时，须将本子直过来，横过去，搬到四次之多，未免又生一种不便利，则当以何法济之？曰：我固绝对主张汉文须改用左行横迤，如西文写法也。人目系左右相并，而非上下相重；试立室中，横视左右，甚为省力，若纵视上下，则一仰一俯，颇为费力。以此例彼，知看横行较易于直行。且右手写字，必自左至右，均无论汉文西文，一字笔势，罕有自右至左者。然则汉文右行，其法实拙。若从西文写法，自左至右横迤而出，则无一不便。我极希望今后新教科书从小学起，一律改用横写，不必专限

① 刘半农：《我之文学改良观》，《新青年》第 3 卷第 3 号。
② 同上。

于算学、理化、唱歌教本也。既用横写，则直过来、横过去之病可以免矣。①

钱玄同的意见十分坚定，理由也非常充足。要求不仅是算学理化，一般书面语都应该"左行横迤"，并直指原有的"直过来横过去"为"病"，无丝毫回旋余地。陈独秀回信为："仆于汉文改用左行横迤，及高等书籍中人名地名直用原文不取译音之说，极以为然。"② 似乎这一问题已经盖棺定论。

二

在数月之后，钱玄同与陈独秀通信，仍在讨论"左行横迤"这一问题。钱玄同说："这个意思先生既然赞成，何妨把《新青年》从第四卷第一号起，就改用横式？"③ 由此，钱玄同还直言："《新青年》杂志拿除旧布新做宗旨，则自己便须实行除旧布新。所有认做'合理'的新法，说了就做得到的，总宜赶紧实行去做，以为社会先导才是。"④ 这样，"左行横迤"的问题被钱玄同提到了"除旧布新"的高度，即在"新/旧"对立的价值关系之中，"左行横迤"不仅仅是实用与省力的问题，且事关《新青年》的办刊宗旨，事关新文化阵营的价值立场。

在此次"通信"之中，钱玄同也关注标点符号的问题：

改用横式以后，符号和句读，固然全改西式。但是有人说：疑问号的"？"，嗟叹号的"！"，可以不必用。胡适之先生道："窃谓疑问之号，非吾国文所急需也。吾国文凡疑问之语，皆有特别助字

---

① 钱玄同：《通信》，《新青年》第 3 卷第 3 号。
② 同上。
③ 钱玄同：《通信》，《新青年》第 3 卷第 6 号。
④ 同上。

以别之。故凡'何''安''乌''孰''岂''焉''乎''钦''哉'诸字，皆即吾国之疑问符号也。故问号可有可无也。"（见《科学》第2卷第1期《论句读及文字符号》）刘半农先生道："'？'一种似可不用，以吾国文言中有'钦''哉''乎''耶'等，白话中有'么''呢'等问语助词，无须借助于记号也。然在必要之处，亦可用之。'！'一种，文言中可从省，白话中决不可少。"（见《新青年》第3卷第3号《我之文学改良观》）我以为这话不很大对。[①]

这里涉及《新青年》内部对标点符号使用的不同看法，也表现出钱玄同的独特主张，坚定地捍卫"问号"与"感叹号"。他随后作了相当细致的分析，结论为："现在新体白话文章，出于人造，这种地方，当然要做得很整齐，决不许再有例外，那么似乎'？''！'仍是可省。这话我也不以为然。新体文章用字固然有定，倘使再加符号，岂不格外明白？又我所主张中国书籍须加符号一层，并不限于现在的书。就是古书，将来如其有人重刻，也非加符号不可。"[②] 这样的看法堪称"一锤定音"，态度非常鲜明，为这两种标点符号的使用扫荡了所有的障碍，也为我们今天所沿用。

陈独秀给钱玄同的回信为："《新青年》改用左行横迤，弟个人的意思，十分赞成，待同发行部和其他社友商量同意，即可实行。……文中符号，到不得已的时候，自然用得。说话停顿和语意未完的时候，自然当用虚点做符号，方能清楚。就是引用古书，或他人的话，中间不关紧要的，也可以省略，用虚点代之。本名旁加符号，往时本有此法。但是人名地名，要用单画双画分别不用，还要讨论一番。"[③] 陈独秀的态

---

① 钱玄同：《通信》，《新青年》第3卷第6号。
② 同上。
③ 同上。

度仍是"十分赞成"，但"商量同意""讨论一番"等有弹性的词语的不断出现，看得出这时的陈独秀似有所迟疑，反映出这些外部创制要在现实层面上实现并非易事。

在《新青年》第4卷第2号，钱玄同以《句读符号》为题，对标点符号的使用作了一个系统说明，可视之为一次"小结"：

> 本志从二卷以来，改良旧日不论句读一概用"。"的法子，为以"。"表句，以"、"表读。近来同人觉得"。""、"两种，还是不够，从四卷以来，有几个人的文章采用西文句读符号，这固然很好；但是同人主张，各有出入，所以四卷一号里所用，未能画一。玄同对于同人各种主张的去取，现在奉告如下：
>
> 采用繁简二式：
>
> （甲）繁式 用西文六种符号："，"读、"；"长读、"："冒或结、"."或"。"句、"?"问、"!"叹。
>
> （乙）简式 仍照以前用句读两号："、"读、"。"句。①

这应是一个过渡时期的方案，简繁两种方式并行不悖，并没有达成一统性的标准。钱玄同还特意解释："甲式既然完备，为甚么又要有乙式呢？因为有人不主张用西号，且嫌符号太多了，记起来麻烦，那就可以暂用乙式，以趋简易。"② 可以说，《新青年》在某一时期由钱玄同主导，标点符号的使用取得了阶段性成果。

三

在《新青年》白话文一般书面语倡导"左行横迤"与标点符号方

---

① 钱玄同：《通信·句读符号》，《新青年》第4卷第2号。
② 同上。

面，还引发了许多观点的交锋，乃至尖锐对立。五四时期，钱玄同与刘半农著名的"双簧戏"表演也涉及这一问题。钱玄同扮演了一个守旧者的角色，以《王敬轩君来信》集中了社会中的守旧观点，挑起论战。《王敬轩君来信》在题目旁还有"圈点悉依原信 本社志"一语，"圈点"的象征指向非常明确，在价值层面就被认为是旧式与落后，这表明使用圈点，或是使用标点符号已经成为区别新旧文化阵营的一个标志，不容调和。王敬轩说道：

> 惟贵报又大倡文学革命之论，权与于二卷之末三卷中，乃大放厥词，几于无册无之，四卷一号更以白话行文，且用种种奇形怪状之钩挑以代圈点。贵报诸子工于媚外，惟强是从，常谓西洋文明胜于中国，中国宜亟起效法。此等钩挑，想亦是效法西洋文明之一。但就此形式而论，其不逮中国圈点之美观已不待言。中国文字，字字匀整故可于每字之旁施以圈点；西洋文字，长短不齐，于是不得不于断句之处志以符号。于是符号之形式遂不能不多变，其在句中重要之处，只可以二钩记其上下或亦用密点，乃志于一句之后，拙劣如此，而贵报乃不惜舍己以从之，甚矣。[①]

标点符号被判定为"奇形怪状之钩挑"，因此有"拙劣"的判断——这只是表面，实质在于《新青年》的文化立场——"常谓西洋文明胜于中国，中国宜亟起效法。此等钩挑，想亦是效法西洋文明之"。钱玄同是假王敬轩之手，告诉读者：正是由于在白话文书面语建构之中，"欧化"的取向与实践，造成了新与旧的巨大断裂。

刘半农的回信，在回应王敬轩的相关观点时说：

> 浓圈密点，本科场恶习，以曾国藩之顽固，尚且知之；而先生

---

① 王敬轩（钱玄同）：《文学革命之反响·王敬轩君来信》，《新青年》第4卷第3号。

竟认为"形式美观"，且在来信之上，大圈特圈，大点特点。想先生意中，以为"我这篇经天纬地的妙文，定能使《新青年》诸记者，拜服得五体投地"。又想先生提笔大圈大点之时，必定摇头摆脑，自以为这一句是"一唱三叹"，那一句是"弦外之音"，这一句"平平仄仄平平"，对那一句"仄仄平平仄仄"，对得极工。初不知记者等虽然主张新文学，旧派的好文章，却也读过不少，像先生这篇文章，恐怕即使起有清三百年来之主考文宗于地下，也未必能给你这么许多圈点罢！①

刘半农表现出新文化阵营的一种进攻姿态，"圈点""平仄"成为嘲弄的对象，并没有作更多的理性分析，而是付诸情感化的藐视，直接视之为无物。刘半农还分析：

本志采用西式句读符号，是因为中国原有的符号不敷用，乐得把人家已造成的借来用用。先生不知"钩挑"有辨别句读的功用，却说他是代替圈点的。又说引号（""）是表示"句中重要之处"，不尽号（……）是把"密点"移在"一句之后"。知识如此鄙陋，记者惟有敬请先生去读了三年外国书，再来同记者说话。如先生以为读外国书是"工于媚外，惟强是从"，不愿下这功夫，那么，先生！便到了你"墓木拱矣"的时候，还是个不明白！②

在为西式句读符号略作几句辩解之后，刘半农为王敬轩开出了"敬请先生去读了三年外国书"的药方，否则就是永远蒙昧的"不明白"。刘半农的这一教训姿态，正是怀揣"启蒙"而产生无比的信心，甚至形成了高高在上的自我定位和对旧派人物的极度不屑。

---

① 刘半农：《文学革命之反响·复王敬轩君来信》，《新青年》第4卷第3号。
② 同上。

在《新青年》第 5 卷第 2 号的"通信"栏目之中，有朱我农的来信，也涉及"横行"的问题："《新青年》何以不用横行？用横行既可免墨水污袖，又可以安放句读符号。我所见的三四本《新青年》每一页中句读符号错误的地方至少也有二三处。这就是直行不变用句读符号的证据。"① 胡适在回复朱我农的来信中说：

> 《新青年》用横行，从前钱玄同先生也提议过。现以所以不曾实行者，因为这个究竟还是一个小节的问题。即如先生所说直行的两种不便：第一"可免墨水污袖"自是小节；第二"可以安放句读符号"固是重要，但直行也并不是绝对的不便用符号。先生所见《新青年》里的符号错误，乃是排印的人没有句读知识之故。《科学》杂志是用横行的，也有无数符号的错误。我个人的意思，以为我们似乎应该练习直行文字的句读符号，以便句读直行的旧书。除了科学书与西洋历史地理等书不能不用横行，其余的中文书报尽可用直行。先生以为何如？②

胡适的意见，显现出《新青年》内信的分歧与含混。胡适并不认为"左行横迤"与标点符号是一一对应的关系，一种情况是"练习直行文字的句读符号，以便句读直行的旧书"，一种情况是"科学书与西洋历史地理等书不能不用横行"，"其余的中文书报尽可用直行"。这大概可以称为《新青年》讨论"左行横迤"以来的一个"反动"吧——这居然发生在五四白话文健将的胡适身上。

钱玄同在回复朱我农的信中说："中国字改用横行书写之说，我以为朱先生所举的两个理由，甚为重要。还有一层，即今后之书籍，必有百分之九十九，其中须嵌入西洋文字。科学及西洋文学书籍，自不待

---

① 朱我农：《通信·革新文学及改良文学》，《新青年》第 5 卷第 2 号。
② 胡适：《通信·复革新文学及改良文学》，《新青年》第 5 卷第 2 号。

言。即讲中国学问，亦免不了要用西洋的方法，既用西洋的方法，自然要嵌入西洋的名词文句。"① 这就重复了钱玄同以前的一些见解。关于"今后之书籍，必有百分之九十九，其中须嵌入西洋文字"的论断，尽管日后并不见得是事实，但可以看出这一代学人价值追求的鲜明欧化倾向。即如钱玄同心目之中现代的白话应用文的模样，它使用标点符号，包含中文，也包含西洋文字，以后讲中国学问也必须如此——这强烈地展现了一种基于"欧化"的价值观念，其带来了中国现代语言文字的极端想象。

接着，钱玄同还委婉地表达了与胡适相左的意见：

> 至于适之先生所谓"应该练习直行文字的句读符号，以便句读直行的旧书"：这一层，我觉得与改不改横行是没有关系的。适之先生所说的"句读旧书"不知还是重刻旧书要加句读的呢？还是自己看没有句读的旧书时用笔去句读他呢？若是重刻旧书，则旧书既可以加句读，何以不可改横行？如其自己看旧书时要去句读他，此实为个人之事，以此为不改横行的理由，似乎不甚充足。同人中如适之、半农两先生，如玄同都能用新式句读符号句读古书，却并没有怎样的练习过。总而言之，会不会用"句读符号"，全在懂不懂文中的句读：如其懂的，横行、直行都会用；如其不懂，横行、直行都不会用。②

钱玄同仍然将横行与标点符号一一对应，竭力排斥其他的可能性。即便旧书加标点符号，也应该"横行"，不能有所例外。钱玄同还说："惟《新青年》尚未改用横行的缘故，实因同人意见对于这个问题尚未能一致。将来或者有一日改用，亦未可知。朱先生之提议，在玄同个人，则

---

① 钱玄同：《通信·复革新文学及改良文学》，《新青年》第 5 卷第 2 号。
② 同上。

绝对赞成此说也。"① 在这里，我们看到问题的复杂性，"横行"的问题最终在《新青年》同人之中并未达成一致。

然后，一个戏剧性的情境出现了，《新青年》这样犹豫的做法引起了更为激进人士的反对。年轻的陈望道直接批评《新青年》"诸子缺诚恳的精神"：

> 譬如文字当横行，这已有实验心理学明明白白的诏告我们，诸子却仍纵书中文，使与横书西文错开；圈点与标号杂用，这是东人尾崎红叶的遗毒，诸子却有人仿他，而且前后互异，使浅识者莫名其妙——这不是缺"诚恳"的佐证么？诸子如此，在诸子心中或有"待其时而后行"之一念亦未可知。在我看来，纵有此一念，亦是不必如此——亦是绝对的……不可如此。诸子须知……我们破除旧恶习如何困难？倘作过渡想而不以"除恶务尽"为志，将来时过境迁，则此过渡的遗绩又是一种陈症，又须用猛烈剂辛辛苦苦的去医他了。②

面对陈望道的指责——认定《新青年》不以"除恶务尽"为志，认定钱玄同们心存过渡之念，不知此时的钱玄同作何感想，他是否会感到压力呢？

钱玄同回信陈望道，显得是煞费苦心：

> 《新青年》杂志本以荡涤旧污，输入新知为目的。依同人的心理，自然最好是今日提倡，明日即有人实行。但理想与事实，往往不能符合，这是没有法想的。同人心中，绝无"待其时而后行"之一念。像那横行问题，我个人的意见，以为横行必较直行为好，

① 钱玄同：《通信·复革新文学及改良文学》，《新青年》第5卷第2号。
② 陈望道：《通信·横行与标点》，《新青年》第6卷第1号。

在嵌入西文字句的文章里，尤以改写横行为宜，曾于本志三卷三号六号，五卷二号通信栏中屡论此事。独秀先生亦极以为然，原拟从本册（六卷一号）起改为横行。只因印刷方面发生多困难的交涉，所以一时尚改不成，将来总是要想法的。至于标识句读，全用西文符号固然狠好。然用尖点标逗，圆圈标句，仅分句读二种，亦颇适用。我以为不妨并存。①

钱玄同一方面重申《新青年》主旨，一方面又无可奈何于诸如"印刷方面发生多困难的交涉"以致在事实上的无法推进，这让我们看到勇猛精进的钱玄同的另一面，试图用"不妨并存"来维持现状。

钱玄同还继续辩解：

《新青年》本是自由发表思想的杂志，各人的言论不必尽同。各人的文笔，亦不能完全一致。则各人所用的句读符号，亦不必定须统一，只要相差不远，大致相同便得。若说除恶务尽，这话原是不错。但旧日之恶，今日纵然除尽，然今日所认为善者，明日又见为恶，则在今日便应提倡，到了明日又该排除，进化无穷尽，则革命亦无已时。所以"时过境迁，此过渡的遗迹又须用猛烈剂去医他"，是当然如此的，不必以"拔毒种霉"为虑也。②

钱玄同如同顿悟一般，突然之间一切都想开了，"恶"与"善"在进化的洪流之中，一时的成败何足道哉——这还是那个我们熟悉的钱玄同吗？

于是，在《新青年》第 6 卷第 6 号，钱玄同在游移之中，重申"中文改用横行"的理由。而且，这一次显得很是特别，他虚心向心理

---

① 钱玄同：《通信·复横行与标点》，《新青年》第 6 卷第 1 号。
② 同上。

学家陈大齐请教，要求"把这生理证明看横行比看直行便利的道理详详细细地告诉我"①。陈大齐的回信则是说明眼球、筋肉的结构功能与"左行横迤"的必然联系："眼球往左或往右的时候，只要有一条筋肉作用，便能发生运动的现象。至于往上或往下的时候，单有一条筋肉作用，不能发生运动。往上的时候，一定要上直筋和下斜筋共同作用；往下的时候，一定要下直筋和上斜筋共同作用。所以眼球的左右运动只靠两条筋肉的作用，眼球的上下运动却靠两条筋肉的复合作用。单有一条筋肉作用，用力较小，用力小，自然是较为安逸、较为容易。要两条肌肉共同作用，用力便大，用力大，自然较为劳苦，较为困难。"② 语言文字效果直接联系了身体，或更准确说是源于人的血肉躯体，这堪称最为"科学"的解释了——可以说是绝对"科学"地证明"左行横迤"的真理性。

四

在《新青年》第 7 卷第 1 号和第 2 号的目录之后，附有《本志所用标点符号和行款的说明》，成为《新青年》杂志在这一问题讨论的集大成者。全文如下：

　　本志从第四卷起，采用新标点符号，并且改良行款，到了现在，将近有两年了，但是以前所用标点符号和行款，不能篇篇一律，这是还须改良的。现在从七卷一号起，画一标点符号和行款，说明如左：——

　　（1）标点符号

　　（a）。表句。

---

① 钱玄同：《通信·中文改用横行的讨论》，《新青年》第 6 卷第 6 号。
② 陈大齐：《通信·复中文改用横行的讨论》，《新青年》第 6 卷第 6 号。

（b），表顿和读。

（c）；表含有几个小读的长读。

（d）、表形容词和名词间的隔离。

（e）：表冒下和结上

（f）？表疑问

（g）！表感叹，命令，招呼和希望。

（h）「」『』（甲）表引用语句的起讫。（乙）表特别提出的词和句。

（i）——（甲）表忽转一个意思。（乙）表夹注的字句，和（）相同。（丙）表总结上文。

（j）……删节和意思没有完。

（k）（）表夹注的字句。

（l）——在字的右旁。表一切私名，如人名地名等。

（m）——在字的右旁。表书报的名称和一篇文章的题目。

（2）行款

（a）每面分上下两栏，每栏横十七字直二十五字。

（b）凡每段的第一行，必低两格。

（c）凡句读的『。』『？』『！』『，』『；』『：』等符号，必置字下占一格。

（d）凡『。』『？』『！』三个符号的低下，必空一格。

本志今后所用标点符号和行款，都照上面所说办理。请投稿和通信诸君，把大稿和来信也照此办理！①

标点符号进入白话书面语逐渐定型化了，但尚未一锤定音。另外，《新青年》的"左行横迤"的问题最终却是不了了之，没有最终的结论。

---

① 《本志所用标点符号和行款的说明》，《新青年》第 7 卷第 1 号。

　　《新青年》同仁以如此多的篇幅来讨论标点符号与"左行横迤"这样的五四白话文的外部创制，虽没有取得理想的成果，但是否具有深刻的理论收获呢？

　　重温郭绍虞有关标点符号的看法会有相当的启发，郭绍虞将五四时期"文学革命"类比唐代的古文运动，认为"欧化"是其动力：

> 　　韩柳是凭藉古化以创造其新文体与新作风的。那么，新文艺之创造新文体与新作风也应有所凭藉了。本来，事实上欲创造一种新文艺与新作风也不能不有所凭藉。所以古文凭藉于古，与现在新文艺之凭藉于欧化，实是同样的情形。所谓"德谟克拉西"与"赛因斯"，与现在的思想不是中国所固有的，新文艺运动既与新思潮运动是同一时代的产物，因此有文学革命喊出的口号而言，已经是欧化了，当然，文学革命创作的技巧也不能不受欧化的影响。[1]

很明显，郭绍虞是在中国文学内部的视野之下考虑问题，"欧化"是中国语言文字内部的事务。正是在"欧化"的追求之下，标点符号的重大意义出现了，直接与"创格"、与新文艺的成功联系起来："新文艺有一点远胜旧文艺之处，即在创格，也即是无定格。……欧化所给与新文艺的帮助有二：一是写文的方式，又一是造句的方式。写文的方式利用了标点符号，利用了分段写法，这是一个崭新的姿态，所以成为创格。造句的方式，变更了向来的语法，这也是一种新姿态，所以也足以为创格的帮助。这即是新文艺成功的原因。"[2]

　　郭绍虞还以五四以来有着标点符号的新文艺，再去反观旧文艺，说明标点符号带给新文艺的优长。如郭绍虞以下两点看法：

---

① 郭绍虞：《新文艺运动应走的新途径》，《文学年报》第 5 期（1939 年 4 月）。
② 同上。

由写文方式言，旧文艺正因不用标点符号，所以不能不注意断句；一注意断句，不是句法匀整，成为骈文韵文，绝不类语言的姿态；便是词意过求完整，很少能写出语言特殊的神情。①

从前文人，不曾悟到标点符号的方法，于是只有平铺直叙的写，只有依照顺序的写；不曾悟到分行写的方法，于是只有讲究起伏照应诸法，只有创为起承转合诸名。这样一来，不敢有变化，也无从有创格，平稳有余，奇警不足，这是旧文艺所以日趋贫乏的原因。②

于是，我们理解了郭绍虞的最终结论："新文艺的成功在于创格，而其所以能创格则在标点符号。"③ 实际上，郭氏正面肯定了以标点符号为代表的五四白话文的外部创制，确定了诸如标点符号的问题是最为根本性的问题。

诸如标点符号、"左行横迤"等书写方式带给五四白话文新的表现力问题，我们相信是一个可以不断延伸开来的题目，能在不同领域做出辨析，常话常新。例如，千野拓政认为在中国古代"白话小说的会话不外是说书人模仿作品里的人物说的话，而不是作品里的人物的真实声音"④。在这样的情况下："为了避免陷入上述困境，让文章带有'真实感'，现代文学采用标点符号。其中最重要的是引号。引号能够把一般的叙述和会话分开，给读者以这个符号里面的内容是作品里的人物真实说的话之感。有了引号，读者才能够相信引用号里面表现的是作品里的

---

① 郭绍虞：《新文艺运动应走的新途径》，《文学年报》第 5 期（1939 年 4 月）。
② 同上。
③ 同上。
④ ［日］千野拓政：《现代文学的诞生与终结——以日本和中国为例的出版考察》，王风等编《对话历史 五四与中国现当代文学》，北京大学出版社 2014 年版，第 233 页。

人物真实的声音。由此标点符号提升现代文学的'真实感'实现。"①
由此出发，可以说五四白话文的外部创制与中国现代文学的发展相得益
彰，具有高度的同一性，或言其本身就是五四白话文发展的内在需求与
集中体现。其积淀的形式及其带来的"真实感"，成为五四一般书面语
与文学作品语言之中醒目的风格。

---

① ［日］千野拓政：《现代文学的诞生与终结——以日本和中国为例的出版考察》，王风
等编《对话历史 五四与中国现当代文学》，北京大学出版社 2014 年版，第 233 页。

第六章　拼音文学与世界语

　　这是五四文学语言建构之中不能回避，也颇为难言的内容：在《新青年》"通信"栏目之中，有着大量关于拼音文字倡导与世界语讨论的文字。它让人想到晚清时期的类似实践，似乎又在五四"文学革命"之中产生了某种更为复杂、更大规模的"升级"——可谓一次空前绝后的语言文字变革的想象。

　　这些五四时期废除汉字、废除汉语的语言文字变革设想，成为中国语言文字现代转型之中最为激越与忙乱的表现。并且，此时的参与者多为五四新文化阵营之中或赞同五四新文化之人，应当说这是一个在中国语言文字现代转型之中新文化阵营的内部话题，尽管其内部也有着巨大的分歧。我们并不认为五四时期拼音文字与世界语的倡导就与五四白话文发展无关，它们在某种程度上，沿着五四时期语言文字变革统一的文化逻辑与变革氛围行进，可以说拼音文字与世界语的倡导把五四白话文运动的某些深层而内在的文化逻辑和时代想象表现得更为淋漓尽致——当然，在拼音文字、世界语倡导之中，还有很多是五四白话文运动逻辑所无法容纳的东西。百年之后的回望，五四时期语言文变革之中那些一厢情愿的东西让人的心情颇为异样，这也可引发我们再去观察那一逝去时代及其理想的多面性。

第一节 五四时期拼音文字的倡导

《新青年》的"通信"栏目中关于拼音文学、世界语的议论，大致说来是与五四白话文的倡导几乎同时出现。这在相当的程度说明五四白话文的倡导并不是五四一代的终极目标，其语言文字变革的思维逻辑还有更进一步的推进空间。本节分析五四拼音文字的问题，在下一节探讨世界语的问题。提倡拼音文字与世界语之间的区别在于：使用拼音文字是废除汉字，但仍沿用汉语，用拼音文字去拼汉语；而倡导世界语就是要将汉字、汉语一并废除，完全重铸中国的语言文字系统，采用一种完全不同于既有语音、文字系统的"世界语"。这展现出五四时期中国语言文学变革的一个重要空间，以往研究者因为种种原因关注较少，或不愿关注，但它能凸显出五四语言文字运动的张力构成与激进维度。

一

在《新青年》第 4 卷第 4 号钱玄同与陈独秀的通信之中，展现出否定汉字乃至汉语的全面逻辑。钱玄同的"通信"的题为《中国今后之文字问题》。钱玄同对陈独秀说："先生前此著论，力主推翻孔学、改革伦理，以为倘不从伦理问题根本上解决，那就这块共和招牌一定挂不长久。玄同对于先生这个主张，认为救现在中国的唯一办法。然因此又想到一事：则欲废孔学，不可不先废汉文；欲驱除一般人之幼稚的野蛮的顽固的思想，尤不可不先废汉文。"① 这样，废除汉字的问题就在

---

① 钱玄同：《通信·中国今后之文字问题》，《新青年》第 4 卷第 4 号。

《新青年》之中被郑重地提了出来，并赋予了重大的时代意义。汉字成了罪恶的渊薮，汉字被与"孔学""野蛮的顽固的思想"画上等号，甚至除去它成了"救现在中国的唯一办法"，这无疑是晚清以降对汉字最不信任的激越表达之一。

在这一"通信"之中，钱玄同放言："我要爽爽快快说几句话：中国文字，论其字形，则非拼音而为象形文字之末流，不便于识，不便于写；论其字义，则意义含糊，文法极不精密；论其在今日学问上之应用，则新理、新事、新物之名词，一无所有；论其过去之历史，则千分之九百九十九为记载孔门学说及道教妖言之记号。此种文字，断断不能适用于二十世纪之新时代。"① 钱玄同的态度是恨不得将"落后"的汉字连根拔起，恨不得把不适应时代的汉字扫到垃圾堆之中。其结论为："我再大胆宣言道：欲使中国不亡，欲使中国民族为二十世纪文明之民族，必以废孔学、灭道教为根本之解决；而废记载孔门学说及道教妖言之汉文，尤为根本解决之根本解决。"②

那么，在这样的"根本解决"之后呢？废除了汉字之后应该怎么办？钱玄同说："至废汉文之后，应代以何种文字，此固非一人所能论定。玄同之意，则以为当采用文法简赅、发音整齐、语根精良之人为的文字 ESPERANTO。"③ "ESPERANTO"即"世界语"，钱玄同在此"通信"之中，基本态度非常彻底，是既要废汉字，又要废汉语，甚至还对拼音文字进行了批判，"汉字改用拼音，不过形式上的变迁，而实质上则与'固有之旧汉文'还是半斤与八两、二五与一十的比例"④。钱玄同还提出一种过渡时期的语言文字方案，内容相当混杂：

---

① 钱玄同：《通信·中国今后之文字问题》，《新青年》第 4 卷第 4 号。
② 同上。
③ 同上。
④ 同上。

　　　　此过渡之短时期中，窃谓有一办法：则用某一种外国文字为国
　　文之补助，——此外国文字，当用何种，我毫无成见。照现在中国
　　学校情形而论，似乎英文已成习惯，则用英文可也。或谓法兰西为
　　世界文明之先导，当用法文，我想这自然更好。——而国文则限制
　　字数，多则三千，少则二千……期以三五年之工夫，专读新编的
　　"白话国文教科书"，而国文可以通顺。凡讲述寻常之事物，则用
　　此新体国文；若言及较深之新理，则全用外国文字教授。从中学
　　起，除"国文"及"本国史地"外，其余科目，悉读西文原书。①

钱玄同构想了中国书面语有新体国文和外国文字两种语言文字的应用构
成，其中是有高下之分的，讲寻常事物时用新体国文的白话文，讲深奥
学术时用外语——英语或法语——这让人想起了晚清白话文运动中白话
文与文言的高下之分，文言是士大夫使用的，白话只是利俗的权宜之
计，在钱玄同这里只不过是换成了新体国文和外国文字而已，仍是在
"双重标准"的视野下，而有了"寻常"与"较深"的等级区分。

　　陈独秀对钱玄同《中国今后之文字问题》一文的回复为："惟仅废
中国文字乎？抑并废中国言语乎？此二者关系密切，而性质不同之问题
也。各地反对废国文者，皆以破灭累世文学为最大理由。然中国文字，
既难传载新事、新理，且为腐毒思想之巢窟？废之诚不足惜。"② 陈独
秀对"中国文字"未曾有所顾惜，赞成废除汉字，与钱玄同的态度相
当一致。陈独秀还认为："康有为谓：美国共和之盛，而与中国七相反，
无能取法。其一即云：'必烧中国数千之历史书传，俾无五四千年之风
俗，以为阻碍。'在康氏乃故作此语，以难国人；在吾辈则以为烧之，
何妨？"③ 接着，陈独秀谈到废除国语的问题：

---

① 钱玄同：《通信·中国今后之文字问题》，《新青年》第 4 卷第 4 号。
② 陈独秀：《通信·复中国今后之文字问题》，《新青年》第 4 卷第 4 号。
③ 同上。

至于废国语之说，则益为众人所疑矣。鄙意以为今日"国家""民族""家族""婚姻"等观念，皆野蛮时代狭隘之偏见所遗留，根底甚深，即先生与仆亦未必能免俗，此国语之所以不易废也。倘是等观念，悉数捐除，国且无之，何有于国语？当此过渡时期，惟有先废汉文，且存汉语，而改用罗马字母书之；新名悉用原语，无取义译；静、状、介、连、助、叹及普通名、代诸词，限以今语；如此行之，虽稍费气力，而于便用进化，视固有之汉文，不可同日而语。①

陈独秀虽主张对汉语与汉文要区别对待，这并不说明对国语有什么好的印象，而只是过渡时期没有办法而已，且开出了"先废汉文，且存汉语，而改用罗马字母书之"的药方，这实际上是赞成废除汉字，使用拼音文字。

胡适也回复钱玄同此信：

独秀先生所问："仅废中国文字乎？抑并废中国言语乎？"实是根本的问题。独秀先生主张"先废汉文，且存汉语，而改用罗马字母书之"的办法，我极赞成。凡事有个进行次序。我以为中国将来应有拼音的文字。但是文言中单音太多，决不能变成拼音文字。所以必须先用白话文字来代文言的文字；然后把白话的文字变成拼音的文字。至于将来中国的拼音字母是否即用罗马字母，这另是一个问题，我是言语学的门外汉，不配说话了。②

在这一次拼音文字的讨论之中，胡适的态度不如陈独秀、钱玄同那般激昂，甚至并不曾谈及废除汉语的问题。胡适形成了自己的言说序列，从

---

① 陈独秀：《通信·复中国今后之文字问题》，《新青年》第4卷第4号。
② 胡适：《通信·复中国今后之文字问题》，《新青年》第4卷第4号。

文言的文字到白话的文字再到拼音文字，三者之中由后者取代前者，形成进化的链条。值得注意的是，胡适所言的三者都强调"文字"，与只谈语音不谈文字的观点还是有所区别的，在与钱、陈的讨论之中，态度相对还是显得较为"谨慎"，如关于拼音文字是否使用罗马字母的问题，并不是信心满满地直接抛出一个结论。

《新青年》在这一次的"通信"之后，引发了很多关于拼音文字的意见往来，有朱经农、胡适、钱玄同、任鸿隽、朱我农等人参与，以下为一些较为集中的意见。

在《新青年》第5卷第2号上，有朱经农与任鸿隽的来信。朱经农反对拼音文字的意见为：

> 罗马文字并不比汉文简易，并不比汉文好。凡罗马文字达得出的意思，汉字都达得出来。"舍己之田以耘人之田"，似可不必。拉丁文是"死文字"，不用说了。请看法文一个"有"字，便有六十种变化（比孙行者七十二变少不了多了），"命令格"等等尚不在内。同一种形容词，有的放在名词前面，有的又在后面，忽阴忽阳，一弄就错。……试问今日若不把汉文废了，要通国的人民都把娘肚子里带来的声调腔口全然抛却，去学那 ABCD，可以做得到吗？①

然后，朱经农提道：

> 废去汉字，采用罗马替法，一切白话皆以罗马字书之，也是做不到的。请教"诗""丝""思""私""司""师"这几个字，用罗马字写起来有何分别？如果另造新名词替同音之字，字其弊与第四拼主张相同，因为不自然，不易记，并且同音之字太多，新造名

---

① 朱经农：《通信·新文学问题之讨论》，《新青年》第5卷第2号。

亦不容易。①

朱经农的反对意见都是基于事实，也颇具代表性。胡适对此的回信为："来信反对第四种文学革命（把文言白话废了，采用罗马字母的文字作为国语）的话，极有道理，我没有什么驳回的话。"② 胡适认为："第三种文学革命（保存白话，用拼音代汉字），是将来总该办到的"，基于的理由一方面"来信所说的诗、丝、思、司、私、师等字，在白话里，都不成问题。为什么呢？因为白话里这些字差不多全成了复音字，如'蚕丝''思想''思量''司理''职司''自私''私下里''私通''师傅''老师'，翻成拼音字，有何妨碍？"另一方面"'诗'字，虽是单音字，却因上下文的陪衬，也不致误听。例如说，'你近来做诗吗？''我写一首诗给你看'，这几句话里的'做诗''一首诗'，都不致听错的。平常人往往把语言中的字看作一个一个独立的东西，其实这是大错的，言语全是上下文的"。③ 胡适的立场是一贯的，仍是认可保存语音的五四白话文，而后再以拼音代替汉字，并以复音字的双音节和上下文的语境为拼音文字辩护，鲜明地反对在废除汉字的文言与白话文之后，再采取非汉语的罗马字母的文字作为新的国语。有意思的是，胡适在这里使用了"第三种文学革命""第四种文学革命"这样的概念，认定其是由于语言文字的某种变革造成的，显示出五四"文学革命"与之后预想中的语言文字变革的一种逻辑联系。

同在这一期《新青年》的"通信"栏目之中，还有任鸿隽的来信，同样是反对钱玄同的意见，话还说得还相当激动，语带讥讽："我想钱先生要废汉文的意思，不是仅为汉文不好，是因为汉文所载的东西不好，所以要把他拉杂催烧了，廊而清之。我想这却不是根本的办法。吾

① 朱经农：《通信·新文学问题之讨论》，《新青年》第5卷第2号。
② 胡适：《通信·复新文学问题之讨论》，《新青年》第5卷第2号。
③ 同上。

国的历史，文字，思想，无论如何昏乱，总是这一种不长进的民族造成功了留下来的。此种昏乱种子，不但存在文字历史上，且存在现在及将来子孙的心脑中。所以我敢大胆宣言，若要中国好！除非人中国人种先行灭绝！可惜主张非汉文汉语的，虽然走于极端，尚是未达一间呢！"①

钱玄同首先回答了朱经农的看法，再次阐明废除汉字的原因：

答朱先生 法文虽然不能尽善，究竟是有字母，有规则的文字。无论如何难法，总比汉字要容易得多。况且现代新学上的"术语"，非中国所固有。英国没有 Kimono，就该用日本原字，则中国没有新学的"术语"，也就该用欧洲原字。Kimono 之类不过偶然用到；而新学"术语"，则讲到学问，便满纸皆是，一篇文章里，除了几个普通名词，动词，形容词，和语词以外，十之六七都是欧洲字；是汉文在今后世界，无独立及永久存在的价值，自不消说。②

钱玄同接着回答了任鸿隽的意见：

答任先生 我爱支那人的热度，自谓较今之所谓爱国诸公，尚略过之。惟其爱他，所以要替他想法，要铲除这种"昏乱"的"历史，文字，思想"，不使复存于"将来子孙的心脑中？"要"不长进的民族"变成了长进的民族，在二十世纪的时代，算得一个文明人。要是现在自己不去想法铲除旧文字，则这种"不长进"的"中国人种"，循进化公例，必有一天要给人家"灭绝"。③

我们再次看到了钱玄同极为坚定的态度。从根子上说，他是觉得中国语言文字面对现代的新学、面对现代的 20 世纪社会生活是极度不适

---

① 任鸿隽：《通信·新文学问题之讨论》，《新青年》第 5 卷第 2 号。
② 钱玄同：《通信·复朱经农、任鸿隽》，《新青年》第 5 卷第 2 号。
③ 同上。

应，甚至到了因此而灭族灭种的程度。基于"文明人"的追求，基于某种民族生存的极大危机感，钱玄同对中国文化、中国语言文字产生了极度的不信任与自卑感，其反对的对象还包括使用汉字的五四白话文。

二

在《新青年》第 6 卷第 4 号中的"谈论"栏目上，有"蓝志先答胡适书"一文，其中有专论"拼音文字问题"的内容，胡适后还与蓝志先进行了商榷，显示出五四时期拼音文字讨论之中的较高水平。

蓝志先重视文字问题，应是当时较为特别的观点——"在文化复杂的时代，所用的文字，应当试听两用，若专凭着听觉符号的拼音方法，恐怕不可通行的地方很多。"① 因为，蓝志先认为五四时期提倡拼音文字的人，基本上都是着眼于语音，然后再着眼于"言文一致"，使用拼音文字只为了符号便利的特性，拼音文字只是一个工具，当然是越简单越好，这样文字的视觉作用被忽略乃至漠视。

蓝志先为文字正名的理由之一为：

> 文字不过是传达意思的符号，传声文字是听觉的符号，楔形文字是视觉的符号，人类发表意思，最重要的是语言，而语言全凭声音，那听觉符号之长处，自然可以不必说的了。但是在文化发达以后，便不能声音表示意思，文字传达声音——这样简单说法。一国中已成的语言文字，不知多少，吾们想求事物的智识，必须先从已知的文字、未知的文字，要学那极复杂的语言文字，若只凭听觉的作用，记忆力便把持不住，就本能不借重视觉的作用。因为已成的

---

① 蓝志先：《讨论·蓝志先答胡适书》，《新青年》第 6 卷第 4 号。

文字，即便传声，拼法也有一定，学时自当认明字形，这一定拼法的字形，也便有视觉符号的性质。故所以在文化已发达的民族，文字不能全凭拼音，总须借重视觉的符号。不然古来传承的许多文字，就有一大半要抛弃了。①

蓝志先侧重于文字的形体与视觉的属性，以纠正"文字传达声音"的纯粹语音观点的不足，企图使人们对于语音与文字关系的理解更为复杂、更为符合现实情形。

理由之二为：

> 文字是记录用的，语言是对话用的。记录用的，比较有固定的性质，对话用的，便常常会变动。因此，二者断不能常常一致，即便用传声文字的民族，他的言文又何尝能全然一致。吾且不说他的古代语、古文字，即如日常之通用语其中发音与拼法不能一致的也很多。像英法的文字，就有许多有字无音的字母夹在中间，这并不是本来无音，因为语言发音变了，而文字的拼法未改，才有这种差异。可见在文化发达的时代，没有纯属听觉符号的文字，总须带着几分视觉符号的性质。这是证明传声文字，也不是纯为拼音。②

这是以口语与书面语的差异立论，说明"言文一致"的相对性，说明文字对于语言的稳固性，就连拼音文字也不可能完全透明地传达语音，在拼音文字之中也有语音变化，而文字不变的情形，从而证明了视觉符号性质对于文字犹有重要的意义。

理由之三为：

> 同一的民族中间，便有各种方言，所用的文字，不过是一种标

---

① 蓝志先：《讨论·蓝志先答胡适书》，《新青年》第6卷第4号。
② 同上。

准的国语，那方言和国语的不同，便成了语言和文字的差异。中国
方言各异，文字相同，且不必说。如德国各处人民之语言，英国惠
勒斯人、爱尔兰人之与英苏两地人之语言，岂至不尽相同，简直是
格格不通，他们用的标准文字，和广东福建人用中国的普通文字差
不多。故所以在方言复杂的国家，必定用一种标准的文字——不问
是文是语——才能彼此相通。那种标准的文字，自然须有固能定的
字形，不纯用听觉符号的文字的。①

这一条说明文字是基于一定标准的国语，超越了各种方言，文字必然和
语音有区别，而起到在一国交流沟通、整合文化的意义。特别是中国这
样方言复杂的国家，不能纯用听觉符号的文字，超越方言的文字书面语
对于维系文化与国家统一有着特殊的价值，这其实就是中国自古以来在
书面语方面的"书同文"准则。

  蓝志先反对拼音文字的最终观点为："简单说，如一语数音和词尾
变化，为拼音文字中所万不可缺的要素。中国的语言，却都相反，一字
一音，拼起来意思如何能正确？若连缀数字成一语，那便所有用语都须
改造，所造新语，除创造者以外，非习学不能认识，费这样大气力用在
这个地方，到不如采用他国的言语方便多呢。至于词尾变化，尤其重要
时候状态等等，都藉此表现，中国一字一义，如用拼音，一定成一种极
拉杂的文字。念起一句来，果成意思，分开来，个个都无确切的意义。
这是中国采用拼音文字不能拿欧美来比较的最强理由。"② 蓝志先将问
题谈得很具体，其中西比较的眼光确有见地。

  胡适在回答蓝志先有关反对使用拼音文字的意见时，也表明了一些
重要的见解，主要是为拼音文字的视觉性辩护。其意见之一为：

---

① 蓝志先：《讨论·蓝志先答胡适书》，《新青年》第 6 卷第 4 号。
② 同上。

先生说"文化发达以后，文字不能全凭拼音，总须借重视觉的符号，不然古来传承的许多文字就有一大半要抛弃了。"我以为先生的根本误解在于把拼音文字当作一种偏于听觉的文字。其实"拼音文字"是双方的，拼的音是听觉的，拼成的文字是视觉的。中国文字的大病就在他偏于视觉一方面，不能表示字音，我们希望——注意我们现在不过希望——将来能有一种拼音的文字，把我们所用的国语拼成字母的语言，使全国的人只消学二三十个字母，便可读书看报。至于"古来传承的文学"尽管依旧保存，丝毫不变，正如西洋人保存埃及的象形字和巴比仑的楔形字一样。①

胡适畅想中国有一种合理的只有二三十个字母构成的拼音文字，认为拼音文字的文字其实就是视觉的，所拼的音又是听觉的，而汉字只是偏重于视觉的，不表示字音，不能拼音的——这才是二者之间的本质区别，而拼音文字具有汉字不可比拟的优越性。

胡适的意见之二为：

先生说："传声文字也不是纯为拼音。"先生又举英法的文字作例。我们须知英法文字所以有无音的字母夹在里面，乃是英法文的大短处；这种缺点是历史的遗传物，偶然不曾淘汰干净，并不是传声文字必须有的。……我们要不用拼音文字也就罢了，如用拼音文字应该是纯粹的表音符号，不该于声音之外带着无音的表意符号；拼音文字同时又是视觉的符号，因为我们见了这字如何拼合，便知如何发音，又从发音知道如何解说。②

拼音文字的声音成为符号表意的全部源泉，而同时又是视觉符号，视觉

———————————

① 胡适：《讨论·胡适答蓝志先书》，《新青年》第 6 卷第 4 号。
② 同上。

符号的意义仅在于知道怎么发音，至此我们发现胡适对于语音的重视，是将之放在最重要的地位。在这样的视野之下，为了"传音文字"的纯粹性，胡适甚至敢于批评英法文的"短处"，因为英法文字里面也有不表音的字母。

胡适的意见之三为：

> 先生说"在方言复杂的国家，必定用一种标准的文字——不论是文是语——才能彼此相通。这种标准的文字，自然须有文固定的字形，不能纯用听觉符号的文字"。先生这两句话，我有点不明白。标准文字，我赞成，标准文字须有固定的字形，我也赞成，但是"纯用"机会，就是环境，接触新潮流"很听觉符号的文字"，难道就没有"固定的字形"吗？①

这也是从拼音文字的形体出发的，认为听觉的符号是与固定的字形合一的，不能只论其一端，但是胡适在这里似乎有意不论及统一书写与方言之间的问题，其实并没有和蓝志先的观点形成有效的对话。

在蓝志先与胡适的讨论中，还有一些有意义的话题。例如：

> 中国向来政治学术以及交换思想传达意见等等，都是只用文言，不用说话。因此文言和俗语的差异，相去竟有霄壤之隔。那俗语也就不能发达，成了极简陋的一种东西，除了日常琐事以外，一切意思高深的事理，都非俗语所能表现。自从欧美文化输入以来，演说演讲的风气，异常发达，俗语的势力，也渐渐增加，与从前果然大不相同。但是日子太短，言语上的变化，功效尚未大著。讲演的时候，大都借文言来补助俗语的不足，遇着略为艰深的意思，文言俗语，夹在一起，依然说者是说一个不清，听者是苦于了解。即

---

① 胡适：《讨论·胡适答蓝志先书》，《新青年》第6卷第4号。

便读音清楚，略为生疏的字眼，也非说明字形笔划，不能令他人通晓。公开的讲演，不消说不借助黑板的力量，说话的一大部分，听者不能懂得，乃至同乡同里的朋友闲谈，也有许多字眼，须求助于笔谈的。故所以中国今日的要务，全在改造适用的言语，不知要经多少的时候，多少的力量，才有成效可言，离着讲拼音文字正远咧。①

胡适对此的回答是："先生又说中国俗语不发达，所以离着讲拼音文字远咧。这话我也极赞成。我们现在的要务，正如先生所说，'全在改造适用的言语'。"② 在这里，蓝志先与胡适突然达成了一致。蓝志先的总体看法是断定以语音为中国文字基础会有不足，必须以汉字形体作为意义载体，超越语音而完成文字的功能，与此同时还对现实之中单纯基于语音的中国言语的成熟充满了担忧，认为是不足以支撑拼音文字的。胡适的赞同，却并不是出于相同的思路，固然有对语音在文字中意义的推崇，同时有着其一直的犹豫，认为拼音文字应该是较为遥远的事业。

三

在《新青年》之外，我们想分析傅斯年 1919 年 3 月在《新潮》第 1 卷第 3 号上发表的《汉字改用拼音文字的初步谈》一文，可以说此文是五四时期拼音文字倡导的集大成者，相当完整地显示了五四时期拼音文字倡导的整体性逻辑。

傅斯年全面否定汉字的理由为："中国人知识普及的障碍物多得很，但是为祸害的，只有两条：第一，是死人的话给活人用；第二，是初民笨重的文字保持在现代生活的社会里。这两桩不特妨害知识的普及，并

---

① 蓝志先：《讨论·蓝志先答胡适书》，《新青年》第 6 卷第 4 号。
② 胡适：《讨论·胡适答蓝志先书》，《新青年》第 6 卷第 4 号。

且阻止文化的进取，因此它俩都是难能而不可贵，许多时间与精力用在学它俩上，自然没有许多余力谋智慧的进取。"① 然后，傅斯年历史性地建立了五四白话文与拼音文字的关系："幸而近一年来，代死文言而兴的白话，发展迅速的很。预计十年以内，国语的文学必有小成。稍后此事的，便是拼音文字的制作。我希望这似是而非的象形文字也在十年后入墓。"② 即是说，十年之后，拼音文字就可以取代白话文了，白话文仅仅是一个过渡，白话文最终应该被消灭，汉字最终也应该被消灭。这是基于五四时期新文化阵营的语言文字工具观以及对语言文字实用性的直接要求："语言是表现思想的器具，文字又是表现语言的器具。惟其都是器具，所以都要求个方便，都不要因陋就简，安于不方便。我主张废止文言，改用国语，只因为文言代表思想是不方便的，国语是比较方便的。汉字改用拼音的道理也是如此。"③

在具体否定汉字的分析上，傅斯年比较了中西文字："欧文字数虽多，字母只有二十六个（除斯拉夫各族文字）。只有认会这二十六个字母，学明白发音，便可免去记忆、读音的困难。所以欧文的字数虽多，却有个线索可寻，中文的字数虽多，都是个个独立。不特个个独立而已，就形体而论，又是异常的离奇。集合那似是而非的象形，似是而非的指事，似是而非的会意，似是而非的谐声，成就了个一塌糊涂。"④所以，傅斯年对汉字贬斥甚重：

> 总而言之，中国文字的起源是极野蛮，形状是极奇异，认识是极不方便，应用是极不经济，真是又笨又粗、牛鬼蛇神的文字，真是天下第一不方便的器具。崇拜它以为神圣似的，是天下第一糊涂

---

① 傅斯年：《汉字改用拼音文字的初步谈》，《新潮》第1卷第3号。
② 同上。
③ 同上。
④ 同上。

人。古时人用石具；现在人用铁具，问他何以不用石具呢？他定回
答说石具不便的。独独不把这方便不方便的道理用在文字上，真是
岂有此理的事。①

于是，在五四主流的语言文字工具论的实用思维之下，汉字被定性为
"野蛮""不方便"。并且，傅斯年在五四人物中，较为罕见地思考了关
于汉字的"美术物"的性质，汉字在这方面的情形更是惨不忍睹：

> 假使认汉字做美术物，保存起来，还须认中国妇女的缠足、西
> 洋妇女的束腰、澳洲土人的文身做美术物，同样保存起来。这都是
> 违背性灵而成的手艺，这就是只有样式没有意义的作为。凡是一种
> 美术，须得有意义、有标准、有印象。请问书法有什么意义，使人
> 生什么印象？什么是判断它的美恶的标准？——一言以蔽之，什么
> 是它的美？……主张书法和研究书法的人，都是吃饱饭，没事干，
> 闲扯淡。②

在傅斯年眼里，汉字完全是不具备"美"的资格的，与缠足、束腰、
文身一样，完全是历史遗留的落后之物，不能满足任何"美"的标准，
对汉字的书法艺术也是全面否定，不留丝毫的回旋余地。

傅斯年接着论述使用拼音文字的可行性：

> 老实说吧，我近来对于白话文学主义竟是信的很坚，中国可以
> 不要，中国的语言不可不存。何以呢？因为外国语是极难学的，更
> 不是中国人都能学得的，万一改用外国语当做国语，大多数的中国
> 人登时变成哑子，意见不能发泄，岂不要闷死人呢？一边觉得汉文
> 用起来不方便，一边又觉得外国语用起来不方便，所以把全力注重

---

① 傅斯年：《汉字改用拼音文字的初步谈》，《新潮》第 1 卷第 3 号。
② 同上。

　　在汉语上，所以才要替汉语造一个拼音文字。①

傅斯年赞成拼音文字，主张要保存国语，因为他在中国社会中看到改用
某一外国语或世界语之类的做法并不现实，并不具有可操作性，从而与
世界语的倡导者拉开了距离。

　　那么，具体的汉语的拼音文字是什么样的呢？傅斯年在这方面煞费
苦心，作了大量深入而细致的思考。他主张用"词"为单位，极力避
免单音节的存在，以避免语音的重复：

> 　　我曾戏造了一个英文名词，说这是"dismonosyllabic Move-
> ment"——"破坏单音的运动"。汉语既然仅是单节，不是单音，
> 那么我们便拿词（Word）做单位，不拿字（Character）或音（Syl-
> lable）做单位，有何不可呢？汉字固然尽是单音，汉语的词，单音
> 的可是比较少数啊。……至于其他音同义异的单音，或复音的词，
> 固是有的，或者竟是不少，但是我们所主张既不是到拼音而止，还
> 要造拼音的文字，自然有若干的条例，补救这个困难。②

在拼音文字之中，傅斯年表达了使用外来名词的意见，不同于钱玄同的
看法：

> 　　中国的拼音文字定要如此吗？定要多嵌外国语吗？哲学定要写
> Philogophy，定不要写 Zhexue，文学定要写 Literature，定不要写
> Wenxue 吗？我主张文学定要写 Wenxue，定不要写 Literature。哲学
> 定要写 Zhexue，定不要写 Philogophy。总而言之，一切名词，除非
> 在极困难的所在，非用原音不可的时候，务须先以义译，再拿音

---

①　傅斯年：《汉字改用拼音文字的初步谈》，《新潮》第 1 卷第 3 号。
②　同上。

拼——这是我的主张。①

在拼音文字的基本构成字母方面，傅斯年的观点也很有弹性：

> 我还有一句话申明：我决不主张径拼罗马字母作为我们拼音文
> 字的字母，因为罗马字母不够汉语用的。我更不主张仅仅拼音，我
> 主张比如造全不含混的拼音文字。至于造这文字的办法，总不外乎
> 加入几条与发音无关的条例和若干与发音无关的字母，务必使他一
> 见便觉清白，不必寻上下文然后晓得。②

这样的看法也不同于胡适以上下文的语境确定字音的做法，直接要求拼
音文字的理想效果。

非常值得关注的是，傅斯年反对国语运动之中的注音字母，还缘于
希望以拼音文字去统一读音。他认为：

> 若在汉语，都是用汉字写得，必要一一跟着个注音字母，岂不
> 麻烦死了？更进一步，注音字母并不能使读音统一。注音字母既不
> 能永不和汉字相离，所以在字音的本身上，效力不能大了。纵然有
> 一部标准音字典，实不能限制人定然从它，必至于各本方音，去注
> 注音字母。必有拼音的文字，读音才可以一致；因为拼音文字声
> 音，是不能变的，汉字旁的注音字母，可以随便更改的。我平素最
> 相信的两件事：第一，必先有国语的文学，才能国语统一；第二，
> 必先有拼音的文字，才能音读统一。注音字母不过是"改良的反
> 切"，此外更少别样的作用。一言以蔽之，汉字的形体不能用草书
> 补救。汉字是声音不能用注音字母补救，真是坏到底的东西，只有

---

① 傅斯年：《汉字改用拼音文字的初步谈》，《新潮》第1卷第3号。
② 同上。

根本推翻，没法补救。①

正是在这样的逻辑之下，傅斯年进一步解释了拼音文字对于国语统一的独特作用：

> 就自然方面说呢，音读统一靠着交通的发达。就人为方面说呢，它止靠拼音文字。必有固定的拼音文字，读音才可以约束得一致。不先有拼音的文字，读音自然是随便改换的。至于因为国语不统一，便暂把拼音文字丢开，也是本末倒置的事。国语的统一全靠着国语文学的力量，若是国语的文学用拼音的文字写出，约束既然更严，国语统一的效验更快。而且，国语虽未统一，将来统一各地的国语，现在却是已经成形，即是所谓"蓝青官话"的。本着这"蓝青官话"去造拼音文字，没有什么不可，并不必等到国语统一以后呀!②

这和国语运动的逻辑有着相当的不同，而与五四白话文运动的思路有相似之处，即想用语音不变的拼音文字去规范读音，造成共同语音，也与白话文一样着眼于利用已经存在的官话，只不过一个是使用白话文，一个是使用拼音文字而已。并且，这还发展了胡适"国语的统一全靠着国语文学"的观点，提出国语文学应该使用统一的拼音文字，以造就一个真正的"国语"。

在技术层面，傅斯年在《汉字改用拼音文字的初步谈》一文中，继续阐述拼音文字的制作规则，拟定了字母"制作的大纲"：

> （1）以罗马字母为根据（Phonetics 也是如此）。

> （2）凡罗马字母所不能发之音，我们采取希腊、斯拉夫等国

---

① 傅斯年：《汉字改用拼音文字的初步谈》，《新潮》第 1 卷第 3 号。
② 同上。

字母补足它。

（3）凡一罗马字母所发不止一个的声音时，终必分析用之，使一字母表惟一声音，另以它字母表它声音。不足时便用外邦字母补充它。

（4）凡一声或一韵，罗马字母中不能用一个字母表达，而用多个字母表达者，我们为便利起见，另造简单字母。

（5）凡中国所特有，西洋所无有的声或韵，应当仿照欧母的形式，自造一个字母表它；不宜强用不相干的欧母代表。①

进而，傅斯年希望在拼音文字选取字母方面达到："以罗马字母为蓝本，再就中国声韵的情形，为清楚简便的缘故，改换它，增加些。"②

在拼音文字的语音方面，傅斯年认为："这一条一般人以为困难，其实是不成问题。中国语虽然至不齐一，但是所谓'蓝青官话'已经占了'统一的国语'的地位。拼音文字当然用'蓝青官话'的字音。虽然'蓝青官话'里也有若干的不同，但是什九相差不多。作拼音文字的人，惟有取决多数了。"③ 在拼音文字的文字结构方面，傅斯年还发现"有几条公例可寻"：

（1）凡一个以上的汉字，联合起来，作为一个"词"时，拼音文字里即认为一字。

（2）数词应当自由集合，像德文一样的。

（3）一切语首根（Prefix）和语后根（Suffix）皆不独立。

（4）一切简单的惯语，原来虽不是一个字，现在已经变成一个字，在拼音文字中，即作为一字。④

---

① 傅斯年：《汉字改用拼音文字的初步谈》，《新潮》第 1 卷第 3 号。
② 同上。
③ 同上。
④ 同上。

在文法方面，傅斯年认为："等这拼音文字制成施行了，中国语的文法，又自然而然的借着文字的力量维持它的整体。这样看来，拼音文字的造就，靠着国语文法的发明，国语文法的齐一，又靠着拼音文字的效力，两件事是互相为用的了。"①

《汉字改用拼音文字的初步谈》一文堪称体大思精，囊括了五四时期提倡拼音文字的主要问题，可以说是面面俱到而又无比清晰，将《新青年》在此方面若干的讨论具体化了，看起来具有相当的操作性。傅斯年还由汉语的拼音文字出发，在这一新文字的基础上去展望新文学，充满了乐观的精神：

> 反对拼音文字的人，都说拼音文字若是代替了汉字，便要妨害到中国的文学。这是不必讳言的，我们也承认它。中国历史上的文学，全靠着汉字发挥它的特别色彩，一经弃了汉字，直不啻把它根本推翻。但是我们既已主张国语的文学——未来的新文学——对于以往的文学，还要顾惜吗？拼音文字对于国语文学——未来的新文学——却是非特无害，而且有益的。拼音文字可以帮助我们的国语的齐一，发达推展；更可以帮助我们的国语完全脱离了文言的羁绊，成就一种纯而不杂的、实而不靡的国语。一言以蔽之，拼音文字妨害旧文学的生命，帮助新文学的完成。新文学和新文字，互相依赖的地方很多。西洋中世纪的时候，新文字的发生，恰恰和新文学同时，而且还是一件事情呢。②

傅斯年这样的思路也是似曾相识，其所谓拼音文字造就的新文学的逻辑理路，让人直接想起五四白话文的倡导的种种理由与逻辑。我们还读到

---

① 傅斯年：《汉字改用拼音文字的初步谈》，《新潮》第 1 卷第 3 号。
② 同上。

另一层意思，即拼音文字造就的新文学还可以使五四时期国语文学的未竟事业更进一步，因为废除了汉字，方才能够彻底终结旧文学的生命，彻底脱离了与中国文字以及在中国历史之中由这一文字写就的文学的任何关联。

第二节 《新青年》上的世界语讨论

《新青年》第2卷第3号"通信"栏目中有署名"T. M. Cheng"的来信，在《新青年》上首次谈及世界语：

> 近来世界主义大昌，于是世界语之声浪，广布五州，竟为今日世界注目之物，何其胜也。窃世界语为人造字，系柴孟霍夫博士 Dr. Zamenlpof 所发明，原名为 Esperanto，译即希望之意。希望世界大同，人类情感借此得以融洽也。文言一致，人类智识，借此得以贯通也。夫世界语之文法整齐，亦简单易学，反对者旋以为不能示高深之学术，斥为无用之学。其说然乎否耶，质鲁如余，岂敢定判，要而言之，凡系新发明一事一物，断无无用之处，虽无彰明卓著之成迹，而习之亦不致有损无益，究竟多得一种学问也。矧乃希望万国通行之世界语乎质诸足下，以为然否？伏祈裁答。①

这样的观念有着明显的世界主义倾向，包含非常理念化的内容，畅谈了世界语的诸多优点，但归结为"多得一种学问"，自信心还算不得很强。《新青年》的记者回答："世界语，为今日人类必要之事业。惟以习惯未成，未能应用于华美无用之文学。而于质朴之科学，未必不能达

① T. M. Cheng：《通信》，《新青年》第2卷第3号。

意也，此复。"① 这只是泛泛而论，似乎指出世界语还不成熟，只是能够达意而用于一般书面语要求的"科学"之上。

在《新青年》第2卷第5号，"T. M. Cheng"再次出现在"通信"栏目之中，带着怀疑而询问：

> 顷有友人来云，世界语文法既整齐，亦简单易学。而学习者寥若晨星，其故何欤。仆以不知对。友云，世界语之文法，与法兰西文大同小异。习世界语，宁习法文。盖法兰西为世界文明之邦，而书籍尤富，不若世界语书籍寥寥无几也。夫世界语虽学习而精通，亦不能实用，有何益哉。嗟呼，世界语虽名为世界语，然终难普及世界也。②

这是刚刚在理想方面褒扬世界语之后，又对之进行了现实层面的否定，如此的变化，已经预示了日后《新青年》对世界语讨论的两极对立评价。《新青年》记者的回答："仆亦赞同尊友之意，足下可暂置世界语而习法文。通法文者，习世界语当甚易易也。"③ 这样看起来，似乎没有把世界语当成什么大事，就像在《新青年》杂志中其他一些刚一探讨之后不久就停顿了的无比宽泛的话题，那么世界语也会是这样的命运吗？

一

扭转方向的戏剧性一幕出现在钱玄同一人身上，《新青年》第3卷第4号"通信"栏目上钱玄同致信陈独秀，对世界语的反对之声做了强力的正面辩驳，使得陈独秀、陶履恭等人卷入，并有着激烈的交锋。

---

① 记者：《通信》，《新青年》第2卷第3号。
② T. M. Cheng：《通信》，《新青年》第2卷第5号。
③ 记者：《通信》，《新青年》第2卷第5号。

钱玄同认为反对世界语的人："吾谓此亦全然不懂世界趋势之论。夫世界进化，已至二十世纪，其去大同开幕之日已不远。此等世界主义之事业，幸而有人创造，应如何竭力提倡，顾反抑遏之不遗余力，岂非怪事。"①　钱玄同的姿态就是丝毫不容商议，否则就是"怪事"。接着，钱玄同谈到由于世界语的昌盛，中国人理应加入其中："七八年以来，欧洲用此语出版之书籍，日新月盛，中国人亦渐知注意。私意谓苟非欧战，恐三四年来又不知若何发达，然现在虽因欧战，暂受濡滞之影响，异日欧战告终，世界主义大昌，则此语必有长足进步无疑。中国人虽屡弱，亦世界上之人类，对于倡导此等事业，自可当仁不让。乃必欲放弃责任，让人专美，是诚何心。"②　钱玄同回忆晚清时期吴稚晖和章太炎关于这一问题的争论，立场倾向于吴稚晖："昔年吴稚晖先生著论，谓中国文字艰深，当舍弃而用世界语。章太炎师曾著论驳之。弟则以为世界未至大同，则各国皆未肯牺牲其国语，中国人自亦有同情。故今日遽欲废弃汉文而用世界语，未免稍早一点。然不废弃汉文而提倡世界语，有何不可。"③　值得注意的是，钱玄同此时主张汉文与世界语并用，认为要废汉文、汉语而只使用世界语的时机似乎还不够成熟。

陈独秀回信："世界语犹吾之国语，谓其今日尚未产生宏大之文学则可，谓其终不能应用于文学则不可，至于中小学校，以世界语代英语，仆亦极端赞成。吾国教育界果能一致行此新理想，当使欧美人震惊失措。且吾国学界世界语果然发达，吾国所有之重要名词，亦可以世界语书之读之，输诸异域，不必限于今日欧美人所有之世界语也，高明以为如何？"④　在钱玄同的大力鼓吹之下，陈独秀对世界语的看法基本上是沿着钱玄同的思路行进，称之为"新理想"，成了五四新文化诸多

---

① 钱玄同：《通信》，《新青年》第3卷第4号。
② 同上。
③ 同上。
④ 陈独秀：《通信》，《新青年》第3卷第4号。

"新"之中的一员，甚至能达到"欧美人震惊失措"的效果。

在《新青年》第3卷第6号的"通信"之中，北京大学教授陶履恭致信陈独秀，对世界语的倡导有系统的反对意见。陶履恭认为：

> 世界语之单词，袭取欧洲各国成语，漫无秩序；而文法之构成，若宾格（Accusative case）之存在，皆言语学者所视为最不完全之点。至其语之太近似于意、法、西、葡诸国语言，今于罗马支派诸语（Romance Language）存在之际，而加以无端之扰乱，尤为学者所不取。说者谓世界语在已存之人造的国际语中，固简而明，以言语学理律之，犹未纯也。①

这是针锋相地从单词、文法、使用的情况，对世界语所谓的"优长"进行了驳斥，可以说是完全的否定。这与陶履恭的语言文字观念有直接关联：

> 夫一种之言语，乃一种民族所藉以发表心理、传达心理之具也。故一民族有一民族之言语，而其言语之形式内容，各不相同，语法有异，而所函括之思想观念亦复不齐。盖各民族之言语，乃天然之言语，各有其自然嬗变之历史。故言语乃最能表示民族之特质者也。吾读德、法、俄文人哲士之伟著，读其译本，终不若读其原书。吾师哈蒲浩，尝谓英、法、德三国哲学家典籍，皆当读其原文，否则无由捉摸其真义。理想如此，感情更无论矣。②

陶履恭谈的是言语与民族心理、民族历史、民族思想的天然而深厚的联系，在其中表露出一种人文主义的语言文字观点，甚至可以说是语言本体论与文化论的路子，与五四时期语言文字的工具论的理念有很大的区

---

① 陶履恭：《通信》，《新青年》第3卷第6号。
② 同上。

别。所以，陶履恭驳斥世界语的现实存在：

> 世界语既无永久之历史，又乏民族之精神，惟攘取欧洲大国之
> 单语，律以人造之文法，谓可以保存思想传达思想乎？吾未敢信
> 也。更进而言之：今日世界上杂志书籍出版之数，其采用世界语
> 者，视诸采用英、德、法、俄文者，其量其质，比测若何，当为识
> 者所尽知。若谓将来世界语之出版物，且将日增，则英、德之人
> 士，果肯舍其国语，而采用半生半死之人造语乎？吾又未敢
> 信也。①

因此，并无历史性的世界语缺乏民族性与精神性，就是无本之木、无源
之水，现实之中其书籍的出版也让人存疑。更重要的是，世界语与世界
各国语言的关系，陶履恭并不认为是替代性的关系，直言世界语为"半
生半死之人造语"，二者毫无关系。亦如陶履恭所言："吾则以为稍窥
各国文学蹊径，涉猎其散文韵文，有所觉悟者，必以为一国民之思想感
情，必非可以人造的无国民性的生硬之语言发表而传达之也。"②

并且，陶履恭还对世界语与世界主义的关系作出辨析：

> 然世界主义是一事，而世界语又是一事。二者未必为同问题。
> 有世界语未必即可谓世界主义之实现也。世人不察，以世界语为促
> 进世界主义之实现者，误矣。吾尝默察世界之趋势，国民性不可剪
> 除，国语不能废弃，所谓大同者，利益相同而已（Identity of inter-
> ests）……易言以明之，世界之前途乃不同之统一（Unity in diver-
> sity）而非一致之统一（Unity in uniformity）也。吾以为世界语之
> 观念亦犹孔子专制之观念，欲罢黜百家也。③

---

① 陶履恭：《通信》，《新青年》第3卷第6号。
② 同上。
③ 同上。

这样就摒弃了诸如钱玄同对世界语与世界主义关系的认定，消除了笼罩在世界语上面的巨大光晕。陶履恭对世界前途的看法是差异性的统一，而不是由诸如世界语这样的事物一统天下，也颇具判断力。他还说："言语学者谓就欧洲之民族中，亦以用拉丁支派之言语者为便。世界语所采用之单语，以英、法、德、意之语为多。若瑞典、挪威半岛之单语，采用极稀。若夫东洋之文字，更全不在世界语之内。吾族民数之巨，吾国文学之丰富，奈何于所谓世界语，反无丝毫之位置耶？"① 这样世界语未必就是那么"世界"的，其语言资源相当有限，遮蔽了许多有价值的存在。

陈独秀在对陶履恭的回信之中，一方面承认"来书论世界语，思精义繁，迷信世界语过当者所应有之忠告也"②，另一方面仍是为世界语作出辩解，将世界语理解为一种世界性的"超级国语"：

> 世界语之成立，非即为世界主义之实现。且世界主义未完全实现以前，世界语亦未能完全成立。然世界人类交通，无一公同语言为之互通情愫，未始非世界主义实现之一障碍。二者虽非一事，而其互为因果之点，视为同问题亦非绝无理由。此仆对于世界语之感想，而以为今日人类必要之事业也。譬之吾中国，闽、粤、燕、赵之人，相聚各操土语，其不便不快孰甚？普通官话（即国语）之需要，自不待言。今之世界人类需要取材多数通用之世界语，不能强人皆用英国语或中国语，犹之吾国需要取材多数通用之官话，不能强人皆用北京话或广东话也。③

---

① 陶履恭：《通信》，《新青年》第 3 卷第 6 号。
② 陈独秀：《通信》，《新青年》第 3 卷第 6 号。
③ 同上。

陈独秀仍然坚信一种世界人类的共同语言的存在，认定世界语与世界主义的必然因果关系——这让我们感慨于他理想情怀的热烈。有意思的是，陈独秀将世界语与一国国语的关系理解为一国之内的官话国语与土语方言的关系，这可以说是国语运动逻辑的继续扩展，包含其在五四时期对中国语言文字变革的观念。

陈独秀的观点充满了世界人类的意识：

> 世界万事，皆进化的也，世界语亦然。各国语何莫不然，虽不完全，岂足为病？极言之，柴门霍夫之世界语即不适用而归淘汰，亦必有他种世界语发生。良以世界语之根本作用，为将来人类必需之要求，不可废也。各国各别之语言，依各国各别之民族心理历史而存在，斯诚不诬。然所谓民族心理，所谓国民性，岂终古不可消灭之物乎？想足下亦不能无疑。①

陈独秀的信念是无比坚定的，即便世界语在现实中有缺陷，但并不妨碍可以实现世界大同的人类需求的世界语在其理想与观念之中的出现。这样的话，我们觉得真是很难推进讨论了，因为信念性的东西，有时旁人的理性分析就很难去辨析了，如果您相信它一定就会存在，那还能说什么呢？唯一的理由就是因为这是坚定的信念。陈独秀认为民族心理与历史的东西是暂时性的，是最终会消失的，因此又何必拘泥而重视呢？

我们想问，如果去掉了历史、去掉了民族与现实的存在，仅仅只有纯然的观念、理想与信念，那又会给社会带来什么？陈独秀的一切逻辑都是建立在未来之上，以未来承诺人类需求的世界语，以未来昭示民族和国民性的消失，未来成为其讨论的出发点与合理性的全部，未来是这样的重要，早就给我们安排好了必然的前景，也以此来改造现实。这

---

① 陈独秀：《通信》，《新青年》第3卷第6号。

样，陈独秀觉得完成了对陶履恭的反驳，直言："足下谓世界语为无民族之语言，仆则谓世界语为人类之语言，各国语乃各民族之语言：以民族之寿命与人类较长短，知其不及矣。且国界未泯，民族观念存在期间，各国语与世界语不妨并存，犹之吾国不能因此时未便强废各省方言，遂谓无提倡普通官话之必要也。足下倘无疑于全中国之国语，当亦无疑于全世界之世界语。"① 陈独秀基于进化论的观念，还补充了一句："仆犹有一言欲质诸足下者：足下轻视世界语之最大理由，谓其为人造的而非历史的也。仆则以为重历史的遗物，而轻人造的理想，是进化之障也。语言其一端耳。高明以为如何？"②

在《新青年》第4卷第2号中，钱玄同也对陶履恭这一来信作了反驳，直言："有为独秀已说者，有为独秀未说者。"钱玄同为"人造文字"辩护："玄同以为世界上苟无人造的公用文字，则各国文字断难统一。因无论何国，皆不肯舍己从人，无论何国文字皆决无统一世界之资格也。若舍己国私有之历史的文字，而改用人类公有之人造的文字，则有世界思想者，殆无不乐从，因此实为适当之改良，与被征服于他种文字者绝异也。"③ 那么，这样可以说世界语可能就是五四语言文字变革空间在观念方面最大的"制作"了，是五四时期语言文字"制作"观念的极致发展。世界语的"创制"被描绘为"人类共有之人造的文字"替代"已过私有之历史的文字"，陶履恭反对的人造文字，被置换与加入一种共有与私有的对立之中，从而钱玄同完成了一次论证的转换，在其观念上自然是无比地认同世界语。

钱玄同还有这样的话：

> 所谓东方语言，自以中国为主。中国之字形不消说得，自然不

---

① 陈独秀：《通信》，《新青年》第3卷第6号。
② 同上。
③ 钱玄同：《通信·Esperanto》，《新青年》第4卷第2号。

能换入于拼音文字之内；中国之字义，函胡游移，难得其确当之意义，不逮欧洲远甚，自亦不能采用；中国之字音，则为单音语，同音之字，多且过百，此与拼音文字最不适宜者。且所谓兼采各国语言者，谓其寻常日用之字耳；若现代学术上之专名，则本非东方所有，即在东方文字中，亦采用西名为当。……只有中国文中应采入之欧语，并无 Esperanto 中应采入之中国语也。①

较之陈独秀在这方面的观点，钱玄同的表述更为明晰、彻底，百分之一百地否定中国语言与文字，完全颠覆其现代生存的可能性，中国语言文字甚至并不具备作为世界语某一材料的资格，世界语的资源只能是来自西方。

钱玄同此次复信的结论为：

> 玄同之意，以为中国文字，断非新时代所适用。无论其为象形文字之末流，不足与欧西诸国之拼音文字立于同等之地位。即便一旦改用罗马字拼中国音，而废现行之汉字字体，然近世之学术名词，多为我国所无，即普通应用之新事物，其新定之名词，亦多不通，如自来水、洋灯、大菜之类。诚欲保存国语，非将欧洲文字大大换入不可。惟换入之欧洲文字，当采用何国乎？是一至难解决之问题也。鄙意 Esperanto 中之学术名词，其语根即出于欧洲各国，而拼法简易，发音有定则，谓宜采入国语，以资应用。此为玄同提倡 Esperanto 唯一之目的。②

此时的钱玄同仍在思考拼音文字问题，世界语的使用主要是为了在废除汉字之后，在保存汉语的前提之下，解决大量新名词需要进入拼音文字

---

① 钱玄同：《通信·Esperanto》，《新青年》第 4 卷第 2 号。
② 同上。

途径的问题，即将新名词采用世界语。这样可以推想，钱玄同此刻预想所应使用的语言文字就进一步发展了，当然与汉字无关，同时在新名词的部分也与汉语无关了，主要是由汉语的拼音文字与非汉语的世界语共同交织生长而形成。

二

随后，关于世界语的问题在《新青年》上进一步发酵，孙国璋、钱玄同、陶履恭、区声白等人继续争论，事态胶着，甚至逐渐有些情绪化了，其情形已经有点不知应向何处发展的意味了。

在第4卷第4号的《新青年》"通信"栏目中有孙国璋来信，引发了新一轮讨论。孙国璋罗列了许多世界语在世界各地兴盛的例子，用以驳斥陶履恭，而全面支持世界语，认为其"须有切实易行之办法，方不致空言无补"，并有数条热心而系统的建议：

第一，先加入师范学校，俾得有多数之世界语师资。

第二，宜特别注意于女子学校。因世界语于女子之短时期求学最为适宜。

第三，学校每藉口部章，宜由发起诸君请求教育官厅，于学校课程，先行修正。

第四，凡得有世界语教习者，一律改为世界语。但视地方情形，仍得授他种外国文。

第五，编订合宜之世界语教科书两种：（甲）师范用本；（乙）高小用本。

第六，另编汉译之世界语字典一种。①

---

① 孙国璋：《通信·论 Esperanto》，《新青年》第4卷第4号。

这些似乎沿用了五四时期国语运动的做法，在中国社会——特别是教育界——全面推广。

钱玄同回复孙国璋的意见是"条条都赞成"，还说道：

> 玄同以为吾侪学中国以外之别种文字，不外乎三种目的。（1）要学了这别种文字去研究中国以外的新学问。（2）要学了这别种文字到外国去。到外国去的有两种人：一为学生，这种人的目的，还是与第一种一样；二为外交官。（3）觉得汉文不甚适用，因此想研究别种文字来做汉文的代兴物。学 Esperanto 的目的，若讲到（1）与（2），则其现在之用处，恐尚不能及英、法、德文。玄同以为最切要之目的，实在（3）。[①]

终于，钱玄同正面提出了世界语为中国语言文字的"代兴物"的观点，即由世界语全面取代汉语、汉字，这可以说是《新青年》上世界语倡导思想发展的制高点与逻辑的必然。

陶履恭也回复孙国璋，坚持自己一贯反对世界语的思路，直言不讳："世界语之功用，在今日文明诸邦，已过讨论之时代，而吾辈今犹以宝贵之光阴，讨论此垂死之假语言，这正是中国文化思想后于欧美之一种表象。"[②] 他主张直接学习外语，并说："敢问现代欧美诸大文豪、大诗人、大剧作家，亦皆有世界语之译本否？今日欲研究学问，至少必通两国文字。多则英、法、德、意、俄、日（此为吾国人言）六国文字，皆当有诵读之知识，近来外国语教授法进步，学外国语并无难事。"[③] 然后，陶履恭更为鲜明地亮明自己的立场：

> 世界语之功用，焉能仅据世界语代表大会之言以为定。买药者

[①] 钱玄同：《通信·复论 Esperanto》，《新青年》第 4 卷第 4 号。
[②] 陶履恭：《通信·复论 Esperanto》，《新青年》第 4 卷第 4 号。
[③] 同上。

未有不夸赞其药之灵验者。吾之位置，是绝对的不信世界语可以通用，不信世界语与世界统一有因果之关系（中国方言不同与欧洲国语之相异，不能同视），不信世界语为人类之语言（人为与人为不同各民族之国语，不是一天造成的，必经过千百年之淘汰乃成。现存之语言，世界语成于一旦，与人民之真生命相隔阂，不能成为一种应用的言语）。谓余不信，请再俟五十年视世界语之运命果为何如？①

陶履恭所否定的仍是陈独秀、钱玄同等坚持的几个必然的联系——即世界语与世界统一的因果关系、世界语与各国国语的替代关系，特别反对将之与中国方言的类比，世界语不能成为人类语言，人造的语言带来的只能是隔阂。

在《新青年》第5卷第2号上，又有区声白致陶履恭的信，其支持世界语而反对陶履恭的观点火药味十足，又点燃新一轮的争论。区声白认为世界语为新学问，倡导世界语的主体是"新思想之新青年"——"先生又因 W. T. Stead 君提倡世界语而称之为'好奇之老古董'。此名词不太确切，盖世界语为一种新学问，非具有新思想之新青年，必不赞成，此名词还当赠予反对新学问之顽固派。"② 从这里可以看出"新"作为一种价值观念，无条件被认为是正面而积极的，推动着社会的进步，代表着社会发展的方向。区声白表明自己的倡导动机："至于吾人提倡世界语，纯然为良心上之主张，见其结构之完善，主义之光明，故虽牺牲金钱与时日，亦所无恤。斯语果无通行之价值，五洲万国之愚人，岂有若是之多耶？"③ 区声白将陶履恭视为对立面，针对陶履恭个人：

---

① 陶履恭：《通信·复论 Esperanto》，《新青年》第4卷第4号。
② 区声白：《通信·论 Esperanto》，《新青年》第5卷第2号。
③ 同上。

若再过五十年后，世界语必大大通行，可断言也。倘若人人皆如先生，不但五十年，即再过五百年，五千年，五万年，世界语亦必无通行之一日。惟此可无虑，因赞成此界语者众，而反对世界语者寡：就今日而论，先生一人反对，而驳难者竟纷至沓来，此可为吾语前途预贺者也。总之世界语之在各国，也已通行于各界，而先生之不知。只因中国一隅未甚通行，便谓世界语为无用，此吾人不能不为先生惜也。①

这样讨论就升级了，对人不对事，不怎么讲道理，有点人身攻击的嫌疑了。

然后，在陶履恭回复区声白的信中，自谓"吾既以为世界语为已过讨论时代，自无复讨论之价值，敢请以此文为最末次之答辩"，再提及"崇奉世界语诸君或尊之为'新思想之新思想'，果如是，则吾亦深原自居为'顽固派'也"②。陶履恭似乎有点不耐烦了，谈到世界语的现实情况："以吾观之，世界语中并无所谓'新天地'。即世界语译者中之新天地，亦具在原文之著作中，更何有新天地之可言？今人用世界语著作者共若干人？即此诸人，亦莫不以其国语为主语，以世界语为副语；为小范围内之国际私人交际之用。"③ 陶履恭赞成五四白话文，并对世界语做了定性："白话文字为吾人日常通用之语，其发表思想，形容事物，自胜于陈死古人所用之文字。其中之天地，视诸先贤所用之文字，境域自广。故白话文字犹今之活言语，而世界语始有若钱玄同先生所称'谬种'之文字也。"④

---

① 区声白：《通信·论 Esperanto》，《新青年》第 5 卷第 2 号。
② 陶履恭：《通信·复论 Esperanto》，《新青年》第 5 卷第 2 号。
③ 同上。
④ 同上。

钱玄同在回复区声白的信中，仍在强调："现在各国人各用他私有的语言文字著书，以致研究一种学问，非通几国的语言文字不可。如其世界语言统一了，那便人人都可省去学习无谓的语言文字的时间，来研究有益于社会和人生的学问。"① 这是注重世界语对于个人带来的便利，前提当然是"如其世界语言统一了"。更为重要的是，钱玄同说明：

> 国语既不足以记载新文明，改用某种外国语又非尽善尽美的办法，则除了提倡改用 Esperanto，实无别法。况 Esperanto 是改良的欧洲文字，世界上既有这样一位大慈大悲的 Zamenhof 制造这种精密完善的文字，我中国人诚能弃其野蛮不适用的旧文字而用之，正如脱去极累赘的峨冠博带古代，而穿极便利之短衣窄袖新装也。②

在今天看来，钱玄同的论证中对于中西鲜明的褒贬色彩，那种一往情深的观念倾向，可以说是中国文学语言现代转型之中的一种"强音"吧。

陈独秀回复区声白来信的观点为：

> 今之 Esperanto，或即无足当"世界语"之价值，而世界之将来，倘无永远保守国别之必要，则有"世界语"发生及进行之必要，以言语相通，为初民社会之一大进化，其后各民族间去小异而归大同也，语言同化乃为诸大原因之一，以此推知世界将来之去国别而归大同也。虽不全以"世界语"之有无为转移，而"世界语"（非指今之 Esperanto）之流行，余确信其为利器之一。③

陈独秀坚持其一贯的观点，没有丝毫转变，甚至愿意承认现在世界语的不足，即便当不了那一种人类需求的真正世界语，但也无改世界语存在

---

① 钱玄同：《通信·复论 Esperanto》，《新青年》第 5 卷第 2 号。
② 同上。
③ 陈独秀：《通信·复论 Esperanto》，《新青年》第 5 卷第 2 号。

的必然。因为，陈独秀心目中坚信"世界将来之去国别而归大同"，也坚信世界语会在前方等待，会融入并推动那一"大同"的最终实现。

在《新青年》第 5 卷第 2 号的"通信"栏目中，还有孙国璋《论 Esperanto》的来信以及陈独秀与钱玄同的回信，继续讨论这一问题——这又是新一轮的讨论。孙国璋对陶履恭的态度，已经是相当的情绪化了，"故余对于先生之言，无论如何，自后不敢再赞一辞。即以先生之所云'再俟五十年（按既云'垂死'又云'五十年'，亦前言不接后语），视世界语之运命果为何如，'姑悬此说，以证将来可耳"①。在此之外，孙国璋好像也没说出什么让人信服的道理。对此，连陈独秀也看不下去了，"诸君讨论世界语，每每出于问题自身以外，不于 Esperanto 内容价值上下评判，而说闲话，闹闲气，是以鄙人不敢妄参末议也"②。

钱玄同在此一轮的讨论之中，还历数了新文化阵营代表人物对于世界语的各种看法，宛如做出一次总结。不妨引用如次：

> 适之先生对于 Esperanto，也是不甚赞成的，（此非亿必之言，适之先生自己曾经向我说过，）所以不愿大家争辩此事。然玄同以为此数次的争论，确乎有点无谓；因为意见本是两极端，即孙蒂仲先生所谓"本无可讨论"者也。我的意思，以为区声白、孙蒂仲两先生今后当用全力提倡此语，玄同亦愿尽吾力之所能及，帮同鼓吹。此外如刘半农、唐俟、沈尹默诸先生，我平日听他们的言论，对于 Esperanto，都不反对，吾亦愿其腾出工夫来讨论 Esperanto 究竟是否可行。陈独秀、陈百年两先生都以为"世界语"是应该有的，但 Esperanto 未必能当"世界语"，吾亦愿其对于"世界语"的问题讨论讨论（Esperanto 之外，又有 Iod，或谓较 Esperanto 更为

---

① 孙国璋：《通信·论 Esperanto》，《新青年》第 5 卷第 2 号。
② 陈独秀：《通信·复论 Esperanto》，《新青年》第 5 卷第 2 号。

精密，玄同却没有学过，不知究竟如何，若其果较精密，玄同自然舍 Esperanto 而提倡 Iod。两陈先生既以 Esperanto 为未能完善，则 Iod 一种，亦当研究他一下子）。至于陶孟和先生，既恶"热心提倡世界语之徒大张厥词，广告万端，蛊惑学子，效验颇巨，"并斥 Esperanto 为"谬种之文字"，似乎还该大大的著为论文，或驳议，使"求学若渴之青年，勿抛弃宝贵之光阴于不能致用之文字"，似未可遽以"无复讨论之价值"一语了之。玄同此言，未知孟和先生以为然否。①

这真是一个纷繁复杂的局面，使得钱玄同最终认为各人各有其立场，无法通过争辩达成一致，于是只能各行其是，尽管还是对反对世界语的陶履恭不无微词。可以说，五四时期的世界语讨论冲突是十分尖锐的，远没有形成什么理论共识，当然就更没有普遍意义上的实践成果。

三

让我们再看朱我农与胡适、钱玄同的一次讨论。朱我农的反对意见较为系统，而胡适的加入也为世界语讨论增加了新的内容。

在第 5 卷第 4 号《新青年》的"通信"栏目之中，有朱我农名为《反对 Esperanto》的来信：

自从 Esperanto 发明以来，十年前还有少数人不知道他的无用，听了"买药者赞其药之灵验"（陶先生语）的"牛皮"，费了许多宝贵的光阴去学他，这些人究竟得了他的益处没有？我也上过这个当，凭着我的良心说，我是一点益处也没有得到的。不但如此，这几年来，学 Esperanto 的人愈少，现在除了钱先生所说的"上海一

---

① 钱玄同：《通信·复论 Esperanto》，《新青年》第 5 卷第 2 号。

班无聊人"外，实在没有多少人了。这不是"已死"是什么？英国各商业学校已对 Esperanto 一科除去。美国虽尚未除去，学的人已经寥寥无几了，所以我简直叫 Esperanto 做"已死的私造文字"。并且文字也不配称，文字是有语言变成的，是能代表语言的，Esperanto 既不是由语言变成的，也是不能代表语言的，（因为用世界语说话的人竟没有），所以不配称作文字。但是我一时想不出一个合适的大名来奉送他，只好姑且恭维他为文字，要不然就叫他做"私造的符号"。①

朱我农是从现实的情形，甚至是从个人经历来说的，并不是基于理想去展望世界语的价值，直言世界语所遭遇的当时社会的冷遇，因为没有现实的社会基础，被视为"私造的符号"。

朱我农不赞成其成为"世界语"的理由为：

（一）Esperanto 不配称为世界语，因为他不能够看做世界通用的语言，并且"语"都不配称，这个我已经说过。（二）世界语这三个字欺骗许多人——我就是个中人——突然一看，以为这是世界通用的语言，连忙去学，费了三四年的光阴，一点益处也得不到。……专门谋利的药店，弄了点吗啡做了一些药丸，起它一个大名，叫做什么"参茸戒烟丸"，那又是什么"戒烟梅花参片"，那这和把 Esperanto 叫做"世界语"一样。②

这是说世界语名不副实，只是一种赋予了宏大名字人造的文字而已，却没有什么实际的作用。所以，朱我农认定这一种 Esperanto 的世界语为"死文字"：

---

① 朱我农：《通信·反对 Esperanto》，《新青年》第 5 卷第 4 号。
② 同上。

大凡一种文字，一定先有一种语言做他的根本；如果这种语言渐渐变了新面目了，那文字一定也要随着更变的；假使不更变，就可以认作没有语言做他的根本；就变成死文字了。……如此推想起来，造 Esperanto 的时候，既没有一种语言做他的根本；现在又没有人用他做语言，所以也不过是一种死文字。死文字是无用的，是不能随时进化的，所以这 Esperanto 也是无用的。①

究其原因，朱我农认为：

无论哪一种语言文字，只有因为文字不合语言，把文字改了的（先生所说意大利废拉丁文就是好证据），断没有用文字去改语言的。如此推想，就知道私造了一种文字（这文字两字是假定的称谓），要世界的人拿他当作日常应用的语言，是万万做不到的。所以 Esperan-to 断不能当作世界通用的语言，简直是一个无用的东西。②

由此，朱我农甚至在根本上怀疑"人类之语言"的存在：

陈、钱两先生称为"人类之语言"的语言，究竟是世界上能有的，还是不能有的么？这个问题，现在尚不能解决，因为这是将来的语言，不能据现在几个人的理想测度得准的。但是据现在的事实看起来，这语言是现在没有的。所以两先生所说得"人类之语言学"，只能算作一个虚拟的名称，不是实有的事物。③

朱我农在这样的论述基础上给 Esperanto 下了断语："要知道文字是语言的代表，是语言的记号，Esperanto 是私造的记号，不是应用语言的记

---

① 朱我农：《通信·反对 Esperanto》，《新青年》第 5 卷第 4 号。
② 同上。
③ 同上。

号，所以不能认作文字。"①

最后，朱我农的反对意见为：

> 第一，将来世界上能有人造的公用文字么？且不必问，但是就 Esperanto 的成绩看起来，即使将来有人造的公用文字，我敢说这文字决不是欧洲人已经置诸不闻不问的、私造的 Esperanto。第二，文字是随着语言进化的，将来到了国家种族的思想界限渐渐消灭，五方杂处的时候，语言自然渐渐会得统一的；语言既统一，文字也就统一了。语言断不能随着私造的文字改变的，也不会随文字统一的，这个可以据欧洲文字的沿革和我们中国文言不一致证明的。所以凭着几个人的脑力私造了一种记号，叫做文字，要想世界上的人把固有的语言抛了，去用这凭空造的记号做语言，这个和用中国的古文去改中国现在的语言差不多，是万万做不到的。②

可以说，至此朱我农的反对意见表述得非常全面，也在相当程度上表明了他的语言文字观念，其与五四白话文运动倡导之中的语言文字观念不无相通之处。

胡适回复朱我农的来信，在这一场世界语的讨论之中表明自己的观点："我对于世界语和 Esperanto 两个问题，虽然不曾加入《新青年》里的讨论，但我心里是很赞成陶孟和先生的议论的。"③ 对于朱我农信中的观点，胡适也是赞同的，他摘抄了其中自认为精彩的几条议论，并认为"老兄这几段议论不单是讨论 Esperanto，竟可以推行到一切语言文字的问题，故特别把它们提出来，请大家特别注意"④，至此胡适反对世界语的态度，已经无比清晰了。

---

① 朱我农：《通信·反对 Esperanto》，《新青年》第 5 卷第 4 号。
② 同上。
③ 胡适：《通信·复反对 Esperanto》，《新青年》第 5 卷第 4 号。
④ 同上。

钱玄同也发表《对于朱我农君两信的意见》一文，其内容颇堪玩味——干脆表明道不同不相为谋，不再作辩解了。钱玄同说："承示朱我农君两信，嘱我作答。我看了一遍，觉得'反对 Esperanto'的信，无可讨论。朱君是认 Esperanto 为'已死的私造符号'，我是认它为将来人类公用的语言文字，所见统不相同，似可不必辩论。……若如陶孟和、朱我农及老兄之根本推翻 Esperanto 者，甚或不承认人类应有公用的语言文字者，则不复置辩。"① 至此可以说，世界语无数次相与往复讨论的大幕终于落下，无数的回合真是让人眼花缭乱。并且，我们相信今天的读者如果去读这样无比杂糅、重复表述而又不乏情绪化的一轮又一轮、仿佛无穷无尽的《新青年》上关于世界语的讨论文字，也会觉得无比地辛苦。

四

在《新青年》第 5 卷第 5 号的"通信"栏目中，鲁迅发表了《渡河与引路——Esperanto》一文，加入世界语的讨论，其态度看起来似乎有些暧昧。他对钱玄同说："两日前看见《新青年》五卷二号通信里面，兄有唐俟也不反对 Esperanto，以及可以一齐讨论的话。我于 Esperanto 固不反对，但也不愿讨论，'因为我的赞成 Esperanto 的理由，十分简单，还不能开口讨论。"② 一方面："要问赞成的理由，便只是依我看来，人类将来总当有一种共同的言语；所以赞成 Esperanto。"③ 另一方面："然问将来何以必有一种人类共通的言语，却不能拿出确凿证据。说将来必不能有的，也是如此。所以全无讨论的必要；只能各依自己所信的做去就是了。"④ 鲁迅似乎悬置了世界语的问题，在超然的态度之中是

---

① 钱玄同：《通信·复反对 Esperanto》，《新青年》第 5 卷第 4 号。
② 唐俟（鲁迅）：《通信·渡河与引路—— Esperanto》，《新青年》第 5 卷第 5 号。
③ 同上。
④ 同上。

异常的冷静，觉得双方在讨论中试图要去说服对方是没有什么意义的。

鲁迅的关注点在于：

> 但我还有一个意见，以为学 Esperanto 是一件事，学 Esperanto 的精神，又是一件事。——白话文学也是如此。——倘若思想照旧，便仍然换牌不换货：才从"四目仓圣"面前爬起，又向"柴明华先师"脚下跪倒；无非反对人类进步的时候，从前是说 no，现在是说 ne；从前写作"咈哉"，现在写作"不行"罢了。所以我的意见，以为灌输正当的学术文艺，改良思想，是第一事；讨论 Esperanto，尚在其次；至于辩难驳诘，更可一笔勾销。①

鲁迅在意的是真正有实质意义的进步，更为重视"灌输正当的学术文艺，改良思想"，而不是若干的名目，而不是完全不能确定的东西，而为之花太多工夫，因为这些一时眩目的名目后面完全有可能是无意义的，甚至骨子里仍是旧有的东西，即便是世界语——这就是鲁迅式的冷静与深刻，对整个《新青年》世界语讨论无疑有着警醒意义。

在此之后，在《新青年》的第五卷、第六卷之中，还有数次关于世界语的讨论，来信的人多为世界语的赞成者，有姚寄人、胡天月、区声白、周祜、凌霜，回复者都为钱玄同一人，其理由基本都不出之前的探讨思路，我们也不想再作引用与分析了。钱玄同在《新青年》的世界语讨论之中，逐渐成了一个中心性且不断大力予以支持的人物，形成了一个坚定而固执的形象，而《新青年》的世界语讨论也深深烙上了钱玄同的个人色彩。②

---

① 唐俟（鲁迅）：《通信·渡河与引路—— Esperanto》，《新青年》第 5 卷第 5 号。
② 可参考倪伟的一个观点，从钱玄同五四前的复古，五四时的激进，五四后思想的倒退，认为钱玄同"没有坚定的思想信念，更没有投身饲虎的勇气，就只能被时代潮流裹挟着东飘西荡了。当然，这么说并非要抹杀他在新文化运动中的成绩，因思想的简单而获得的自信和勇气让他很好地充当了急先锋的角色，为新文化运动的推进助了一臂之力。"[倪伟《〈新青年〉时期钱玄同思想转变探因》，《杭州师范大学学报》（社会科学版）2015 年第 4 期。]

还有必要提及在《新青年》第 5 卷第 5 号的"通信"栏目的回复之中，钱玄同阐明一贯的见解，"一面应该赶紧提倡 Esperanto，冀十年廿年之后可以废汉文而用 Esperanto"①，然后他在的解释中，表明了其心中所藏有的长久忧惧：

> 国粹中有"生殖器崇拜"的道教，又有方相氏苗裔的"脸谱"戏，遂至一千九百年闹出拳匪的一种成绩品，国几不国。国粹中又有主张三纲五伦的孔教，到了共和时代，国会里选出的总统，会想由"国民公仆"晋封为"天下共主"。垂辫的匪徒，胆敢于光天化日之下，闹大逆不道的什么"复辟"把戏，国又几乎不国。近来一班坐拥多妻主张节烈的"真正的拆白党"，又竭力的提倡"猗欤盛矣"的事业了。照这样做去，中国人总有一天被逐出于文明人之外，第三次国几不国的日子，恐怕要到快了。所以依我看来，要想立国于二十世纪，还是少保存些国魂国粹的好!②

钱玄同这样的一再表述犹如梦魇一般，如此沉重地面对这个老大的民族及其文化。他是深深沉溺于其中，这样的梦魇似乎会时时提醒着他，而不能片刻分离。仍然是那一"文明人"带来的莫名而焦躁的压力，仍然是基于强力的启蒙意识而铭心刻骨地去反对"国粹国魂"，进而在某种沉迷的氛围之中产生了一种极端的淑世"热忱"，充盈着某种试图推倒一切的持久冲动与激愤，而缺乏任何必要的前提反思与现实考量。我们看到，历史的发展并没有站在钱玄同等世界语倡导者的一边，主要的原因可能就在于他们的观点并没有成为"中国"的，并没有找到应有的生长与发展的现实土壤，进而与中国历史形成有效的衔接，有的只是一种在观念之上的全然而无畏的"断裂"，最终成为中国文学语言现代

---

① 钱玄同：《通信》，《新青年》第 5 卷第 5 号。
② 同上。

转型之中的自言自语。

就总体而言，五四时期《新青年》的世界语讨论不失为中国语言文字现代转型中的一次重要事件，世界语最为强烈地表现出这一时期中国语言文字的欧化倾向，甚至说它是欧化也不怎么准确，因为它准备完全废掉中国的汉语与汉字，进而直接移植西方的语言文字——尽管还叫世界语。五四时期《新青年》的世界语讨论，表明了中国语言文学现代转型某种不太成熟的世界主义与现代性的盲动，构成了极为复杂与斑驳的一页。

当我们认真打捞与审视这些一百年前有关拼音文字与世界语的往复讨论，不惜以较大篇幅罗列了若干史料，以显示那些已经陌生的思路，真是让人唏嘘感慨。那些说过十年、二十年、五十年来看的信心满满的断言仍在耳畔，就现今而言，时间早已经过去了——它们又留下了什么样的建设意义的"遗产"呢？现在又还有多少人愿意、乐于提及拼音文字、世界语呢？在这里，"现代"留下了一副尴尬面孔——情感与信仰并不能代替理性的判断，特别是不能成为强制的理由。并且，五四时期工具论的语言文字观念，在拼音文字、世界语讨论之中可以看到是过于简单了，过于强调实用性了，因而在思维上尽显某些急功近利的色彩，而世界语的反对者似乎更具合理性。最终，从现实层面看来，五四新文化阵营对拼音文字、世界语的讨论，只能成为一种历史文献了。另外，我们是否还可以这样说，《新青年》拼音文字、世界语的讨论，反映出五四文学语言变革空间已经基本定型，达到了探索的极限，耗尽了五四文学语言理论建设方面的能量，日后虽有个别的人物还可能会在局部发展五四文学语言的逻辑，但是"众声合唱"的五四文学语言建构与发展已然式微，在其内部很难再产生新的历史发展可能性了。

第七章　周氏兄弟五四时期的文学语言践行

　　五四新文学以白话文作为统一的语言文字基础，构筑了一个时代文学作品语言的底线与平台——这也是五四新文化运动取得的标志性成就之一，而中国现代文学正是从这里得以开启。在这一底线与平台之上，五四作家创作的本身就是在锻造与调适着现代汉语，是现代汉语的具体呈现。与此同时，五四文学作品之中的语言建构还从五四白话文一般书面语的"母体"之中独立出来，即所谓的"文学文"取得了一种相当自足的地位。

　　这即是说，语言文字变革只是提供给现代作家一个起点，五四白话文的生长还要在五四作家手中得以实现。于是，我们能够看到周氏兄弟白话文学语言观念的发生，有着卓异之处，有着自己的特质，与深刻的现代思想文化意识交织生长，从此中国文学作品之中语言的"现代"质地基本得以确立。在此之后，伴随着中国社会与文化的推进，产生了不同的发展流向，中国现代文学语言成为时代性的文化政治风向标，成为进入"现代中国"的一条切实途径，或言在一个重要领域建立起"现代中国"的基本经验。

第一节　周氏兄弟的文学语言观念辨析

从宏观上说，五四白话文运动与新文学实践在时间上有前后之别，五四时期语言文字变革的成果自然会积淀在新文学作品语言的实践之中。亦如郜元宝所言："新文学家的胜利，首先在于语言的胜利，或者说，他们抢先依附了语言变革的大势，以语言的胜利为自己的胜利。"[①]这样，"文学"观念之于五四语言文字变革，自然会带来更多有意义的话题。

扫视五四新文化中人，此时都在做着"什么是文学"的文章。胡适就白话文的语言文字的功能说："文学有三个要件：第一要明白清楚，第二要有力能动人，第三要美。"[②] 罗家伦分析与归纳中外的文学界定之后，认为："文学是人生的表现和批评，从最好的思想里写出来的，有想象、有情感、有体裁，有合于艺术的组织；集此众长，能使人类普遍心理，都觉得他是极明了，极有趣的东西。"[③] 沈雁冰反对文学中的"文以载道"和"游戏态度"，正面观点是倡导"写实主义"："新文学的写实主义，与材料上最注重精密严肃，描写一定要忠实。"[④] 李大钊认为："我所要求的新文学，是为社会写实的文学，不是为个人造名的文学；是以博爱心为基础的文学，不是以好名心为基础的文学；是为文学而创作的文学，不是为文学本身以外的什么东西而创作的文学"，

---

① 郜元宝：《汉语别史——现代中国的语言体验》，山东教育出版社 2010 年版，第 147 页。

② 胡适：《什么是文学——答钱玄同》，《胡适全集》（第 2 卷），安徽教育出版社 2003 年版，第 206 页。

③ 罗家伦：《什么是文学——文学界说》，《新潮》第 1 卷第 2 号。

④ 沈雁冰：《什么是文学——我对于现文坛的感想》，《中国新文学大系·文学论争集》，上海文艺出版社 2003 年影印本，第 153 页。

"宏深的思想、学理，坚定的主义，优美的文艺，博爱的精神，就是新文学新运动的土壤、根基。"① 郑振铎的看法则为："文学是人生的自然的呼声。人类情绪的流泄于文字中的，不是以传道为目的，更不是以娱乐为目的，而是以真挚的情感来引起读者的同情的。"② 仅就这些定义就可以看出，五四新文学在其文学观念方面已经全面"欧化"，甚至郁达夫认为"中国现代的小说，实际上是属于欧洲的文学系统的"③ ——这样的文学观念与五四白话文的"欧化"取向自然会是无比吻合。进一步还可以说，高度书面化、并鲜明"欧化"的五四文学作品语言反过来无疑会影响与加深人们关于五四白话文"欧化"面貌的印象，从而构筑起一个时代文学语言的显著形象。

一

在此情形之下，让我们面对周氏兄弟在五四时期——或言周氏兄弟在早期——的文学语言探索。不难发现五四时期有关白话文的一般性见解，乃至五四新文化阵营对"文学"明确的界定，在具体的文学创作面前，不免显得简单与抽象了。在五四时期，确有不少并不是作家的五四白话文倡导者，充满信心地在教人怎样写小说、怎样写诗歌、怎样写戏剧。我们也不反对王晓明这样的观点，并认为他确是指出了五四文学的某些重要特点："中国现代文学的诞生与我们在欧洲现代文学的历史上看到的情形明显不同：它是先有理论的倡导，后有创作的实践；不是后起的理论给已存在的作品命名，而是理论先提出规范，作家再按照这

---

① 守常（李大钊）：《什么是新文学》，《星期日周刊》"社会问题号"，1920 年 1 月 4 日。

② 郑振铎：《新文学观的建设》，《中国新文学大系·文学论争集》，上海文艺出版社 2003 年影印本，第 161 页。

③ 郁达夫：《小说论》，严家炎编《二十世纪中国小说理论资料（第二卷）1917—1927》，北京大学出版社 1997 年版，第 421 页。

些规范去创作；不是由几个缪斯的狂热信徒的个人创作所造成，而是由一群轻视文学自身价值的思想启蒙者所造成。我简直想说，它是一种理智的预先设计的产物了。"① 但是，五四时期的新文化运动与新文学发展毕竟是两个不同的事件，新文学的发展并不是一定要按照五四新文化运动者的全部逻辑而行进的，甚至可以说并不是一定要按照某种既定的理念来行进，它有着自身的逻辑和另一发展空间，因而王晓明的观点略显极端。

面对五四个体作家的文学语言经验，自然需要深邃细密的阐释，在其中当然会有超越观念的极大复杂性，以至于我们发现不少的五四新文学作家基于自己的语言文字体验，对五四白话文都有不同程度的批评——这实际上是一种在文学语言方面真正创造力的体现。所以，我们以"践行"标示周氏兄弟的文学语言探索，是因为他们对文学语言的建树，更多是在文学创作实践之中得以实现，不乏失败之中的强行开拓，喧闹之中的突然转向，成为整个中国文学语言现代转型之中独具价值而不可忽视的重要部分。

木山英雄认为："周氏兄弟经由了章氏'文学复古'的熏陶，几乎同时又体验了对于西方式'主观之内面精神'和'个人尊严'的渴望；他们借用严复的旧式译语'性解'表现西方天才、'诗人'、'精神界战士'，在与他们的声音相呼应的同时，留下了文学语言的大胆试验成果。"② 这样，从晚清开始，周氏兄弟一路行来，对于文学语言的建构有着自己独特的资源，完全不同于胡适等人建立起的清晰白话文变革轨迹，也不是坐而论道式的理论倡导，而具有明显的实践品质，引发了许多令人深思的话题。从这一角度大而言之，我们很难将某一位五四新文

---

① 王晓明：《一份杂志和一个"社团"——重评"五·四"文学传统》，《刺丛里的求索》，上海远东出版社 1995 年版，第 285 页。

② ［日］木山英雄：《文学复古与文学革命》，《文学复古与文学革命——木山英雄中国现代文学思想论集》，赵京华编译，北京大学出版社 2004 年版，第 236 页。

学作家的文学语言实践，施以绝对的"五四"时间分割。在五四白话文倡导之中，我们确是不难见到传统与现代的截然划分，但面对一位作家的心灵世界，固然自有其思想文化的发展历程，但很多时候是以一种混溶的状态，瞬间的呈现是其全部个体经验的到场。这可以解释五四白话文的倡导者与五四文学的实践者，大致说来就是两拨不同人群。固然，初期也不乏胡适这样的"尝试者"，但亦如其所说的"提倡有心，创作无力"。诸如鲁迅、周作人这样的重要作家，在五四时期白话文运动与"文学革命"之中，并不是最积极的活跃分子，在很大程度上是为时代潮流所推动，所以鲁迅会称自己五四时期白话小说创作为"听将令"① 与"遵命文学"②，他们二人是以文学创作的实绩确立其在文学语言建构之中不可替代的位置。

在 1908 年发表的《摩罗诗力说》一文中，鲁迅提倡无功利的"纯文学"："由纯文学上言之，则以一切美术之本质，皆在使观听之人，为之兴感怡悦。文章为美术之一，质当亦然，与个人暨邦国之存，无所系属，实利离尽，究理弗存。故其为效，益智不如史乘，诚人不如格言，致富不如工商，弋功名不如卒业之券。特世有文章，而人乃以几于具足。"③ 这种鲜明的"美术"立场，明显源于西方文学与文化观念，特别是西方浪漫主义的文学观念。在另一方面，如同鲁迅长期所做的那样，他又很少孤立地谈及这一"纯文学"应该使用的语言，更不会系统论及语言与文体方面的较为纯粹的形式主义方面的追求——或许有人会认为文学语言的现代转型似乎长期并未进入鲁迅的视野。可以证之以

① 鲁迅：《〈呐喊〉自序》，《鲁迅全集》（第 1 卷），人民文学出版社 2005 年版，第441 页。

② 鲁迅：《〈自选集〉自序》，《鲁迅全集》（第 4 卷），人民文学出版社 2005 年版，第469 页。

③ 鲁迅：《摩罗诗力说》，《鲁迅全集》（第 1 卷），人民文学出版社 2005 年版，第73 页。

晚清时期鲁迅的翻译文学语言实践，《〈红星佚史〉之诗》采用的是中国古代的骚体诗歌语言，《月界旅行》《地底旅行》采用的是传统章回体的白话文，遵循的是晚清时期小说翻译的多元化文学语言的潮流，其中充溢的是明清白话小说语言的味道，而翻译西方短篇小说的《域外小说集》，则是采用深奥的文言——从表面上看，鲁迅之于晚清以来文学语言的现代转型，好像并不那么"新潮"。

类似的情况也发生在周作人身上。在1914年发表的《小说与社会》一文之中，周作人认为"著作之的，不依社会嗜好之所在，以个人艺术之趣味为准，故近世小说，不复尽人可解，而凡众之所赏，又于文史为无值"①。这种看法超越一时社会趋向而充满了精英的意味，周作人同样追求无功利的"纯文学"，而漠视"凡众"。关键在于，在文学语言的使用方面，周作人有了明确的意见："第通俗小说缺限至多，未能尽其能事。往昔之作存之，足备研究。若在方来，当别辟道涂，以雅正为归，易俗语而为文言，勿复执著社会，使艺术之境萧然对立。斯则其文虽离社会，而其有益于人间甚多。"② 在此观点之中仍是指向"纯文学"的目标，并且为通俗小说开出了"易俗语而为文言"的药方，即以文言来完成纯文学的创造，为了达到心目中的"艺术之境"，甚至放弃文学的社会功能而实现超越一般的功利。今天听起来这一切似乎匪夷所思，因为我们心中有一个从晚清到五四时期，白话文不断发展的趋势与图景。当这一图景突然在周氏兄弟身上消失了，而我们还知道数年之后周氏兄弟会创作出经典作品，进化视野的逻辑就戛然而止，文学史似乎突上突下，发生了阐释的困难，而无法进行有效的衔接。

因此，我们不愿以一般的文学史体系，用简单的文言与白话的二元对立去看待周氏兄弟一路从晚清而来的语言观念与实践，或言文言与白

①　启明（周作人）：《小说与社会》，《绍兴县教育会月刊》，第5号。
②　同上。

话二元对立的阐释架构对他们的意义本来就不大，因为周氏兄弟并没有以白话与文言的对立去推动他们思想文化的变化。有意思的是，王风通过细致分析周氏兄弟从晚清到五四时期使用标点符号等书写形式的变化情况，为他们的白话文渊源提供了一种解释："在周氏兄弟手里。对汉语书写语言的改造在文言时期就已经进行，因而进入白话时期，这种改造被照搬过来，或者可以说，改造过了的文言被'转写'成白话。与其他同时代人不同，比如胡适，很大程度上延续晚清白话报的实践，那来自于'俗语'；比如刘半农，此前的小说创作其资源也可上溯古典白话。而周氏兄弟，则是来自于自身的文言实践，也就是说，他们并不从口语，也不从古典小说获得白话资源。他们的白话与文言一样，并无言语和传统的凭依，挑战的是书写的可能性，因而完全是'陌生'的。"①反过来也可以说，周氏兄弟是在新的文学观念之下，在新的书面书写方式之下，不断试验，不停地寻求着自己的语言表达，即便是使用文言，也不是林纾式地去捍卫文言、以文言找寻自己的精神家园，而是以文言去追寻新的文学与文化观念，即便是必然的不断的失败，但这些以自己的生命体验的失败本身就极具价值，这一行为的本身就已经加入了中国文学语言的现代转型，产生出不能忽视的张力。木山英雄就认为周氏兄弟的《域外小说集》的翻译："他们在阅读原文时，把自己前所未有的文学体验忠实不贰地转换为母语，创造了独特的翻译文体。进而，为了对应于描写事物和心理细部的西方写实主义，他们所果敢尝试的以古字古义相对译试验，哪怕因而失之于牵强，但恰恰因为如此，通过这样的摩擦，作为译者的内部语言的文体感觉才得以真正形成吧。而且在民国初年，对于他们来说，这样的文学语言，也必须是文言文……"②

---

① 王风：《周氏兄弟早期著译与现代书写语言》（下），《鲁迅研究月刊》2010 年第 2 期。
② ［日］木山英雄：《文学复古与文学革命》，《文学复古与文学革命——木山英雄中国现代文学思想论集》，赵京华编译，北京大学出版社 2004 年版，第 231 页。

我们分明看到，周氏兄弟以绝大魄力与毅力去寻求现代的语言与表达，他们的文字观念与实践不是为了在一般层面建立现代书面语，不是为了去建立某种均质而系统的规范标准，而是深入生命内核去绽放语言，同时也是在与语言相遇与绽放之中展示一个前所未有的现代世界与生命体验。这一点非常重要，它表现于周氏兄弟的文学实践之上，也是一以贯之的。这让人想起鲁迅一段著名的话："外之既不后于世界之思潮，内之仍弗失固有之血脉，取今复古，别立新宗，人生意义，致之深邃，则国人之自觉至，个性张，沙聚之邦，由是转为人国。人国既建，乃始雄厉无前，屹然独见于天下，更何有于肤浅凡庸之事物哉？"① 在周氏兄弟那里，语言文字从来就是和现代中国最为核心的构成联系在一起的，或者说是同为一体的。

二

王风还认为："周氏兄弟是以自居边缘的姿态加入《新青年》的，鲁迅所谓'听将令'、周作人所谓'客员'就是这种姿态的反映。首先他们接受了白话的共识，其次他们工作的重点事实上与陈独秀更为接近，即延续民国建元以来思想运动，结合自己晚清以来的思考，而进入所谓伦理革命，《人的文学》等等实际是此类问题的延伸，在他们那儿，文学即是一个实践平台，又是一个需要重建灵魂的对象。"② 周氏兄弟不是简单投身于五四时期现代白话文的倡导与呼吁，而是别有自己深切的关怀，他们以独特的姿态加入新文化阵营之中，这就决定了其文学创作在语言方面的不断锻造与重要贡献：主要是在五四新文学

---

① 鲁迅：《文化偏至论》，《鲁迅全集》（第1卷），人民文学出版社2005年版，第57页。

② 王风：《文学革命的胡适叙事与周氏兄弟路线——兼及"新文学""现代文学"的概念问题》，《中国现代文学研究丛刊》2006年第1期。

的内部，基于现代思想文化的质地，产生了一种立足于中国语言文字特点而又有欧化倾向的文学作品书面语言，影响与构筑了五四新文学作品语言的内核与骨骼的部分，体现出强烈的陌生化与深度心理的特质，极具内在的思想文化蕴含，进而可以在更大的范围说，是他们奠基了中国现代文学语言。

具体而言，就是周氏兄弟为五四白话文灌输了新的现代意识形态，以思想文化为五四时期新文学语言的核心与骨骼奠定了现代理性的基础，而使之充满了一种截然不同的现代性内蕴，从而告别了中国古典文学。周作人在此方面做得更为直接与外化，在五四高潮时期，其观点与五四主潮产生了重要的共鸣。在《思想革命》一文之中，周作人展现了他介入文白之争的视野，是基于一种思想文化的观照：

> 我想文学这事物，本合文字与思想两者而成。表现思想的文字不良，固然足以阻碍文学的发达，若思想本质不良，徒有文字，也有什么用处呢？我们反对古文，大半原为他晦涩难解，养成国民笼统的心思，使得表现力与理解力都不发达，但另一方面，实又因为他内中的思想荒谬，于人有害的缘故。这宗儒道合成的不自然的思想，寄寓在古文中间，几千年来，根深蒂固，没有经过廓清，所以这荒谬的思想与晦涩和古文，几乎已融合为一，不能分离。我们随手翻开古文一看，大抵总有一种荒谬思想出现。便是现代的人做一篇古文，既然免不了用几个古典熟语，那种荒谬思想已经渗进了文字里面去了，自然也随处出现。①

周作人已经不满足于仅以白话文代替文言，而进一步思考取代文言之后，白话文内部思想文化的建设问题。他进一步确认："文学革命上，

---

① 仲密（周作人）：《思想革命》，《新青年》第6卷第4号。

文字改革是第一步，思想改革是第二步，却比第一步更为重要。我们不可对于文字一方面过于乐观了，闲却了这一面的重大问题。"①

正是在此认识之下，我们理解了周作人在五四时期著名的论文《人的文学》《平民的文学》的重要意义，它们为五四时期新文学及其语言灌输了人道主义与平民主义的思想，使之富有现代思想文化的内蕴，以造成一种"现代"的文学。在《人的文学》之中，周作人提出了"一种个人主义的人间本位主义"的主张，相当完备地展现出西方文艺复兴以来人道主义的精髓。如其对"人"的理解：

> 我们承认人是一种生物。他的生活现象，与别的动物并无不同，所以我们相信人的一切生活本能，都是美的、善的，应得完全满足。凡有违反人性不自然的习惯制度，都应该排斥改正。
>
> 但我们又承认人是一种从动物进化的生物。他的内面生活，比别的动物更为复杂高深，而且逐渐向上，有能够改造生活的力量。所以我们相信人类以动物的生活为生存的基础，而其内面生活，却渐与动物相远，终能达到高上和平的境地。凡兽性的余留，与古代礼法可以阻碍人性向上的发展者，也都应该排斥改正。②

后在《新文学的要求》一文之中，周作人说得更为清楚：

> 这人道主义的文学，我们前面称他为人生的文学，又有人称为理想主义的文学；名称尽有异同，实质终是一样，就是个人以人类之一的资格，用艺术的方法表现个人的情感，代表人类的意志，有影响于人间生活幸福的文学。……这新时代的文学家，是"偶像破坏者"。但他还有他的新宗教，——人道主义的理想是他的信仰，

---

① 仲密（周作人）：《思想革命》，《新青年》第6卷第4号。
② 周作人：《人的文学》，《新青年》第5卷第6号。

人类的意志便是他的神。①

这就是周作人心目中新文学的起点和应具备的基本现代素质。

值得关注的是，在《平民的文学》一文之中，周作人在"平民文学"的倡导与白话文的使用间建立了更多的联系：

> 平民文学决不单是通俗文学。白话的平民文学比古文原是更为通俗，但并非单以通俗为唯一之目的。因为平民文学不是专做给平民看的，乃是研究平民生活——人的生活——的文学。他的目的，并非要想将人类的思想趣味，竭力按下，同平民一样，乃是想将平民的生活提高，得到适当的一个地位。凡是先知或引路的人的话，本非全数的人尽能懂得，所以平民的文学，现在也不必个个"田夫野老"都可领会。近来有许多人反对白话，说这总非田夫野老所了解，不如仍用古文。现在请问，田夫野老大半不懂植物学的，倘说因为他们不能懂，便不如抛了高宾球三氏的《植物学》，去看《本草纲目》，能说是正当办法么？正因他们不懂，所以要费心力，去启发他。②

这是周作人的一贯立场，文言之中包含鲜明的启蒙意识与精英意识；白话文不能等同于通俗，白话文也不是要去延续传统文学的白话文资源，这与胡适的观点拉开了相当的距离。因此，我们看到周作人对明清白话小说语言的态度：

> 在中国文学中，想得上文所说理想的平民文学，原极为难。因为中国所谓文学的东西，无一不是古文。被挤在文学外的章回小说几十种，虽是白话，却都含着游戏的夸张的分子，他够不上这资

---

① 周作人：《新文学的要求——一九二〇年一月六日在北平少年学会讲演》，《艺术与生活》，河北教育出版社 2002 年版，第 22—23 页。

② 周作人：《平民的文学》，《每周评论》，第 5 号。

格。只有《红楼梦》要算最好，这书虽然被一班无聊文人学坏，成了《玉梨魂》派的范本，但本来仍然是好。因为他能写出中国家庭中的喜剧悲剧，到了现在，情形依旧不改，所以耐人研究。在近时著作中，举不出什么东西，还只是希望将来的努力，能翻译或造作出几种有价值有生命的文学作品。[①]

周作人非常明确地将五四白话文的资源从中国既有的传统小说资源转向了西方，对中国古代白话文基本上持批评意见，即便在最近的晚清小说之中，也直言"举不出什么东西"，这样的态度必然将五四文学语言的借鉴资源转向西方的"翻译"，而判断明清白话小说语言的价值标准，则完全在于是否符合现代思想文化。

另外，还可在《国粹与欧化》一文之中，看到周作人对"欧化"的态度：

> 我们反对模仿古人，同时也就反对模仿西人，所反对的是一切的模仿，并不是有中外古今的区别与成见。模仿杜少陵或泰戈尔，模仿苏东坡或胡适之，都不是我们所赞成的，但是受他们的影响是可以的，也是有益的，这便是我对于欧化问题的态度。我们欢迎欧化是喜得有一种新空气，可以供我们的享用，造成新的活力，并不是注射到血管里去，就替代血液之用。[②]

在"模仿"与"影响"的区别之中，周作人所谓的"欧化"，同样基于主体需求的创造，而这一切构成了他对白话文的新文学的期待。对于语言文字的建构，周作人的话很有分寸，表明其在五四之后，其关注的侧重点就逐渐从五四时期的思想文化转到了汉字本身的特点："我的主张

---

① 周作人：《平民的文学》，《每周评论》，第 5 号。
② 周作人：《国粹与欧化》，《自己的园地》，河北教育出版社 2002 年版，第 12—13 页。

则就单音的汉字的本性上尽最大可能的限度，容纳'欧化'，增加他表现的力量，却也不强他所不能做到的事情。"①

三

让我们将目光再转向鲁迅。鲁迅对文学语言的议论较少，多为谈论其他问题时偶尔涉及。《现在的屠杀者》应为较为集中的一篇：

> 高雅的人说，"白话鄙俚浅陋，不值识者一哂之者也。"

> 中国不识字的人，单会讲话，"鄙俚浅陋"，不必说了。"因为自己不通，所以提倡白话，以自文其陋"如我辈的人，正是"鄙俚浅陋"，也不在话下了。最可叹的是几位雅人，也还不能如《镜花缘》里说的君子国的酒保一般，满口"酒要一壶乎，两壶乎，菜要一碟乎，两碟乎"的终日高雅，却只能在呻吟古文时，显出高古品格；一到讲话，便依然是"鄙俚浅陋"的白话了。四万万中国人嘴里发出来的声音，竟至总共"不值一哂"，真是可怜煞人。

> 做了人类想成仙；生在地上要上天；明明是现代人，吸着现在的空气，却偏要勒派朽腐的名教，僵死的语言，侮蔑尽现在，这都是"现在的屠杀者"。杀了"现在"，也便杀了"将来"。——将来是子孙的时代。②

鲁迅是以语音即以说话等同于白话文，以民众口中语言的自然来驳斥以文言影响了特定人群的说话，以文言的方式说话当然会极为造作，鲁迅据此反对文言——但是，在此中是不怎么涉及书面语的问题，当然在其中也折射出鲁迅以口语为基础的"言文一致"的意识观念。更为重要

---

① 周作人：《国粹与欧化》，《自己的园地》，河北教育出版社 2002 年版，第 13 页。
② 鲁迅：《随感录 五十七·现在的屠杀者》，《新青年》第 6 卷第 5 号。

的是，鲁迅区别语言时后面的主体，一为"雅人"，一为"四万万中国人"，明显表明了对特殊阶层倒行逆施的极大反感，期待在更为广大的人群之中，建立现代民族语言的认同。

在五四之后，鲁迅对文言有时即便只是只言片语的议论，都汇聚着自身的深切体验，极富感情色彩。在《二十四孝图》的开篇，鲁迅写道："我总要上下四方寻求，得到一种最黑，最黑，最黑的咒文，先来诅咒一切反对白话，妨害白话者。即使人死了真有灵魂，因这最恶的心，应该堕入地狱，也将决不改悔，总要先来诅咒一切反对白话，妨害白话者。"① 在《当陶元庆君的绘画展览时》一文之中，鲁迅谈及"陶元庆君的绘画"的特质，"就因为内外两面，都和世界的时代思潮合流，而又并未梏亡中国的民族性"②。鲁迅由此再联想起白话文的"欧化语体"：

> 就如白话，从中，更就世所谓"欧化语体"来说罢。有人斥道：你用这样的语体，可惜皮肤不白，鼻梁不高呀！诚然，这教训是严厉的。但是，皮肤一白，鼻梁一高，他用的大概是欧文，不是欧化语体了。正唯其皮不白，鼻不高而偏要"的呵吗呢"，并且一句里用许多的"的"字，这才是为世诟病的今日的中国的我辈。③

鲁迅是将五四一代的"中国的我辈"与"欧化语体"直接联系，无丝毫地避让。因为，正是在这一"欧化语体"之中，包含着"中国的我辈"的现代价值追求，"欧化语体"塑造了"中国的我辈"的新的思想文化的质地与内容，因而不畏所谓"中国本位"人士的严厉指责，反而在欧化的"的呵吗呢"之中，区别与树立了自己的形象，并不无自豪。

---

① 鲁迅：《二十四孝图》，《鲁迅全集》（第1卷），人民文学出版社2005年版，第73页。
② 鲁迅：《当陶元庆君的绘画展览时》，《鲁迅全集》（第3卷），人民文学出版社2005年版，第574页。
③ 同上。

　　需要说明的是，周氏兄弟对文言与白话，尤其是对白话文的"欧化"的观点，与其创作是相伴始终的"行知合一"。特别是鲁迅使用的语言——包括翻译使用的语言，与当时的流行文字比较，具有较大的差异性。我们还可以看到鲁迅与读者之间的一则问答：

　　　　问："这泪混了露水，被月光照着，可难解，夜明石似的发光。"——《狭的笼》（《爱罗先珂童话集》页二七）这句话里面插入"可难解"三字，是什么意思？

　　　　答：将"可难解"换一句别的话，可以作"这真奇怪"。因为泪和露水是不至于"夜明石似的发光"的，而竟如此，所以这现象实在奇异，令人想不出是什么道理。（鲁迅）

　　　　问："或者充满了欢喜在花上奔腾，或者闪闪的在叶尖耽着冥想"，——《狭的笼》（同上）这两句的"主词"（Subject），是泪和露水呢？还是老虎？

　　　　答：是泪和露水。（鲁迅）

　　　　问："'奴隶的血很明亮，红玉似的。但不知什么味就想尝一尝……'"——《狭的笼》"就想尝一尝"下面的⌉（引号），我以为应该移置在"但不知什么味"之下；尊见以为对否？

　　　　答：原作如此，别人是不好去移改他的。但原文也说得下去，引号之下，可以包藏"看他究竟如何""看他味道可好"等等意思。（鲁迅）①

仔细品味这些文字，既有鲁迅"直译"的一贯主张，也有读者认真的疑问与不解，有对句子意义的不理解，有对句式结构的不理解。在这一种非常欧化的白话文的译文语言之中，鲁迅的行文显然不是追求明白晓

――――――――

① 鲁迅：《答广东新会吕蓬尊君》，《鲁迅全集》（第 8 卷），人民文学出版社 2005 年版，第 155—156 页。

畅的效果，去作社会普及，而自有其在思想文化判断之下的坚持与担当。这让人想起木山英雄对周氏兄弟"欧化体"文学语言的一个论断："较之'言文一致'更注重'思想革命'并呼应文学革命的周氏兄弟的'欧化体'。"① 在这样的视野之下，可以看到周氏兄弟文学语言所开辟出的崭新气象，即一种基于思想政治基质的高度心理化、精神化的深度文学语言——基于思想与政治的蕴味进入文学语言的方式，也是 20 世纪中国文学语言的主流情形。

通过对周氏兄弟早期文学语言践行的辨析——我们更多是着眼于他们所面对的共同历史语境之下某些共通性的方面。1909 年，在日本东京出版署名"会稽周氏兄弟纂译"的《域外小说集》，那些奇崛的文字瞩目于"异域文术新宗，自此始入华土"，似乎已经注定了周氏兄弟将卷入与中国语言文字搏斗的壮丽事业。总而言之，我们认为在五四"文学革命"时期，白话文的倡导更多是倾向于语言学意义的，倾向于一般书面语的白话与文言的革命性转换，而真正跨过一般书面语范畴，达到"思想性"与"文学性"结合的中国现代文学语言的正是周氏兄弟。在他们早期文学语言的践行上，表现出一种鲜明而"欧化"的中国文学语言现代转型意识，在此基础上产生了在中国历史与现实之中强烈的反思性、批评性与对抗性的文学语言走向，乃至需要再次认识中国语言文字的特质——这也说明中国文学语言现代建构的一种持续性。最终，可以说周氏兄弟的早期文学语言践行，使得五四时期的白话文摆脱较为单纯的工具性存在，成为具有自我独立价值的文学语言主体，在深邃的现代审美追求之中，成功地在文学领域表达现代思想与情感，传达现代文化的丰富内涵，成为一个时代的文学及其语言的重要抉择。

---

① ［日］木山英雄：《从文言到口语——中国文学的一个断面》，《文学复古与文学革命——木山英雄中国现代文学思想论集》，赵京华编译，北京大学出版社 2004 年版，第121 页。

第二节 《狂人日记》的小说语言

1918 年 5 月，《新青年》第 4 卷第 5 号刊载了鲁迅的小说《狂人日记》，后来这篇语言与格式的特别之作被普遍认为是中国现代小说的开山之作，研究者对此做了大量的阐释。在此，我们主要审视《狂人日记》的小说语言，探究《狂人日记》这篇"奇文"所谓"全新语言"带来的实质性意义，并由此追问与理解五四文学作品语言的某些特质。并且，仅就《狂人日记》的小说语言分析，我们也可以发现"鲁迅先生也是新文学的第一个开拓者。事实是在一切意义上他是文学革命后我们所得到了的第一个作家、是他在中国文学史上用实力给我们划了一个新时代，虽然他并没有高唱文学革命论"①。

一

从整体上看，《狂人日记》的小说语言有一个文言小序与正文的白话语言的复合结构，文言与白话分属不同的空间。文言小序体现的似乎就是一种当时常人的正常而平庸的世界，并且是以史传的方式讲述，似乎造成了传统史传一般的真实的感觉。在文言小序之中，有三个人物出场——"余""狂人的大哥""狂人"，并且"余"还具有叙事者的意义，由其"探病"的情节而构成了一个有简单情节的故事框架。在文言小序之中，狂人的故事已经成了过去——"然已早愈，赴某地候补矣"，或言这是狂人在发狂状态之后的发展，成功地回归到一个"正

---

① 张定璜：《鲁迅先生》，严家炎编《二十世纪中国小说理论资料（第二卷）1917—1927》，北京大学出版社 1997 年版，第 367 页。

常"的社会。《狂人所记的日记》二册，是由狂人的大哥献出，这时在他的眼中日记只是一个无足轻重的谈笑之物。"余"则发现了这一日记的价值——可供医学研究。当然，也可能是没什么意义的。周作人就说过："附记中说'以供医家研究'，也是一句幽默话，因为那时报纸上喜欢登载异闻，如三只脚的牛、两个头的胎儿等，末了必云'以供博物家之研究'，所以这里也来这一句。"① 具有实质意义的是，文言小序讲到在"余"的加工之下，日记得以用十三则短章碎片的形式而呈现。再联系日记的白话文正文部分的惊世骇俗之言，我们说按照文言小序交代的这一时间过程，文言小序应该是在加工白话正文之后产生的。那么，后来产生的文言小序似乎终结了白话文的逻辑，因为让日记中的狂人完成规诫而复归日常，狂人复归平静，白话文正文所展现的空间也就不复存在了。

反过来说，狂人的白话文日记是文言小说日常生活之外的存在，狂人的癫狂状态给他提供了一个极端的距离，得以审视文言小序那种正常而久远的生活，至少在狂人的意识之中终结了文言小序之中的日常生活，看到与反抗了文言小序之中日常生活隐蔽而具支配性的"意义"的文化基础。问题随之而来，文言小序与白话文日记完全具有不同的逻辑，是两个不同的世界，但是又如何能够组合而成为一篇小说呢？我们认为主要是文言小序之中"余"起到的功能，他既写了文言小序，同时又加工了狂人的白话文日记篇章——"间亦有略具联络者，今撮录一篇"。"余"成了文言小序与狂人白话文日记之上的统辖性存在，"余"在相当程度上也是中性的存在，并没有表明立场。这样使得《狂人日记》文言与白话颇为独特的复合结构能够成立，能够相互穿插而又能为人理解，当然这一复合结构固有的张力也产生出多重的意蕴。

---

① 周作人：《礼教吃人》，《鲁迅小说里的人物》，河北教育出版社 2002 年版，第 16 页。

对于这两个世界，我们不想简单视为绝对的对立，即以往阐释者所谓文言小序表征的是一个被治愈之后的正常社会，而这个正常的社会的本质是人吃人的黑暗社会，而狂人的白话文世界是正面而充满革命意义的世界，保证了狂人是一个"新人"。因为，文言小序的作者的身份是一个超然的叙述者，"余"似乎力图保持一种客观，是"余"和狂人共同创造了一个"狂人日记"，"余"穿插了文言与白话的世界，造成某种过渡与沟通。非常明显的是，文言小序的世界是由"余"写作的，并不是由狂人的大哥写作的，"余"和狂人也没有任何的交集，只是"余"在加工狂人的日记，"余"撰写的小序可以提示与包含狂人大哥的世界，但毕竟不是一个绝对的所谓的黑暗世界了，所以似乎也构不成二元对立。还应该关注的是，文言小序还告诉我们，"至于书名，则本人愈后所题，不复改也"，这即是说《狂人日记》是狂人在病愈之后自己为之命名的，他这时为什么还会称自己为狂人，为什么还要留下日记，当治愈的狂人走上了另一条"候补"的道路之时，以"狂人"命名是否为了反思与告别一段时间的生命体验。在其中，如鲁迅后来小说中的人物吕纬甫、魏连殳那样，与现实不得不违心和解之后走上妥协之路，而内心却高度痛苦，视昔日的日记为精神中的坟墓，在缅怀中予自己以"狂人"的称谓。总而言之，关于文言小序与白话文正文的多重意蕴，并不只是简单的双向否定，在虚拟的现实之中，维系了《狂人日记》之中不同价值观念、生活方式分歧的深层体系性存在。

再就《狂人日记》中使用语言的文言与白话文而论，无疑文言的叙事规定了整个事件的框架，使整个作品显得逻辑化，也使得我们理解小说语言白话文的主体部分的狂人狂语成为可能。但是，这种逻辑化带来的绝不是意义的单一化，或言白话文主体的部分是无法在文言小序的某个部分之中插入的，从而使整体成为一种线性的叙述行为。文言对故事的逻辑化是在与白话文主体部分不断矛盾、不断干扰、互不相容的张力场之中形成的。在其中，可以说白话文主体的狂人所记日记片段就只能是白话文的，我们不可能想象一篇由文言记载的狂人言语的小说，狂人的世界只能是言语的世界，是白话的世界，也只有白话文能够承载狂人包含的理性、癫狂与激情。如果再回过头来，看文言的小序，那种无比真实与权威的史传叙述，似乎在整体上具有了某种强烈的"反讽性"，不同于此时新文化阵营对文言的落后判词，无比庄重的文言仿佛嘲弄了自己。因为，它无法凝聚一个价值内核，或许可以说在狂人大哥的大笑之中，有一个"赴某地候补"的认同，而整个文言小序指向的意义居然是叙事者含糊、并无明确所指的——"医家研究"。

二

让我们具体进入《狂人日记》主体的白话小说语言之中，白话的小说语言不言而喻带来了一个奇异而滞重的小说时空世界。构成要素有敏感的"月光"、赵贵翁的"眼光""古久先生的陈年流水簿"……一切都内化于狂人的深度心理，物理的时间与空间都被聚集、纠合与变形，形成了一个诡异奇绝的构成。相信之前的中国文学史上不会有这样的小说，将之称为"小说"也是一贯大致的固定说法，否则无法归类。因为，日记碎片形式的《狂人日记》，缺乏情节，没有人物塑造，所谓的"环境"也是狂人心理的环境与氛围，更多的直接是狂人的独白、意识流、潜意识、病态思维、无逻辑的跳跃、奇特的逻辑推理……

在小说的白话语言之中，《狂人日记》的叙事时间已经不同以往。试读：

> 我想：我同赵贵翁有什么仇，同路上的人又有什么仇；只有廿年以前，把古久先生的陈年流水簿，踹了一脚，古久先生很不高兴。赵贵翁虽然不认识他，一定也听到风声，代抱不平；约定路上

的人，同我作冤对。但是小孩子呢？那时候，他们还没有出世，何以今天也睁着怪眼睛，似乎怕我，似乎想害我。这真教我怕，教我纳罕而且伤心。①

在这一内容之中有着过去与现在的交织，由于《狂人日记》之中"小孩子"多由鲁迅进化论的观念寄寓未来的含义，则加上了与未来的意义交织。这是在一种时间的心理内化之中，与过去、未来的对立之中，产生了"现在"，产生了"怕"，产生了"无地的彷徨"。这让我们想到鲁迅在《狂人日记》发表数月之后创作的一首诗《人与时》：

> 一人说，将来胜过现在。
>
> 一人说，现在远不及从前。
>
> 一人说，什么？
>
> 时道，你们都侮辱我的现在。
>
> 从前好的，自己回去。
>
> 将来好的，跟我前去。
>
> 这说什么的，
>
> 我不和你说什么。②

这同样是着力表现一种时间观念的"现在"，是在过去与未来的混杂与纠葛之中呈现，也是一种共时存在的新的时间观念。

可再援引《狂人日记》中的一段文字，继续探究狂人的时间意识：

> 至于我家大哥，也毫不冤枉他。他对我讲书的时候，亲口说过可以"易子而食"；又一回偶然议论起一个不好的人，他便说不但该杀，还当"食肉寝皮"。我那时年纪还小，心跳了好半天。前天

---

① 鲁迅：《狂人日记》，《鲁迅全集》（第1卷），人民文学出版社2005年版，第445页。
② 唐俟（鲁迅）：《人与时》，《新青年》第5卷第1号。

狼子村佃户来说吃心肝的事，他也毫不奇怪，不住的点头。可见心思是同从前一样狠。既然可以"易子而食"，便什么都易得，什么人都吃得。我从前单听他讲道理，也胡涂过去；现在晓得他讲道理的时候，不但唇边还抹着人油，而且心里满装着吃人的意思。①

仍是从过去起笔，这时我们会发现"过去"对《狂人日记》具有重要的意义，是驱动性的动力存在，也是需要不断反抗的对象。它的构成可能是象征意义的，如"古久先生的陈年流水簿子"，亦如吃人历史的描绘"易牙蒸了他儿子，给桀纣吃，还是一直从前的事。谁晓得从盘古开辟天地以后，一直吃到易牙的儿子；从易牙的儿子，一直吃到徐锡林；从徐锡林，又一直吃到狼子村捉住的人。去年城里杀了犯人，还有一个生痨病的人，用馒头蘸血舐"②。在所引段落之中，大哥"不但唇边还抹着人油，而且心里满装着吃人的意思"，直接就形成了一种时间的联络与因果关系，这是属于《狂人日记》的现代性时间构成。狂人所发现的"现在"，是活的现在，动态地从过去断裂出来，去除了时间的惯性与循环。可以说《狂人日记》中的时间，无论过去、现在与未来大多是一种非常模糊的时间意识，似乎有一种永恒的状态，并且在狂人病态的思维之中重叠而不加区别，形成奇特的共存。《狂人日记》还有意淡化时间的具象，使得时间泛化，并分为阶段，进而呈现出相当的规律性，一方面正面展示承载意义的思想文化的担当，另一方面也使得空间的意义更为凸显，更成为小说的聚焦之处。

我们接着看到《狂人日记》白话语言叙事之中的空间显得封闭而狭窄，布满阴暗的色彩。空间的参与进一步确定了时间的特质，空间意味着更为明晰的思想文化方面的价值建构。例如，在《狂人日记》之

---

① 鲁迅：《狂人日记》，《鲁迅全集》（第1卷），人民文学出版社2005年版，第448—449页。

② 同上书，第452页。

中，屋内与屋外是结构性的存在。我们在此特别关注的是屋内——禁闭
狂人之处：

> 拖我回家，家里的人都装作不认识我；他们的脸色，也全同别
> 人一样。进了书房，便反扣上门，宛然是关了一只鸡鸭。这一件
> 事，越教我猜不出底细。①

> 早上，我静坐了一会儿。陈老五送进饭来，一碗菜，一碗蒸
> 鱼；这鱼的眼睛，白而且硬，张着嘴，同那一伙想吃人的人一样。
> 吃了几筷，滑溜溜的不知是鱼是人，便把他兜肚连肠的吐出。②

> 屋里面全是黑沉沉的。横梁和椽子都在头上发抖；抖了一会，
> 就大起来，堆在我身上。
> 万分沉重，动弹不得；他的意思是要我死。我晓得他的沉重是
> 假的，便挣扎出来，出了一身汗。③

受迫害的感受直接带来了狂人空间感觉的幻象与扭曲，这是狂人异质的
思想参与其中而形成的描绘，使得这一间屋子成为一种压迫性的象征存
在，物理空间完全化为内在的心理空间，也造成了一种锋芒内敛而又坚
韧结实的文学语言。

三

在如此复杂的时空关系之中，可以断定《狂人日记》这一白话文
已经完全不同于明清时期长篇白话小说的语言了。《狂人日记》的白话
小说语言，也绝不是某些研究者所谓《狂人日记》使用的是"鲜活"

---

① 鲁迅：《狂人日记》，《鲁迅全集》（第1卷），人民文学出版社2005年版，第446页。
② 同上书，第447页。
③ 同上书，第453页。

的口语、原汁原味的口语。不难发现《狂人日记》中的白话文句式空前地复杂，白话语言的使用被注入了深厚的思想文化内蕴，从而显示出中国现代文学语言的一个基本特征。如果一定要说《狂人日记》小说语言就是口语，那么这种口语的使用只是表象，而汇入了一个具有欧化倾向的五四文学语言之中，显得复杂而又精密。

可以举出《狂人日记》小说语言之中一个显著的事实，就是在很多的句子之中使用了分号，显示出长句的层次构成：

> 我不见他，已是三十多年；今天见了，精神分外爽快。才知道以前的三十多年，全是发昏；然而须十分小心。①

> 当中最凶的一个人，张着嘴，对我笑了一笑；我便从头直冷到脚跟，晓得他们布置，都已妥当了。②

> 他们——也有给知县打枷过的，也有给绅士掌过嘴的，也有衙役占了他妻子的，也有老子娘被债主逼死的；他们那时候的脸色，全没有昨天这么怕，也没有这么凶。③

意义表达的复杂性要求，加上狂人病态思维的隐蔽跳跃性，很多时候甚至很难辨析层次之间的逻辑关系，展现出一种特有歧义性和多维度的意义存在。第一个例子的两个分号，分号区分与联系的是时间的过去与现在，表现出狂人突然的"觉悟"。第二个例子的分号，分号之前是狂人眼中的现实景象，分号之后是引发的内心的急剧变化，将狂人一次细节性的心理活动过程全盘托出。第三个例子是为了定义"他们"——《狂人日记》之中的一般民众，一方面"他们"是知县、绅士与衙役的

---

① 鲁迅：《狂人日记》，《鲁迅全集》（第1卷），人民文学出版社2005年版，第444页。
② 同上书，第445页。
③ 同上书，第445—446页。

受害者，另一方面却是同为受害者——狂人的压迫者，甚至转过脸来对受害者更为恶劣。分号分开了两个方面，同时又将意义完整合一地表达，说明了一个鲁迅式的命题，语义相当丰富。由此，我们赞同陈思和的看法："《狂人日记》一发表，立刻就拉开了新旧文学的距离，划分出一种语言的分界，……'五四'新文学的大量欧化语言的产生，与传统的白话文自然而然的发展轨迹并不是一回事，这是另外一个语言系统进入中国，形成了一个全新的思维方式。"①

在另一方面，我们也承认《狂人日记》小说语言有着口语的质地，虽是狂人的疯言疯语，但还是能够通读的，尽管意义无比晦涩。鲁迅自言其创作时："我做完之后，总要看两遍，自己觉得拗口的，就增删几个字，一定要读得顺口；没有相宜的白话，宁可引古语，希望总有人会懂，自由自己懂得或连自己也不懂的生造出来的字句，是不大用的。这一节，许多批评家之中，只有一个人看出来了，但他称我为 Stylist。"② 鲁迅将文学语言的建构提到了 Stylist（文体家）的高度，并表明在"顺口"要求之下书面语的各种因素的融合，在其中也包括了文言的"古语"。

在这一点上，成仿吾在评论《呐喊》时说："作者是中途使用白话文的一人，它用了许多无益的文言，原不足怪，然而读下去是使人不快的。又作者的用字不甚修洁，造句不甚优美，还有些艰涩，这都是使作品损色的。"③ 但是，问题似乎并没有成仿吾所批评的这么简单，我们想到山田敬三对《狂人日记》小说语言的一些看法。山田敬三看到《狂人日记》的"这种口语体并不是现在我们所熟悉的通用普通话"④。

---

① 陈思和：《试论"五四"新文学运动的先锋性》，《复旦学报》（社会科学版）2005 年第 6 期。

② 鲁迅：《我怎么做起小说来》，《鲁迅全集》（第 4 卷），人民文学出版社 2005 年版，第 526—527 页。

③ 成仿吾：《〈呐喊〉的评论》，《创造季刊》第 2 卷第 2 期。

④ ［日］山田敬三：《鲁迅 无意识的存在主义》，秦刚译，北京大学出版社 2012 年版，第 230 页。

《狂人日记》开篇的第一节为：

> 今天晚上，很好的月光。
>
> 我不见他，已是三十多年；今天见了，精神分外爽快。才知道以前的三十多年，全是发昏；然而须十分小心。不然，那赵家的狗，何以看我两眼呢？
>
> 我怕得有理。①

将之"转换成自然的现代汉语"，是这般情形：

> 今天晚上月光很好。
>
> 我已经三十多年没见他了。今天见了觉得精神分为爽快。我才知道以前的三十多年我完全是发昏了。然而还需十分小心，不然，那赵家的狗为何看我两眼呢？
>
> 看来我怕得有理。②

之所以有这样的差别，山田敬三认为，《狂人日记》的小说语言"明显地带有简洁而硬质的文言语感"，"这是一种留有文言文因素的白话文"③，而且这也是鲁迅某种自觉的文体意识，"与鲁迅自身不喜欢节奏和缓的叙述，写作时追求文字表现的紧张感有关"④。郜元宝从鲁迅文学语言的这一现象出发，引起了更为一般意义上的思考："从现代作家典范的白话文作品中总结现代汉语书面语的语法规范——关于普通话书面语的这个定义，很容易误导人们将现代作家（比如鲁迅）作品在语言上的价值狭隘地理解为单单为后世建立静止的语法规范，而忽略了他

---

① 鲁迅：《狂人日记》，《鲁迅全集》（第1卷），人民文学出版社2005年版，第444页。
② ［日］山田敬三：《鲁迅 无意识的存在主义》，秦刚译，北京大学出版社2012年版，第231页。
③ 同上。
④ 同上。

们的作品留给后人的启示或许主要是探索语言发展的多样可能性。换言之，把'典范'理解得太死，等同于'规范'，就会很容易'发现'：有典范意义的鲁迅的作品在语言上反而往往显得不够规范，而一旦有这个'发现'，就又会单向地以后来的'规范'核准先驱者的'典范'，结果只看到'典范'不合'规范'，看不到'规范'对'典范'的狭隘化认识，其必然的结论，就是认为鲁迅语言还不够成熟。"①

然后，我们看到《狂人日记》的第十二节：

> 不能想了。
>
> 四千年来时时吃人的地方，今天才明白，我也在其中混了多年；大哥正管着家务，妹子恰恰死了，他未必不和在饭菜里，暗暗给我们吃。
>
> 我未必无意之中，不吃了我妹子的几片肉，现在也轮到我自己，……
>
> 有了四千年吃人履历的我，当初虽然不知道，现在明白，难见真的人！②

"四千年来时时吃人的地方""有了四千年吃人履历的我"——这样强烈欧化修饰形成的词组——将"地方""我"与民族悠长的历史联系起来，构成了一种不同以往的语法结构，包含对民族文化最为深刻的反思，从而解构了既有的历史。在这里，空间、个人与文化的延伸汇合，无法躲藏。狂人从自己是一个被吃的人，发现自己并不纯洁，也是吃人的人，充满了原罪的感觉。这样，狂人自我存在的整体性就大成问题了，涉及极为复杂的思维方式。

在这之前，狂人对于中国历史的本质已有了惊人的发现：

---

① 郜元宝：《鲁迅与当代中国的语言问题》，《南方文坛》2012 年第 6 期。
② 鲁迅：《狂人日记》，《鲁迅全集》（第 1 卷），人民文学出版社 2005 年版，第 454 页。

凡事总须研究，才会明白。古来时常吃人，我也还记得，可是不甚清楚。我翻开历史一查，这历史没有年代，歪歪斜斜的每页上都写着"仁义道德"几个字。我横竖睡不着，仔细看了半夜，才从字缝里看出字来，满本都写着两个字是"吃人"！①

再联系到《狂人日记》最末的第十三节：

没有吃过人的孩子，或者还有？

救救孩子……②

由此，我们看到中国历史发展新的可能，正是在这种可能之中似乎有了重建中国历史的希望。从这一点上说，《狂人日记》是中国现代文学与文化之中的一个寓言，在与现实无比紧张的关系之中，以五四白话文创造出一种表征历史经验与意识形态的独特形式，而这又何尝不是中国文学语言现代转型之中的一个惊世骇俗的寓言。

四

那么，谁是"狂人"？如果从思想文化的角度出发，狂人并不是某个具体的人——有人考证狂人是以鲁迅的某个亲戚为原型的，这当然是有可能的。狂人的命名无疑具有极大的现实超越性，是鲁迅观念世界的外化，并且与语言表达具有高度的同一性。因此，《狂人日记》一向被认为标志着中国现代小说语言的最终确立，所以《狂人日记》白话文的小说语言也具有象征性。从总体上说，这种深具思想文化内涵，高度意识形态化、陌生化的现代白话语言确是极大地区别于以往的白话语言，基于思想文化的内涵——鲜明的现代品质，而被许多研究者界定为

① 鲁迅：《狂人日记》，《鲁迅全集》（第1卷），人民文学出版社2005年版，第447页。
② 同上书，第454—455页。

全新的文学语言。

正是在《狂人日记》奇诡的白话语言之中，狂人以其精神疾病反而提供了与现实社会的一段距离，提供了一种全新看待历史与文化的眼光，所包含的理性眼光与价值体系，与五四时期最为重要的观念有了相当的契合之处，进而产生了较为单向与鲜明的主流阐释观点。一个著名的例子就是批判礼教的吴虞的解读："我觉得他这日记，把吃人的内容和仁义道德的表面看得清清楚楚。那些戴着礼教假面具吃人的滑头伎俩，都被他把黑幕揭破了。"① 也正是从思想文化出发的探究，使我们感觉到了狂人的白话语言的力量。具体说，就是狂人一方面觉悟到"我也是人，他们想要吃我了"，另一方面又有对吃人者最为真诚地劝诫：

> "我只有几句话，可是说不出来。大哥，大约当初野蛮的人，都吃过一点人。后来因为心思不同，有的不吃人了，一味要好，便变了人，变了真的人。有的却还吃，——也同虫子一样，有的变了鱼鸟猴子，一直变到人。有的不要好，至今还是虫子。这吃人的人比不吃人的人，何等惭愧。怕比虫子的惭愧猴子，还差得很远很远。"②

> "你们改了，从真心改起！要晓得将来容不得吃人的人，活在世上。"

> "你们要不改，自己也会吃尽。即使生得多，也会给真的人除灭了，同猎人打完狼子一样！——同虫子一样！"③

由狂人思想文化的价值体系，我们很快就会发现在狂人的白话文之中，

① 吴虞：《吃人与礼教》，《新青年》第6卷第6号。
② 鲁迅：《狂人日记》，《鲁迅全集》（第1卷），人民文学出版社2005年版，第452页。
③ 同上书，第453页。

存在一个系统性的人物词语符码——一方面是由人、真的人构成的，另一方面是由虫子、鱼鸟猴子、狼子构成的。这里包含鲁迅以进化论看待世界的视角，就是"吃人的人比不吃人的人"的区分。"改"是"吃人的人"进化到"不吃人的人"路径，以使之成为"人"。

在《狂人日记》的第九小节之中：

> 自己想吃人，又怕被别人吃了，都用着疑心极深的眼光，面面相觑。……
>
> 去了这心思，放心做事走路吃饭睡觉，何等舒服。这只是一条门槛，一个关头。他们可是父子兄弟夫妇朋友师生仇敌和各不相识的人，都结成一伙，互相劝勉，互相牵掣，死也不肯跨过这一步。①

这是从个人上升到社会结构，由于传统的思想文化，在人际关系方面结成一体，并不能跨过这一步——于是，小说语言的白话文的描绘在思想文化方面陷入了一个巨大的黑暗，一个无法解决的黑暗，在这里不会有"改"，也不会有"拯救"与"得救"。

鲁迅的小说语言与五四白话文运动的联系可能并不那么直接，《狂人日记》的小说语言不见得就是五四"文学革命"的产物。周作人曾谈及关于鲁迅的一个著名事件，即是五四时期钱玄同（金心异）因编辑《新青年》去 S 会馆向鲁迅约稿的一席谈话：

> 在与金心异谈论之前，鲁迅早知道了《新青年》的了，可是他并不怎么看得它起。……鲁迅对于文学革命即是改写白话文的问题当时无甚兴趣，可是对于思想革命却看得极重，这是他从想办《新生》那时代起所有的愿望，现在经钱君来旧事重提，好像是埋

---

① 鲁迅：《狂人日记》，《鲁迅全集》（第 1 卷），人民文学出版社 2005 年版，第 451 页。

着的火药线上点了火，便立即爆发起来了。这旗帜是打倒吃人的
礼教！①

显然，鲁迅五四时期小说语言的白话文使用情形与五四白话文运动的思
路并不一样，他并不像胡适那样，着眼于文言与白话的区分，以一代有
一代文学的进化论思路，更多在形式方面论证白话文的历史与现实的合
法性。鲁迅的关注在于"思想革命"方面，连接了晚清以降的思想文
化沉积与探索，更多是在此方面与五四文学革命有了共振。

周作人后来还联系鲁迅创作时使用的语言情况，将这一层意思说得
更为清楚：

> 鲁迅对于简单的文学革命不感多大兴趣，以前《域外小说集》
> 用文言，固然是因为在复古时代的缘故，便是他自己的创作，如题
> 目《怀旧》的那一篇，作于辛亥（一九一一年）的下半年，用的
> 是文言，但所描写的反动时代的"呆而且坏"的富翁与士人，与
> 《呐喊》里的正是一样。所以他的动手写小说，并不是推进白话文
> 运动，其主要目的还是要推倒封建社会与其道德，即是继续《新
> 生》的文艺运动，只是这回因为便利上使用了白话罢了。②

在《狂人日记》之中，建立在思想文化基质之上的小说语言，上升为
某种境界，血肉淋漓地体现了思想文化在与白话语言的相遇——它甚至
是不那么好懂的。如张新颖的观点："《狂人日记》语言的奇突和生涩、
锐利和深厚、力量和困难，一定程度上正可以对应于一个现代中国主体
的精神情境。"③

---

① 周作人：《新青年》，《鲁迅的故家》，河北教育出版社 2002 年版，第 355 页。
② 周作人：《金心异劝驾》，《鲁迅小说里的人物》，河北教育出版社 2002 年版，第 13—14 页。
③ 张新颖：《现代困境中的语言经验》，张新颖、坂井洋史《现代困境中的文学语言和文化形式》，山东教育出版社 2010 年版，第 5 页。

当五四文学语言由《狂人日记》才得以具体出现之时，我们发现它的内容竟然全是狂人的支离破碎的狂语，在雕塑般的词语力量之中，充分说明五四时期文学语言从其诞生之日起就具备的异质性与先锋性，也折射出五四文学语言内在固有的多种线索与包容性。郜元宝在一个更宏大的视野之中认为："在每一个历史时期，汉语发展都存在一个合乎历史理性的主流。在鲁迅胡适那个历史时期，作为中间物的白话文就体现了这个主流，鲁迅的写作则处于这个主流的核心。这个主流是动态的，并没有一个抽象的止于至善的标准。"①

高玉还作出这样的判断："《狂人日记》的'开篇'性就在于它确立了中国现代小说的'现代白话'与'现代思想'这两大原则。《狂人日记》之后的中国现代小说在语言风格和主题上有巨大发展和变化，可以说丰富多彩，但无论怎样千变万化，这两大原则没有违背，否则就不能称为现代小说。"② 这实际上是以《狂人日记》为一个标准，审视五四文学作品之中的语言，建立了某种中国现代小说的内在资格。

这是一个具有启发意义的视角，《狂人日记》于是与五四文学作品产生了普遍的互文联系，由此可以发现很多与我们之前分析相联系的"东西"。陈平原从郁达夫小说《沉沦》的第一句话"他近来觉得孤冷得可怜"，分析出了"内化"："关键不在人物的处境是否可怜，而是人物自己是否感觉到自己可怜。小说的焦点一下子从外在的故事情节转为内在的人物情绪。"③ 沈雁冰注目于文学作品的深度"意义"："小说家选取一段人生来描写，其目的不在此段人生本身，而在另一内在的根本问题。批评家说俄国大作家屠格涅夫写青年的恋爱不是只写恋爱，是写

---

① 郜元宝：《汉语别史——现代中国的语言体验》，山东教育出版社 2010 年版，第 127 页。
② 高玉：《现代汉语与中国现代文学》，中国社会科学出版社 2003 年版，第 295 页。
③ 陈平原：《中国小说叙事模式的转变》，《陈平原小说史论集》（上），河北人民出版社 1997 年版，第 385 页。

青年的政治思想和人生观，不过借恋爱来具体表现一下而已；正是这意思。"① 叶绍钧看到一般创作家的"反抗"："现在的创作家，人生观在水平线上的，撰著的作品可以说有一个一致的普遍的倾向，就是对于黑暗势力的反抗，最多见的是写出家庭的惨状，社会的悲剧和兵乱的灾难，而表示反抗的意思。"② 杨振声所谓的"假话"："若有人问玉君是真的，我的回答是没有一个小说家是说实话的。说实话的是历史家，说假话的才是小说家。历史家用的是记忆力，小说家用的是想象力。历史家取的是科学态度，要重视于客观；小说家取得是艺术态度，要忠实于主观。"③ 卢隐女士重视的"个性"："足称创作的作品，唯一不可缺的就是个性，——艺术的结晶，便是主观——个性的情感，这种情感绝不是万人一律的，纵使'英雄所见略同'也不过是'略同'，绝不是竟同，因个性不同，所以甲乙两人同时观察一件事物，其所得的结果必各据一面，对于其所得的某点，发生一种强烈联想和热情，遂形成一种文艺，这种使人看了，能发生同情和刺激，就便是真正的创作。"④ 这些或许琐碎的罗列，还可以不断继续下去，我们想说明的是，它们正是"现代白话"与"现代思想"如海浪与礁石相遇激起的一片浪花，诸如内化、深度、反抗、虚拟、个性等个人创造性整合与表述，成了五四小说创作之中一系列的普遍追求，也是在广义互文的宽泛空间之中，为鲁迅《狂人日记》创造的氛围所引领与笼罩，并直接体现于五四文学作品的语言本体之中——这一切无疑就是一种"现代"文学的"内面"标准。

① 沈雁冰：《自然主义与中国现代小说》，《小说月报》第13卷第7号。
② 叶绍钧：《创作的要素》，《小说月报》第12卷第7号。
③ 杨振声：《〈玉君〉自序》，严家炎编《二十世纪中国小说理论资料（第二卷）1917—1927》，北京大学出版社1997年版，第370页。
④ 卢隐女士：《创作的我见》，《小说月报》第12卷第7号。

第三节　周作人的文学语言调整与“美文”旨归

在五四“文学革命”退潮之后，周作人在文学语言建构方面的思想与实践继续发展，由此可以从一个特定角度去反观五四时期新文学语言的走向。周作人在其整体的文化思想之下，在五四白话文的基础之上，产生了一系列的调整，甚至是某种结构性调整，形成了文学语言在审美风格方面的“另一空间”，不乏格局对峙的意味。对此，我们并不希望将之简单理解为周作人的文学语言建构到后期更加文言化，因为即使在那些他自称“文章”的作品之中，五四白话文也是周作人创作的基础性存在。即使我们认定五四白话文成为周作人在某种层面上的反抗对象，其实他仍是以白话文内化文言，以形成特定的“美文”风格。概言之，这是一种以个人主义为核心的文学语言观念，一种反思五四时期文学语言实践的“后五四文学语言”的倡导与创作。

一

在 1921 年 8 月所作的《胜业》一文之中，周作人已经透露出不同于五四时期的思想路径：“所以我的胜业，是在于停止制造（高谈阔论的话）而实做行贩。别人的思想，总比我的高明；别人的文章，总比我的美妙：我如弃暗投明，岂不是最胜的胜业么？但这不过在我是胜。至于别人，原是各有其胜，或是征蒙，还是买妾，或是尊孔，或是吸鼻烟，都无不可，在相配的人都是他的胜业。”① 在这种眼光之下，周作人反思五四时期的“高谈阔论”，其实就是反思五四时期思想文化倡导

---

① 周作人：《胜业》，《谈虎集》，河北教育出版社 2002 年版，第 49—50 页。

的强烈文化政治及其带来的"创制"的冲动，而坚定以个人主义的思路回到与自己相配的"胜业"。这是周作人在五四之后面对新的社会变动的主动调整，他离开了喧嚣，也远离了现实政治，回到书斋，回到自己的内心世界，全力经营着"自己的园地"。

于是，周作人在语言文字方面发表了一系列新的独到见解。文言与白话的关系为周作人重新认识，成为核心内容，使得文言的正面与积极意义在不同层面得以展现。一方面，周作人坚持五四白话文观念，但对白话文的认同在相当程度上撤除了五四式的文化政治的思路，是更为广泛、更为灵活地理解白话文的各种资源，更为以事论事，甚至不惜以古时"文章"的视角，大谈自己的文学观念与人生感悟。在另一方面，若干文言的成分成为周作人散文的有效组成，产生了较为成熟的独有美学风格，成为五四白话文之后，文学语言发展一个引人注目的流向，并在 20 世纪 30 年代形成一种新的导向，引起不少作家效仿，被命名为"小品文"，也成为我们今天面对中国现代文学语言时一个小的"传统"。

这样，周作人逐渐从五四时期"欧化的白话文"的思路之中脱离出来，别样的视野进入他的文学语言建构之中，并获得了支配性意义。在 1922 年，周作人在《国语改造的意见》一文之中，回顾了章太炎与吴稚晖有关"万国新语"的争论，回顾了钱玄同在《新青年》之中对世界语为国语的倡导，明确提出："我现在仍然看重世界语，但只希望他作为第二国语，至于第一国语仍然只能用那运命指定的或好或歹的祖遗的言语；我们对于他可以在可能的范围内加以修改或扩充，但根本上不能有所更张。"① 这是周作人对晚清以降语言文字变革激进观点的明确反对意见，也符合中国语言文字现代发展的实际情况。周作人对此的

---

① 周作人：《国语改造的意见》，《艺术与生活》，河北教育出版社 2002 年版，第 53 页。

解释为："一民族之运用其国语以表现情思，不仅是文字上的便利，还有思想上的便利更为重要：我们不但以汉语说话作文，并且以汉语思想，所以便用这言语去发表这思想，较为自然而且充分。至于言语的职分本来在乎自然而且充分的表现思想，能够如此，就可以说是适用了。"① 与此同时，周作人仍在强调另一面的问题："我承认现在通用的汉语是国民适用的唯一的国语，但欲求其能副这个重大的责任，同时须有改造的必要。"②

周作人重新审视既有的白话文资源，首先反对明清小说式的白话文，理由为："明清小说专是叙事的，即便在这一方面有了完全的成就，也不能包括全体；我们于叙事以外还需要抒情与说理的文字，这便非是明清小说所能供给的了。"③ 周作人也反对口语式的白话文，直接提出要实现白话文的"高深复杂"，以达到社会各方面的需求：

> 现代民间的言语当然是国语的基本，但也不能就此满足，必须加以改造，才能适应现代的要求。常见有许多人反对现在的白话文，以为过于高深复杂，不过"之"改为"的"，"乎"改为"么"，民众仍旧不能了解。现在的白话文诚然是不能满足，但其缺点乃是在于还未完善，还欠高深复杂，而并非过于高深复杂。我们对于国语的希望，是在他的能力范围内，尽量的使他化为高深复杂，足以表现一切高上精微的感情与思想，作艺术学问的工具，一方面再依这个标准去教育，使最大多数的国民能够理解及运用这国语，作他们各自相当的事业。④

在这一"改造"的立场之下，我们看到周作人对国语来源的认识："民

---

① 周作人：《国语改造的意见》，《艺术与生活》，河北教育出版社 2002 年版，第 53 页。
② 同上书，第 54 页。
③ 同上书，第 55 页。
④ 同上。

间的俗语，正如明清小说的白话文一样，是现代国语的资料，是其分子而非全体。现代国语须是合古今中外的分子融合而成的一种中国语。"①这一观点已经显现了周作人在文学语言建构方面最为核心的观点——"融合论"，即对各种语言资源进行选择并加以混合。

在周作人对"国语"的具体意见之中，第一即为"采纳古语"：

> 中国白话中所缺的大约不是名词等，乃是形容词助词动词一类以及助词虚字，如寂寞、朦胧、蕴藉、幼稚等字都缺少适当的俗语，便应直截的采用；然而、至于、关于、况且、岂不、而且等字，平常在"斯文"人口里也已用惯，本来不成问题，此外"之"字替代"的"字以示区别，"者"替代名词用的"的"字，"也"字用在注释里，都可以用的。总之只要是必要，而没有简单的复古的意义，便不妨尽量的用进去，即使因此在表面上国语与民间的俗语之距离愈益增加，也不足为意，因为目下求国语丰富适用是第一义，只要能够如此，日后国语教育普及，这个距离自然会缩短而至于无，补充的古语都化为通行的新熟语，更分不出区别来了。②

第二为"采纳方言"："有许多名物动作等言词，在普通白话之中不完备而方言里独具者，应该一律收入，但也当以必要为限。国语中本有此语，唯方言特具有历史的或文艺的意味的，亦可以收录于字典中，以备考察或选用，此外不必过于博采，只听其流行于一地方就是了。"③ 第三为"采纳新名词，及语法的严密化"。周作人特意提出："艺术学问上的言词，尽了需要可以尽量的采纳，当初各任自由的使用，随后酌量收录二三个同意语，以便选择，不必取统一的方针。"④

---

① 周作人：《国语改造的意见》，《艺术与生活》，河北教育出版社 2002 年版，第 56 页。
② 同上书，第 56—57 页。
③ 同上书，第 57 页。
④ 同上书，第 58 页。

还可以关注周作人在国语认识之中对于"欧化"的观点："现在所谓欧化实际上不过是根据国语的性质，使语法组织趋于严密，意思益以明了而确切，适于实用。中国语没有语尾变化，有许多结构当然不能与曲折语系的欧文相同，但是根柢上的文法原则总是一样，没有东西之分。"① 周作人并不反对"欧化"，同时也说明：

> 我们的理想是在国语能力的范围内，以现代语为主，采纳古代的以及外国的分子，使他丰富柔软，能够表现大概感情思想，至于现在已不通用的古代句法如"未之有也"，或直抄的外国诗句法如"我不如想明从意念中"，（见诗集《红蔷薇》）都不应加入。如能这样的做去，国语渐益丰美，语法也益精密，庶几可以适应现代的要求了。②

至于这一选择的原因，周作人解释道：

> 我对于国语的各方面问题的意见，是以"便利"为一切的依据。为便利计，国民应当用现代国语表现自己的意思，凡复兴古文或改用外国语等的计画都是不行的，这些计画如用强迫也未始不可实现，但我觉得没有这个必要，因为成效还很可疑，牺牲却是过大了。为便利计，现在中国需要一种国语，尽他能力的范围内，容纳古今中外分子，成为言词充足，语法精密的言文，可以应现代的实用。③

类似这样的观点，在作于1925年的《理想的国语》一文中也可看到：

> 我们所要的是一种国语，以白话（即口语）为基础，加入古

---

① 周作人：《国语改造的意见》，《艺术与生活》，河北教育出版社2002年版，第58页。
② 同上书，第59页。
③ 同上书，第60页。

文（词及成语，并不是成段的文章）方言及外来语，组织适宜，具有论理之精密与艺术之美。这种理想的言语倘若成就，我想凡受过义务教育的人民都不难了解，可以当作普通的国语使用。假如以现在的民众知识为标准来规定国语的方正，用字造句未受国民教育的人所能了解的程度为准。这不但是不可能，即使勉强做到，也只使国语更为贫弱，于文化前途了无好处。其实这些"为民众"的工作原也是必要的，但那是"往民间去"的一项事业，与国语改革运动并不是一件事。①

在国语"融合论"的整体性视野之下，白话、古文、方言、外来语等被安排于不同的位置，执行不同的功能，在此之上，还有超越部分而和谐共存的"论理之精密与艺术之美"，进而成为"理想的国语"。并且，这一国语的建设之中，还包含周作人对"民众的言语"的不信任，国语应具备一定的知识水平，实际上周作人话里有话，因为在五四落潮以后，各种政治势力也对如何建构文学语言有所主张，周作人在此明显是要反对左翼势力"民众的言语"的观念。

二

周作人在 1926 年发表的《国语文学谈》一文，对国语、国语文学的内涵作出一个非常大的修改：

> 国语文学自然是国语所写的文学了，国语普通又多当作白话解，所以大家提起国语文学便联想到白话文，凡非白话文即非国语文学，然而一方面界限仍不能划得这样严整，照寻常说法应该算是文言的东西里边也不少好文章，有点舍不得，于是硬把他拉过来，

---

① 周作人：《理想的国语》，《京报·国语周刊》，第 13 期。

说他本来是白话；这样一来，国语文学的界限实在弄得有点糊涂，令我觉得莫名其妙。据我的愚见这原是简单不过的一件事，国语文学就是华语所写的一切文章，上自典谟，下至滩簧，古如尧舜（姑且这样说），今到郁达夫，都包括在内，他们的好坏优劣则是另一问题，须由批评家文学史家去另行估价决定。我相信所谓古文与白话文都是华语的一种文章语，并不是绝对地不同的东西……①

这样的国语可以说是无所不包，最重要的是包含了古文与白话文两个领域，并认定二者并不是绝对地不同的东西——固然，周作人有自己学理方面的考虑，但是这已经不只是五四时期白话文倡导的逻辑了，而有新的深意。

周作人继续分析道：

我相信古文与白话都是汉文的一种文章，他们的差异大部分是文体的，文字与文法只是小部分。中国现在还有好些人以为纯用老百姓的白话可以作文，我不敢附和。我想一国里当然只应有一种国语，但可以也是应当有两种语体，一是口语，一是文章语，口语是普通说话用的，为一般人民所共喻；文章语是写文章用的，须得有相当教养的人才能了解，这当然全以口语为基础，但是用字更丰富，组织更精密，使其适于表现复杂的思想感情之用，这在一般的日用口语是不胜任的。两者的发达是平行并进，文章语虽含有不少的从古文或外来语转来的文句，但根本的结构是跟着口语的发展而定，故能长保其生命与活力。②

这一段话的实质是周作人以文章语与纯用的白话的对立取代了五四以

---

① 周作人：《国语文学谈》，《艺术与生活》，河北教育出版社2002年版，第62页。
② 同上书，第63—64页。

来的文言与白话的对立。这一观点自有其道理，对于丰富白话文具有现实的意义，但是这里周作人也以其论述泯灭了文言与白话的界限，或者说文言与白话的区别问题，在此时并不是他关心的问题。当然，这并不是说周作人如同林纾那样倡导文言，反对白话文。如周作人所言："我们要表现自己的意思，所以必当弃模拟古文而用独创的白话，但同时也不能不承认这个事实，把古文请进国语文学里来，改正以前关于国语文学的谬误观念。"① 这即是说，在首先承认白话文的前提之下，扩大国语文学的内涵，再重新考虑，乃至请古文进入白话文之中——所以，这仍然是五四白话文的一种发展，是在其范围之中作出的有效调整。

我们接下来读到周作人的如下文字：

> 我们承认了古文在国语文学里的地位，这只是当然的待遇，并不一定有什么推重他的意思，古文作品中之缺少很有价值的东西已是一件不可动移的事实。其理由可以有种种不同的说法，但我相信这未必是由于古文是死的，是贵族的文学。我们翻开字典来看，上面确有许多不但不懂他的意义连音都读不出的古字，这些确是死字废语了，但古文却并不是专用这种字凑成的，他们所用的字有十之八九是很普通，在白话中也是常用的字面，你说他死，他实在是还活着的，不过经作者特别这么的一安排，成功了一个异样的形式罢了。或者有人说所谓死的就是那形式——文体，但是同一形式的东西也不是没有好的，有些东西很为大家所爱，这样舍不得地爱，至于硬说他是古白话，收入（狭义的）国语文学史里去了。那么这种文体也似乎还有一口气。②

---

① 周作人：《国语文学谈》，《艺术与生活》，河北教育出版社 2002 年版，第 64 页。
② 同上书，第 64—65 页。

尽管有种种的前提，周作人仍在为古文的价值辩护。并且，这一辩护的基础不在于强力的思想文化基础，而在于关注古文与白话文在语言文字领域的相同之处，在于思考中国语言文字本身的特点，试图在古文中开掘出仍有价值的东西，试图作出更为具体的分析，乃至认定其"似乎还有一口气"。

于是，周作人有了这样的判断：

> 我在这里又有一个愚见，觉得要说明古文之所以缺乏文学价值，应当从另一方面着眼。这便是古文的模拟的毛病。大家知道文学的重要目的是在表现自己的思想情感，各人的思想情感各自不同，自不得不用独特的文体与方法，曲折写出，使与其所蕴怀者近似，而古文则重在模拟，这便是文学的致命伤，尽够使作者的劳力归于空虚了。……你或者要问，既然如此，作不模拟的古文岂不就好了么？这自然是对的。但我不知道有没有这样的古文，倘若你能创造出一种新古文体来，那么也大可以做，不过至少我自己实在没有这样自信，还只是做做我的白话文罢。①

是否是"模拟"，成了超越白话与文言区别的超然判断标准，甚至不模拟的古文也是可以接受的了。固然，我们可以理解这只是周作人的一种说法而已，指向的是语言与表达的统一，指向的是对文艺创造与个性的重视。但是，这样的叙述方式可能会显得晦涩不明，完全脱离五四时期基于思想文化而对白话文进行倡导的思路与话语方式，也完全脱离了那种激昂而以真理自居的论证方式。

三

让我们分析周作人在1932年发表的名文《中国新文学的源流》，他

---

① 周作人：《国语文学谈》，《艺术与生活》，河北教育出版社2002年版，第65页。

仍然重复自己在五四时期的白话文观念：

> 白话文的难处，是必须有感情或思想作内容，古文中可以没有
> 这东西，而白话文缺少了内容便作不成。白话文有如口袋，装进什
> 么东西去都可以，但不能任何东西不装。而且无论装进什么，原物
> 的形状都可以显现得出来。古文有如一只箱子，只能装方的东西，
> 圆东西则盛不下，而最好还是让他空着，任何东西都不装。大抵在
> 无话可讲而又非讲不可时，古文是最有用的。譬如远道接得一位亲
> 属写来的信，觉得对他讲什么都不好，然而又必须回复他，在这样
> 的时候，若写白话，简单的几句便可完事，当然不相宜的，若用古
> 文，则可以套用旧调，虽则空洞无物，但八行书准可写满。①

周作人还说明了使用白话的必然原因：

> 因为思想上有了很大的变动，所以须用白话——假如思想还和
> 以前相同，则可仍用古文写作，文章的形式是没有改革的必要的。
> 现在呢，由于西洋思想的输入，人们对于政治，经济，道德等的观
> 念，和对于人生，社会的见解，都和从前不同了。应用这新的观点
> 去观察一切，遂对一切问题又都有了新的意见要说要写。然而旧的
> 皮囊盛不下新的东西，新的思想必须用新的文体以传达出来，因而
> 便非用白话不可了。②

这些观点同时也接沟通了五四退潮以后周作人对中国语言文字新的思
考，显得平易畅达，显示出对白话文合法性新的论证思路。

非常重要的是，周作人还看到了与他有类似白话观念与散文实践的
人，为他们创作的"平常"、"与旧文人差不多"的评论作出一番辩解：

---

① 周作人：《儿童文学小论 中国新文学的源流》，河北教育出版社 2002 年版，第 58 页。
② 同上书，第 58—59 页。

　　现在有许多文人，如俞平伯先生，其所作的文章虽用白话，但乍看来其形式很平常，其态度也和旧时文人差不多，然在根柢上，他和旧时的文人却绝不相同。他已受过了西洋思想的陶冶，受过了科学的洗礼，所以他对于生死，对于父子，夫妇等的意见，都异于从前很多。在民国以前人们，甚至于现在的戴季陶张继等人，他们的思想和见地，都不和我们相同，按张戴的思想讲，他们还都是庚子以前的人物，现在的青年，都懂得了进化论，习过了生物学，受过了科学的训练。所以尽管写些关于花木，山水，吃酒一类的东西，题目和从前相似，而内容则前后绝不相同了。①

这一段文字不妨看作周作人对自己文章与语言选择的夫子自道，即便在一些认为其与旧时的文人的联系更多的批评之中，他们仍然标明与看重自己创作的现代品质。这些现代品质是与西洋思想、科学、进化论、生物学等词语相联系的，并作为一种内在的思想价值，直接决定着即便是花木、山水、饮宴一类散文写作也并不会属于旧时文学的空间。

　　我们还想以周作人对散文理论的开拓与创作为例，去验证其关于文学语言思想方面的流变，及其关于文学语言在创作层面的旨归。在1921 年发表的《美文》一文之中，周作人自期"给新文学开辟出一块新的土地来"，提倡一种艺术性的散文，这一向被认为是中国现代散文文体独立的标志。周作人说：

　　外国文学里有一种所谓论文，其中大约可以分作两类。一批评的，是学术性的。二记述的，是艺术性的，又称作美文，这里边又可以分出叙事与抒情，但也很多两者夹杂的。这种美文似乎在英语国民里最为发达，如中国所熟知的爱迭生，阑姆，欧文，霍桑诸人

———————————

① 周作人：《儿童文学小论 中国新文学的源流》，河北教育出版社 2002 年版，第 59 页。

都做有很好的美文，近时高尔斯威西，吉欣，契斯透顿也是美文的好手。读好的论文，如读散文诗，因为它实在是诗与散文中间的桥。中国古文里的序，记与说等，也可以说是美文的一类。但在现代的国语文学里，还不曾见有这类文章，治新文学的人为什么不去试试呢？①

我们会发现周作人倡导的叙事与抒情性的美文，有自己长期以来纯文学的追求——这一直贯穿在他的文学思想历程之中。"美文"的主要资源在于两个方面，一为英国的美文，一为中国古文中的某些文体，但此时期他的主要着眼点还是在"外国文学"方面。

周作人文学创作方面的变化随即而来，与有关白话与文言关系新的认识相一致。在《〈杂拌儿〉跋》一文之中，周作人写道：

> 现代的文学——现在只就散文说——与明代的有些相像，正是不足为怪的，虽然并没有去模仿，或者也还很少有人去读明文，又因时代的关系在文字上有很欧化的地方，思想上也自然要比四百年前有了明显的改变。现代的散文好像是一条湮没在沙土下的河水，多少年后又在下流被掘了出来；这是一条古河，却又是新的。②

在《〈燕知草〉跋》一文之中，周作人认为：

> 在论文——不，或者不如说小品文，不专说理叙事而以抒情分子为主的，有人称他为"絮语"过的那种散文上，我想必须有涩味与简单味，这才耐读，所以他的文词还得变化一点。以口语为基本，再加上欧化语，古文，方言等分子，杂糅调和，适宜地或吝啬

---

① 周作人：《美文》，《谈虎集》，河北教育出版社 2002 年版，第 29 页。
② 周作人：《〈〈杂拌儿〉跋》《永日集》，河北教育出版社 2002 年版，第 76—77 页。

地安排起来，有知识与趣味的两重的统制，才可以造出有雅致的俗语文来。我说雅，这只是说自然，大方的风度，并不要禁忌什么字句，或者装出乡绅的架子。①

周作人还解释这一看法的时代背景，小品文在当时社会之中有"避难"功能："中国新散文的源流我看是公安派与英国的小品文两者所合成，而现在中国情形又似乎正是明季的样子，手拿不动竹竿的文人只好避难到艺术世界里去，这原是无足怪的。"② 并且，我们认为这与周作人在文艺观念方面倡导"多元化"的思路相似，在其认定的"小品文"之中，各种语言文字要素在一个平面平等共存，不同的语言文字要素被激活而组织起来。周作人还提到一个关键词"吝啬"，表明其"小品文"节制的语言风格，以及自身的审美追求。

再想到周作人在《陶庵梦忆序》一文中阐述的散文观念：

> 我常这样想，现代的散文在新文学中受外国的影响最少，这与其说是文学革命的还不如说是文艺复兴的产物，虽然在文学发达的程途上复兴与革命是同一样的进展。在理学与古文没有全盛的时候，抒情的散文也已得到相当的长发，不过在学士大夫眼中自然也不很看得起：我们读明清有些名士派的文章，觉得与现代文的情趣几乎一致。思想是固然难免有若干距离，但如明人所表示的对于礼法的反动则又很有现代气息了。③

周作人的散文观念一直都在"古"与"新"之间徘徊，直至将文学革命与文艺复兴两个不同方向的思路融为了一体，这样也就无所谓"古"

---

① 周作人：《〈燕知草〉跋》，《永日集》，河北教育出版社2002年版，第79页。
② 同上书，第80页。
③ 周作人：《陶庵梦忆序》，《泽泻集 过去的生命》，河北教育出版社2002年版，第13页。

与"新"了，所以周作人会认为"现代散文在新文学中受外国的影响最小"，对于传统文化资源，特别是晚明小品文的推崇，逐渐呈现出一种明显的上升趋势——这也符合周作人在五四之后最终形成以晚明作为新文学起点的重要观点。

四

那么，这一切使周作人的散文创作具备怎样的面貌？让我们随意引用周作人一些散文名篇的语句加以说明。

在《山中杂信》之中：

> 般若堂里住着几个和尚们，买了许多香椿干，摊在芦席上晾着，这两天的雨不但使它不能干燥，反使它更加潮湿。每从玻璃窗望去，看见廊下摊着湿漉漉的深绿的香椿干，总觉得对于这班和尚们心里很是抱歉似的，——虽然下雨并不是我的缘故。①

《乌篷船》一文中：

> 你坐在船上，应该是游山的态度，看看四周物色，随处可见的山，岸旁的乌柏，河边的红蓼和白苹，渔舍，各式各样的桥，困倦的时候睡在舱中拿出随笔来看，或者冲一碗清茶喝喝。偏门外的鉴湖一带，贺家池，壶觞左近，我都是喜欢的，或者往娄公埠骑驴去游兰亭（但我劝你还是步行，骑驴或者于你不很相宜）到得暮色苍然的时候进城上都挂着薜荔的东门来，倒是颇有趣味的事。②

---

① 周作人：《山中杂信》，《雨天的书》，河北教育出版社2002年版，第132页。
② 周作人：《乌篷船》，《泽泻集 过去的生命》，河北教育出版社2002年版，第28页。

《故乡的野菜》一文中：

> 扫墓时候所常吃的还有一种野菜，俗称草紫，通称紫云英。农人在收获后，播种田内，用作肥料，是一种很被贱视的植物，但采取嫩茎瀹食，味颇鲜美，似豌豆苗。花紫红色，数十亩接连不断，一片锦绣，如铺着华美的地毯，非常好看，而且花朵状若蝴蝶，又如鸡雏，尤为小孩所喜。①

《吃茶》一文中的叙述：

> 中国人上茶馆去，左一碗右一碗地喝了半天，好像是刚从沙漠里回来的样子，颇合于我的喝茶的意思（听说闽粤有所谓吃工夫茶者自然也有道理，）只可惜近来太是洋场化，失了本意，其结果成为饭馆子之流，只在乡村间还保存一点古风，唯是屋宇器具简陋万分，或者但可称为颇有喝茶之意，而未可许为已得喝茶之道也。②

这样的句子让人难以忘怀，都有着鲜明的个性风格，脱离了现实政治，调整了心态，放低了声音，专注于个人趣味的兴味盎然。其句子自由流动，娓娓道来，也富有韧性，神完气足，堪称言有尽而意无穷。

舒芜认为："周作人的小品文的清冷苦涩，并不是'郊寒岛瘦'那一流，相反地，这种冷清苦涩又是腴润的，周作人说日本作家森鸥外语夏目漱石的文章都是'清淡而腴润'正可移作自评。"③ 为什么能达到这样的美学效果？仅从以上引用看来，这些散文句式其实是较为复杂的，同时用语又简洁有力，无疑是一种现代质地的白话文，又总有一种

---

① 周作人：《故乡的野菜》，《雨天的书》，河北教育出版社2002年版，第49—50页。
② 周作人：《吃茶》，《泽泻集 过去的生命》，河北教育出版社2002年版，第20页。
③ 舒芜：《以愤火照出他的战绩——周作人的是非功过》，辽宁教育出版社2000年版，第24页。

语调、语感与氛围方面的传统感觉，确是与传统的文学语言有气质上的相通之处。并且，"清淡而腴润"更多表现出的是一种文字的情韵，一种日常生活的味道，形成了"美文"的面貌。应该说，周作人对现代汉语的成熟有着相当的贡献，而"美文"这一称号本身就表明了他在文学语言方面的建树。

在此视野之下，让我们以"美文"来比较周作人五四时期的白话新诗创作。例如《两个扫雪的人》：

> 阴沉沉的天气，
> 香粉一般白雪，下的漫天遍地。
> 天安门外白茫茫的马路上，
> 全没有车马踪迹，
> 只有两个人在那里扫雪。
>
> 一面尽扫，一面尽下，
> 扫净了东边，又下满了西边，
> 扫开了高地，又填平了坳地。
> 粗麻布的外套上已经积了一层雪，
> 他们两人还只是扫个不歇。
>
> 雪愈下愈大了；
> 上下左右都是滚滚的香粉一般白雪。
> 在这中间，好像白浪中浮着两个蚂蚁，
> 他们两人还只是扫个不歇。
>
> 祝福你扫雪的人！
> 我从清早起，在雪地里行走，不得不谢谢你。①

---

① 周作人：《两个扫雪的人》，《泽泻集 过去的生命》，河北教育出版社2002年版，第3—4页。

再如，著名的《小河》一诗：

> 一条小河，稳稳的向前流动。
>
> 经过的地方，两面全是乌黑的土，
>
> 生满了红的花，碧绿的叶，黄的果实。
>
> 一个农夫背了锄来，在小河中间筑起一道堰。下流干了；上流
> 的水被堰拦着，下来不得，不得前进，又不能退回，水只在堰前
> 乱转。
>
> 水要保他的生命，总须流动，便只在堰前乱转。
>
> 堰下的土，逐渐淘去，成了深潭。
>
> 水也不怨这堰，——便只是想流动，
>
> 想同从前一般，稳稳地向前流动。
>
> 一日农夫又来，土堰外筑起一道石堰。
>
> 土堰坍了，水冲着坚固的石堰，还只是乱转。
>
> 堰外田里的稻，听着水声，皱眉说道："我是一株稻，是一株
> 可怜的小草，我喜欢水来润泽我，却怕他在我身上流过。……"①

非常明显，五四时期周作人的诗歌语言的表意功能更为单纯，其抵达思
想文化的功能十分强烈，或言其诗歌语言的工具性较为直接，语言的逻
辑叙述关系过于清楚，缺少必要的跳跃与意蕴，显得质实而缺乏灵动，
大概可以说具有五四早期白话新诗的一般性特征。在其调整了语言文字
思路之后，归结于其"美文"创作的散文语言，相较而言就显得更为
重视语言文字自身的质地，更为灵活，更为从容不迫，也更具有文学语
言的表现能力。

　　我们最终认定，周作人"美文"文学语言的成就，是在相当程度

---

① 周作人：《小河》，《泽泻集 过去的生命》，河北教育出版社 2002 年版，第5—6页。

上调动传统文学及其语言的资源，调动了古文文字声色情韵的结果，也高度重视了中国语言文字的固有特质。这也与五四及其之后文学语言建构的主流有了若干的差异，周作人的散文语言造就了一个不可忽视的个人化与心灵化的文学语言世界。这一切说明了周作人在五四白话文的基础上，在其内部开拓出新的流向，开辟出一些更为具体的文学语言道路，以容纳更多有价值的语言因素——而这也是中国现代重要作家创造属于自己文学语言时的共同态度与做法。

第八章 《尝试集》《女神》：五四白话文诗性空间的开创

　　早期白话诗的创作在五四新文学的草创之中非常引人注目，可用俞平伯的话加以证明："诗在中国文学上久已占极重要的位置，几千年的各家著作已'汗牛充栋'，而且都是句法整齐韵脚严重的文言作品，今天忽然有人要用他们一向视为'缙绅先生难言之'的白话，来替代他们'师师相承'的正宗文言；一方又讲什么诗体解放呵，要做无韵的散文诗，一方又改换他们所用的材料，来描写社会上种种的生活状态和群众运动——罢工示威等等，——他们自然要惊诧不置，糊糊涂涂嘴里就说道：'荒谬''胡闹'。"① 可见五四时期白话新诗这一文体所面临的处境与意义，不仅在于自身的确立与发展，更在于五四时期对白话文整体的一种社会反应。

　　中国传统诗歌成就的巨大"先见"，成了现代新诗从未缺席的存在，或言是主动，或言是逼迫，都促使五四诗人在"非诗性"白话文的基础之上，对现代生活与情感进行表达，不断开拓与锻造出新的诗性审美的空间。并且，白话诗歌作为五四时期的新生事物，象征着五四白话文与文学的缝合和所能达到的高度。现代白话新诗合法性的确立，也

---

① 俞平伯：《社会上对于新诗的各种心理观》，《新潮》第 2 卷第 1 号。

是中国古代文学语言雅俗格局最终崩溃的标志性事件——这在当时绝不是一桩轻易之事。基于这样的考虑，就让我们回到五四时期白话新诗的起点，分析最为醒目的胡适《尝试集》与郭沫若《女神》这两部诗集。

第一节　《尝试集》诗歌语言的建构历程

在《尝试集》之中有数篇序言，包含较多的信息，今天看来颇具认识价值。钱玄同的《序》首先称赞的是胡适创作白话新诗的态度："适之是中国现代第一个提倡白话文学——新文学——的人。我以前看见适之作的一篇《文学改良刍议》，主张作诗文不避俗语俗字；现在又看见这本《尝试集》，居然就实行用白话来作诗。我对于适之这样'知'了就'行'的举动，是非常佩服的。"[①] 在"知行合一"的强调之外，我们看到的是钱玄同对胡适"第一个提倡白话文学"的确认，由此可以看作新文学阵营在新文学创作实绩方面的自我建构与定位。钱玄同认定《尝试集》与"新文学"的必然联系，从而规定了《尝试集》价值之所在："适之这本《尝试集》第一集里的白话诗，就是用现代的白话达适之自己的思想和情感，不用古语，不抄袭前人诗里说过的话。我以为的确当得起'新文学'这个名词。"[②] 仅就这些信息而言，也充分说明《尝试集》极大的开拓性。

一

胡适在《尝试集·自序》之中有一段话：

---

① 钱玄同：《〈尝试集〉序》，《尝试集》，《胡适全集》（第10卷），安徽教育出版社2003年版，第3页。
② 同上书，第10页。

　　　　我们认定白话实在有文学的可能，实在是新文学的唯一利器。

但是国内大多数人都不肯承认这话，——他们最不肯承认的，就是

白话可作韵文的唯一利器。我们对于这种怀疑，这种反对，没有别

的法子可以对付，只有一个法子，就是科学家的实验方法。科学家

遇着一个未经实地证明的理论，只可认他做一个假设；须等到实地

试验之后，方才用试验的结果来批评那个假设的价值。我们主张白

话可以做诗，因为未经大家承认，只可说是一个假设的理论。我们

这三年来，只是想把这个假设用来做种种实地试验，——做五言

诗，做七言诗，做严格的词，做极不整齐的长短句；做有韵诗，做

无韵诗，做种种音节上的试验，——要看白话是不是可以做好诗，

要看白话诗是不是比文言诗要更好一点。这是我们这班白话诗人的

"实验的精神"。①

这固然说明了胡适的实用主义式的"试验"理路，更说明了白话新诗

在初创时期语言与形式探索方面的芜杂。在"诗"的寻找过程之中，

语言与形式的问题成为新诗发生的中心性问题。正是在不断的"试错"

与"纠错"之中，胡适试图以白话诗的语言与形式超越文言诗体，在

具体创作层面的形式与审美之中确定了白话新诗。

　　这样，胡适的"尝试"就给人一种清晰的历程感，新旧因素的存

在与替代发展变化是极为鲜明的，是在不断的扬弃之中而取得"进

步"，从而在《尝试集》的诗作之中留下不同时期的种种"成果"与

"痕迹"。

　　在《尝试集》的附录中有胡适的《去国集》，主要内容为其留美时

期的古典诗词创作，自谓"今余此集，亦可谓之六年以来所作'死文

---

① 胡适：《〈尝试集〉自序》，《尝试集》，《胡适全集》（第 10 卷），安徽教育出版社
2003 年版，第 31—32 页。

字'之一种耳"，其结集的动机完全出于一种进化论的眼光，"集中诗词，一以年月编撰，欲稍存文字进退及思想变迁之迹焉尔"①。

可列举两首。一为《耶稣诞节歌》：

> 冬青树上明纤炬，冬青树下欢儿女，高歌颂神歌且舞。朝来阿母含笑语："儿辈驯好神佑汝。灶前悬袜青丝缕。灶突神下今夜午，朱衣高冠须眉古。神之来下不可睹，早睡慎毋干神怒。"明朝袜中实饧粄，有蜡作鼠纸作虎，夜来一一神所予。明日举家作大醵，杀鸡大于一岁殺。堆盘肴果难悉数。食终腹鼓不可俯。欢乐勿忘神之祐，上帝之子天下主。②

这让人想到了黄遵宪以海外题材移入中国传统诗作式的"开拓"，即基本上是以中国古典诗歌来叙述海外新鲜之事，必然会多使用诸如古诗的歌行体，行文更加自由浅白，也留下"神""上帝"等中国固有词汇，其实总给人隔了一层的感觉，并不能精确反映海外生活与思想。

一为《沁园春·誓诗》：

> 更不伤春，更不悲秋，以此誓诗。任花开也好，花飞也好，月圆固好，日落何悲？我闻之曰，"从天而颂，孰与制天而用之？"更安用为苍天歌哭，作彼奴为！
>
> 文章革命何疑！且准备搴旗作健儿。要前空千古，下开百世，收他臭腐，还我神奇。为大中华，造新文学，此业吾曹欲让谁？诗材料，有簇新世界，供我驱驰。③

---

① 胡适：《〈去国集〉自序》，《胡适全集》（第10卷），安徽教育出版社2003年版，第148页。

② 胡适：《耶稣诞节歌》，《去国集》，《胡适全集》（第10卷），安徽教育出版社2003年版，第152页。

③ 胡适：《沁园春·誓诗》，《去国集》，《胡适全集》（第10卷），安徽教育出版社2003年版，第198页。

词的使用，甚至让人有了若许口语的感觉，确实显得更为灵活自如，如此豪言壮语，诸如"文学革命"的口号使用，基本上是直抒胸臆，显得通俗易懂，达到明白如话的效果。

可以说，上文列举胡适《去国集》之中的一诗一词，所代表的文学语言的探索实践，还应属于晚清与民初时期的中国文学语言的有限调整的范畴之中，是特定历史时期的中国文学语言一种多因素的"混合"。

二

胡适在海外时期一些另类的"诗歌"作品，并没有收入《去国集》与《尝试集》，也很少引起关注，即胡适一系列的"打油诗"之作。

如胡适 1916 年 7 月 22 日在日记中记下的《答梅觐庄——白话诗》，试以第一节为例：

> "人闲天气凉"，老梅上战场。
>
> 拍桌骂胡适，"说话太荒唐！
>
> 说什么'中国要有活文学！'
>
> 说什么'须用白话作文章！'
>
> 文字岂有死活！白话俗不可当！
>
> 把《水浒》来比《史记》，
>
> 好似麻雀比凤凰。
>
> 说'二十世纪的活字
>
> 胜于三千年的死字'，
>
> 若非瞎了眼睛，

定是丧心病狂！"①

这就不能以中国文学既有的古典诗词来概括了，很明显吸收了中国正统雅文学之外民间俗文学的因素和调子，用语随意乃至可以说是粗俗的，但同时也向海外时期的友人表明了自己的白话文观点，带有亲密而幽默的风味。

再如，胡适还有一些使用民间俗文学形式的打油诗，以胡适与胡明复互寄的"宝塔诗"为例：

> 咦！
> 希奇！
> 胡格哩，
> 勸我做诗！
> 这话不须提。
> 我做诗快得希，
> 从来不用三小时。
> 提起笔何用费心思？
> 笔尖儿嗤嗤嗤嗤地飞，
> 也不管宝塔诗有几层儿！②

这就更加随意了，乃至使用了一向不登大雅之堂的口语方言。在这里，没有什么微言大义，就是一种无关宏旨的笔墨游戏。胡适认为："打油诗何足记乎？曰，以记友朋之乐，一也。以写吾辈性情之轻率一方面，二也。人生那能日日作庄语？其日日作庄语者，非大奸，则至愚耳。"③

---

① 胡适：《答梅觐庄——白话诗》，《留学日记·卷十四》，《胡适全集》（第28卷），安徽教育出版社2003年版，第411页。

② 胡适：《答胡明复》，《留学日记·卷十四》，《胡适全集》（第28卷），安徽教育出版社2003年版，第469页。

③ 同上书，第467页。

因此，在打油诗里展现出了另外一个真性情的"胡适"，一个没有记着要当"国人导师"、随时想着要以白话文奠基现代中国文学的"胡适"，在这样快意的"解构"之中，实则预兆着中国语言文字重大的转机。

由于打油诗，胡适与任鸿隽还发生了一次小小的交锋。胡适在日记中写道：

> 昨得叔永一片，言欲以一诗题吾白话之集。其诗云：
>
> 文章革命标题大，白话工夫试验精。
>
> 一集打油诗百首，"先生"合受"榨机"名。
>
> 吾亦报以诗曰：
>
> 人人都做打油诗，这个功须让"榨机"。
>
> 欲把定盦诗奉报，"但开风气不为诗。"①

任鸿隽极尽讽刺挖苦之能事，胡适当仁不让，引用龚自珍的诗句认为自己的打油诗可开风气。在一天之后，打油诗一事仍让胡适念念不忘，在其日记之中记下了如下的内容：

> 唐人张打油《雪诗》曰：
>
> 江山一笼统，井上黑窟窿。
>
> 黄狗身上白，白狗身上肿。
>
> 故谓诗之俚俗者曰"打油诗"。②

这似乎是在为打油诗寻找历史渊源，为打油诗的合法性辩护。实际上，这涉及了中国文学语言现代转型的关键性问题，胡适以特定的民间白话文形式，颠覆了那种诗文的雅文学语言，而进入一个自由诙谐的白话文

---

① 胡适：《打油诗答叔永》，《留学日记·卷十五》，《胡适全集》（第 28 卷），安徽教育出版社 2003 年版，第 488 页。

② 同上书，第 489 页。

空间，坚持中国古代雅文学语言立场的任鸿隽们自然是不屑一顾。

在打油诗之中，胡适以个体的经验与放松的心态，展示出晚清以降中国文学语言现代转型之中的一种特别显现。由于打油诗是非正式的，胡适后来也没有将之收入诗集，也不会汇入五四新诗建设的主流之中，"摒除'打油气'恰恰使'白话诗'符合了一般的诗美规范，使白话新诗更能获得广泛的社会认可，其'诗体'解放的总体叙事也有了合法性基础，而新诗发生时其粗糙的美学活力对一般'诗美'规范的冲击，便不得不被牺牲了"①。我们认为，在特定的时期，打油诗的创造是其语言文字变革中的一个有意味的插曲，从中也反映出胡适文学语言建构的探索方式以及闪烁于其中的历史洞见。

三

让我们再回到《尝试集》，看看早期的白话新诗模样。胡适曾经给自己的新诗以定位："缠过足的妇人永远不能恢复他的天然脚了。我现在把我这五六年的放脚鞋样，重新挑选了一遍，删去了许多太不成样子的或可以害人的。内中虽然还有许多小脚鞋样，但他们的保存也许可以使人知道缠脚的人放脚的痛苦，也许还有一点历史的用处，所以我也不避讳了。"② 这并不是自谦之言，胡适白话新诗的旧体诗词形式与意味随处可见，特别是在"第一编"之中。

随举一首《寒江》：

> 江上还飞雪，
>
> 遥山雾未开。

---

① 姜涛：《"新诗集"与中国新诗的发展》，北京大学出版社 2005 年版，第 141 页。
② 胡适：《〈尝试集〉四版自序》，《胡适全集》（第 10 卷），安徽教育出版社 2003 年版，第 44 页。

浮冰三百亩，

载雪下江来。①

五言绝句的意味十足，其诗意也是从古典诗词来的，无需多言。再看一首五言的《他——思祖国也》：

你心里爱他，莫说不爱他。

要看你爱他，且等人害他。

倘有人害他，你如何对他？

倘有人爱他，更如何待他？②

为将思念祖国的情感表现为复杂而曲折的心理，所以连连追问。这样的白话新诗似乎并不太成功，缺少诗味，是故意硬写出来的，用传统的诗评来说，就是理过其辞、质木无文。

深具历史意识的胡适很快就在再版的序言之中，为自己的创作作了一个总结："从第一编《尝试篇》《赠朱经农》《中秋》……诗变到第二编的《威权》《应该》《关不住了》《乐观》《上山》，等诗；从那些接近旧诗的诗变到很自由的新诗——这一个过渡时期在我的诗里最容易看得出。"③ 胡适说明从"第二编"开始，自由的新诗才逐渐得以过渡与出现，可以读到他对自己诗作的详细分析：

第一编的诗，除了《蝴蝶》和《他》两首之外，实在不过是一些刷洗过的旧诗。做到后来的《朋友篇》，简直又可以进《去国

---

① 胡适：《〈尝试集〉四版自序》，《胡适全集》（第10卷），安徽教育出版社2003年版，第63页。

② 胡适：《他——思祖国也》，《胡适全集》（第10卷），安徽教育出版社2003年版，第53页。

③ 胡适：《〈尝试集〉再版自序》，《胡适全集》（第10卷），安徽教育出版社2003年版，第34页。

集》了！第二编的诗，虽然打破了五言七言的整齐句法，虽然改成长短不整齐的句子，但是初做的几首，如《一念》《鸽子》《新婚杂诗》《四月二十五夜》，都还脱不了词曲的气味与声调。在这个时期里，《老鸦》与《老洛伯》要算是例外的了。就是七年十二月的《奔丧到家》诗的前半首，还只是半阕添字的《沁园春》词。故这个时期，——六年秋天到七年底——还只是一个自由变化的词调时期。自此以后，我的诗方才做到《新诗》的地位。《关不住了》一首是我的"新诗"成立的纪元。《应该》一首，用一个人的"独语"（Monologue）写三个人的境地，是一种创体；古诗中只有《上山采蘼芜》略像这个体裁。以前的《你莫忘记》也是一个人的"独语"，但没有《应该》那样曲折的心理情境。自此以后，《威权》《乐观》《上山》《周岁》《一颗遭劫的星》，都极自由，极自然，可算得我自己的"新诗"进化的最高一步。①

可见胡适的《尝试集》写作的历程并不是稳定的，而有着若干的波折与发展，并且这一波折与发展更多是需要用以后的作品否定先前的作品来推进的。句法、声调、词调、体裁等形式因素被胡适认为是白话诗歌诗意的主要源泉，而新诗形式的探索贯穿了胡适创作的始终。在新诗形式的价值层面，"自由"成了最高的追求，形式自由与白话文的"自然"结合，构成胡适诗学最为核心的内容。胡适日后还总结过"胡适之体"诗歌的特点，不难发现与其白话文的倡导关系密切——"第一，说话要明白清楚"；"第二，用材料要有剪裁"；"第三，意境要平实"。②

---

① 胡适：《〈尝试集〉再版自序》，《胡适全集》（第10卷），安徽教育出版社2003年版，第34—35页。

② 胡适：《谈谈"胡适之体"的诗》，《胡适全集》（第12卷），安徽教育出版社2003年版，第340—341页。

四

让我们再选取胡适自己感觉很好的三首诗歌，作出较为集中的阅读与分析。《关不住了》一首，胡适说明其有"纪元"的意义，自然会引起我们的兴趣。很微妙的是，胡适清楚标注《关不住了》为一首译诗，"译 Sara Teasdale 的 Over the Roofs"。这让我们很是好奇，为什么中国新诗确立的"纪元"会是一首译诗——这又说明了什么？《关不住了》全诗如下：

> 我说："我把我的心收起，
>
> 像人家把门关了，
>
> 叫爱情生生的饿死，
>
> 也许不再和我为难了 。"
>
>
> 但是屋顶上吹来，
>
> 一阵阵五月的湿风，
>
> 更有那街心琴调，
>
> 一阵阵的吹到房中。
>
> 一屋里都是太阳光，
>
> 这时候爱情有点醉了，
>
> 他说："我是关不住的，
>
> 我要把你的心打碎了！"①

不难发现此诗与胡适之前白话诗歌的区别，译诗虽来自国外诗歌，但其

---

① 胡适：《关不住了》，《尝试集》，《胡适全集》（第 10 卷），安徽教育出版社 2003 年版，第 94 页。

思路、情韵并没有消泯于一些中国既有诗歌的固定套路与体裁之中，自由体白话译诗较好表现出原作的精神，在语义的逻辑连贯之中显示出表现力，具有内在的韵律，而全诗在整体的情感上也显得较为饱满。

《"应该"》这一首白话文诗歌也是翻译，只是从文言翻译为白话文，说明该诗的写作，是为了悼念一个年轻的朋友倪曼陀，"曼陀的诗本来是我喜欢读的。内中有'奈何歌'二十首，都是哀情诗，情节很凄惨，我从前竟不曾见过。昨夜细读几遍，觉得曼陀的真情有时被辞藻遮住，不能明白流露，因此，我把这里面的第十五、十六两首的意思合起来，做成一首白话诗"①。全诗如下：

> 他也许爱我，—— 也许还爱我，——
>
> 但他总劝我莫再爱他。
>
> 他常常怪我；
>
> 这一天，他眼泪汪汪的望着我，
>
> 说道："你如何还想着我，
>
> 想着我，你又如何能对他？
>
> 你要是当真爱我，
>
> 你应该把爱我的心爱他，
>
> 你应该把待我的情待他。"
>
> 他的话句句都不错：——
>
> 上帝帮我！
>
> 我"应该"这样做！②

此诗具有某种西方诗歌翻译体的风味。这即是说，胡适将新诗的范式从

---

① 胡适：《"应该"》，《尝试集》，《胡适全集》（第10卷），安徽教育出版社2003年版，第96—97页。
② 同上书，第96页。

中国固有的诗词转向到了国外的诗歌，即便诗歌的翻译来自文言。因为，在较长的一段时期之中，胡适都在翻译西方诗歌，其翻译诗歌的语体也是多元存在，但白话语言的翻译占到相当比例，并在五四前后多采用白话翻译；西方诗歌中的异质成分给其创作直接的影响。我们于是看到胡适新诗的复杂创作过程，是由文言翻译成为白话文，再由西方诗歌构思白话文，最终具有明显曲折情思的"欧化白话"意味，这反倒让胡适有了一种"极自由，极自然"的感觉——这也折射出中国新诗所走上的一条"欧化"道路。

再看胡适新诗《权威》，诗后附记有"八年六月十一夜，是夜陈独秀在北京被捕；半夜后，某报馆电话来，说日本东京有大罢工举动"[1]。全诗如下：

> "威权"坐在山顶上，
>
> 指挥一班铁索锁着的奴隶替他开矿。
>
> 他说："你们谁敢倔强？
>
> 我要把你们怎么样就怎么样！"
>
>
> 奴隶们做了一万年的工，
>
> 头颈上的铁索渐渐的磨断了。
>
> 他们说："等到铁索断时，
>
> 我们要造反了！"
>
>
> 奴隶们同心合力，
>
> 一锄一锄的掘到山脚底。

---

① 胡适：《权威》，《尝试集》，《胡适全集》（第10卷），安徽教育出版社2003年版，第101页。

> 山脚底挖空了，
>
> "威权"倒撞下来，活活的跌死！①

这完全可以看作一种"极自由，极自然"的白话新诗创作，而不是来自翻译。面对密友之蒙难，面对重要的时事，胡适全系有感而发，在"权威"与"奴隶"的对立之中也充满了一种理性的期待。并且，全诗白话文的叙述平实、语义连贯而又有所象征，能够自如表明内心的愤懑之情。基于新诗语言与表现内容之间较为融洽的联系，或许可以说诗歌的肉体已在白话文之中成立了，或许可以说五四时期的白话新诗基本能够成立了。

第二节 《女神》诗歌语言的精神世界

当不少人盛赞郭沫若是五四白话诗歌时代强音发出者之时，文学革命时期的郭沫若却在日本，与国内的情形其实不无隔膜。郭沫若因偶读康白情的诗歌，产生了"这就是中国的新诗吗？那么我从前做过的一些诗也未尝不可发表出来了"②的惊讶，而从日本寄来的若干诗篇，为主持《时事新报》副刊《学灯》的宗白华慧眼相识，成就了日后华美浓烈的诗集《女神》。而在此时，郭沫若在与宗白华、田汉密切通信之中，形成了日后的通信合集《三叶集》。在其中，我们读到郭沫若的自道："《学灯》栏是我最爱读的。我近来几乎要与他相依为命了。我国

---

① 胡适：《权威》，《尝试集》，《胡适全集》（第10卷），安徽教育出版社2003年版，第101页。

② 郭沫若：《创造十年》，《郭沫若全集·文学编》（第12卷），人民文学出版社1992年版，第64页。

新文化运动底出版物，除了《学灯》而外一种也没有，我没有多钱来买。"① 这便是郭沫若在日本这一海外空间与五四联系的一个明证。它是一种相对较为遥远的联系，而异域超越性眼光带来了与五四早期白话诗相较的异路，最终却对中国新诗的发展产生了实质影响。这一情形，也让我们回想起曾论及的海外留学时期胡适对中国语言文字现代转型的突破。

一

1918 年 8 月在日本博多湾郭沫若与张资平的一次谈话——被郭沫若认为是创作社"受胎期"的一番谈话——其中语涉《新青年》：

隔了三年的国内文化情形，听资平谈起来，也还是在不断地叹气。

——"中国真没有一部可读的杂志。"

——"《新青年》怎样呢？"

——"还差强人意，但都是一些启蒙的普通文章，一篇文字的密圈胖点和字数比较起来还要多。"

……

我看中国现在所缺乏的是一种浅近的科学杂志和纯粹的文学杂志啦。中国人的杂志是不分性质，乌涅白糟地甚么都杂在一起。要想找日本所有的纯粹的科学杂志和纯粹的文艺杂志是找不到的。

——"社会上已经有了那样的要求吗？"

——"光景是有。像我们往往在国外的人不满意的一样，住在国内的学生也很不满意。你看《新青年》那样浅薄的杂志，不已

---

① 郭沫若：《郭沫若致宗白华》，《三叶集》，《郭沫若全集·文学编》（第 15 卷），人民文学出版社 1990 年版，第 26 页。

经很受欢迎的吗？"①

这样的对话再次证明郭沫若与国内新文化界的隔膜，当然也不乏眼高于顶的言论，他们所商定的办同人的纯文学期刊，造就了日后创造社的"苍头军异军突起"。

在语言文字变革的倡导方面，我们会发现郭沫若专门谈论白话文，或言谈论以白话文替代文言的史料非常之少——他对文学及语言关注的侧重点并不在此。我们找到以下一段文字，是在郭沫若谈及自己小时候的教育时，提及文言与白话的问题："白话文运动的成功，要算是我国文化史上很可以特书的一项事迹。最近小学教科书都采用白话，纵令尚不完备，我相信读者的收益，总比我们读四书五经时多得万万倍。近来还有一般顽梗的人，狃于自己的习惯，满口以为文言易懂而白话文转不易懂，痛嗟文教的堕落，要从新编制文言的小学教科书，这种人真真是罪该万死！"② 这完全符合五四时期新文学阵营的观点，并无特别之处。郭沫若对白话文运动予以了礼赞，说明郭沫若作为新文学的重要作家，在语言文字方面坚持了共同的底线，即反对文言而重视白话文的优长。换言之，五四白话文运动为郭沫若提供了必要的语言文字基础，不管其写作风格日后如何的狂暴、呼叫，其实都是在五四白话文所提供的可能性之中进行的。

在另一方面，还可以提及郭沫若在 1930 年所作的《文学革命之回顾》一文，表明其对现代白话文的个人理解。他认为：

> 文言文不必便是不革命或反革命，白话文不必便是革命。文言自身是有进化的，白话自身也是有进化的。我们现在所通行的文

---

① 郭沫若：《创造十年》，《郭沫若全集·文学编》（第 12 卷），人民文学出版社 1992 年版，第 45—47 页。

② 郭沫若：《古书今译的问题》，《文艺论集》，《郭沫若全集·文学编》（第 15 卷），人民文学出版社 1990 年版，第 164 页。

体，自然有异于历来的文言，而严格的说时，也不是历来所用的白话。封建时代的白话是不适宜于我们的使用的，已成的白话大多是封建时代的孑遗。时代不断的在创造它的文言，时代也不断的创造它的白话，而二者也不断的在融洽，文学家便是促进这种文化、促进这种融洽的触媒。所以要认识文学革命的人第一须打破白话文与文言文的观念。兢兢于固执着文言文的人固是无聊，兢兢于固执着所谓白话文的人也是同样的浅薄。时代把这两种人同抛撇在了潮流的两岸。①

这种看法在表面上是与五四"文学革命"的观点有所不同的，是以一种相当灵活的眼光去看待文言与白话，不但没有划清二者的界限，反是要打破其界限。我们的理解是郭沫若在现代白话文已经确立的 20 世纪 30 年代，看到"现在所通行的文体"是不同于文言和既往的白话，而需要在动态发展之中，在新的时代所创造的文言、白话之中产生新的文学语言。郭沫若使用的文言、白话概念的内涵，应该说与五四时期的使用有了相当区别，基本上是书面语与口语的意思。郭沫若立足于 20 世纪 30 年代的现实情形之中，面对当时时代所创造的书面语和口语，同时又试图超越这一书面语与口语，而形成一种理想的文学语言——应当说这是一个重要而通达的观点。当他谈到胡适时，则是掩饰不住轻视之意——"这儿自然应该提到一位胡适。幸，或者是不幸，是陈独秀那时把方向转换了，不久之间文学革命的荣冠差不多归了胡适一人顶戴。他提出了一些更具体的方案，他依据自己的方案也'尝试'过一些文学样的作品。然而严正的说，他所提出的一些方案在后来的文学建设上大

---

① 郭沫若：《文学革命之回顾》，《郭沫若全集·文学编》（第 16 卷），人民文学出版社 1990 年版，第 87 页。

抵都不适用，而他所尝试的一些作品自始至终不外是'尝试'而已"①。

到了1941年10月，宗白华在谈论白话诗运动中的语言与文体之时，深情忆及"二十一年前，上海望平街《时事新报》编辑室的一张小桌上"，"每天寄来的一封封字迹劲秀，稿纸明洁，行列整齐而内容丰满壮丽的——沫若的诗！"② 说道：

> 白话诗运动不只是代表一个文学技术上的改变，实是象征着一个新世界观，新生命情调，新生活意识寻找它的新的表现方式。斤斤地从文字修辞，文言白话之分上来评量新诗的意义和价值，是太过于表面的。白话诗运动的历史才不过二十一、二年，拿它的成就来和世界上是最丰富最灿烂的抒情诗的传统——中国二千年来的诗词曲——相抗衡，相比较，自然是不可能，且是太冒昧的。白话诗的作者也无此狂妄。他们只是顺着"穷则变，变则通"的生命原则，顺着"一代有一代之胜，舍其胜以就其所不胜，皆寄人篱下者"焦理堂这句名言至理，来开辟文艺的新园地，来表达我们新世界中新生活的内容，含义，情调，感触和思想。这是一个文化进展上的责任，这不是图奇鹜新，不是狂妄，更无所容其矜夸，这是一个艰难的，探险的，创造一个新文体以丰硕我们文化内容的工作！③

从此观点出发，我们认为郭沫若对新诗语言的探索，已经不同于胡适《尝试集》所执行的现代转型的新旧替代性的语言功能，不同于《尝试集》之中黑白分明的文言与白话的界限。如用宗白华的话来说，郭沫若

---

① 郭沫若：《文学革命之回顾》，《郭沫若全集·文学编》（第16卷），人民文学出版社1990年版，第93页。
② 宗白华：《欢欣的回忆和祝贺——贺郭沫若先生五十生辰》，《时事新报·学灯》（渝版），第151期。
③ 同上。

所进行的是白话新诗的"新文体"的追求，并且是一种新形式的创造。并且，郭沫若心目中的"真诗，好诗"还别具特点："我每逢遇这样的诗，无论是新体的或旧体的，今人的或古人的，我国的或外国的，我总恨不得连书带纸地把他吞了下去，我总恨不得连筋带骨地把他融了下去。"① 郭沫若杂糅古今中外，其对"新文体"的认识明显缺少五四"文学革命"的新旧阵营感，而是别有怀抱，在其特有的一贯夸张语调之中，并不一味以"新"作为绝对的价值导向。

再回到 20 年代的《三叶集》，宗白华在写给田汉的信中，大力推介郭沫若："我近有一种极可喜的事体，可减少我无数的烦恼，给予我许多的安慰，就是我又得着一个像你一类的朋友，一个东方未来的诗人郭沫若。"② 为什么宗白华将郭沫若定位为"东方未来的诗人"？是怎样的文化见解，使他感到共鸣与安慰？在《三叶集》之中，我们看到郭沫若独立于五四主流，对传统文学与文化显现出全新的观念与解读，极富个人才情。例如，在批判孔子的声浪中，郭沫若对孔子的看法则完全不同，认定其为"球形的发展"天才，"球形的发展是将他所具有的一切的天才，同时向四面八方，立体地发展了去。这类的人我只找到两个：一个便是我国底孔子，一个便是德国底歌德"③。具体的看法为：

> 孔子这位大天才要说他是政治家，他也有他的"大同"底主义；要说他是哲学家，他也有他 Pantheism 底思想；要说他是教育家，他也有他的"有教无类"，"因材施教"底 Kinetisch 的教育原则；要说他是科学家，他本是个博物学者，数理底通人；要说他是

---

① 郭沫若：《郭沫若致宗白华》，《三叶集》，《郭沫若全集·文学编》（第 12 卷），人民文学出版社 1990 年版，第 13—14 页。

② 宗白华：《宗白华致田汉》，《郭沫若全集·文学编》（第 15 卷），人民文学出版社 1990 年版，第 8 页。

③ 郭沫若：《郭沫若致宗白华》，《三叶集》，《郭沫若全集·文学编》（第 15 卷），人民文学出版社 1990 年版，第 19 页。

艺术家，他本是精通音乐的；要说他是文学家，他也有他简切精透的文学。便单就他文学上的功绩而言，孔子底存在，是断难推倒的：他删《诗》《书》，笔削《春秋》，使我国古代底文化有个系统的存在；我看他这种事业，非是有绝伦的精力，审美的情操，艺术批评底妙腕，那是不能企冀得到的。①

这是一种绝对的颂扬，绝对"尊孔"的态度。郭沫若继续写道：

歌德是个"人"，孔子也不过是个"人"。孔子对于南子是要见的，"淫奔之诗"他是不删弃的，我恐怕他还是爱读的！我看他是主张自由恋爱（人情之所不能已者，圣人不禁）实行自由离婚（孔氏三世出其妻）的人！我看孔子同歌德他们真可是算是"人中的至人"了。他们的灵肉两方都发展到了完满的地位。孔子底力量"能拓国门之关"，他绝不是在破纸堆里寻生活的 Buecherwurm，决不是以收人余唾为能事的臭痰盂。！②

但这种"灵肉合一"的孔子形象的塑造，不仅中国古代不会有，可能在五四时期也是唯一的。郭沫若对孔子的理解是在歌德的启发之下找到歌德与孔子的"共同点"，从而赋予了孔子形象内涵的崭新意义。由这种中西融合视野然再反观与激活中国固有文化价值的做法，在相当程度上也契合于宗白华的文化观念，而与五四时期对于传统的拒绝态度有了很大的不同。

可以参考宗白华在留学德国时的雄心壮志：

我预备在欧几年把科学中的理、化、生、心四科，哲学中的诸

---

① 郭沫若：《郭沫若致宗白华》，《三叶集》，《郭沫若全集·文学编》（第15卷），人民文学出版社1990年版，第19—20页。
② 同上书，第22页。

代表思想，艺术中的诸大家作品和理论，细细研究一番，回国后再拿一二十年研究东方文化的基础和实在，然后再切实批评，以寻出新文化建设的真道路来。我以为中国将来的文化决不是把欧美文化搬了来就成功。中国就文化中实有伟大优美的，万不可消灭。譬如中国的画，在世界中独辟蹊径，比较西洋画，其价值不易论定，到欧后才觉得。……但是我实在极尊崇西洋的学术艺术，不过不复敢藐视中国的文化罢了。并且主张中国以后的文化发展，还是极力发挥中国民族文化的"个性"，不专门模仿，模仿的东西是没有创造的结果的。但是现在却是不可不借些西洋的血脉和精神来，使我们病体复苏。几十年内仍是以介绍西学为第一要务。①

因此，当宗白华赞扬郭沫若为"东方未来的诗人"之时，已经寄寓了一种文化的期待，预示了一种文化交融与独创的诗歌憧憬。郭沫若也曾讨论先秦文化："我国的古代精神表现得最真切、最纯粹的总当得在周秦之际。那时我国的文化如同在旷野中独自标出的一株大木，没有受些儿外来的影响。"② 而在之后的中国现实社会之中："我国自佛教思想传来以后，固有的文化久受蒙蔽，民族的精神已经沉潜了几千年，要救我们几千年来贪懒好闲的沉痼，以及目前利欲熏蒸的混沌，我们要唤醒我们固有的文化精神，而吸吮欧西的纯粹科学的甘乳。我们要在我们这个时代里制造一个普遍的明了的意识：我们要秉着个动的进取的同时是超然物外的坚决精神，一直向真理猛进！"③ "吸吮—唤醒"的中西文化贯穿观念，及其所培养的一个"固有文化精神"的主体，构成了郭沫若一个相当灵活、富于现代感的立场，实际上是将中国历史的内涵实质性

---

① 宗白华：《自德见寄书》，《时事新报·学灯》，1921 年 2 月 21 日。
② 郭沫若：《论中德文化书》，《文艺论集》，《郭沫若全集·文学编》（第 15 卷），人民文学出版社 1990 年版，第 149 页。
③ 同上书，第 157 页。

地置换为西方文学与文化的内涵。

由此出现了一个悖论：一种由郭沫若塑造的"欧化"色彩的中国古代文化出现了。这当然是其极富个人才情的现代理解，但在另一方面也具有不确定的弹性与模糊空间，造成了郭沫若许多富于张力、急剧变化的文化理解——这一切也直接可以成为我们解读郭沫若诗歌语言的有效途径。

二

让我们来看诗集《女神》之中的文言诗歌，并且由此理解郭沫若的诗歌语言的精神。例如《春愁》：

> 是我意凄迷？是天萧条耶？
>
> 如何春日光，惨淡无明辉？
>
> 如何彼岸山，低头不展眉？
>
> 周遭打岸声，海兮汝语谁？
>
> 海语终难解，空见白云飞。①

虽然诗集《女神》中文言诗歌数量不多，但也颇为扎眼，至少说明郭沫若也偶一为之——其实在这段时期郭沫若还创作了一些文言诗歌，只是没有收入诗集《女神》罢了。《春愁》一诗语义清晰浅白，结尾一句大有古典诗歌言不尽意的风采，采用这样的形式很有可能就是为了一种固有审美上的发挥，郭沫若肯定不是为了去写古典诗词，其实这也是一种基于惯性而又自由的表现，兴之所至，文言也可信笔写来，十分自然，并没有什么心理负担。

---

① 郭沫若：《春愁》，《女神》，《郭沫若全集·文学编》（第1卷），人民文学出版社1982年版，134页。

在《三叶集》之中，郭沫若还有这样的一段"奇特"的文字：

我最近复把《李太白诗集》来读，把他《日出入行》一首用
新体款式写了出来是：

日出东方隈，

似从地底来，

历天又复入西海，

六龙所舍安在哉？

其行终古不休息，

人非元气，安能与之久徘徊？

草不谢荣于春风，

木不怨落于秋天。

谁挥鞭策驱四运？

万物兴衰皆自然！

羲和！羲和！

汝奚汩没于荒淫之波？

鲁阳何德：驻景挥戈？

逆道违天，矫诬实多！

吾将囊括大块，

浩然与溟涬同科！

这样地写出来，他简直成了一首绝妙的新体诗。你看他这诗颇
含些科学的精神：他虽不知地球绕日，他却想象到地是圆的；他不
相信神话传说，他只皈依自然。我尤爱他最后一句，你看是不是
"我与天地并生，与万物为一"（"Substantia sivedeus, deus sive na-

tura"）（本体即神，神即万汇）呢？①

这更能说明问题：在郭沫若眼里，李白的古诗只要略作分行排列就与"新体诗"完全达成了一致，没什么差别。我们会发现文言、白话的分辨之于郭沫若，并不成为其最为重要的东西，是可以随意出入的。当然，郭沫若必须从李白的诗中读出诸如"科学"和某种"泛神论"的色彩，从而才能使古歌焕发出新的生命力。这正是我们之前分析的郭沫若"吸吮—唤醒"的文化观念的展现，于是李白诗歌成为郭沫若中西文化观念混合的载体——或许可以说反倒是显现出"欧化"的色彩，展现出的是一种内在文化精神的升腾，一种现代意识的升腾，富于奇思妙想。

这样，诗集《女神》就为中国新诗的语言，乃至中国新文学语言带来许多新质的东西，直至融入中国现代文学的主流。这样说，并不是认为《女神》就一定具备中国古代固有文学与文化的点染，而是说郭沫若至少找到了一条大力引进西方因素与质地的具体中国途径，取得了内心文化心理的极大灵活空间，具有"我注六经"式的浓厚主体色彩。在《三叶集》之中，我们看到宗白华对郭沫若诗歌的若干赞扬：

> 沫若，你有 lyrical 的天才，我很愿你一方面多与自然和哲理接近，养成完满高尚的"诗人人格"，一方面多研究古昔天才诗中的自然音节，自然形式，以完满"诗的构造"，则中国新文化中有了真诗人。②

> 我很希望《学灯》栏中每天发表你一篇新诗，使《学灯》栏

① 郭沫若：《郭沫若致宗白华》，《三叶集》，《郭沫若全集·文学编》（第15卷），人民文学出版社1990年版，第25—26页。
② 宗白华：《宗白华致郭沫若》，《三叶集》，《郭沫若全集·文学编》（第15卷），人民文学出版社1990年版，第10页。

有一种清芬，有一种自然 Nature 的清芬。你是一个 Pantheist，我很
赞成。因我主张诗人的宇宙观有 Pantheisms 的必要。①

你的凤歌真雄丽，你的诗是以哲理做骨子，所以意味浓深。不
像现在有许多新诗一读过后便索然无味了。所以白话诗尤其重在思
想意境及真实的情绪，因为没有辞藻来粉饰他。②

哲理、思想、意境、情绪、人格、世界观——这一系列词语作为根基，
成就了诗集《女神》充沛的诗歌世界，实质上就是一种感受整个世界
的诗歌方式，具有明显的人生观与世界观意义，具有相当的文化含量与
现代素质。因此，它的出现无疑是混溶的，精神气质的，也是在白话新
诗领域一种前所未有的总体性的降临。

以《天狗》为例：

> 我是一条天狗呀！
>
> 我把月来吞了，
>
> 我把日来吞了，
>
> 我把一切的星球来吞了，
>
> 我把全宇宙来吞了。
>
> 我便是我了！
>
> 我是月底光，我是日底光，
>
> 我是一切星球底光，
>
> 我是 X 光线底光，

---

① 宗白华：《宗白华致郭沫若》，《三叶集》，《郭沫若全集·文学编》（第15卷），人民
文学出版社1990年版，第12页。
② 同上书，第30页。

我是全宇宙底 Energy 能量的底总量！

我飞奔，

我狂叫，

我燃烧。

我如烈火一样地燃烧！

我如大海一样地狂叫！

我如电气一样地飞跑！

我飞跑，

我飞跑，

我飞跑，

我剥我的皮，

我食我的肉，

我嚼我的血，

我啮我的心肝，

我在我神经上飞跑，

我在我脊髓上飞跑，

我在我脑筋上飞跑。

我便是我呀！

我的我要爆了！①

诗歌精神的能量惊人，白话文的呈现是散点状的不对称，重复之中被不断地渲染与强化。那么，在这些短促与呼告的狂暴语言之中，我们分明

---

① 郭沫若：《天狗》，《女神》，《郭沫若全集·文学编》（第 1 卷），人民文学出版社 1982 年版，第 54 页。

看到的是一种自我的高度夸张展现，甚至情绪的喷发是以有点癫狂而不正常的状态出现。这样的诗歌完全有别于中国古代诗歌的情感爆发与思维方式。

与此同时，郭沫若《女神》中另一风格的作品也受到重视。废名对《夕暮》的解读为：

> 郭沫若有一首《夕暮》，是新诗的杰作：
>
> 一群白色的绵羊，
>
> 团团睡在天上，
>
> 四周苍老的荒山，
>
> 好像瘦狮一样。
>
>
> 仰头望着天，
>
> 我替羊儿危险，
>
> 牧羊的人呦，
>
> 你为什么不见？
>
>
> 不知诸位读了怎样，这首《夕暮》我甚是喜爱。新诗能够产生这样诗篇来，新诗无疑义的可以站得住脚了，不怕旧诗在前面威胁，也不怕新诗自己再生出别的花样来煽惑。为什么呢？理由很简单，也很明白，这样的诗不明明是新诗吗？用旧诗体裁不能写出这样的诗来，这首新诗也用不着什么新诗格律了。这首诗之成，作者必然是来得很快，看见天上的云，望着荒原的山，诗人就昂头诗成了，写得天衣无缝。这首诗真能表现一个诗人。①

---

① 废名：《谈新诗》，《废名集》（第4卷），北京大学出版社2009年版，第1750页。

废名将"新诗站得住脚"这样的评价赋予一首小诗，意义不可谓不大。此小诗显然是瞬间的神来兴会之作，白话文的语言简洁而自然天成，显示出诗情的平静、隽永，乃至于与传统古代诗歌的思维相仿的流向，也区别于日后郭沫若完全观念化的直白诗作——且越到后期越明显。

三

重温闻一多对郭沫若的经典解读，能够发现一些深层的话题。在《〈女神〉之时代精神》一文之中，闻一多认为："若讲新诗，郭沫若君底诗才配称新呢，不独艺术上他的作品与旧诗词相去最远，最要紧的是他的精神完全是时代的精神——二十世纪底时代的精神。有人讲文艺作品是时代底产儿。《女神》真不愧为时代底一个肖子。"① 之后，闻一多论证了郭沫若诗歌之中"动""反抗""科学""大同""哀与奋兴"的世纪精神，这是一次相当著名的归纳，说明新诗中系统而精神性的"现代性"的全面降临及在五四白话文新诗之中的集中呈现。

在闻一多另一篇《〈女神〉之地方色彩》一文中，较之《〈女神〉之时代精神》的全面肯定，闻一多笔锋一转，在该文之中面对五四时期新诗的"欧化"问题展开严厉的批评：

现在的一般新诗人——新是作时髦解的新——似乎有一种欧化底狂癖，他们的创造中国新诗底鹄的，原来就是要把新诗做成完全的西文诗（有位作者曾在《诗》里讲道他所谓后期底作品"已与以前不同而和西洋诗相似"，他认为这是新诗底一步进程，……是件可喜的事）。《女神》不独形式十分欧化，而且精神也十分欧化的了。《女神》当然在一般人底眼光里要算新诗进化期中已臻成熟的作品了。②

---

① 闻一多：《〈女神〉之时代精神》，《创造周报》，第 4 号。
② 闻一多：《〈女神〉之地方色彩》，《创造周报》，第 5 号。

闻一多正是在"欧化"这一背景下看待《女神》，将之视为一个典型，而带有贬斥的意味。这是因为闻一多此时的新诗理想在于："我总以新诗径直是'新'的，不但新于中国固有的诗，而且新于西方固有的诗；换言之，他不要做纯粹的本地诗，但还要保存本地的色彩，他不要做纯粹的外洋诗，但又要尽量地吸收外洋诗底长处；他要做中西艺术结婚后产生的宁馨儿。"①

闻一多详细分析了《女神》之中"欧化"的种种表现：

现在的新诗中有的是"德谟克拉西"，有的是泰果尔，亚坡罗，有的是"心弦""洗礼"等洋名词。但是，我们的中国在那里？我们四千年的华胄在那里？那里是我们的大江，黄河，昆仑，泰山，洞庭，西子？又那里是我们的《三百篇》，《楚骚》，李，杜，苏，陆？《女神》关于这一点还不算罪大恶极，但多半的时候在他的抒情的诸作里他并不强似别人。《女神》中所用的典故，西方的比中国的多多了，例如 Apollo, Venus, Cupid, Bacchus, Prometheus, Hygeia……是属于神话的；其余属于历史的更不胜枚举了。《女神》中底西洋的事物名词处处都是，数都不知从那里数起。《凤凰涅槃》底凤凰是天方国底"菲尼克司"，并非中华的凤凰。诗人观画观的是 Millet 底 Shepherdess，赞像赞的是 Beethoven 底像。他所羡慕的工人是炭坑里的工人，不是人力车夫。他听到鸡声，不想着笙簧底律吕而想着 orchestra 底音乐。地球底自转公转，在他看来，"就好象一个跳舞着的女郎"，太阳又"同那月桂冠儿一样"。他的心思分驰时，他又"好象个受着磔刑的耶稣"。他又说他的胸中象个黑奴。②

---

① 闻一多：《〈女神〉之地方色彩》，《创造周报》，第5号。
② 同上。

闻一多的立场非常鲜明，甚至不惜使用"罪大恶极"这样的词语去描绘"欧化"，大声疾呼"我们的中国在那里"，进而从中西文化的视野出发，看到在《女神》之中，有许多的典故与意象都属于西方文化体系，而郭沫若的诗歌就是在这样的背景与材料之中展开的。

闻一多还深层剖析《女神》这一特质的动因：

> 《女神》产生的时候，作者是在一个盲从欧化的日本，他的环境当然差不多是西洋的环境，而且他读的书又是西洋的书；无怪他所见闻，所想念的都是西洋的东西。但我还以为这是一个非常的例子，差不多是畸形的情况。若我在郭君底地位，我定要用一种非常的态度去应付，节制这种非常的情况。那便是我要时时刻刻想着我是个中国人，我要做新诗，但是中国的新诗，我并不要做个西洋人说中国话，也不要人们误会我的作品是翻译的西文诗；那末我著作时，庶不致这样随便了。①

闻一多的立场是要从"欧化"扭转过来，很快将之上升为文化问题：

> 他并不是不爱中国，而他确是不爱中国底文化。我个人同《女神》底作者底态度不同之处是在：我爱中国固因他是我的祖国，而尤因他是有他那种可敬爱的文化的国家；《女神》之作者爱中国，只因他是他的祖国，因为是他的祖国，便有那种不能引他的敬爱的文化，他还是爱他。爱祖国是情绪底事，爱文化是理智底事。一般所提倡的爱国专有情绪的爱就够了；所以没有理智的爱并不足以诟病一个爱国之士。②

这一种"爱中国"，被闻一多梳理为爱祖国与爱中国传统民族文化的截

---

① 闻一多：《〈女神〉之地方色彩》，《创造周报》，第 5 号。
② 同上。

然对立——其实，这何尝不是五四时代新文化人物拥抱西方文化之后的集体选择，更为激进的人物则如陈独秀、钱玄同等。所以，闻一多会认定："他所歌讴的东方人物如屈原，聂政，聂嫈，都带几分西人底色彩。他爱庄子是为他的泛神论，而非为他的全套的出世哲学。他所爱的老子恐怕只是托尔斯泰所爱的老子。墨子底学说本来很富于西方的成分，难怪他也不反对。"①

继而，闻一多标举"东方的文化"的观念，表现出强烈的文学与文化等精神存在对传统的回归之意：

> 我所批评《女神》之处，非特《女神》为然，当今诗坛之名将莫不皆然，只是程度各有深浅罢了。若求纠正这种毛病，我以为一桩，当恢复我们对于旧文学底信仰，因为我们不能开天辟地（事实与理论上是万不可能的），我们只能够并且应当在旧的基石上建设新的房屋。二桩，我们更应了解我们东方底文化。东方底文化是绝对地美的，是韵雅的。东方的文化而且又是人类所有的最彻底的文化。哦！我们不要被叫嚣犷野的西人吓倒了！②

显然，闻一多的思路与五四主潮的文化观念有了相当区别，他甚至试图扭转中国现代文学的西方取径，而对"旧文学"产生了一种"信仰"。这还不能简单理解为"复古"，因为在五四白话文确立之后，在新文学站稳脚跟之后，即在"现代性"初步在中国文学中显现之时，"中国性"成了一个需要面对的重大命题，闻一多在这里给出了一种解决办法，也是一种想象性的解决办法，即是回到自己眼中"韵雅"的东方文化，而西方文化被目为"叫嚣犷野"——这种审美观建立的基础，就完全不同于陈独秀在早期《新青年》之中建立的"抑东扬西"的东

---

① 闻一多：《〈女神〉之地方色彩》，《创造周报》，第5号。
② 同上。

西文化观。

类似闻一多的观点自 20 世纪 90 年代以来可谓多矣，被泛称为"文化保守主义"。此时闻一多的观点有着鲜明的现代文化追求，但是我们也不想以诸如"审美的现代性"这样的观念加以理解，它折射出中国现代文学与文化建设之中一种持久的焦虑，并由闻一多反映在新诗的民族文化的主体建设方面，以至于让他想到"应当在旧的基石上建设新的房屋"的办法。从闻一多的批评出发，我们也可以说郭沫若那种"激活—唤醒"的文学与文化观念并没有达到理想的境地，所谓欧化的"西洋诗"在精神世界上并没有达到反观与重铸民族文化的高度。放言之，五四时期"欧化"的文学语言建构乃至文学与文化取径选择，在其中必然包含"中国化"的内在需求，并且越到后来越是明显，这也在 20 世纪二三十年代及之后文学与文化的发展之中，清晰而内在地表现出来。

只是问题可能还不如闻一多所言这般简单。郭沫若的文学与文化见解同闻一多有着很多一致之处。郭沫若行文一向喜欢使用民族话语，如在 1923 年表达过这样的理想：

> 我们中华民族本是优美的民族之一，我们在四千年前便有极优美的抒情诗，大规模的音乐，气韵生动的雕刻和绘画。
>
> 但是我们的民族精神如今是萎靡到了极点了。
>
> 创造的源泉已经消涸，失去水的游鱼只以唾沫相歔濡。
>
> 啊啊，我们久困在涸辙中的群生，正希望我们协力救拯！
>
> 我们要把固有的创造精神恢复，我们要研究古代的精华，吸收古人的遗产，以期既往而开来。①

---

① 郭沫若：《一个宣言——为中华全国艺术协会作》，《文艺论集》，《郭沫若全集·文学编》（第 15 卷），人民文学出版社 1990 年版，第 222 页。

这样热情澎湃的文化观念似乎和闻一多的看法也是差不多的，至少可以说《女神》之中的"欧化"问题，其内涵可能会更为复杂。

王富仁在分析郭沫若对孔子、王阳明的看法时，从中得出了郭沫若思想的某种特点：

> 我认为，自然观中的个性主义与社会人生观中的儒家传统思想及其二者的彼此渗透，恰恰是郭沫若当时思想的主要特征。郭沫若在面对大自然和抽象的、整体的宇宙或社会人生时，主要表现为是一个个性主义者，但在社会人生态度上，仅在表层具有个性主义的思想性质，而在深层意识上，在伦理道德的根本性质上，仍保留着很浓重的儒家思想。这里的关键是，他始终把人的精神独立于人的物质存在，不是在灵肉一致、灵肉结合中考察人的现象，而像传统儒家一样否认人的各种本能欲望的合理性。这样，当把自己的思想贯彻到底，便不能不承认"存天理灭人欲"的传统儒家、理学家的道德信条。①

王富仁认为，由于郭沫若受儒家文化影响，在伦理道德方面其实具有相当的保守性，"欧化"只是一种表面现象，甚至并不符合他自己所提出的观念，实质上是"欧化"得不够、不充分，因而并没有完全贯彻真正的个性主义，在更深层、更基础的方面占据绝对位置的是浓重的传统儒家思想——这就与闻一多的看法完全是南辕北辙了。关于"欧化"所引起的话题，当然并不仅限于《女神》，广泛存在于 20 世纪文学语言的观念与实践之中，深深嵌入晚清以降现代中国纵深的古今中外的文化背景之中，在不同时期改换话语方式而频繁出现，值得仔细思考与辨析其中的深层动因。

---

① 王富仁：《审美追求的瞀乱与失措——二论郭沫若的诗歌创作》，《北京社会科学》1988 年第 3 期。

第三节　五四白话文的诗意何为

本节继续以胡适与郭沫若为中心，探究他们是怎样形成了自己的诗意，或言他们如何开掘出现代汉语最初的诗性空间。简言之，从胡适、郭沫若的若干言论与实践看来，形式方面的音调、音韵、音节等成了他们共同关注的中心问题，即白话文的现代汉语的音乐性成为五四新诗诗意探索的源泉。

一

基于形式方面的考虑，在胡适的因袭古典诗词的创作之中，我们发现诗与词是不能等量而观的。这还引起钱玄同与胡适之间的争论，成为白话新诗倡导过程之中的一个重要问题。

钱玄同对胡适《尝试集》中"词"的存在感到不满：

先生近作之白话词（"采桑子"），鄙意亦嫌太文。且有韵之文，本有可歌与不可歌二种。寻常所作，自以不可歌者为多。既不可歌，则长短任意，仿古，创新，无所不可。至于可歌之韵文，则所填之字，必须恰合音律，方为合格。词之为物，在宋世本是可歌者，故各有调名。后世音律失传，于是文士按前人所作之字数，平仄，一一照填，而云"调寄某某"。此等填词，实与做不可歌之韵文无异；起古之知音者于九原而示之，恐必有不合音节之字之句；就询填词之本人以此调音节若何，亦必茫然无以为对。玄同之意，以为与其写了"调寄某某"而不知其调，则何如直作不可歌之韵文乎？①

胡适对此的意见为：

> 词之重要，在于其为中国韵文添无数近于语言之自然之诗体。此为治文学史者所最不可忽之点。不会填词者，必以为词之字字句句皆有定律，其束缚自由必甚。其实大不然。词之好处，在于调多体多，可以自由选择。工调者，相题而择调，并无不自由也。人或问："既欲自由，又何必择调？"吾答之曰：凡可传之词调，皆经名家制定，其音节之谐妙，字句之长短，皆有特长之处。吾辈就已成之美调，略施裁剪，便可得绝妙之音节，又何乐而不为乎？②

胡适的观点不能简单归为旧形式的利用，其实他何尝不知道钱玄同所说的道理——词失去音律之后，填写受到了极大的限制。胡适看重的是词"调多体多，可以自由选择"，是既定的词的形式，其主要功能是提供"绝妙之音节"，而这些音节正是胡适早年探索韵文的基础，是胡适白话诗创作的文学性源泉。这一切赋予胡适所使用的浅近文言——乃至在相当程度上含有白话成分的写作——某种诗歌的品质。

早在1915年6月6日，胡适在《留学日记》之中就有《词乃诗之进化》一则，认为"吾国诗句之长短韵之变化不出数途。又每句必顿住，故甚不能达曲折之意，传宛转顿挫之神。至词则不然"③。因此，胡适称："今日做'诗'（广义言之），似宜注重此种长短无定之体。然

---

① 钱玄同：《〈尝试集〉序》，《尝试集》，《胡适全集》（第10卷），安徽教育出版社2003年版，第11页。

② 同上书，第12页。

③ 胡适：《词乃诗之进化》，《留学日记·卷九》，《胡适全集》（第28卷），安徽教育出版社2003年版，第155页。

亦不必排斥固有之诗，词，曲诸体。要各随所好，各相题而择体，可矣。"① 可以说，胡适的思路有着长期的思考基础。随后，持反对意见的钱玄同作出最终结论："总而言之，今后当以'白话诗'为正体（此'白话'，是广义的，凡近于语言之自然者皆是。此'诗'，亦是广义的，凡韵文皆是），其他古体之诗，词，曲，偶一为之，固无不可，然不可以为韵文正宗也。"② 这实际上是排斥对古体诗、词、曲的形式利用，确立了接近语言的白话诗作为韵文的正宗，在钱玄同眼里胡适白话新诗的尝试或许是经历了若干的"波折"吧。

对于《尝试集》，胡适也有自作的数篇序言，富有历史意识地作自我总结与评价——"我现在自己作序，只说我为什么要用白话来做诗。这一段故事，可以算是《尝试集》产生的历史，可以算是我个人主张文学革命的小史。"③ 从胡适的序言之中，可以发现一些重要的新诗理论观点。如"作诗如作文"的正面倡导，引起对"诗之文字"的意见。胡适认为：

> "诗之文字"一个问题也是很重要的问题，因为有许多人只认风花雪月，蛾眉，朱颜，银汉，玉容等字是"诗之文字"，做成的诗读起来字字是诗！仔细分析起来，一点意思也没有。所以我主张用朴实无华的白描功夫，如白居易的《道州民》，如黄庭坚的《题莲华寺》，如杜甫的《自京赴奉先咏怀》。这类的诗，诗味在骨子里，在质不在文！没有骨子的滥调诗人决不能做这类的诗。所以我的第一条件便是"言之有物"。因为注重之点在言中的"物"，故

---

① 钱玄同：《〈尝试集〉序》，《尝试集》，《胡适全集》（第10卷），安徽教育出版社2003年版，第13页。

② 同上。

③ 胡适：《〈尝试集〉自序》，《尝试集》，《胡适全集》（第10卷），安徽教育出版社2003年版，第15页。

不问所用的文字是诗的文字还是文的文字。①

这里其实是以诗中文字的充实内容去替代强分的诗的文字与文的文字，尤其对陈陈相因的古代诗之文字表现出强烈的反感——因为它们与时代社会完全脱节，胡适的诗歌文字重视"质"的指向，从而与现代表达紧密联系起来。

在《尝试集·自序》之中，胡适对钱玄同的序言也作出反应："我初回国时，我的朋友钱玄同说我的诗词'未能脱尽文言窠臼'，又说'嫌太文了！'美洲的朋友嫌'太俗'的诗，北京的朋友嫌'太文'了！这话我初听了很觉得奇怪。后来平心一想，这话真是不错。"② 胡适的这种转变说明其内心的雅俗格局调整的最终完成，与中国古代雅文学做出最后的决裂。这样，曾经的海外空间与国内文学运动汇合起来，进入另一纯粹的白话文的文学世界之中。胡适详细总结《尝试集》的心路历程：

> 我在美洲做的《尝试集》，实在不过是能勉强实行了《文学改良刍议》里面的八个条件；实在不过是一些刷洗过的旧诗！这些诗的大缺点就是仍旧用五言七言的句法。句法太整齐了，就不合语言的自然，不能不有截长补短的毛病，不能不时时牺牲白话的字和白话的文法，来牵就五七言的句法。音节一层，也受很大的影响：第一，整齐划一的音节没有变化，实在无味；第二，没有自然的音节，不能跟着诗料随时变化。因此，我到北京以后所做的诗，认定一个主义：若要做真正的白话诗，若要充分采用白话的字，白话的文法和白话的自然音节，非做长短不一的白话诗不可。这种主张，

---

① 胡适：《〈尝试集〉自序》，《尝试集》，《胡适全集》（第10卷），安徽教育出版社2003年版，第20页。

② 同上书，第29页。

可叫做"诗体的大解放"。诗体的大解放就是把从前一切束缚自由的枷锁镣铐，一齐打破：有什么话，说什么话；话怎么说，就怎么说。这样方才可有真正白话诗，方才可以表现白话的文学可能性。《尝试集》第二编中的诗虽不能处处做到这个理想的目的，但大致都想朝着这个目的做去。这是第二集和第一集的不同之处。①

这时的胡适不再有为"词"这一古代文体辩护的想法，关键在于"诗体大解放"的实践，倾向于对既有古典诗词的破坏，将之视为"枷锁镣铐"，回到了"有什么话，说什么话；话怎么说，就怎么说"的一贯立场。与此同时"自然音节"这个胡适诗学的重要术语开始浮现，逐渐引导胡适完全脱离了古代诗词及其因素——音节问题，这一直就是胡适所关注的最为重要的问题。这符合张桃洲的一个看法，白话新诗"诗歌主体发出的声音——也就是诗歌中的语调，主要来自于对口语的摹仿，是为了最大程度地恢复后者的丰富性和灵活性。而诗歌的实际音响就是人们常说的格律"②。

接着，我们看到在《尝试集·再版自序》之中，胡适关注《尝试集》的音节问题："我这几十首诗代表二三十种音节上的试验，也许可以供新诗人的参考。第一编的诗全是旧诗的音节，自不须讨论。在这二编里，我最初爱用词曲的音节……"③ 与此同时，胡适还大谈双声叠韵的运用。其正面主张是"自然音节"，即"依着词意的自然音节"，还通过对朱执信观点的分析，作出具体的说明：

---

① 胡适：《〈尝试集〉自序》，《尝试集》，《胡适全集》（第10卷），安徽教育出版社2003年版，第29—30页。
② 张桃洲：《现代汉语的诗性空间——新诗话语研究》，北京大学出版社2005年版，第38页。
③ 胡适：《〈尝试集〉再版自序》，《尝试集》，《胡适全集》（第10卷），安徽教育出版社2003年版，第36页。

　　朱君的话可换过来说："诗的音节必须顺着诗意的自然曲折，自然轻重，自然高下。"再换一句说："凡能充分表现诗意的自然曲折，自然轻重，自然高下的，便是诗的最好音节。"古人叫做"天籁"的，译成白话，便是"自然音节"。我初做诗以来，经过了十几年"冥行索涂"的苦况；又因旧文学的习惯太深，故不容易打破旧诗词的圈套；最近这两三年，玩过了多少种的音节试验，方才渐渐有点近于自然的趋势。①

正是在这样的"自然音节"的视角之下，胡适对《尝试集》产生了新的评价："总结一句话，我自己承认《老鸦》《老洛伯》《你莫忘记》《关不住了》《希望》《应该》《一颗星儿》《权威》《乐观》《上山》《周岁》《一颗遭劫的星》《许怡荪》《一笑》——这 14 篇是'白话新诗'。其余的，也还有几首可读的诗，两三首可读的词，但不是真正白话的新诗。"②"诗""词"与"白话新诗"判然有别，泾渭分明，其实都是"自然音节"的功劳——"自然音节"成了评判其诗作的唯一标准，这也表明了胡适新诗在"诗意"尝试与探索方面，所能够达到的顶点。

二

　　再进入五四时期胡适的《谈新诗》一文，这篇理论文章对五四时期的新诗创作有着较大的影响。胡适论述新诗及其语言基础的合法性之时，放眼世界："我常说，文学革命的运动，不论古今中外，大概都是从'文的形式'一方面下手，大概都是先要求语言文字文体等方面的

---

　　① 胡适：《〈尝试集〉再版自序》，《尝试集》，《胡适全集》（第 10 卷），安徽教育出版社 2003 年版，第 40 页。
　　② 同上书，第 42 页。

大解放。欧洲三百年前各国国语的文学起来代替拉丁文学时，是语言文字的大解放；十八十九世纪法国嚣俄、英国华茨活（Wordsworth）等人所提倡的文学改革，是诗的语言文字的解放；近几十年来西洋诗界的革命，是语言文字和文体的解放。这一次中国文学的革命运动，也是先要求语言文字和文体的解放。"① 这是胡适惯有的眼光，将中国新诗放入更为宏大的领域，放入中国文学语言的现代转型之中，凸显一个中国诗歌必经的"现代"进程。

接着，胡适认为：

> 新文学的语言是白话的，新文学的文体是自由的，是不拘格律的。初看起来，这都是"文的形式"一方面的问题，算不得重要。却不知道形式和内容有密切的关系。形式上的束缚，使精神不能自由发展，使良好的内容不能充分表现。若想有一种新内容和新精神，不能不先打破那些束缚精神的枷锁镣铐。因此，中国近年的新诗运动可算得是一种"诗体的大解放"。因为有了这一层诗体的解放，所以丰富的材料，精密的观察，高深的理想，复杂的感情，方才能跑到诗里去。五七言八句的律诗决不能容丰富的材料，二十八字的绝句决不能写精密的观察，长短一定的七言五言决不能委婉达出高深的理想与复杂的感情。②

同样是着眼于"诗体的大解放"，以自由的白话文容纳全新的"现代"新诗，与传统诗歌进行了决然的分裂，在胡适的观念之中白话的新诗方才得以彻底成立。

在《谈新诗》一文之中，胡适仍是高度重视音节问题，并且在论

---

① 胡适：《谈新诗》，《胡适全集》（第 1 卷），安徽教育出版社 2003 年版，第 159—160 页。

② 胡适：《谈新诗》，《胡适全集》（第 1 卷），安徽教育出版社 2003 年版，第 160 页。

述中更为系统全面。他认为音节的实质在于："诗的音节全靠两个重要分子：一是语气的自然节奏，二是每句内部所用字的自然和谐。至于句末的韵脚，句中的平仄，都是不重要的事。语气自然。用字和谐，就是句末无韵也不要紧。"① 重申："新诗多数的趋势，依我们看来，是朝着一个公共方向走的。那个方向便是'自然的音节。'"② 胡适还具体论述：

先说"节"——就是诗句里面的顿挫段落。……新诗体句子的长短，是无定的；就是句里的节奏，也是依着意义的自然区分与文法的自然区分来分析的。白话里的多音字比文言多得多，并且不止两个字的联合，故往往有三个字一节，或四五个字为一节的。③

再说"音"，——就是诗的声调。新诗的声调有两个要件：一是平仄要自然，二是用韵要自然。白话里的平仄，与诗韵里的平仄有许多大不相同的地方。④

至于用韵一层，新诗有三种自由：第一，用现代的韵，不拘古韵，更不拘平仄。第二，平仄可以相互押韵，这是词曲通用的例，不单是新诗如此。第三，有韵固然好，没有韵也不妨。新诗的声调既在骨子里，——在自然的轻重高下，在语气的自然区分——故有无韵脚都不成问题。⑤

这是胡适关于诗歌形式的主要观点，通过系列的形式构建达到了五四时

---

① 胡适：《谈新诗》，《胡适全集》（第1卷），安徽教育出版社2003年版，第168页。
② 同上书，第170页。
③ 同上书，第170—171页。
④ 同上书，第171页。
⑤ 同上书，第172页。

期白话诗歌的目的。并且，在自由与规范之间，胡适仍保留了相当的弹性空间，例如关于用韵问题，并不十分严格。这既显示了胡适对"诗性"问题的高度重视，也说明他也是难以一锤定音的，只是留下中国新诗早期建设的一种思路。

三

在胡适《尝试集·四版自序》之中，还有一段饱含自身经历的话："我现在回头看我这五年来的诗，很像一个缠过脚后来放大了妇人回头看他一年一年的放脚鞋样，虽然一年放大一年，年年的鞋样上总还带着缠脚时代的血腥气。我现在看这些少年诗人的新诗，也很像那缠过脚的妇人，眼里看着一班天足的女孩子们跳上跳下，心里好不妒羡！"① 胡适充分认识到自己诗歌的过渡性价值，"缠足"的比喻包含的是自由的价值追求。胡适所谓"眼里看着一班天足的女孩子们跳上跳下"，不知道是否包含了郭沫若和他的诗集《女神》，而郭沫若的诗歌又是在何种程度上可以视为一种"天足"。

在《女神》的序诗之中，郭沫若写道：

> 《女神》哟！
>
> 你去，去寻那与我的振动数相同的人；
>
> 你去，去寻那与我的燃烧点相等的人。
>
> 你去，去在我可爱的青年的兄弟姊妹胸中，
>
> 把他们的心弦拨动，
>
> 把他们的智光点燃吧！②

---

① 胡适：《〈尝试集〉四版自序》，《尝试集》，《胡适全集》（第10卷），安徽教育出版社2003年版，第43—44页。
② 郭沫若：《序诗》，《女神》，《郭沫若全集·文学编》（第1卷），人民文学出版社1982年版，第3页。

似乎诗集《女神》的本身就成了一个具有巨大能量的节奏，在特定时代"心弦波动"，引起社会的广泛共鸣。

在《三叶集》的"通信"之中，郭沫若非常形象而有力地表达了如下的看法：

> 诗不是"做"出来的，只是"写"出来的。我想诗人底心境譬如一湾静澄的海水，没有风的时候，便静止着如像一张明镜，宇宙万汇的印象都涵映着在里面；一有风的时候，便要翻波涌浪起来，宇宙万汇的印象都活动着在里面。这风便是所谓直觉，灵感（Inspiration），这起了的波浪便是高涨着的情调。这活动着的印象便是徂徕着的想象。这些东西，我想来便是诗底本体，只要把他写了出来的时候，他就体相兼备。大波大浪的洪涛便成为"雄浑"的诗，便成为屈子底《离骚》，蔡文姬底《胡笳十八拍》，李杜底歌行，当德（Dante）底《神曲》，弥尔栋（Milton）底《乐园》，歌德底《浮士德》；小波小浪的涟漪便成为"冲淡"的诗，便成为周代底国风，王维底绝诗。日本古诗人西行上人与芭蕉翁底歌句，泰戈尔底《新月》。这种诗底波澜，有他自然底周期，振幅（Rhythm），不容你写诗的人有一毫的造作，一刹那的犹豫，硬如歌德所说的连摆正纸位的时间也都不许你有。说到此处，我想诗这样的东西倒可以用个方式来表示他了：
>
> 诗 =（直觉 + 情调 + 想象）+（适当的文字）
>
> Inhalt Form①

郭沫若强调的"诗本体"构成的直觉、情调、想象等，包含巨大的情感因素，这些都是对五四早期白话新诗的重要突破。郭沫若认定情调的

---

① 郭沫若：《郭沫若致宗白华》，《三叶集》，《郭沫若全集·文学编》（第15卷），人民文学出版社1990年版，第14—16页。

形成，或是"大波大浪"，或是"小波小浪"，是诗性的重要源泉，乃至可以支配诗人，迅捷地完成诗歌创作，最终以至郭沫若不无自信地给出了诗歌的一个普遍公式。

在《三叶集》之中，郭沫若其他一系列有关诗意的具体论述，与情绪、节奏之类的观念都有着直接的联系。他认为："诗的本职专在抒情。抒情的文字便不采诗形，也不失其诗。例如近代的自由诗，散文诗，都是些抒情的散文。自由诗散文诗的建设也正是近代诗人不愿受一切的束缚，破除一切已成的形式，而专挹诗的神髓以便于其自然流露的一种表示。然于自然流露之中，也自有他自然的谐乐，自然的画意存在，因为情绪自身本身具有音乐与绘画之二作用故。情绪的律吕，情绪的色彩便是诗。诗的文字便是情绪自身的表现（不是用人力去表示情绪的）。我看要到这本相一如的境地时，才有真诗好诗出现。"① 一方面要破除一切束缚，一方面强调"情绪的律吕，情绪的色彩"，讲求"诗的文字便是情绪自身的表现"——在这样的自由追求之中，在多元的要素之中，郭沫若追求特定的诗歌自由质地。

还可以读到郭沫若这样的看法："艺术训练的价值只可许在美化情感上成立，他人已成的形式是不可因袭的东西。他人已成的形式只是自己的监狱。形式方面我主张绝端的自由，绝端的自主。"② 其实，这样的话同样是非常的极端。郭沫若对诗歌的见解："从积极的方面而言，诗之精神在其内在的韵律（Intrinsic Rhythm），内在的韵律（或曰无形律）并不是甚么平上去入，高下抑扬，强弱长短，宫商徵羽；也并不是甚么双声叠韵，甚么押在句中的韵文！这些都是外在的韵律或有形律（Extraneous Rhythm）。内在的韵律便是'情绪的自然消涨'。……内在

---

① 郭沫若：《郭沫若致宗白华》，《三叶集》，《郭沫若全集·文学编》（第 15 卷），人民文学出版社 1990 年版，第 47—48 页。

② 同上书，第 49 页。

韵律诉诸心而不诉诸耳。"① 于是，"内在的韵律"成为郭沫若诗学观念的重要术语。沿此思路，郭沫若继续剖析："大抵歌之成分外在律多而内在律少。诗应该是纯粹的内在律，表示它的工具用外在律也可，便不用外在律，也正是裸体的美人。散文诗便是这个。"②

在《文学的本质》一文之中，郭沫若得出这样的结论："文学的本质是有节奏的情绪的世界。"③ 具体的含义为："这种文学的原始细胞所包含的是纯粹的情绪的世界，而它的特征是在有一定的节奏。节奏之于诗是与生俱来的，是先天的，决不是第二次的，使情绪如何可以美化的工具。情绪在我们的心的现象里是加了时间的成分的情感的延长，它本身具有一种节奏。"④ 之后，郭沫若还专门写作《论节奏》一文，再一次深入讨论这一问题："抒情诗是情绪直写。情绪的进行自有它的一种波状的形式，或者先抑而后扬，或者先扬而后抑，或者抑扬相间，这发现出来成了诗的节奏。所以节奏之于诗是它的外形，也是他的生命，我们可以说没有诗是没有节奏的，没有节奏的便不是诗。"⑤ 这是将"节奏"和"诗"一一对应了起来，"节奏"的"诗意"功能空前高涨。郭沫若将之视为评判艺术家的绝对标准："宇宙内的东西没有一样是死的，就因为都有一种节奏（可以说就是生命）在里面流贯着的。做艺术家的人就要在一切死的东西里面看出生命出来，一切平板的东西里面看出节奏出来，这是艺术家的顶要紧的职分，也是判断别人能不能成为艺术家的标准。"⑥ 以《立在地球边上放号》为例，郭沫若说："没有看

---

① 郭沫若：《论诗三札》，《文艺论集》，《郭沫若全集·文学编》（第15卷），人民文学出版社1990年版，第337页。

② 同上书，第338页。

③ 郭沫若：《文学的本质》，《文艺论集》，《郭沫若全集·文学编》（第15卷），人民文学出版社1990年版，第352页。

④ 同上书，第348页。

⑤ 郭沫若：《论节奏》，《文艺论集》，《郭沫若全集·文学编》（第15卷），人民文学出版社1990年版，第353页。

⑥ 同上书，第353页。

过海的人或者是没有看过大海的人，读了我这首诗的，或许会嫌它过于狂暴。但是与我有同样经验的人，立在那样的海边上的时候，恐怕都要和我这样的狂叫吧。这是海涛的节奏鼓舞了我，不能不这样叫的。我们可以知道这儿又算有一种具有另外一种效力的节奏了。"① 完全可以说，"节奏"问题的重要性无以复加，成为郭沫若诗学的核心存在。

郭沫若还以"节奏"区分旧诗和新诗："旧体的诗歌，是在诗之外更加了一层音乐的效果。诗的外形采用韵语，便是把诗歌和音乐结合了。我相信有裸体的诗，便是不借重于音乐的韵语，而直抒情绪中的观念之推移，这便是所谓散文诗，所谓自由诗。这儿虽没有一定的外形的韵律，但在自体是有节奏的。就譬如一张裸体画的美人，她虽然没有种种装饰的美，但自己的肉体本是美的。诗自己的节奏可以说是情调，外形的韵语可以说是声调。具有声调的不必一定是诗，但我们可以说，没有情调的便决不是诗。"② 这种区分的实质意义是为新诗在诗性方面的合法性辩护，是郭沫若倡导"内在节奏""情绪节奏"的体现。张桃洲的一段话似乎可以为郭沫若的这一诗学观念作出诠释："诗人根据现代汉语自身特点，对现代汉语（特别是各种日常语言）所具有的散文性、浮泛化进行剔除和锤炼，并在传达时根据'内在'情绪的律动而选择一种既贴合这种情绪本身的节奏，又符合现代汉语诗性的新诗。这种经过精心锤炼和精心营构的诗形，不是靠外在的音响引人注目，而是以其内在的律感（节奏）而撼动魂魄。"③

---

① 郭沫若：《论节奏》，《文艺论集》，《郭沫若全集·文学编》（第15卷），人民文学出版社1990年版，第357页。

② 同上书，第360页。

③ 张桃洲：《现代汉语的诗性空间——新诗话语研究》，北京大学出版社2005年版，第42页。

四

让我们再关注胡适与郭沫若初作新诗之时的状态，以显示早期白话新诗在文学语言方面的某种姿态。

在《尝试集》里有胡适著名的新诗《蝴蝶》：

> 两个黄蝴蝶，双双飞上天。
>
> 不知为什么，一个忽飞还。
>
> 剩下那一个，孤单怪可怜；
>
> 也无心上天，天上太孤单。①

胡适回忆《蝴蝶》创作时的情形：

> 有一天，我坐在窗口吃我自做的午餐，窗下是一大片长林乱草，远望着赫贞江。我忽然看见一对黄蝴蝶从树梢上飞上来；一会儿，一只蝴蝶飞下去了；还有一只蝴蝶独自飞了一会，也慢慢的飞下去，去寻他的同伴去了，我心里颇有点感触，感触到一种寂寞的难受，所以我写了这一首白话小诗，题目就叫做《朋友》（后来才改作《蝴蝶》）。②

这一"蝴蝶"就是自然界的动物，与古典诗歌之中的"蝴蝶"积淀的意象无关，它完全是物质性的，在白话文语言之中洗去了既往诸如"庄生晓梦迷蝴蝶"式的古典美感积淀。那么，这只"蝴蝶"如何在诗意之中起飞？可以参考废名的分析："这诗里所含的情感，便不是旧诗里头所有的，作者因了蝴蝶飞，把他的诗的情绪触动起来了，在这一刻之

---

① 胡适：《蝴蝶》，《胡适全集》（第 10 卷），安徽教育出版社 2003 年版，第 50 页。
② 胡适：《逼上梁山——文学革命的开始》，《中国新文学大系·建设理论集》，上海文艺出版社 2003 年影印本，第 22 页。

前，他是没有料到他要写这一首诗的，等到他觉得他有一首诗要写，这首诗便不写亦成功了，因为这个诗的情绪已自己完成，这样便是我所谓的诗的内容，诗歌所装得下的正是这个内容。"① 平静"情绪"的过程性及其完成，与白话诗作的逐次展现，在瞬间的心态之中形成了内在性的律感，共同产生出一种诗意。尽管此诗在诗歌形式上与古典诗词联系仍很清晰，细读起来还有点打油诗的味道，但它已经是一首现代的白话新诗了。

对照郭沫若自道新诗创作时的情形：

> 那时候，但凡我做的诗，寄出没有不登，竟至《学灯》的半面有整个登载我的诗的时候。说来也很奇怪，我自己就好像一座作诗的工厂，诗一有销路，诗的生产便愈加旺盛起来。在一九一九年与一九二〇年之交的几个月间，我几乎每天都在诗的陶醉里。每每有诗的发作袭来就好像生了热病一样，使我作寒作冷，使我提起笔来战颤着有时候写不成字。②

胡适的诗意是平静的感触，是从屋内窗户向外望去，看到的是一对翻飞的蝴蝶，收获的是"寂寞的难受"。在其被触动的内心之中，一丝难言的隐痛被发现与放大。郭沫若的诗歌工厂，是蓬勃诗意的亢奋与兴盛，现代诗意犹如病毒一般强力袭来，被击中者引起全身心的共鸣与冷热煎熬，令人无比震撼。

胡、郭两人白话新诗语言的特质，乃是在真实身体性的体验之中得以实现，身体进入语言，身体与语言融为一体，我们何尝又不可以说就是由两种不同的身体节奏形成两种不同的诗意。在对白话文诗

---

① 废名：《谈新诗》，《废名集》（第4卷），北京大学出版社2009年版，第1610页。
② 郭沫若：《创造十年》，《郭沫若全集·文学编》（第12卷），人民文学出版社1992年版，第68页。

意空间的自由追求之中，胡、郭两人以纯然感性的方式，全身心去理解所处世界及其隐秘，不断寻求新的创造，开创了现代白话文诗意新的素质，并镌刻进中国新诗语言发展的历史，留下了不能磨灭的一页。

结语　五四文学语言的历史形象

一

大致在 1934 年的三四月至七八月之间，上海良友图书公司的青年文艺编辑赵家璧一直为自己的一个"不平凡的编辑计划"① 激动着，最初的想法是"五四新文学运动以来，现代文学史上已有定评的文艺作品，屈指计算，为数也不少，这些书都是纸面平装本，分散在各处出，极难觅齐，如果我能把它择优编选，统一规格，印成一套装帧美观、设计新颖的精装本，可取名为'五四以来文学名著百种'之类"②。之后，赵家璧产生了更为成熟的编辑《中国新文学大系》的思路："可以分编成五四以来小说集、散文集、诗歌集等等。我又想，这样一项大工程，我一定要去物色每一方面的权威人士来担任，由他择优拔萃，再由他在书前写一篇较长的序言，论述该一部门的发展历史，对被选入的作家和作品进行评价。每个文艺团体有一篇短史，每个重要作家附一段小传；再把这一部门未入选作品编一详目附于书后，说明出处，好让读者去自

---

① 赵家璧：《话说〈中国新文学大系〉》，《新文学史料》1984 年第 1 期。
② 同上。

已查阅，藉此可了解这一部门十多年来的收获。"①

　　由于《中国新文学大系》的出版契机，五四新文学中人在或高升，或退隐，或颓唐的极大分化情形之下，胡适、郑振铎、茅盾、鲁迅、成仿吾、周作人、郁达夫、朱自清、洪深、阿英，在"新文学"的旗帜之下，以强烈的历史意识集结在了一起。在 20 世纪 30 年代中国空前浓厚的政治背景之下，这一编辑"集结"行为的本身就值得辨析——"编辑构想对应着和切合着这批文学界权威人士的一种内在欲望，一种表现自己、辩解自己、清理自己、解说自己，使个人踪迹历史化的欲望"②。1935 年 5 月茅盾《小说一集》出版，1935 年 10 月出到了第九册，编辑《史料·索隐》一集的地下共产党员阿英因为被国民党追捕而耽搁了时间，到 1936 年 4 月得以出版，至此《中国新文学大系》十册出齐。今天想来，《中国新文学大系》这一文化大工程的问世堪称神速。赵家璧也称："这一理想竟然在不长的时间内得到实现，这是我始料所不及的。"③

　　这是"五四文学"显现的重要时刻，十大册《中国新文学大系》对已被视为历史文献的五四新文学的各体作品进行了有序的整理，而各册也撰写了具有文学史性质的《导言》。第一次较为全面地构造了五四文学及其语言的整体面貌与理路，承载了五四"文学革命"的主要成果，反映出五四新文化运动在文学领域的主体存在。杨义认为《中国新文学大系》"在编辑学上的成功之处，就在于创造了一种独特的方式，把选家之学转变为文学史家之学"④。陈平原则称："成功的'文化断

---

① 赵家璧：《话说〈中国新文学大系〉》，《新文学史料》1984 年第 1 期。
② 杨义：《新文学开创史的自我证明——为中国新文学大系导言集所作导言》，《文艺研究》1999 年第 5 期。
③ 赵家璧：《话说〈中国新文学大系〉》，《新文学史料》1984 年第 1 期。
④ 杨义：《新文学开创史的自我证明——为中国新文学大系导言集所作导言》，《文艺研究》1999 年第 5 期。

裂'，不仅有激动人心的口号，更需要实际业绩。……'五四'新文化人深谙其中奥秘，除了不断呼唤'杰作'，更落实为《中国新文学大系》等的编纂。历史上很少有这样的机遇，当事人自己给自己写史，而且几乎一锤定音。"①

让我们从蔡元培《总序》与十大册选编人所作的《导言》入手，选取一些具有概括性而且能够代表五四文学语言建构时代风貌的语句来加以阐释。

蔡元培《总序》视野宏阔，纵论古今中外，站在历史发展的链条之中，明确指出"主张以白话代文言，而高揭文学革命的旗帜，这是从新青年时代开始的"②。这无疑是《中国新文学大系》历史价值得以确立的基石与论述的起点，由此五四文学、五四文学语言得以"创世"般地生成。蔡元培对五四白话文的定位是：

> 欧洲中古时代，以一种变相的拉丁文为通行文字，复兴以后，虽以研求罗马时代的拉丁文与希腊文，为复兴古学的工具，而别一方面，确把各民族的方言利用为新文学的工具。在意大利有但丁，亚利奥斯多，朴伽邱，马基亚弗利等，在英国有绰塞，威克列夫等，在日耳曼，有路德等，在西班牙，有塞文蒂等，在法兰西，有拉勃雷等，都是用素来不认为有文学价值的方言译述圣经，或撰著诗文，遂产生各国的新文学。我们的复兴，以白话文为文学革命的条件，正与但丁等同一见解。③

---

① 陈平原：《何为/何谓"成功"的文化断裂——重新审读"五四"新文化运动》，陈平原主编《红楼钟声及其回响——重新审读"五四"新文化》，北京大学出版社 2009 年版，第404 页。
② 蔡元培：《总序》，胡适《中国新文学大系·建设理论集》，上海文艺出版社 2003 年影印本，第10 页。
③ 同上。

这种说法在五四时期并不鲜见，胡适说过类似的话。但是，蔡元培面对尚有余温的五四文学与文化的全体，为了建立整个五四新文学的"总体性"基座，在世界范围现代民族国家兴起之中，以世界性眼光为"以白话文为文学革命的条件"建立了宏大的现代性视野，也为五四时期的中国白话文奠定了历史合法性，在整个的《中国新文学大系》之中显得堂堂正正与气度不凡。

胡适在《中国新文学大系·建设理论集·导言》之中，表达了一个有力的观点，将文学、语言、国家的关系辨析得非常清晰："文学革命的目的是要用活的语言来创作新中国的新文学。"① 在胡适眼里，五四文学革命"中心理论只有两个：一个是我们要建立一种'活的文学'，一个是我们要建立一种'人的文学'。前一个理论是文字工具的革新，后一种是文学内容的革新。中国新文学运动的一切理论都可以包括在这两个中心思想的里面。"② 这就从内蕴方面为五四文学、五四文学语言进行了总体性界定。

郑振铎在《中国新文学大系·文学论争集·导言》之中，着力提炼五四文学一代的时代精神、性格："那些'五四'人物的活动，确可使我们心折的。在那样的黑暗的环境里，由寂寞的呼号，到猛烈的迫害的到来，几乎无时无刻不在与兴奋苦斗之中生活着。他们的言论和主张，是一步步地随了反对者们的突起而更为进步，更为坚定；他们扎硬寨，打死战，一点也不肯表示退让。他们是不妥协的！"③ 在无比的景仰之中，郑振铎认为这一"五四文学一代的时代精神、性格"取得了不朽的历史地位："这'伟大的十年间'的一切文坛上的造就，究竟不

---

① 胡适：《中国新文学大系·建设理论集·导言》，上海文艺出版社 2003 年影印本，第 1 页。
② 同上书，第 18 页。
③ 郑振铎：《中国新文学大系·文学论争集·导言》，上海文艺出版社 2003 年影印本，第 1 页。

能不归功于许多勇士的争斗和指示，他们在荆棘丛中，开辟了一条大路，给后人舒坦的走去。虽然有的人很早的便已经沉默下去了，有的人竟还成了进步的阻力，但留在这一节历史的书页之上的却仍是很可崇敬的勇敢的苦斗的功绩。"①

洪深在《中国新文学大系·戏剧集·导言》之中，有这样的一段话：

> 一部分人想着改革中国的语言和文字的本身；提出如注音字母，罗马字母拼音，世界语等问题。又一部分人想利用中国原有的汉字，但改善汉字的使用法；提出如国语文法，标点，白话文等问题。另有一部分人，想更进一层，利用白话文，创作出白话文学；使得它成为那教育，领导，组织中国人"在心理上情感上反封建"的工具；提出如白话文学，革命文学等问题。②

洪深是从较为纯粹的语言文字角度出发，将五四文学语言视为一般语言文字改革之外、更进一步与更高的努力，看到五四文学语言的重大社会意义，超越了以往中国语言文字的实践，由此在新的地平线上显现其存在意义。

当《中国新文学大系》以20世纪30年代的眼光看待五四时期，五四文学、五四文学语言的"本质"固然被逐渐聚集，完成了自身的"历史化"，在另一方面也必然会增添许多不能为五四文学、五四文学语言消化的新内容。刘半农在《初期白话诗稿》中表达的有关"当初努力于文艺革新的人，一挤挤成了三代以上的古人"的观点早已广为人

---

① 郑振铎：《中国新文学大系·文学论争集·导言》，上海文艺出版社 2003 年影印本，第 17 页。

② 洪深：《中国新文学大系·戏剧集·导言》，上海文艺出版社 2003 年影印本，第 8 页。

所知。① 在《中国新文学大系》编辑的过程之中，更为凌厉的批评态度也在形成，影响到具体的编辑事务。例如，赵家璧曾与郑振铎讨论《建设理论集》的选编人员时，对于胡适的入选，郑振铎有一番议论：

> 振铎理直气壮地高声说："对历史上作出过贡献的人，应当肯定他那一部分，这并不排斥我们对他今天的政治观点持不同意见。"他接着说："今天能担任此书选编者除胡适外，只有找陈独秀，但他是无法找到的；比较之下，胡适还是唯一合适的。"②

这已经反映出不同于五四时期的时代氛围，不同政治取向的编选人产生了较大的分歧。

由于《中国新文学大系》是由民营企业良友图书公司来运作，不同的编选人在编辑过程之中基本回顾了五四新文学的本体构成，作为历史当事人都不乏对过去一段不平凡岁月怀有善意与温情。他们主要仍是基于五四新文学的立场，更多是关注文学自身的发展，还没有到凭借对五四文学情形的叙述来抒发自己 20 世纪 30 年代政治观点的程度。所以，我们可以将《中国新文学大系》看作五四新文学阵营在已经不成其为阵营的 20 世纪 30 年代，所完成的一种回光返照与自我经典化，所完成的一种对"新文学运动第一个十年间许多英雄们打平天下的伟绩"的"纪念"。③ 并且，《中国新文学大系》的产生，据赵家璧回忆，还有 30 年代国民党当局"尊孔读经，主张打倒白话恢复文言等等的逆流，实际上都是对五四文学革命的一种反动，也是国民党文化'围剿'的

---

① 郑振铎：《中国新文学大系・文学论争集・导言》，上海文艺出版社 2003 年影印本，第 1 页。
② 赵家璧：《话说〈中国新文学大系〉》，《新文学史料》1984 年第 1 期。
③ 赵家璧：《前言》，《中国新文学大系・建设理论集》，上海文艺出版社 2003 年影印本，第 2 页。

一个组成部分"① 的背景，因此《中国新文学大系》的 10 位编选人在现实之中也有着共同的底线与利益。刘禾就认为："编辑《大系》的有关情况表明，编者们在以自己的方式展示五四文学遗产时，对他们向往的目标并没有提出不真实的期望。他们并不太关心是否用不偏不倚的观点看待中国现代作家的成就，而更关心的是在传统与现代对抗的话语领域对合法性的特定诉求。"②

二

与此形成鲜明对比的是，20 世纪 30 年代的"左翼"对五四文学语言进行了另一种"形塑"，建立起一种新的"总体性"。他们将对五四文学与五四文学语言的批评视为政治革命活动与无产阶级文化建立的重要内容，表明了从五四知识分子思想文化建构到政党社会运动的时代嬗变，见于瞿秋白、李初梨、成仿吾、蒋光慈、阿英等人的"革命文学"见解之中，特别是瞿秋白，其在这一方面的阐释最为系统、深刻与极端。

让我们以瞿秋白的语言文字观念具体进入 20 世纪 30 年代"左翼"对五四文学、五四文学语言的阐释空间。瞿秋白看待五四，完全是其鲜明政治意识的延伸，充满了许多既定的政治术语：

"五四"是中国资产阶级的文化革命运动。但是，现在中国资产阶级早已投降了封建残余，做了帝国主义的新走狗，背叛了革命，实行着最残酷的反动政策。光荣的五四的革命精神，已经是中国资产阶级的仇敌。中国资产阶级在文化运动方面，也已经是绝对

---

① 赵家璧：《话说〈中国新文学大系〉》，《新文学史料》1984 年第 1 期。
② ［美］刘禾：《〈中国新文学大系〉的制作》，《跨语际实践》，宋伟杰等译，生活·读书·新知三联书店 2002 年版，第 325 页。

的反革命力量。它绝对没有能力完成民权主义革命的任务——反帝
国主义的及封建的文化革命的任务。①

将五四运动划定为某一特定的阶级——资产阶级的产物，以所属阶级在
社会历史中进步与否，决定社会文化运动的革命与否，并指明在具体历
史时期已经起反革命意义的中国资产阶级，已经退化到其文化运动的反
革命性——这就是瞿秋白的逻辑推理。

但是，瞿秋白话锋一转，谈到无产阶级不但不能放弃"五四"，而
且只有无产阶级才能发展"五四"的遗产，这或许就是一种政治层面
的文化领导权的争夺吧：

> 无产阶级决不放弃"五四"的宝贵的遗产。"五四"的遗产是
> 什么？是对于封建残余的极端的痛恨，是对于帝国主义的反抗，是
> 主张科学和民权。虽然所有这些抵抗的革命的倾向，都还是模糊的
> 和笼统的，都包含着资产阶级的个人主义，一切种种资产阶级性的
> 自由主义和人道主义；——但是，这种反抗精神已经是现在一般资
> 产阶级和小资产阶级的知识分子所不能够有的了。②

瞿秋白通过其阶级的观点，认为五四白话文语言文字属于某种"智识阶
级"，与人民群众无关：

> 他们（中国的绅商和所谓"智识阶级"）"接受了""五四"
> 的文学革命，"接受了"所谓白话文学的运动，而事实上，在这十
> 三年来他们造成了一种新式的文言。这种新文言（现在的新文艺大
> 半是用的这种新文言），仍旧是和活人口头上的白话不相同的，读

---

① 瞿秋白：《"五四"和新的文化革命》，《瞿秋白文集·文学编》（第3卷），人民文学
出版社1989年版，第22页。
② 同上书，第23页。

出来是懂不得的。这对于绅商的"智识阶级"有什么妨碍呢？自然没有。他们正可以借此继续垄断着文学，把几万万群众仍旧和文化生活隔离起来。这可以巩固地主资产阶级的特权。①

在瞿秋白的眼里，五四白话文于是成了一种新的文言，与传统文言一般，仍然是一种阶级特权，在其中包含了明显的不平等的压迫关系。

那么，当瞿秋白"抛弃"了五四白话文之后，其正面主张开始凸显，即"文学革命的任务，决不止于创造出一些新式的诗歌小说和戏剧，他应当替中国建立现代的普通话的文腔。现代的普通话，是随着社会生活的剧烈变动而正在产生出来；文学的责任，就在于把这种新的言语，加以整理调节，而组织成功适合于一般社会的新生活的文腔"②。从这一"现代的普通话的文腔"出发，瞿秋白的文学语言建构的主要内容可以说是基于某种不存在的语音的"乌托邦"，并且绝对地取消了口语与书面语的区别，形成一种完全的"透明"。

由此，瞿秋白强力批判五四文学语言：

新文学所用的新式白话，不但牛马奴隶看不懂，就是识字的高等人也有大半看不懂。这仿佛是另外一个国家的文字和言语。因为这个缘故，新文学的市场，几乎完全只限于新式智识阶级——欧化的智识阶级。这种情形，对于高等人的新文学，还有可说，而对于下等人的新文学，那真是不可思议的现象！③

所以，瞿秋白为五四文学和五四文学语言进行了定性："中国文学革命

① 瞿秋白：《"五四"和新的文化革命》，《瞿秋白文集·文学编》（第3卷），人民文学出版社1989年版，第27页。
② 瞿秋白：《鬼门关以外的战争》，《瞿秋白文集·文学编》（第3卷），人民文学出版社1989年版，第138页。
③ 同上书，第147页。

运动所生出来的'新文学'，为什么是一只骡子呢？因为他是'非驴非马'：——既主然不是对于旧文学宣战，又已经不敢对于旧文学讲和；既然不是完全讲'人话'，又已经不会真正讲'鬼话'；既然创造不出现代普通话的'新中国文'，又已经不能够运用汉字的'旧中国文'。这叫做'不战不和，不人不鬼，不今不古——非驴非马'的骡子文学。"①

可以说，瞿秋白这一系列的鲜明观点代表了 20 世纪 30 年代中国"左翼"对五四文学语言的认识。1931 年 11 月中国"左翼作家联盟"执行委员会的决议《中国无产阶级革命文学的新任务》，关于文学语言有一段话：

> 作品的文字组织，必须简明易解，必须用工人农民所听得懂以及他们接近的语言文字；在必要时容许使用方言。因此，作家必须竭力排除智识份子式的句法，而去研究工农大众语言的表现法。当然，我们并不以学得这个简单的表现为止境，我们更负有创造新的言语表现法的使命，以丰富提高工人农民言语的表现能力，正和在思想意识方面一样。②

这种以政党、政治团体决议的方式建构新的文学语言的做法，显示了与五四时期迥异的时代环境。并且，这也是一个"原点"，"左翼"流派 30 年代的"大众语"倡导、40 年代的"民族形式"论争，乃至 30 年代的左翼文学、40 年代的延安文学，都与之有着若干的逻辑联系。在另一方面，左翼"进行语言革命的具体方法却是非现实的。他们未必可能比他们所极力反对的白话改革者们更深入民心。除了极个别情况外，他们的

---

① 瞿秋白：《学阀万岁!》，《瞿秋白文集·文学编》（第 3 卷），人民文学出版社 1989 年版，第 177 页。
② 《中国无产阶级革命文学的新任务》，《文学导报》第 1 卷第 8 期。

观点都有一种华而不实的理想主义与对民众天赋过分信任的色彩"①。

30 年代《中国新文学大系》的问世与"左"翼对五四文学语言的全面批判，这两种不同的思路使得五四文学语言的整体形象建立起来。这即是说，五四时期若干零散的自我叙事被编入了明晰的体系之中，进而规定了五四文学语言的特质与价值——形成了两种截然不同的历史形象，也产生了两种最为主要的阐释范式。于是，五四文学语言在 30 年代对五四新文学的历史叙事之中清晰地凸显出来，成了一个"客观"的对象。在更为宏大的视野之中，我们可以看到，从 30 年代直至 70 年代，左翼阐释模式的力量在不断壮大，逐渐取得了支配性地位。80 年代以后，《中国新文学大系》的阐释方式被重新激活，逐渐脱离了左翼式的政治解读——此时的"左翼"叙事似乎已经无法再讲述一个完整而广为人接受的五四文学语言的故事了。80 年代以来中国现代文学史写作与文学史观念之中，五四文学实际上占据了中心地位，五四精神既是中国现代文学史的出发点，又是其最高精神的体现——这在某种程度上是回归与再现了 30 年代《中国新文学大系》的立场。或许，可以更为直白一点说，80 年代以来中国现代文学史写作及其文学史观念，是与《中国新文学大系》有着更多的关联，而不是"左翼"的五四文学史观。就总体而言，这两种阐释范式的发展消长，无疑构成了 20 世纪中国对五四文学语言乃至五四文学阐释的主流方式。

三

20 世纪 90 年代可以作为媲美 30 年代的"无名"时期。如同陈思和所论述的"无名"状态，"当时代进入比较稳定、开放、多元的社会

---

① ［美］梅尔·戈德曼：《白话运动：来自左翼作家的批评》，王跃、高力克编《五四：文化的阐释与评价——西方学者论五四》，山西人民出版社 1989 年版，第 200 页。

时期，人们的精神生活日益丰富，那种重大而统一的时代主题往往拢不住民族的精神走向，于是价值多元、共生共存的状态就会出现"①，造成的后果是"无名状态下，社会共同理想破灭了，思想进入多元的探索，各种理想、各种行为都进入了试验阶段"②。

于是，在 90 年代，由 30 年代建构起的五四文学语言的整体性形象发生裂变，新的质疑之声产生并不断聚集，这些都是在 20 世纪对五四文学语言主流阐释框架之中不能消弭的观点。王元化在 90 年代对五四的反思影响颇大，具体说来指向了"五四时期所流行的四种观念"：

> 第一，庸俗进化观点（这不是直接来自达尔文的进化论，而是源自严复将赫胥黎与斯宾塞两种学说杂交起来而撰成的《天演论》。这种观点演变为僵硬的断言：凡是新的必定胜过旧的）。第二，激进主义（这是指态度偏激、思想狂热、趋于极端、喜爱暴力的倾向，它成了后来极"左"思潮的根源）。第三，功利主义（使学术失去其自身独立的目的，而作为其自身以外目的服务的一种手段）。第四，意图伦理（即在认识论上先确立拥护什么和反对什么的立场，这就形成了在学术问题上往往不是实事求是地把考虑真理是非问题放在首位）。③

这些见解与中国思想界在此时重新接受自由主义观念有密切的关系，很快就成为 90 年代一种较为普遍的观点，直至今天仍是如此。那些当年所谓五四运动的大无畏、不妥协的精神与行动直接被判定为负面的，直接被视为压制性、独断性的，并需要为后来极"左"的思潮负责——在王元化的观点之中，五四新文化被祛魅而变得恍惚起来。

---

① 陈思和：《中国新文学整体观》，上海文艺出版社 2001 年版，第 71 页。
② 同上书，第 74 页。
③ 王元化：《对五四的思考》，《王元化集·思想》（第 6 卷），湖北教育出版社 2007 年版，第 342 页。

尤值得关注的是，在 90 年代，郑敏从百年的中国新诗语言的发展历程出发，对五四白话文作出了极为尖锐的批评，引起了广泛的关注与影响。她主要从文学语言的审美艺术价值出发，大力肯定"传统"对于社会变革的意义，而对"反传统"的五四文学语言进行了全面的批判。例如，郑敏对汉字的观点："汉字不是抽象的符号，而是一副抽象画，它比现实简单，经过提炼，但仍保持现实对象的感性质地，与其所处的境况，及它与它物的关系。因此当汉字传递知识信息时，它所传达的并非一个抽象概念，如拼音文字那样，它所传达的是关于认知对象的感性、智性的全面信息。其优越性可想而知。"[①] 这就既不是五四白话文运动的观点，也不是左翼对语言文字的看法，与 20 世纪对汉字批判的见解有着截然不同的立场，从而产生了新的阐释视野。

在《世纪末的回顾：汉语语言变革与中国新诗创作》一文之中，郑敏提道："我们在世纪初的白话文及后来的新文学运动中立意要自绝于古典文学，从语言到内容都是否定继承，竭力使创作界遗忘和背离古典诗词，对当时提出应当白话文兼容古典诗词的艺术的学者如朱经农、任鸿隽、钱玄同等的意见也都加以否定……"[②] 郑敏的立场与五四时期的"学衡派"的立场很有相似之处，传统成了正面的价值，并对现实中的新诗艺术有源泉的意义——但是，郑敏在此处正面列举的人物居然还有钱玄同，颇为令人费解。郑敏还具体认为："从思维方式和对语言的性质的认识，我们在一个世纪后的今天，又不得不对他们那种宁左勿右的心态，和它对新文学，特别是新诗的创作的负面影响作一些冷静的思考。总之他们那种矫枉必须过正的思维方式和对语言理论缺乏认识，决定了这些负面的必然出现。语言主要是武断的、继承的、不容选择的

---

① 郑敏：《语言观念必须革新——重新认识汉语的审美与诗意价值》，《文学评论》1996年第 4 期。

② 郑敏：《世纪末的回顾：汉语语言变革与中国新诗创作》，《文学评论》1993 年第 3 期。

符号系统，其改革也必须在继承的基础上。对此缺乏知识的后果是延迟了白话文从原来仅只是古代口头语向全功能的现代语言的成长。只强调口语的易懂，加上对西方语法的偏爱，杜绝白话文对古典文学语言的丰富内涵，其中所沉积的中华几千年文化的精髓的学习和吸收的机会，为此白话文创作迟迟得不到成熟是必然的事。"① 通过对德里达"解构"理论的理解，郑敏还批判了五四白话文上升到"思维方式"："我们一直沿着这样的一个思维方式推动历史：拥护—打倒的二元对抗逻辑，下面是我们将复杂的文化、文学历史关系整理成为一对对水火不容的对抗矛盾：白话文/文言文；无产阶级文化/资产阶级文化；传统文学/革新文学；正宗文学/非正宗文学；大众诗歌/朦胧诗；革命的诗歌/小花小草摆设性的诗歌……于是，我们的选择立场就毫不犹豫地站在第一项这边，而对第一项的拥护必须包括对第二项的敌视：从压制、厌恶到打倒。这种决策的逻辑似乎从'五四'时代就是我们的正统逻辑，拥有不容质疑的权威。"② 在这样的情形之下，郑敏一方面看到"在 20 世纪初，突然跳入现代的国家建构，语言仍保留其中世纪状况，其受新文化新政治的冲击是必然的"，另一方面则宣布了五四一代"语言学本质上的错误"——"对汉语文字的现代化改造，是应当从'推到'传统出发，还是从继承母语的传统出发而加以革新，从历史资料看来我们的白话文及新文学运动先驱们选择了前者，这就产生了语言学本质上的错误。"③

　　按照郑敏的观点，我们是否就应将五四文学语言的变革，包括现代白话文运动和文学革命主要理解为审美艺术方面一场不成功的变革，理解为一场蹩脚而意气用事的冲动之举？如其判词："胡、陈这种从零度

---

①　郑敏：《世纪末的回顾：汉语语言变革与中国新诗创作》，《文学评论》1993 年第 3 期。
②　同上。
③　同上。

开始用汉字白话文写诗的论调，为白话文的发展带来很大的障碍。使它虽是一次成功的政治运动，在文化上却因拒绝古典文学传统，使白话与古典文学相对抗，而自我饥饿、自我贫乏。固守元朝遗下的白话文学，强令它代替在几千年中发展成人类极高的语言艺术的古典文学，是徒劳的。"①

郑敏对新诗艺术探索的苦心孤诣固然令人动容，但是我们毋庸辨析什么美学意识形态，毋庸谈及什么后现代主义，郑敏总体是以一种解构的方式来思考重建在本土历史视野之中的中国现代文学语言的主体性，相对应的是一种极度纯化与负面性的"五四文学语言"形象，对五四一代的语言文字变革实在是缺乏应有的社会历史视野考察。当前极为流行的古今文学语言在句式方面的静态平面比较，似乎面对的就是两个静止的僵硬物体，诸如现代汉语较之文言文的主语增加了，代词增加了，关联词增加了，等等，② 结论大多为推崇文言的高度艺术性，贬斥白话文诸如欧化、幼稚、粗糙、不成熟、丧失母语、缺乏诗性等。这一切无疑表明了历史又一次的强行进入，但 90 年代的这一思潮，缺乏强有力的文化政治内核，似乎并没有创造出一个时代性的总体性五四文学语言形象，更多呈现为一种情绪性、非本质性的零散聚集。风潮所及，我们也看到在"国学"兴起、"激进主义"批判、"反思现代性"等流行思潮之下，90 年代的中国，被制造出的越发展越简单而市场化的"传统"——极为流行与"时髦"起来，有的甚至在消费文化语境之中成了"心灵鸡汤"。

在战火纷飞的 40 年代，李长之曾以一己之力认真思考五四对当时社会的影响。这是一次相当深入、并抱有热忱期待的批判："五四运动

---

① 郑敏：《世纪末的回顾：汉语语言变革与中国新诗创作》，《文学评论》1993 年第 3 期。

② 其实，这一研究思路完全被笼罩于语言学家的研究视野之中，其分析方法与现象描述并没有多大的突破。可参见王力《中国现代语法》第六章"欧化的语法"，商务印书馆 1985 年版。

前后的新文化，为什么没有太大的力量？为什么一些前进的思想，后来反而萎缩了绝迹了？这只因为那时的文化运动是插在瓶子里的花朵，而不是根深蒂固地种在地上的缘故。这是时间问题，也是努力问题。"①进而，李长之以"超越五四"与"超越中西"的思路表明了一种独具气魄的古今中外的到场，又不失其中国文化的强烈主体眺望："五四精神的缺点就是没有发挥深厚的情感，少光，少热，少深度和远景，浅！在精神上太贫瘠，还没有做到民族的自觉与自信。对于西洋文化还吸收得不够彻底，对于中国文化还把握得不够核心。"②包括五四文学在内的五四一代的追求，需要在抗日战争的时代条件之下重作思考，"我们现在业已走上民族的解放之途了，随着应该是文化的解放。从偏枯的理智变而为情感理智同样发展，从清浅鄙近而为深厚远大，从移植的变而为本土的，从截取的变而为根本的"，而这才是"真正的中国的文艺复兴"。③

那么，我们今天应该怎样看待五四文学语言，面对这一从未离开的"传统"。如同周策纵的比喻："'五四'有点像可以再充电的电池，即使时代变了，它还可能有它无比的感召力。"④在这里，如果以一种流变的眼光分析"五四的典范性"，它实际上在 20 年代的中期就开始式微，到抗日战争时期中国文化建设已经改换了面目与话语方式。在 20 世纪三四十年代的中国文学语言建构之中，五四文学语言大多被表述为

---

① 李长之：《释美学并论及中国美育之今昔及其未来——为纪念蔡孑民先生逝世作》，《李长之批评文集》，珠海出版社 1998 年版，第 326 页。
② 李长之：《五四运动之文化的意义及其评价》，《李长之批评文集》，珠海出版社 1998 年版，第 338 页。
③ 李长之：《五四运动之文化的意义及其评价》，《李长之批评文集》，珠海出版社 1998 年版，第 338—339 页。
④ ［美］周策纵：《认知·评估·再充——香港再版自序》，《五四运动史》，陈永明等译，岳麓书社 1999 年版，第 16 页。

一种对立面的存在，形成了一种较为复杂的张力关系。① 但是，五四文学语言无疑在相当的程度上奠定了中国现代文学与文化的基础，成就了"现代中国"主体的基本存在，即便在当今中国社会层面之中，那些五四时期的思想文化命题仍在不时地浮现，引起人们的频频关注，五四文学语言自然也是其中的热点——这就是当今所有中国人不可回避的"前理解"。

在五四白话文运动与"文学革命"百年之后回首，我们一方面仍然生活于五四的"余荫"之下，在另一方面又面临着新的多元化的历史境遇。当今的思想文化，不再去刻意面对与制造一种与现实对抗性的"传统"存在，而是播撒于一个全球化语境之下复杂的市场经济社会，曾经的"宏大叙事"与"意识形态的乌托邦"被深刻地质疑与批判。可以说，对于五四，像李长之那样的思考问题的热情与方式，在当下已经很少见了，我们似乎失去了先辈们拥有的那种元气淋漓与生死攸关的感受。至于文学，如柄谷行人所言"赋予文学以深刻意义的时代就要过去了"，晚清以降中国文学的宏大叙事在今天已经难以为继，现代文学的"现代"是否面临着"终结"，抑或已经"终结"，甚至有人急于宣称"文学的终结"了。换言之，当下的某些文学观念可与五四文学追求形成某种新的"对话"。例如，邵燕君对"网络文学"研究的看法，"盘点中国网络文学的文化资源，我们不难发现一个触目惊心的事实，在古今中外的文化传统中，单单是五四以来确立的'新文学'传统被绕过去了，而'新文学'传统正是一向居于'主流文坛'的'正统文学'一脉相承的传统"，"以今日'网络大众'的'自然选择'而反观，五四'新文化'运动建立起来的'新文学'传统有三个突出的面向：以启蒙价值为基础的精英化，以西方文学为师的现代化，以及延续

---

① 参见汪晖《地方形式、方言土语与抗日战争时期"民族形式"的论争》，《汪晖自选集》，广西师范大学出版社 1997 年版。

千年的印刷文明的文字化。洋派的'新文学'一直存在着'民族化''大众化'的障碍，文字的艺术也一直受到影像艺术的冲击，而在网络时代，'新文学'传统在这三个方面都遇到了更致命的挑战"。① 在此境遇之下，我们还会想到柄谷行人在"如今，已经没有必要刻意批判这个'现代文学'了，因为人们几乎不再对文学抱以特别的关切"之时，再言及"我们不必为此而担忧，我觉得正是在这样的时刻，文学的存在根据将受到质疑，同时文学也会展示出其固有的力量"的判断。② 我们能够确定的是，五四文学语言所开拓的白话文道路及其面临的问题，仍然潜藏在我们的周遭，不断开放生长，展现出一个艰难地步入"现代"的民族一路行来的精神世界与现实情形。

---

① 邵燕君：《网络时代："新文学"传统的断裂与"主流文学"的重建》，《网络时代的文学引渡》，广西师范大学出版社 2015 年版，第 64 页。

② ［日］柄谷行人：《日本现代文学起源·中文版作者序》，赵京华译，生活·读书·新知三联书店 2003 年版，第 1 页。

参考文献

一 报纸杂志

《东方杂志》《庸言》《甲寅杂志》《新青年》(《青年杂志》)、《新潮》《每周评论》《文学周报》(《文学旬刊》《文学》)、《少年中国》《小说月报》《语丝》《创造》《创造周报》《创造月刊》《时事新报·学灯》《独立评论》《晨报》《时报》《学衡》《文学年报》。

二 资料

赵家璧主编:《中国新文学大系》(10卷),上海文艺出版社2003年影印本。

陈平原、夏晓虹编:《二十世纪中国小说理论资料》(第一卷),北京大学出版社1997年版。

严家炎编:《二十世纪中国小说理论资料》(第二卷),北京大学出版社1997年版。

夏晓虹、王风等著:《文学语言与文章体式——从晚清到"五四"》,安徽教育出版社2006年版。

陈平原主编:《红楼钟声及其回响——重新审读"五四"新文化》,

北京大学出版社 2009 年版。

陈崧编:《五四前后东西文化问题论战文选》,中国社会科学出版社 1985 年版。

王跃、高力克编:《五四文化的阐释与评价——西方学者谈五四》,山西人民出版社 1989 年版。

黄延中、朱艺编:《启蒙的价值与局限——台港学者谈五四》,山西人民出版社 1989 年版。

许纪霖编:《20 世纪中国知识分子史论》,东方出版社 2005 年版。

南京大学中国现代文学研究中心编:《中国现代文学传统》,人民文学出版社 2002 年版。

中国社会科学院近代史研究所中华民国史组编:《胡适来往书信选》,中华书局 1979 年版。

孙晓忠编:《方法与个案——文化研究演讲集》,上海书店出版社 2009 年版。

陈思和、王德威主编:《建构中国现代文学多元共生体系的新思考》,复旦大学出版社 2011 年版。

汪民安、陈永国、张云鹏编:《现代性基本读本》(上、下),河南大学出版社 2005 年版。

王风、蒋朗朗、王娟编:《重回现场——五四与中国现当代文学》,北京大学出版社 2014 年版。

王风、蒋朗朗、王娟编:《解读文本——五四与中国现当代文学》,北京大学出版社 2014 年版。

王风、蒋朗朗、王娟编:《对话历史——五四与中国现当代文学》,北京大学出版社 2014 年版。

许纪霖、刘擎主编:《何谓现代,谁之中国?——现代中国的再阐释》,世纪出版集团、上海人民出版社 2014 年版。

三 文集

严复：《严复集》，中华书局 1985 年版。

章太炎：《章太炎全集》，上海人民出版社 1985 年版。

章士钊：《章士钊全集》，文汇出版社 2000 年版。

鲁迅：《鲁迅全集》，人民文学出版社 2005 年版。

胡适：《胡适全集》，安徽教育出版社 2003 年版。

周作人：《周作人自编文集》，河北教育出版社 2003 年版。

周作人：《周作人批评文集》，珠海出版社 1998 年版。

杜亚泉：《杜亚泉文存》，上海教育出版社 2003 年版。

黄远生：《黄远生遗著》，上海书店 1990 年影印本。

林纾：《林纾选集》，四川人民出版社 1985 年版。

苏曼殊：《苏曼殊文集》，花城出版社 1991 年版。

陈独秀：《陈独秀著作选编》，上海人民出版社 2009 年版。

钱玄同：《钱玄同文集》，中国人民大学出版社 1999 年版。

钱玄同：《钱玄同五四时期言论集》，东方出版社 1998 年版。

胡先骕：《胡先骕文存》，江西高校出版社 1995 年版。

傅斯年：《傅斯年文集》，湖南教育出版 2000 年版。

郭沫若：《郭沫若全集》，人民文学出版社 1982—1992 年出版。

瞿秋白：《瞿秋白文集》，人民文学出版社 1989 年版。

废名：《废名集》，北京大学出版社 2009 年版。

沈从文：《沈从文全集》，北岳文艺出版社 2009 年版。

艾芜：《艾芜全集》，成都时代出版社、四川文艺出版社 2014 年版。

李长之：《李长之批评文集》，珠海出版社 1998 年版。

宗白华：《宗白华全集》，安徽教育出版社 2008 年版。

王元化：《王元化集》，湖北教育出版社 2007 年版。

马以鑫主编：《现代化进程中中国人文学科·文学卷》，上海人民出版社 2005 年版。

四 专著

［瑞士］索绪尔：《普通语言学教程》，高名凯译，商务印书馆 1980 年版。

［美］瑞恰兹：《文学批评原理》，杨自伍译，百花洲文艺出版社 1997 年版。

［美］安德森：《想象的共同体——民族主义的起源与散布》，吴叡人译，上海人民出版社 2003 年版。

［美］郭颖颐：《中国现代思想中的唯科学主义》，雷颐译，江苏人民出版社 1995 年版。

［美］舒衡哲：《中国启蒙运动——知识分子与五四遗产》，刘京建译，新星出版社 2007 年版。

［美］周纵策：《五四运动史》，陈永明等译，岳麓书社 1999 年版。

［美］李欧梵：《中国现代作家的浪漫一代》，王宏志等译，新星出版社 2005 年版。

［美］林毓生：《中国意识的危机——"五四"时期激烈的反传统主义》，穆善培译，贵州人民出版社 1988 年版。

［美］刘禾：《跨语际实践》，宋伟杰等译，生活·读书·新知三联书店 2002 年版。

［法］布尔迪厄：《艺术的法则——文学场的生成和结构》，刘晖译，中央编译出版社 2011 年版。

［法］德里达：《论文字学》，汪堂家译，上海译文出版社 2005 年版。

［英］吉登斯：《现代性的后果》，田禾译，译林出版社 2000 年版。

［英］霍布斯鲍姆：《民族与民族主义》，李金梅译，上海人民出版

社 2006 年版。

〔日〕竹内好：《近代的超克》，李冬木等译，生活·读书·新知三联书店 2005 年版。

〔日〕木山英雄：《文学复古与文学革命——木山英雄中国现代文学思想论集》，赵京华编译，北京大学出版社 2004 年版。

〔日〕柄谷行人：《日本现代文学的起源》，赵京华译，生活·读书·新知三联书店 2003 年版。

〔日〕山田敬三：《鲁迅 无意识的存在主义》，秦刚译，北京大学出版社 2012 年版。

〔荷兰〕贺麦晓：《文体问题——现代中国的文学社团和文学杂志（1911—1937）》，陈太胜译，北京大学出版社 2016 年版。

郭绍虞：《语文通论》，上海书店 1950 年影印本。

郭绍虞：《照隅室古典文学论集》，上海古籍出版社 2009 年版。

郭绍虞：《照隅室语言文字论集》，上海古籍出版社 2009 年版。

郭绍虞：《照隅室杂著》，上海古籍出版社 2009 年版。

张中行：《文言和白话》，黑龙江人民出版社 1995 年版。

王力：《中国现代语法》，商务印书馆 1985 年版。

黎锦熙：《国语运动史纲》，商务印书馆 2011 年版。

陈子展：《中国近代文学之变迁 最近三十年中国文学史》，上海古籍出版社 2000 年版。

陈平原：《陈平原小说史论集》，河北人民出版社 1997 年版。

耿志云：《胡适评传》，上海古籍出版社 1999 年版。

范伯群：《中国近现代通俗文学史》，江苏教育出版社 2000 年版。

汪晖：《汪晖自选集》，广西师范大学出版社 1997 年版。

汪晖：《现代中国思想的兴起》，生活·读书·新知三联书店 2004 年版。

赵毅衡：《礼教下延之后——中国文化批判诸问题》，上海文艺出版社 2001 年版。

舒芜：《以愤火照出他的战绩——周作人的是非功过》，辽宁教育出版社 2000 年版。

陈思和：《中国新文学整体观》，上海文艺出版社 2001 年版。

王晓明：《刺丛里的求索》，上海远东出版社 1995 年版。

贺阳：《现代汉语欧化语法现象研究》，商务印书馆 2008 年版。

袁进：《新文学的先驱：欧化白话文在近代的发生、演变和影响》，复旦大学出版社 2014 年版。

郜元宝：《汉语别史——现代中国的语言体验》，山东教育出版社 2010 年版。

张新颖、坂井洋史：《现代困境中的文学语言和文化形式》，山东教育出版社 2010 年版。

刘小枫：《现代性社会理论绪论》，上海三联书店 1998 年版。

刘纳：《嬗变——辛亥革命时期至五四时期的中国文学》，中国社会科学出版社 1998 年版。

刘纳：《论"五四"新文学》，华东师范大学出版社 2014 年版。

林毓生：《中国传统的创造性转化》，生活·读书·新知三联书店 2011 年版。

余英时：《重寻胡适历程——胡适生平与思想再认识》，上海三联书店 2012 年版。

张旭东：《全球化时代的文化认同——西方普遍主义话语的历史批判》，北京大学出版社 2005 年版。

刘小枫：《现代性社会理论绪论》，上海三联书店 1998 年版。

高玉：《现代汉语与中国现代文学》，中国社会科学出版社 2003 年版。

马大康：《诗性语言研究》，中国社会科学出版社 2005 年版。

罗岗：《危机时刻的文化想像——文学·文学史·文学教育》，江西教育出版社 2005 年版。

刘进才：《语言运动与中国现代文学》，中华书局 2007 年版。

刘进才：《语言文学的现代建构——语言运动与中国现代文学再探索》，北京大学出版社 2015 年版。

姜涛：《"新诗集"与中国新诗的发生》，北京大学出版社 2005 年版。

姜涛：《公寓里的塔——1920 年代中国的文学与青年》，北京大学出版社 2015 年版。

文贵良：《话语与文学——解读战争年代文学（1937—1948）》，上海文艺出版社 2012 年版。

张卫中：《20 世纪中国文学语言变迁史》，中国社会科学出版社 2013 年版。

关晓红：《科举停废与近代中国社会》，社会科学文献出版社 2013 年版。

胡全章：《清末民初白话报刊研究》，中国社会科学出版社 2011 年版。

张桃洲：《现代汉语的诗性空间——新诗话语研究》，北京大学出版社 2005 年版。

邵燕君：《网络时代的文学引渡》，广西师范大学出版社 2015 年版。

邓伟：《分裂与建构：清末民初文学语言新变研究（1898—1917）》，中国社会科学出版社 2009 年版。

五　论文

赵家璧：《话说〈中国新文学大系〉》，《新文学史料》1984 年第 1 期。

杨义：《新文学开创史的自我证明——为中国新文学大系导言集所作导言》，《文艺研究》1999 年第 5 期。

于迎春：《"雅""俗"观念自先秦至汉末衍变及其文学意义》，《文学评论》1996 年第 3 期。

郑敏：《世纪末的回顾：汉语语言变革与中国新诗创作》，《文学评论》1993 年第 3 期。

郑敏：《语言观念必须革新——重新认识汉语的审美与诗意价值》，《文学评论》1996 年第 4 期。

王一川：《近五十年语言研究札记》，《文学评论》1999 年第 4 期。

张颐武：《二十世纪汉语文学的语言问题》，《文艺争鸣》1990 年第 6 期。

陈思和：《试论"五四"新文学运动的先锋性》，《复旦学报》（社会科学版）2005 年第 6 期。

陈思和：《"五四"文学：在先锋性与大众化之间》，《北京大学研究生学志》2006 年第 2 期。

汪晖：《文化与政治的变奏——战争、革命与 1910 年代的思想战》《中国社会科学》2009 年第 4 期。

汪晖：《什么是"五四"文化运动的政治？——关于"五四"的答问》，《现代中文学刊》2009 年第 1 期。

王富仁：《审美追求的瞀乱与失措——二论郭沫若的诗歌创作》，《北京社会科学》1988 年第 3 期。

王本朝：《白话文运动中的文章观念》，《中国社会科学》2013 年第 7 期。

李怡：《日本体验与中国散文的近现代嬗变》，《文学评论》2004 年第 6 期。

李怡：《国家主义的批判与个人主义的倡导——从〈甲寅〉到〈新

青年〉的思想流变》，《江汉论坛》2006 年第 1 期。

罗志田：《文学革命的社会功能与社会反响》，《社会科学研究》1996 年第 5 期。

罗志田：《体相和个性：以五四为标识的新文化运动再认识》，《近代史研究》2017 年第 3 期。

郜元宝：《鲁迅与当代中国的语言问题》，《南方文坛》2012 年第 6 期。

张旭东：《"五四"与中国现代性文化的激进阐释学》，《现代中文学刊》2009 年第 1 期。

张旭东：《启蒙主义"伦理自觉"与当代文化政治》，《中国现代文学研究丛刊》2015 年第 7 期。

王风：《周氏兄弟早期著译与现代书写语言》，《鲁迅研究月刊》2010 年第 2 期。

王风：《文学革命的胡适叙事与周氏兄弟路线——兼及"新文学""现代文学"的概念问题》，《中国现代文学研究丛刊》2006 年第 1 期。

倪伟：《〈新青年〉时期钱玄同思想转变探因》，《杭州师范大学学报》（社会科学版）2015 年第 4 期。

后　记

在巴金的《家》中，悲哀的梅表姐说到两句诗——"往事依稀浑似梦，都随风雨到心中。"2016 年 7 月，在重庆透明的盛夏中，我开始修改两年前的旧稿，身边堆积着一百年前旧期刊的影印本，无端就想起这两句诗，梅表姐的目光迎面而来，如同屋内一道白炽阳光之中泛起的袅袅尘灰。

是的，五四的往事并未离我们远去，如此长久地眷恋于我们心中——或许，本书可算是一次证明吧。时至今日，五四的"神话"早就风吹雨打去，五四的形象已经千疮百孔，我们又应如何面对与理解五四，而今天是五四白话文运动与"文学革命"的百年华诞——或许，本书可算是一次努力吧。

虽毕业十载，吾师吴定宇教授一直真心关怀于我，对我所取得的点滴成绩也是无比关注与鼓励有加，惭愧之余更是觉得难忘师恩。

以上的一段话写于 2017 年 6 月，时间流逝，很快又到了重庆的盛夏。2017 年 7 月突然传来噩耗，吴定宇老师因心肌梗塞猝然辞世，离去之时嘴角还带着安详的笑容。

在毕业十载之后，我首次来到广州，送别吾师，其痛何如。然后，独自踱步于中山大学康乐园，在 364 栋下长久徘徊，凝望着那间小小的屋子。物是人非，恍如隔世，吴定宇老师，太老师（吴宏聪先生）都不在了，而求学阶段的往事历历在目，让我不禁潸然泪下。

本书的写作得到国家社会科学基金（编号 10CZW048）的资助，本书的出版得到重庆工商大学出版基金、重庆工商大学新闻传播学科重点建设经费的资助，特此说明并致谢。

感谢中国社会科学出版社郭晓鸿博士对本书的付出，想说与您的合作是一如既往的信赖。

再将本书献给我的家人，献给我的妻子和小儿言卓，是你们让我拥抱了生活。

邓　伟

2017 年 8 月